Sommer in Stockholm. Die Nächte hell, die Temperaturen ungewöhnlich hoch. Für Siri Bergman ist es der erste Tag in ihrem neuen Job. Nachdem ihre Praxis schließen musste, arbeitet die Psychotherapeutin nun bei der Polizei – als Profilerin soll sie psychologische Täterprofile erstellen. Gleich ihr erster Fall ist von großer Brisanz: Ein Mörder hat es auf attraktive, gut situierte Männer abgesehen – homosexuelle Männer. Er tötet sie und schneidet ihnen das Herz heraus. Ist der Mörder ein verrückter Schwulenhasser? Oder deutet die Grausamkeit der Tat auf einen ganz anderen Zusammenhang hin?

CAMILLA GREBE und ÅSA TRÄFF sind Schwestern, aufgewachsen in Älvsjö in der Nähe von Stockholm. Der Roman »Die Therapeutin« – Auftakt der erfolgreichen Reihe um die Stockholmer Psychotherapeutin Siri Bergman – war ihr erstes Gemeinschaftsprojekt, entstanden aus ihrer Liebe zur Kriminalliteratur.
Camilla lebt mit ihrer Familie in Stockholm. Sie hat den Hörbuchverlag »StorySide« gegründet und betreibt ein Beratungsunternehmen.
Åsa arbeitet als Psychologin mit dem Schwerpunkt Verhaltenstherapie und betreibt in Stockholm mit drei Kollegen eine Gemeinschaftspraxis. Mit ihrem Mann und zwei Kindern lebt sie in Gnesta.

CAMILLA GREBE & ÅSA TRÄFF BEI BTB
Die Therapeutin. Roman
Das Trauma. Roman
Bevor du stirbst. Roman

CAMILLA GREBE
ÅSA TRÄFF

Mann
ohne Herz

Psychothriller

*Aus dem Schwedischen
von Gabriele Haefs*

btb

Die schwedische Originalausgabe erschien 2013 unter dem Titel
Mannen utan hjärta bei Damm förlag, Stockholm.

Verlagsgruppe Random House FSC® 001967
Das für dieses Buch verwendete FSC®-zertifizierte
Papier *Lux Cream* liefert Stora Enso, Finnland.

1. Auflage
Deutsche Erstveröffentlichung Juli 2015
Copyright © 2013 by Camilla Grebe & Åsa Träff
Published by arrangement with Nordin Agency, Sweden
Copyright © der deutschsprachigen Ausgabe 2015 by btb Verlag
in der Verlagsgruppe Random House GmbH, München
Umschlaggestaltung: semper smile, München
Umschlagmotiv: © Arcangel Images / Elisabeth Ansley;
© Shutterstock / HardheadMonster; HorenkO
Satz: Uhl + Massopust, Aalen
Druck und Bindung: CPI books GmbH, Leck
Printed in Germany
ISBN 978-3-442-74913-3

www.btb-verlag.de
www.facebook.com/btbverlag
Besuchen Sie unseren LiteraturBlog www.transatlantik.de!

Wenn Leben, Freude, Hoffnung, Kräfte kranken,
denkst unter Freunden du, ach, niemand hat mich gern.
Dann weine ich und herz dich in Gedanken,
und seufze, denn du bist von mir so fern.

Das traurige Herz. Volkslied.

Miguel

Miguel Alemany lässt sich auf dem kühlen Ledersitz zurücksinken und schließt die Augen. Er ist schweißnass und merkt, dass sein T-Shirt an der Rücklehne klebt. Der Wagen riecht nach Leder, Wunderbaum und Tabakrauch. Der dicke Taxifahrer mit den üppigen grauen Koteletten und der Nickelbrille raucht offenbar heimlich in seinem Wagen, denn an mehreren Stellen teilen kleine Schilder mit, dass das Rauchen hier verboten ist. Miguel sehnt sich ebenfalls nach einer Zigarette und einer Tasse Filterkaffee. Eine schlechte Angewohnheit, die er sich nach all den Jahren in Schweden zugelegt hat. Der Kaffee in Spanien mag rein objektiv gesehen vielleicht besser sein, aber Miguel hat sich an den seltsamen schwedischen Kaffee gewöhnt. Er sehnt sich danach, mit Jussi in der Küche zu sitzen, *Dagens Nyheter* zu lesen und Kaffee Marke Gevalia zu trinken. In diesen Momenten geht ihm auf, dass Schweden für ihn zum neuen Zuhause geworden ist. Barcelona ist Kindheit und Jugend, Eltern und Brüder, Schulkameraden und alte Kollegen. Aber sein Zuhause, das ist in der Küche mit Jussi, wenn sie über alles und nichts reden und dabei in der Morgenzeitung blättern und aus diesen lächerlich dünnen Tässchen aus Knochenporzellan Kaffee trinken, weil Jussi eben unbedingt diese Tassen nehmen will.

Am Wagenfenster ziehen Birken und grüne Wiesen mit einem klarblauen Himmel als Hintergrund vorüber. Die E4 weist nur wenig Verkehr auf, und der Fahrer fährt sicher zwanzig Stundenkilometer zu schnell, aber Miguel ist das nur recht. Jetzt will er nur noch nach Hause, zu Jussi.

Er zieht wieder sein Mobiltelefon hervor und stellt fest, dass Jussi nicht auf die SMS geantwortet hat. Vielleicht schläft er noch. Es ist zwar Nachmittag, aber Jussi war angetrunken, als sie letzte Nacht miteinander telefoniert hatten. Miguel hatte geflüstert, um seinen Bruder und seine Schwägerin im Nebenzimmer nicht zu wecken. Jussi dagegen hatte mit lauter Stimme und in seinem finnlandschwedischen Singsang geredet und alles kommentiert, was ihm auf seinem Heimweg vom Fest bei Alexander und Carl eben auffiel: dass die Sonne schon aufging, obwohl es doch erst drei Uhr morgens war, dass die Vögel zwitscherten. Dass das Wasser bei Slussen glitzerte. Und Miguel hatte seine Sehnsucht geflüstert. Dass er Jussi umarmen wolle, ihn küssen, seine blonden Haare streicheln.

Sie lebten inzwischen seit drei Jahren zusammen. Drei glückliche Jahre. Drei Jahre und kaum ein einziger Streit, keine wirklichen Meinungsverschiedenheiten. Miguel hätte es kaum für möglich gehalten, dass es so etwas wirklich gab. Bisher hatte er nur stürmische Beziehungen mit heftigen Streitereien und dramatischen Szenen erlebt. Eifersucht. Lügen. Er hatte die Hoffnung auf ein normales Verhältnis schon fast aufgegeben. Irgendwo im tiefsten Herzen glaubte er, dass es vielleicht die Strafe für sein Schwulsein sei. Wenn er eine Frau geheiratet und Kinder bekommen hätte, wäre alles möglicherweise leichter gewesen. Nicht so spannend, vielleicht. Keine Leidenschaft. Aber einfach. Ein Leben, das funktionierte. Aber dann war Jussi gekommen. Auf den ersten Blick eine extrovertierte Schlagertunte, die sich ab und zu im Fernsehen über Antiquitäten ausließ. Aber hinter diesem Medienbild steckte so viel mehr. Ein einsamer Mann, der nach dem

Tod seiner Eltern Helsinki verlassen hatte, um sich in Schweden ein neues Leben aufzubauen. Ein Mann mit einer Leidenschaft für Kunst und Antiquitäten, aber auch für Philosophie und Psychologie. Klug, ruhig, gebildet. Attraktiv. Und er wollte Miguel. Ein Wunder. Keins von der aufsehenerregenden religiösen Sorte. Aber ein echtes Wunder eben doch. Mitten in der Wirklichkeit.

Miguel spürt, wie seine Wangen glühen und wie er hart wird, wenn er an Jussi denkt. An Jussis durchtrainierten Körper, die graublonden Haare und diese gottbegnadeten Hände. Er schaut abermals aus dem Fenster und stellt fest, dass sie fast am Ziel sind. Als das Taxi vor dem Haus hält, vergisst er fast zu bezahlen, und er muss mehrmals um Entschuldigung bitten, während der Fettsack seine Karte durch den Scanner zieht und Miguel gleichzeitig skeptisch mustert, als frage er sich, ob er gerade betrogen wird.

Als er aus dem klimatisierten Taxi steigt, staunt er, wie heiß es ist. Eher wie in Spanien als wie in Schweden, denkt er. In der Nachmittagssonne sehen die grünen Bäume im Stig Claessons Park staubig aus. Der Rasen streckt seine spärlichen gelben Halme gen Himmel und scheint um Regen zu flehen. Miguel zieht seinen funkelnden Samsonite-Koffer hinter sich her und fährt mit dem Fahrstuhl in den dritten Stock. Er will zuerst klingeln, überlegt es sich dann aber anders. Wenn Jussi noch immer schläft, will er sich zu ihm legen. Kaffee und Zeitung können warten.

Das Erste, was ihm auffällt, ist der Gestank. So etwas hat er noch nie gerochen. Er überlegt, ob der Kühlschrank defekt ist oder ob Jussi Essen herumstehen lassen hat. Es riecht nach rohem Fleisch, nach Eisen und nach etwas anderem, das er nicht identifizieren kann, ihn aber an verdorbene Lebensmittel und Körperausdünstungen erinnert. Die Wohnung ist still. Er hört nur das schwache Brummen eines Flugzeugs, das vermutlich auf dem Weg nach Bromma über das Haus fliegt, und das rhythmische Ticken der alten Küchenuhr. Er ruft, seine Stimme hallt von den Wänden wider. Keine Antwort. Nur die Stille und dieser widerliche Geruch, der immer aufdringlicher wird. Miguel schaut sich in der Diele um. Jussis Schuhe stehen ordentlich aufgereiht im Regal, jedes Paar mit einem Schuhspanner versehen. Auf dem alten Sekretär liegt die Post auf einem ordentlichen Stapel, daneben die *Dagens Nyheter*. Er wirft einen Blick auf die Zeitung, stellt fest, dass es die vom selben Tag ist. Jussi müsste also zu Hause sein. Er ruft wieder. Diesmal lauter. Noch immer keine Antwort. Nur die tickende Uhr misst die Sekunden, die spurlos in der Ewigkeit verschwinden. Miguel spürt, wie sich sein Magen zusammenzieht. Es fühlt sich an wie ein Krampf. Etwas stimmt hier nicht. Er weiß nicht, was, aber etwas stimmt hier nicht. Bilder von Jussi, ohnmächtig, tot vielleicht, erstickt an seinem eigenen Erbrochenen, jagen durch sein Bewusstsein, und er muss sich an die Wand lehnen, um nicht zusammenzubrechen. Aus Jussis Arbeitszimmer kommt Licht. Miguel macht einige schnelle Schritte durch den Gang und läuft hinein. Jussi ist nicht dort, aber die Schreibtischlampe brennt. Eine klassische Bibliothekslampe mit grünem Glasschirm und Messingfuß. Auf dem Schreibtisch herrscht dieselbe Ordnung wie in der Diele – mit einer Ausnahme: Auf dem Schreibtisch steht eine ovale Silberschale. Sie füllen sie zu Weihnachten mit Nüssen, und es kommt vor, dass Jussi bunte Smarties hineinschüttet. Miguel staunt, wie arrangiert das alles aussieht, wie ein Stillleben, aufgestellt, um den Blick des Betrachters einzufangen und festzuhalten. Er begreift nicht, was er da sieht. Einen Klumpen aus Fleisch und Häuten in einer schwarzen Flüssigkeit. Miguel steht ganz still. Betrachtet. Denkt, dass es aussieht wie die Innereien eines Tiers. Ihm fällt ein, wie seine Mutter für die Hunde Schweineherzen gekocht hat, als er noch klein war. Genau so sieht es aus. Ihm wird schlecht und schwindlig. Warum sollte irgendwer ein Schweineherz in ihre Silberschale legen? Miguel macht kehrt und geht zum Schlafzimmer. Der Geruch wird immer überwältigender, und das Ticken der Küchenuhr verwandelt sich in der Stille in hallende Hammerschläge. Er will nicht sehen, was sich im Schlafzimmer befindet, aber er muss doch nachschauen.

Das große Doppelbett ist ungemacht. Jussi liegt auf dem Rücken, die Decke bis zum Hals hochgezogen. Dort, wo sein linkes Auge sein müsste, gibt es nur eine rotschwarze Masse, und um den Kopf herum haben sich Blut und etwas, bei dem es sich um Gehirn und Knochensplitter handeln muss, wie ein klebriger Heiligenschein ausgebreitet. Die Haut sieht vor dem roten Hintergrund graubleich aus. Miguel möchte ihn berühren, obwohl er weiß, dass er das nicht tun darf. Langsam geht er zum Bett und streckt die Hand aus, zieht vorsichtig die Decke weg, einen Zentimeter nach dem anderen, bis er das freigelegt hat, was ein Brustkorb sein sollte, jetzt aber nur noch ein klaffendes Loch ist.

Dann erst schreit er.

Siri

Der Mann an der Rezeption vertieft sich in meinen Führerschein und betrachtet skeptisch das Bild einer fast zehn Jahre jüngeren Version meiner selbst. Dann nickt er und reicht mir das rosa Plastikteil zusammen mit einem Besucherausweis, den ich gut sichtbar an meiner Kleidung befestigen soll, zurück.

»Sie wollen also zur TP, der Täterprofilgruppe? Ich ruf mal eben bei Vijay Kumar an, der kann Sie dann abholen.«

Ich nicke ebenfalls und kehre dem Glaskasten den Rücken zu. Vor den großen Türen brennt die Sonne, und obwohl es erst neun Uhr morgens ist, vermute ich, dass die Temperatur schon auf fünfundzwanzig Grad zugeht. Der Sommer in diesem Jahr ist großzügig, Ströme von Licht, Wärme und Pflanzengrün. Es ist zwar erst Anfang Juli, aber die Bucht vor unserem kleinen Haus ist bereits aufgewärmt, und Erik und ich üben fast jeden Abend am Strand Schwimmen, während Markus in den Wellen hin- und herkrault.

»Siri!«

Warme Arme schließen sich um mich, und ich lache, drehe mich um und lächele.

»Willkommen zu deinem ersten Tag hier im Haus. Ich besorg dir dann später eine feste Zugangskarte.« Vijay nickt vage zu meinem Besucherausweis hinüber. Er sieht großartig aus. Seine üppige grau melierte Mähne ist zu einer Art wilden Schmalztolle gekämmt, und seine Haut ist von einem hellen Zimtbraun. Er duftet ein wenig nach Tabak und Rasierwasser.

»Rauchst du wieder?« Ich hebe in übertriebenem Staunen die Augenbrauen.

»Verdammt. Ich hätte nicht gedacht, dass du das merkst.« Er lacht, lässt mich durch die Tür gehen und lotst mich weiter zu einer Treppe. »Bist du nervös? Erster Tag und überhaupt?«

Ich denke über seine Frage nach. Bin ich nervös? Ja und nein. Einerseits überlege ich, worauf ich mich da eingelassen habe. Ich habe mich noch nie mit dem Erstellen von Täterprofilen beschäftigt. Ich bin klinische Psychologin und arbeite seit mehr als zehn Jahren als Psychotherapeutin. Jetzt habe ich das Gefühl, einen großen Schritt ins Unbekannte zu machen. Bei der Polizei zu arbeiten, ist so weit entfernt von meiner alten Wirklichkeit wie überhaupt nur möglich. Zugleich hat sich in meiner Wirklichkeit so viel verändert, so vieles ist auf den Kopf gestellt worden, dass ich das Gefühl habe, dass mich nichts mehr erschüttern kann. Die Dinge in meinem Leben, die ich für konstant gehalten hatte, haben sich in Luft aufgelöst, und die Arbeit zu wechseln, kommt mir im Vergleich dazu fast belanglos vor. Auf eine paradoxe Weise finde ich es fast beruhigend, mich in eine Situation zu begeben, in der ich überhaupt keine Kontrolle über das habe, was passieren kann. Hier rechne ich jedenfalls damit, überrascht und verblüfft zu werden.

Zugleich habe ich Angst. Angst vor dem, was ich hier sehen und hören werde. Ich werde zusammen mit einer Gruppe von Psychologen, Polizisten, Rechtsmedizinern und Kriminaltechnikern bei schweren Gewaltverbrechen Täterprofile erarbeiten. Und ich werde Dinge sehen, die ich vielleicht nicht sehen, mit denen ich nichts zu tun haben will. Ich weiß, dass Vijay ein Risiko eingegangen ist, als er mich als neue Mitarbeiterin für das Team ausgesucht hat. Ich bin ein unbeschriebenes Blatt, habe keine Forschungserfahrung und kenne mich mit der Materie nicht sonderlich gut aus, aber Vijay hat mich und die Gruppe davon überzeugt, dass meine Qualifikationen ausreichen. Er hat mit mir über Intuition und Menschenkenntnis gesprochen, über Kreativität und die Fähigkeit zu unkonventionellen Gedankengängen.

Trotzdem weiß ich nicht so recht, ob er mir die Stelle wirklich wegen meiner Kompetenzen angeboten hat, oder ob es eine Art Rettungsaktion seinerseits ist. Eine Möglichkeit, ein waches Auge auf mich zu haben, dafür zu sorgen, dass ich nicht in einem Nebel aus Alkohol und Depression versinke. Ich bringe es nicht über mich, ihm zu erklären, dass er sich um mich keine Sorgen zu machen braucht, dass in mir eine fundamentale Veränderung stattgefunden hat und dass ich nicht mehr dieselbe Siri bin. Obwohl sich mein ganzes Leben verändert hat, bin ich in einem Punkt sicher: dass ich nie wieder *dort* enden werde. Ein kleiner Teil von mir scheint stumm geworden zu sein, ohne Resonanz. Dort gibt es keine Gefühle mehr, keine Trauer und keinen Schmerz. Nur Gleichgültigkeit.

»Doch, ich bin nervös.« Ich lächele kurz und nicke. Ich will nicht, dass Vijay auch nur ahnt, was in mir vorgeht.

»Gut, richtig so, finde ich.« Er grinst, und eine Menge weißer Zähne leuchtet in seinem Gesicht auf.

Ich ertappe mich bei der Überlegung, ob er sich die Zähne wohl bleichen lässt. Vijay ist eine seltsame Mischung aus Bohemien und Modegeck. Er spielt gern den zerstreuten Professor, der sich nicht weiter um Äußerlichkeiten kümmert, aber wenn man genauer hinschaut, stellt man meistens fest, dass die abgenutzten Jeans von einer teuren Designermarke sind und dass er über die neuesten Modetrends genauestens informiert ist.

»Komm jetzt, die anderen warten schon.« Er zeigt auf eine

angelehnte Tür, und wir betreten einen kleinen Besprechungsraum mit großen Fenstern, die das Sonnenlicht hereinlassen, und mit typischen Büromöbeln aus hellem Holz.

Carin Stolpe steht vor dem Tisch. Hinter ihr an der Wand hängt eine große weiße Tafel voller chaotischer Aufzeichnungen. Blonde Haare rahmen Carins sonnengebräuntes Gesicht ein. Sie sieht auf und erwidert meinen Blick. Ihr Lächeln ist warm, und ich staune darüber, wie jung sie aussieht. Ich weiß, dass Carin um die fünfzig ist, aber sie wirkt mindestens zehn Jahre jünger. Ich frage mich, wie man so gelassen aussehen kann, wenn man dauernd mit Gewalt und Tragik zu tun hat.

»Willkommen bei der Täterprofilgruppe – oder der TP, wie alle hier im Haus sagen. Schön, dass du da bist. Jetzt kannst du endlich auch die anderen aus der Gruppe kennenlernen.« Sie nickt zu den drei anderen hinüber, die am Tisch sitzen.

Ein älterer Mann erhebt sich und nimmt meine Hand. »Hallo, Siri. Willkommen. Örjan Bruse, Polizist und Kriminaltechniker.«

Sein Händedruck ist fest, aber sein Blick landet irgendwo im leeren Raum, als ob er eigentlich nicht mich ansieht, sondern etwas, das sich hinter mir abspielt. Ich mustere ihn. Er ist sicher an die sechzig, groß und schlank. Er trägt ein kariertes Hemd und Jeans, die tatsächlich aussehen, als seien sie gebügelt worden – sie haben vorn eine Bügelfalte. Ich frage mich, ob er vielleicht zu Hause eine übereifrige Frau hat, die sich um die Wäsche kümmert, oder ob er seine Hosen in die chemische Reinigung gibt. Er hat schüttere Haare, und seine goldgerahmte Brille ist hoch auf die Nase geschoben. Ich begrüße ihn, lächele und wende mich dem Nächsten aus der Gruppe zu. Es ist ein Mann in meinem Alter, der so auffällig aussieht, dass ich glauben könnte, er hätte sich in der Tür geirrt, wenn Vijay mich nicht vorgewarnt hätte.

»Hallo. Jimmy Stålfors, Polizist hier in der Gruppe.«

Er trägt ein weißes T-Shirt. Muster von etwas, bei dem es sich um eine riesige Tätowierung handeln muss, lugen aus dem Halsausschnitt hervor und ziehen sich über die Arme wie die Ranken einer Schlingpflanze. Sein glatt rasierter Kopf glänzt im Sonnenlicht, das durch das Fenster strömt. Ich ertappe mich dabei, wie ich seinen Bizeps anstarre, der von einem Totenkopf geschmückt wird. Aus Augenhöhlen und Mund windet sich eine giftgrüne Schlange. Jimmy sieht meinen Blick und lächelt. Er sieht beinahe stolz aus. Wie ein Kind, das durch einen Streich die Aufmerksamkeit auf sich lenken konnte. Ich nehme an, er ist es gewohnt, dass Menschen ihn anstarren, und genießt es.

»Hallo, Mann!« Jimmy entdeckt Vijay, springt auf, und sie führen eine Art kompliziertes Begrüßungsritual durch, bei dem sich Fingerknöchel und Handflächen berühren. Die Art von Gruß, die ich eigentlich nur von halbwüchsigen Jungs in der U-Bahn kenne. Ich verkneife mir ein Lächeln. Vijay Kumar und Jimmy Stålfors, eine Allianz, die Lust auf mehr macht.

»Willkommen, Siri.« Ein älterer Mann, der eigentlich schon das Pensionsalter erreicht haben müsste, erhebt sich mit einer Geschmeidigkeit, die meinen Neid erregt. Er hat eine schneeweiße Mähne und einen spitzen Bart. Etwas an ihm erinnert mich an eine Figur aus einer Tintin-Geschichte. Er wirkt wie jemand aus einer anderen Welt, einer anderen Zeit. Er trägt, trotz der Hochsommerhitze, Hemd und ein elegantes Leinensakko. Seine langen, schmalen Finger enden in sorgfältig polierten Nägeln. Er hebt meine Hand, fasst sie mit seinen beiden, verbeugt sich ein wenig und stellt sich als Juan Martina, Rechtsmediziner, vor. Fast erwarte ich, dass er meinen Handrücken küsst.

»Ich glaube, wir machen am besten da weiter, wo wir eben stehen geblieben sind.« Carin lächelt wieder.

Ich setze mich neben Vijay und ziehe Block und Stift hervor, um Notizen machen zu können. Ich komme mir ein bisschen vor wie am ersten Schultag, umgeben von neuen Mitschülern und Lehrern, und ich will unbedingt einen guten Eindruck machen. Ich schaue zur Tafel hinüber. Dort steht in blauer Schrift ein Name: Jussi Ståhl. Ich weiß, wer Jussi Ståhl ist. Wer Zeitung liest oder Fernsehnachrichten sieht, kann den Mord an Jussi Ståhl einfach nicht übersehen haben.

Carin zeigt auf den Namen und tippt danach mit dem Stift auf die Tafel, wie um der Geste besonderen Nachdruck zu verleihen. »Jussi Ståhl, neunundvierzig. Antiquitätenhändler mit eigenem Laden auf Östermalm. Eine Art Promi, der gern Premieren und Empfänge besucht hat. Lebensgefährte von Miguel Alemany, spanischer Künstler, der seit drei Jahren in Schweden lebt.« Carin legt eine Pause ein, trinkt einen Schluck Kaffee aus einem Mumin-Becher und spricht dann weiter: »Am fünften Juni wurde Jussi Ståhl in seiner Wohnung am Beckbrännarbacken auf Södermalm tot aufgefunden. Der Leichnam wurde von Jussis Partner Miguel entdeckt, der gerade von einer Reise zurückgekehrt war. Ihm hat sich da wahrlich kein schöner Anblick geboten.«

Carin beugt sich vor und blättert zwischen den Papieren, die vor ihr auf dem Tisch liegen. Sie zieht ein Bild im A4-Format hervor und befestigt es mit einem Magneten an der Tafel. Auf dem Bild ist ein Mann zu sehen, der in einem Bett liegt. Um seinen Kopf herum hat sich ein rotschwarzer Fleck über Kissen und Laken ausgebreitet, sein nackter Körper sieht unnatürlich weiß aus. Mit einer Ausnahme. Sein Brustkorb hat sich in einen riesigen rotschwarzen Krater verwandelt. Ich kann mir nur mit Mühe klarmachen, was ich da sehe. Alles kommt mir unwirklich vor, fast arrangiert.

»Jussi Ståhl wurde mit einer Neunmillimeter-Waffe in den Kopf geschossen, und zwar aus nächster Nähe«, sagt Carin. »Danach hat der Täter das Herz entfernt. Das wurde später im Arbeitszimmer in seiner Wohnung in einer antiken Silberschale auf Jussi Ståhls Schreibtisch gefunden.«

Ich spüre, wie sich mein Magen zusammenzieht. Dieses Detail haben die Zeitungen nicht erwähnt.

»Juan, kannst du vielleicht etwas mehr darüber erzählen, das fällt doch in dein Ressort«, sagt Carin und weist mit der Hand auf den Rechtsmediziner mit dem spitzen Bart.

Juan Martina nickt, erhebt sich und tritt vor die Tafel. Sehr sorgfältig bringt er unter dem ersten noch weitere Bilder an. Eines ist eine Großaufnahme von etwas, bei dem es sich um ein Einschussloch handeln muss, dazu zeigt es einen skizzierten Körper.

Juan zeigt auf das Einschussloch. »Hier seht ihr das Einschussloch, mitten im linken Auge. So schlimm sieht es gar nicht aus, aber der Hinterkopf bietet einen grauenhaften Anblick, das könnt ihr mir glauben. Was ihr hier seht, ist eine Schussverletzung, die von einer Neunmillimeter-Waffe verursacht worden ist. Wir haben es vermutlich mit einer Pistole zu tun. Um das Einschussloch im Auge wurden eine Menge Pulverfragmente gefunden, das Opfer wurde also aller Wahrscheinlichkeit nach aus allernächster Nähe erschossen. Ich vermute, dass es sich um einen Nahschuss, aber keinen aufgesetzten Schuss handelt. Vermutlich wurde er aus einem halben Meter Entfernung abgegeben. Ich glaube, dass Ståhl im Schlaf erschossen worden ist. Der Tod ist dann sofort eingetreten. Es sieht wie eine typische Hinrichtung aus. Was weniger typisch ist, sind die anderen Verletzungen, die ihr hier am Körper seht.« Er zeigt mit seinem goldenen Füllfederhalter auf das Rote, das einmal Jussi Ståhls Brustkorb war, und fügt hinzu: »Wie ihr seht, ist aus der Wunde im Brustkorb nicht sonderlich viel Blut ausgetreten. Damit wissen wir, dass Jussi Ståhl bereits tot gewesen ist, als der Täter sein Herz aus dem Körper entfernte. Er hat den Brustkorb durch den Brustkasten geöffnet. Das heißt, er hat ihn in Längsrichtung aufgeschnitten. Es sieht aus, als ob er zuerst ein Messer und dann irgendeine Art Schere verwendet hätte, vermutlich eine Baumschere. Danach hat er den Herzbeutel freigelegt und abgeschnitten. Zum Schluss wurden sämtliche Blutgefäße, die zum Herzen führen, gekappt: Aorta, Lungenstamm, Lungenvenen und obere und untere Hohlvenen. Bei der ganzen Sache wurde überaus methodisch vorgegangen. Ich vermute, dass der Täter ein Laie ist, aber ein relativ gut informierter Laie, denn er wusste anscheinend, war er da tat. Ihm ging es alleine um das Herz, die restlichen Organe sind intakt. Ich würde außerdem sagen, dass er offenbar gut vorbereitet gewesen ist. Man öffnet einen Brustkorb nicht mit einer Nagelschere, um das mal so zu sagen. Er muss das hier genau geplant, die nötige Ausrüstung besorgt und sich die Vorgehensweise angelesen haben. Und als er dann so weit war, hat er das Herz in …« Juan bringt ein weiteres Bild an, auf dem ein blutiger Klumpen, ähnlich einem Stück roher Leber, in einer großen verzierten Silberschale mit Fuß zu sehen ist.

Niemand sagt etwas.

Juan deutet ein Lächeln an, und Carin ergreift abermals das Wort. »Irgendwelche Spuren von sexuellen Übergriffen am Leichnam?«

Martina schüttelt den Kopf. »Nichts. Und wenn ich die Techniker richtig verstanden habe, dann wurden am Tatort auch nirgendwo anders biologische Spuren, wie beispielsweise Sperma, gefunden.«

»Das stimmt«, sagt Örjan. »Nichts am Tatort weist auf irgendeine Art von Sexualverbrechen hin, was aber nicht ausschließt, dass es sich nicht trotzdem um ein sexuell gefärbtes Motiv handeln könnte. Überhaupt wurden überraschend wenige Spuren gesichert. Wer immer Ståhl ermordet hat, hat sorgfältig hinter sich aufgeräumt. Hülsen, Fasern, Haare, Fingerabdrücke – wenn ich das richtig verstanden habe, haben die Techniker vor Ort nichts Brauchbares gefunden. Aber Reste der Kugel steckten im Körper und in der Wand hinter dem Bett. Der Täter hat vermutlich ein Neunmillimeter-Vollmantelgeschoss verwendet. Aber er hatte die Spitze abgefeilt, um dieselben Verletzungen zu verursachen wie mit einem Halbmantelgeschoss – oder mit Hohlspitzmunition.«

Carin nickt und übernimmt. »Wir warten noch immer auf den endgültigen Bericht der Ballistiker des SKLs. Wenn wir uns nun der Vorgehensweise des Täters zuwenden, dann vertreten wir die Hypothese, dass Ståhl im Schlaf erschossen wurde, genau wie du gesagt hast, Juan. Was wir nicht wissen, ist, ob er den Täter gekannt und ihn selbst hereingelassen hat, ob der in die Wohnung eingebrochen ist und darauf gewartet hat, dass Ståhl einschläft, oder ob er erst aufgetaucht ist, als sein Opfer schon geschlafen hat. Wir wissen, dass Ståhl am frühen Morgen nach Hause gekommen ist, nachdem er ein Fest bei Bekannten in Gamla Stan besucht hatte. Ein Zeitungsbote hat Jussi um kurz vor vier am Morgen des fünfzehnten Juni allein das Haus betreten sehen, und wir wissen, dass Jussi das Fest gegen drei Uhr verlassen hat, weil er zu Fuß nach Hause gehen wollte. Sein Freund kam am fünfzehnten Juni um drei Uhr nachmittags nach Hause, und da war Jussi seit ungefähr zehn Stunden tot. Die Obduktion hat ergeben, dass der Tod irgendwann zwischen vier und fünf Uhr morgens eingetreten ist. Ein Nachbar erinnert sich, dass er um kurz nach halb fünf von einem Knall geweckt worden ist. Er ist aufgestanden, hat die Zeitung gesehen und gedacht, das Geräusch des Briefkastens habe ihn geweckt. Wir können wohl davon ausgehen, dass er in Wirklichkeit den Schuss gehört hatte.«

Carin trinkt den letzten Rest Kaffee. Auf dem Becher sitzen eng aneinandergeschmiegt Mumin und das Snorkfräulein und schauen in den Sonnenuntergang. Plötzlich kommt mir die ganze Situation unwirklich vor, und einen Moment lang habe ich das Gefühl, zu träumen. Ich denke, dass das hier unter gar keinen Umständen die wirkliche Welt sein kann.

»Der Beckbrännarbacken liegt ein wenig abseits auf Södermalm, und der einzige Augenzeuge ist der Zeitungsbote, der versichert, Jussi gesehen zu haben. Wir haben bisher ungewöhnlich wenige Tipps erhalten, vor allem, wenn wir bedenken, dass es sich hierbei um einen hochprofilierten Fall handelt. Die Kollegen suchen nach einem Motiv, haben bisher aber nichts gefunden, was ihnen interessant vorkommt. Ståhl ist nicht ausgeraubt worden, Geld und andere Wertsachen lagen ganz offen in der Wohnung. Er hatte keine geheimen Affären und scheint auch keine direkten Feinde gehabt zu haben. Sein Partner hat sich zum Zeitpunkt des Mordes in Barcelona aufgehalten, er wirkt aufrichtig erschüttert. Es gibt kein deutliches Motiv, keine Verdächtigen, nichts, was das Verbrechen erklären könnte.«

»Und warum wollen sie uns dabeihaben?« Jimmy Stålfors macht keine Notizen mehr und schaut Carin an.

»Sehr gute Frage. Weil dieser Mord … eigenartig ist. Es gibt Besonderheiten, die wir bei anderen Tötungsdelikten normalerweise nicht finden. Einerseits sieht es aus wie eine regelrechte Hinrichtung. Andererseits hat es etwas zutiefst Persönliches, mit einer Baumschere oder was immer das gewesen sein mag, einen Brustkorb aufzuschneiden. Dass das Opfer erschossen wurde, kann auf den Wunsch des Mörders hindeuten, Distanz zu halten. Aber ein Herz herauszureißen ...« Carin schüttelt den Kopf, und Jimmy nickt. Er ist mit dieser Antwort zufrieden.

»Sten Lindell vom Dezernat für Gewaltverbrechen hat um unsere Hilfe gebeten, das Profil eines denkbaren Täters zu erstellen«, sagt Carin. »Also können wir einfach loslegen. Wir fangen damit an, das alles zu lesen«, sie zeigt nach rechts auf die Papierstapel auf dem Besprechungstisch, »und dann müssen wir mehr über unser Opfer in Erfahrung bringen.«

»Wer leitet die Voruntersuchung?«, fragt Örjan.

»Shirin Tahami. Die meisten von euch kennen sie sicher schon?«

Alle nicken.

»Die ist gut«, sagt Jimmy und erwidert meinen Blick.

Carin fängt an, die Unterlagen herumzureichen, und ich nehme mir einen Stapel. Obenauf liegt eine Aktennotiz vom Dezernat für Gewaltverbrechen, aus der hervorgeht, dass um Hilfe durch die TP-Gruppe gebeten wird. Ich nehme das Blatt in die Hand auf und schaue Jussi Ståhl in die Augen. Es ist ein anderes Bild als das, das in der Zeitung zu sehen war. Auf dem Bild lächelt er in die Kamera und hält eine große getigerte Katze im Arm, die er hinter dem Ohr krault. Ich lege die Aktennotiz darüber, um das Bild nicht länger sehen zu müssen.

»Örjan, du und Jimmy, ihr geht den Tatort durch, wir brauchen unsere eigene kriminaltechnische Analyse. Lest alles, was die Kollegen gefunden haben, und dann fahrt ihr zum Beckbrännarbacken.« Carin schaut zu Örjan, der nickt und sich in einem kleinen in schwarzes Leder gebundenen Buch eine Notiz macht.

»Juan, du gehst noch einmal das Obduktionsprotokoll durch. Vielleicht muss da noch etwas vervollständigt werden.« Carin sieht den silberhaarigen Mann fragend an, und der lächelt, fast erwartungsvoll. »Du weißt, dass ich lieber meine eigenen Obduktionen vornehme. Was in diesem Fall ja kein Problem sein dürfte. Unser Freund Jussi geht in der nächsten Zeit nirgendwohin, sondern liegt sicher verwahrt bei uns in Solna.«

»Hervorragend.« Carin macht ein zufriedenes Gesicht und wendet sich mir und Vijay zu. »Ihr macht euch an die Opferanalyse. Wir müssen mehr über Jussi Ståhl wissen. Wer war er? Womit hat er sich beschäftigt? Gibt es Hinweise darauf, dass er vor dem Mord bedroht oder verfolgt wurde? Hatte er wirklich keine Geheimnisse, die ans Licht kommen könnten?«

Ich schreibe Carins Fragen auf, gebe mir alle Mühe, nichts zu verpassen. Vijay hat mir erklärt, dass das Wissen über das Opfer zu den wichtigsten Teilen der Analyse gehört, die die Grundlage für ein Täterprofil bilden.

»Ich werde mir das Verhalten des Täters und seine Interaktion mit dem Opfer ansehen«, sagt Carin. »Noch Fragen?«

Wir schütteln den Kopf, und ich komme mir wieder vor wie in der Schule, mit Carin als netter, aber doch entschiedener Lehrerin.

»Na also. Dann geht's los.«

Ich sehe sie sofort, als ich meinen Rechner einschalte: eine Mail von Aina. Es ist die letzte eingegangene Nachricht, und der Betreff lautet: *Grüße aus der Krankenstube, Teil 10.* Wie immer zögere ich für den Bruchteil einer Sekunde, ehe ich sie lösche. Seit einem ganzen Jahr schickt Aina mir jede Woche eine Mail, und jedes Mal lösche ich sie, ohne sie zu lesen. Anfangs hat der Anblick ihres Namens noch eine unbeschreibliche Wut in mir ausgelöst, aber inzwischen lösche ich die Mails fast automatisch. Denke nicht an uns und an das, was wir einmal hatten.

Siri und Aina.

Wir waren unzertrennlich wie Pech und Schwefel. Das sagen alle. Seit dem ersten Studientag die besten Freundinnen. Dann verwirklichten wir unseren Traum und eröffneten im Herzen von Södermalm unsere eigene Praxis. Wir arbeiteten fast die ganze Zeit, aber es kam uns niemals anstrengend vor. Die Grenze zwischen Privatleben und Arbeit war längst verwischt worden, wir waren Geschäftspartnerinnen und beste Freundinnen. Unsere Tage waren eine endlose Mischung aus Arbeit und Spiel und allem, was im Grenzland dazwischen lag. Nicht viel später stieß dann noch Sven dazu. Älter, erfahrener, aber auch mit einem wohletablierten Alkoholproblem, war er in den ersten Jahren ein Gewinn und eine Belastung zugleich. Dann trennte er sich und riss sich zusammen, wie Aina immer sagte. Er ließ sich scheiden, wurde nüchtern, heiratete wieder und verließ die Praxis, um sich selbst zu verwirklichen und seinen neugeborenen Sohn zu betreuen. In dieser Reihenfolge. Als dann das Schreckliche zwischen Aina und mir passierte und sich unsere Wege trennten, war nichts mehr von dem, was wir mit solcher Mühe aufgebaut hatten, übrig. Die Praxis wurde geschlossen. Die Klienten zerstreuten sich in alle Winde. Die Telefone läuteten nicht mehr.

»Kommst du?«, ruft Markus von den Felsen aus.

Ich reiße den Blick vom Bildschirm los, schaue aus dem Fenster. Die tiefstehende Abendsonne malt die Felsen golden und spiegelt sich in der Bucht, die sich spiegelblank bis zum Horizont dahinzieht. Rönnskär zeichnet sich als dunkle Silhouette vor dem hellen Abendhimmel ab. Irgendwo in der Ferne sehe ich ein Segelboot, das in der Flaute den Motor angeworfen hat. Erik hockt auf dem kleinen Sandstreifen, den Markus und ich angelegt haben, weil wir einen kleinen Strand wollten, auf dem unser Sohn spielen kann. Das war zwar kein großer Erfolg – eine Menge Sand wurde schon in der ersten Woche von einem Sturm weggespült –, aber es ist doch noch so viel übrig geblieben, dass Erik dort ab und zu ein wenig spielen kann. Seine orangen Schwimmflügel leuchten im Sonnenlicht, als er einige vorsichtige Schritte hinaus ins Wasser macht. Markus sitzt mit einem Bier in der Hand auf einer Decke und winkt mich zu sich. Er ist nackt, und ich denke, dass es so schön ist, keine Nachbarn zu haben, nackt herumlaufen zu können, ohne daran denken zu müssen, dass uns vielleicht jemand sieht. Der Nachteil ist natürlich, dass fast alles weit weg ist, und wir sogar eine ziemliche Strecke fahren müssen, um die nächste Bushaltestelle zu erreichen.

Ich schiebe das Fenster auf und beuge mich hinaus, atme die warme, feuchte Sommerluft ein, die nach verfaulendem

Tang und Hagebutten riecht. »Ich komm gleich. Muss mich nur schnell umziehen. In Ordnung?«

»Umziehen? Du brauchst dich doch bloß auszuziehen.«

»Gib mir nur eine Minute.«

Er sagt nichts dazu, und ich kehre zum Laptop zurück. Beschließe, dass die verbliebenen Mitteilungen warten können, dass im Moment nichts wichtiger ist, als mit Markus und Erik zusammen zu sein.

Ich gehe ins Schlafzimmer, streife mein Kleid ab und werfe es auf das ungemachte Bett. Dann ziehe ich mein rotes Bikiniunterteil an. Es ist abgenutzt und hat seine Form verloren, aber ich habe beschlossen, dass es noch einen Sommer halten muss. Auf dem Weg nach draußen nehme ich eine Flasche kaltes Wasser aus dem Kühlschrank. Obwohl es auf sechs Uhr zugeht, sind es draußen noch immer über fünfundzwanzig Grad.

Das Gras vor der Tür ist trocken und sticht mir in die Fußsohlen. Von der sonst so üppigen grünen Matte sind nur noch einige gelbverbrannte Büschel übrig. Natürlich hatten wir in letzter Zeit auch ein paar heftige Gewitter mit starken Regengüssen, aber die haben nicht gereicht, um unseren ausgedörrten Garten zu bewässern. Inzwischen herrscht totales Gießverbot, und deshalb könnten wir nichts ändern, selbst wenn wir es wollten.

Ich lasse mich neben Markus auf die Decke sinken und gebe ihm einen Kuss. Er riecht nach sonnenverbrannter Haut und Bier. Kleine Schweißtropfen auf seiner Kopfhaut glitzern wie Perlen in der Abendsonne.

»Ich hab meine Mails durchgesehen«, sage ich und öffne die Wasserflasche.

»Etwas von Interesse?«, fragt er und mustert mich aus zusammengekniffenen Augen.

Markus weiß genau, dass Aina mir regelmäßig Mails schickt.

Er weiß auch, dass ich diese Mails nicht lese. Meistens schweigt er dazu, aber ab und zu sagt er, was er zu wissen glaubt: dass ich Aina verzeihen und darüber hinwegkommen sollte, vor allem jetzt, da sie so krank ist; dass Hass und Rache an uns zehren, und mich einen hohen Preis bezahlen lassen; dass es das nicht wert ist, dass *nichts* das wert ist.

»Nein, nichts Besonderes.«

Er scheint sich damit zufriedenzugeben, vielleicht lächelt er ein wenig, ich sehe das nicht so richtig, die Sonne steht so tief, dass ich die Augen zusammenkneifen muss, um nicht geblendet zu werden. Erik spielt noch immer im Sand. Ich kann nicht genau sehen, was er tut, aber es scheint darum zu gehen, mit einem gesprungenen Plastikspaten Sand aus einem Lastwagen in einen anderen zu verladen. Sand klebt an seinem Po, und das erinnert mich daran, dass wir nicht vergessen dürfen, ihn zu duschen, wenn wir ins Haus gehen. Als ich zuletzt sein Bett frisch bezogen habe, war es voller Sand.

Markus legt sich auf den Rücken, schließt die Augen und lässt die Hand auf meinem Oberschenkel liegen. Neben ihm liegen zwei leere Bierflaschen.

»Seid ihr schon lange hier?«, frage ich.

»Mmm. Seit wir vom Kindergarten nach Hause gekommen sind. Ich habe heute ein bisschen früher Feierabend gemacht, deshalb waren wir schon gegen halb vier zu Hause. Es war so verdammt heiß, und Erik war quengelig, aber sobald er die Kleider los war, war er zufrieden. Er kann sich endlos lange mit diesem Sandhaufen da beschäftigen.«

»Das war ein Geniestreich.«

»Genau.«

Er streichelt meinen Oberschenkel, und ich lege mich neben ihn, spüre die Wärme, die der Felsen den Tag über gespeichert hat.

»Noch eine Woche bis zum Urlaub«, murmelt Markus.

Ich gebe keine Antwort, denn ich weiß, dass ich nicht wie geplant zur selben Zeit Urlaub machen kann wie er.

»Wie war es bei der Arbeit? Ich bin wirklich neugierig«, sagt er.

»Du weißt doch alles darüber, wie die Arbeit bei der Polizei so ist.«

Er kneift mich spielerisch in den Oberschenkel. »Nimm dich in Acht. Sonst kommt die Strafe.«

»Das will ich doch hoffen!«

Er lacht leise, stützt sich auf die Unterarme und trinkt noch einen Schluck Bier. »Und jetzt erzähl.«

»Na gut. Wir sollen ein Täterprofil für einen Mord erstellen. Erinnerst du dich an diesen finnlandschwedischen Antiquitätenhändler, Jussi Ståhl, der auf Söder erschossen aufgefunden wurde?«

»Der Schwule?«

»Markus, musst du …?«

»Was denn? Der war doch schwul.« Er grinst mich an, das Bier in der Hand.

Ich seufze.

Markus leert die Flasche und stellt sie mit einem Knall auf den Felsen. Offenbar zufrieden, weil er das letzte Wort hatte.

»Mama, ich hab Hunger!«

Plötzlich steht Erik mit einer Tangdolde in der Hand vor mir. Die Sonne hat seine Haare gebleicht, und weißer Flaum glänzt auf der sonnengebräunten Haut. Ich stecke ihm den Finger in den Bauchnabel, kitzele ihn. Er lacht laut und zeigt dabei die vielen perlweißen Zähnchen.

»Ja, Liebling. Wir essen bald.«

»Ich will *jetzt* essen«, sagt er, noch immer mit einem Lachen in der Stimme.

»Weißt du, was, Wuschel«, sagt Markus. »Mama darf sich jetzt ein bisschen hier auf den Felsen ausruhen, und wir gehen ins Haus und kochen ihr was Leckeres. Das war heute Mamas erster Tag bei der neuen Arbeit, da braucht sie sicher ein bisschen Ruhe. Sie ist noch nicht richtig daran gewöhnt… an diese Art Arbeit.«

»Arme Mama«, murmelt Erik mit echter Sorge im Blick. »Kriegt man bei der Arbeit nichts zu essen?«

»Doch, wenn man fleißig ist«, sagt Markus.

»Ist Mama fleißig?«, fragt Erik.

»Hm«, sagt Markus. »Ich bin mir sicher, dass sie noch sehr fleißig werden wird, aber im Moment gibt es ganz viele neue Sachen, die sie noch lernen muss.«

»Wie in der Schule?«

»Genau wie in der Schule. Kommst du?« Markus nimmt die leeren Bierflaschen in die eine Hand, die andere fasst nach Eriks, und dann gehen sie zum Haus. Ich sehe meinen nackten Jungs hinterher, als sie durch die Fenstertüren verschwinden, und stelle fest, dass ich wirklich Glück mit ihnen habe.

Die Klimaanlage im Auto ist voll aufgedreht, und kalte Luft umfächelt mein Gesicht und meine Beine. Vijay fährt, und ich schaue aus dem Fenster, sehe draußen die Stadt wie im Film vorüberziehen. Wir fahren am Rålambshovspark vorbei, der aussieht wie ein bunter Teppich aus farbenfrohen Picknickdecken und Sonnenanbetern. Teenager, die Sommerferien haben, fahren auf Skateboards und spielen Beachvolleyball, und kleine Kinder trotten über die vergilbten Rasenflächen, während ihre Eltern im Schatten der hohen Bäume Bier oder Eiskaffee trinken.

»Was sagst du also?« Vijay schaut einen Moment lang nicht mehr die Straße an, sondern mich.

Ich weiß nicht so recht, was er meint. Was ich zu Jussi Ståhls Mörder zu sagen habe oder zur Arbeit ganz allgemein.

»Die Arbeit, meine Liebe. Wie findest du den Job? Und deine neuen Kollegen?«

Ich überlege einen Moment, unsicher, was ich antworten soll. Die ganze Situation kommt mir unwirklich vor. Als wäre ich ein Kind, das Polizei spielt.

»Das ist alles noch so neu. Es sind gerade einmal zwei Tage. Da ist es noch ein wenig zu früh, um etwas zu sagen. Aber alle kommen mir sehr ... kompetent und sympathisch vor. Reicht das?«

»Immer diese Diplomatie. Du bist wirklich eine Psychologin bis hinein in die Fingerspitzen, Siri. Es ist schon in Ordnung, eine Meinung zu haben, weißt du.« Vijay schnaubt kurz. »Aber ja, du hast natürlich recht. Sie sind kompetent und sympathisch. Die ganze Bande.«

»Carin, sie ist so ... Sie ist irgendwie beeindruckend.« Ich merke, wie schwer es mir fällt, auszudrücken, was ich meine, aber es scheint Vijay keine Probleme zu machen, meinem Gedankengang zu folgen, denn er brummt nur zustimmend.

»Sie ist fast schon beängstigend kompetent. Und nett. Sie fungiert eher als Koordinatorin denn als Chefin, was vielleicht auch nötig ist, wenn man eine Gruppe aus so vielen empfindlichen Egos leiten soll. Wie meinem, zum Beispiel.« Er lacht wieder, rückt seine Sonnenbrille gerade und gibt ein wenig Gas, als wir über Västerbron fahren. »Sie war schon überall im Haus. Hatte mit Kinderpornografie zu tun, mit Vergewaltigungen und Mord. Und sie hat in den USA beim FBI Profiling-Kurse besucht. Wir kennen uns jetzt seit mehr als zehn Jahren, aber wir arbeiten erst seit einigen zusammen.«

»Und Jimmy, wie kommt der dazu?«

Ich schiele zu Vijay hinüber und nehme gleichzeitig einen langen Zug aus meiner Wasserflasche. Ich erwarte ein Lachen und dann einen Scherz, aber Vijay wird ernst.

»Jimmy ist ein überaus fähiger Polizist, der viele Jahre bei der Ermittlung war. Irgendetwas ist passiert. Ich weiß nicht genau, was, aber ich weiß, dass gegen ihn irgendeine Art Bedrohungsbild besteht. Gerüchte behaupten, dass er ein kriminelles Netzwerk infiltriert hat. Etwas ist passiert, und er wäre dabei fast umgekommen. Deshalb wurde er in die TP-Gruppe versetzt. Er ist clever und manchmal etwas überengagiert, deswegen haben sich die Chefs Sorgen um ihn gemacht. Hier arbeitet er nicht so stark operativ und kann ein bisschen runterkühlen. Wir sind ja nicht unterwegs, um Verbrecher zu jagen, sondern beschäftigen uns vor allem mit Schreibtischarbeit.«

»Aber gerade fahren wir zu einem Gespräch mit einem Zeugen. Das muss man doch operativ nennen, oder nicht?«

Vijay schüttelt nur den Kopf und tritt vor einer roten Ampel auf die Bremse. »Du weißt, dass wir nicht operativ arbeiten. Das hier ist keine traditionelle Polizeiarbeit. Wir besorgen Material, um unser Wissen über das Opfer zu erweitern. Das hier ist keine offizielle Vernehmung, sondern nur ein Interview. Aber sicher, es kommt auch vor, dass wir bei einer Vernehmung dabei sind.«

Ich nicke, höre nicht richtig zu, weil Vijay inzwischen mit dieser Dozentenstimme redet, die er bei seinen Studierenden benutzt. Ich denke stattdessen an Jimmy, der in meinen Augen eher an einen steroidstrotzenden Kleingangster erinnert.

»Und was ist mit Örjan Bruse?«

»Örjan Brause?« Vijay sieht sofort munterer aus. »Örjan ist ein Unikum. Er arbeitet seit fast vierzig Jahren bei der Polizei. Zuerst bei der Streife, als die Polizei wirklich noch

Streife ging, dann wurde er zur Kripo versetzt. Er war bei fast jeder wichtigen Ermittlung hierzulande dabei. Palme. Der Da-Costa-Mord, die Schüsse auf dem Stureplan, das Sektendrama von Knutby – you name it. Auf den Mann ist Verlass. Er hat ein unglaubliches Gedächtnis, ich glaube tatsächlich, er vergisst rein gar nichts. Er kann ewig lange Passagen aus kriminaltechnischen Berichten zitieren, ohne auch nur einmal nachschauen zu müssen.«

»Örjan *Brause*?« Ich muss einfach kichern. Der korrekte, ruhige Mann von über sechzig ist so weit von einem Brausekopf entfernt, wie das überhaupt nur möglich ist.

Wir halten in der Heleneborgsgatan, und ich sehe die zwei Türme der Högalidskirche über den Dächern herausragen. Gerade und stattlich stechen sie in den blauen Himmel.

»Hier ist es.« Vijay zeigt auf eine Tür, die in ein Kellerlokal zu führen scheint. »Er wohnt in seinem Atelier. Sagt, dass er es in der Wohnung am Beckbrännarbacken nicht aushält, und daraus kann man ihm wohl keinen Vorwurf machen.«

Vijay macht ein trauriges Gesicht, und für einen Moment kommen mir seine Augen blanker vor als sonst. Er dreht sich zu mir um, lächelt sein weißes Lächeln und zuckt mit den Schultern, aber die Geste hat etwas Überspielendes, als sei er dabei ertappt worden, zu viele Gefühle gezeigt zu haben, und gebe sich jetzt alle Mühe, mir zu signalisieren, dass er wirklich nur professionell betroffen ist.

Miguel Alemany ist einer der schönsten Männer, die ich je gesehen habe. Er hat hohe, markante Wangenknochen und ein kräftiges Kinn, aber in seinem Gesicht dominieren die großen blaugrauen Augen mit den dichten schwarzen Wimpern. Obwohl er aussieht, als hätte er seit einer Woche nicht mehr geduscht oder sich rasiert, und seine Augen geschwollen und

37

rot gerändert sind, sieht er so umwerfend aus, dass mir im ersten Augenblick die Worte fehlen. Vijay dagegen wirkt unbeeindruckt. Er grüßt höflich und stellt mich vor. Ich nehme Miguels Hand, und er lächelt, auch wenn es eher einer Grimasse ähnelt.

Er kehrt uns den Rücken zu und geht ins Lokal. Wir folgen ihm durch einen schmalen Gang mit niedriger Decke und Wänden mit Feuchtigkeitsflecken und abblätternder Farbe. Als wir das große Zimmer erreichen, in dem Miguel arbeitet, bleiben Vijay und ich stehen, überrascht und fasziniert von dem, was wir sehen. Der Raum ist riesig und hat große Fenster zum Riddarfjärd. Norr Mälarstrand und das Stadthaus liegen vor uns, und auf der glitzernden Wasseroberfläche sind weiße Segel zu sehen. Das Atelier ist überraschend aufgeräumt. Vielleicht habe ich Vorurteile gegen Künstler und Bohemiens, aber bei Miguel herrscht penible Ordnung und Stille. Etliche Leinwände sind an eine Wand gelehnt, und in einem Regal sehe ich Papier und Farben. In der hintersten Ecke des Raumes steht ein Futon. Vielleicht schläft Miguel dort.

Er geht weiter in einen Raum, der sich als einfache Küche entpuppt. Weiße Fliesen über einem rostfreien Spülbecken, weiße Schubladen. Alles ist schlicht und minimalistisch. Das Einzige, was auf der Anrichte zu sehen ist, sind eine Kaffeemaschine und eine Schale voll Äpfel. Die Äpfel sind schrumpelig und braun, und ich frage mich, wie lange sie wohl schon dort liegen.

Miguel stellt Tassen und Untertassen auf den abgenutzten Tisch aus Kiefernholz und schaltet die Kaffeemaschine ein, ohne uns zu fragen, ob wir vielleicht lieber Tee wollen. Es ist heiß hier, aber dennoch sind alle Fenster geschlossen, als wollte er die Welt draußen aussperren. Eine Wespe fliegt ge-

gen das schmutzige Küchenfenster. Ich schaue zu Miguel hinüber, registriere seinen leeren Blick und seine abgeknabber-
ten Nägel. Trotz der Hitze trägt er ein langärmliges T-Shirt
und lange Hosen. Er scheint gar nicht richtig hier zu sein, als
gehe ihn das, was in der wirklichen Welt abläuft, nichts an.

Vor langer, langer Zeit, in einem anderen Leben, so kommt
es mir vor, war ich mit Stefan verheiratet. Er beschloss, sich
das Leben zu nehmen und mich einsam zurückzulassen. In
meiner Erinnerung erscheint mir die Zeit gleich nach seinem
Tod als eine Mischung aus Chaos und Lähmung. Eine Zeitlang wachte ich jeden Morgen mit dem Wunsch auf, einfach
weiterschlafen zu können, mich weiterhin in einer Welt zu
befinden, in der Stefan noch immer warm und lebendig war.
Ich ahne, was Miguel durchmacht. Ich möchte ihm die Hand
auf den Arm legen oder ihn vielleicht umarmen, flüstern,
dass es besser wird, so unglaublich das klingen mag. Aber natürlich tue ich das nicht. Ich beuge mich vor und öffne das
Fenster, reiße es sperrangelweit auf und lasse die Wespe hinaus, die in die Freiheit fliegt.

Miguel nickt kurz, als heiße er mein Vorgehen gut. »Haben
Sie etwas Neues? Wissen Sie, wer ihn ermordet hat?« Seine
Stimme ist rau und heiser, er klingt erkältet.

Ich höre einen vagen Akzent, aber wenn ich nicht wüsste,
dass Miguel Spanier ist, würde ich ihn vielleicht überhören.
Er dreht sich zu Vijay um, der den Kopf schüttelt.

»Wir wissen nichts Neues. Wie schon gesagt, sind Siri und
ich nicht bei der Polizei, wir arbeiten als Psychologen. Wir
helfen bei der Ermittlung und versuchen ... uns ein Bild von
Jussis Mörder zu machen. Und um das tun zu können, müssen wir mehr über Jussi erfahren.«

»Profiler?« Miguel macht ein skeptisches Gesicht. »Das
sind Sie also? Ich dachte, die gäbe es bloß in Kriminalroma-

nen und Hollywoodfilmen. Außerdem seid ihr doch gar nicht mehr in, oder? Jetzt sind doch eher Zombies und BDSM-Sex angesagt?« Er klingt sarkastisch und müde.

»Ich fürchte, bei der Polizei herrscht Zombiemangel, auch wenn es vielleicht den einen oder anderen gibt.« Vijay macht ein ernstes Gesicht. »Aber ja, wir könnten uns vielleicht Profiler nennen. Und wir brauchen Ihre Hilfe.«

»Was möchten Sie wissen?« Miguel ist aufgestanden, schenkt uns Kaffee ein und stellt Zucker und Milch auf den Tisch.

Ich schiele zum Datumsstempel auf dem rotweißen Milchkarton hinüber. Die Milch hat ihr Verfallsdatum seit einigen Tagen überschritten. Ich lasse sie stehen, gebe stattdessen mehrere Löffel Zucker in den Kaffee und trinke ihn schwarz.

Vijay und ich haben vorher über unser Gespräch mit Miguel diskutiert und beschlossen, dass Vijay der Aktivere sein soll, der Fragen stellt, während ich passiv bleibe und zuhöre. Einerseits, weil ich mich noch in der Anfängerphase befinde, andererseits, um über das nachdenken zu können, was bei diesem Gespräch gesagt wird, und um Dinge aufzufangen, die Vijay vielleicht entgehen. Im Moment bin ich dankbar dafür. Obwohl ich den Umgang mit Menschen, die gerade eine Krise durchmachen, gewöhnt bin, ist mir noch niemals jemand begegnet, der nicht mit mir sprechen wollte. Doch alles an Miguels Verhalten zeigt, dass das bei ihm der Fall ist. Er will nicht, dass wir hier sind. Er will allein in diesem stickigen Atelier sein, es mit seiner Trauer und seinem Schmerz füllen, anstatt mit Psychologen zu sprechen, die sich als Polizisten ausgeben.

»Wir müssen mehr über Jussi wissen. Wer er war. Zu wem er Kontakt hatte. Wer ihn mochte und wer nicht.« Vijay schafft es, energisch und mitfühlend zugleich zu klingen. Ich habe vergessen, wie gut er mit Menschen umgehen kann.

»Jussi war ein fantastischer Mensch. Ich weiß ja, dass das immer gesagt wird, wenn jemand gestorben ist – dass es ein wunderbarer Mensch ohne jeglichen Fehler war, aber bei Jussi ist es wirklich so. Er war jemand ganz Besonderes.« Miguel sieht uns mit etwas an, das wie Trotz aussieht, er scheint Widerspruch zu erwarten. Und ich denke, dass er das vielleicht wirklich tut.

»Was meinen Sie mit jemand *Besonderes*?« Vijay scheint von Miguels Feindseligkeit nicht getroffen zu sein, er führt ihn nur behutsam weiter durch das Gespräch.

Miguel seufzt und gibt sich offenbar geschlagen. »Jussi war warm. Engagiert. Liebevoll. Andere Menschen waren ihm wirklich wichtig.«

»In welcher Weise denn?« Vijay stellt die selbstverständliche Frage. Es ist leicht, zu sagen, dass jemand fantastisch war, aber schwerer, zu erklären, wieso.

»Er war einfach richtig, so, wie er war. Hat zugehört, angerufen, geredet. Hat Geld verliehen. Er war ganz einfach da. Er war für *alle* da.« Miguel scheint nur schwer Worte zu finden. Er schüttelt den Kopf und verstummt.

»Wie haben Sie sich kennengelernt?«

»Das war gleich, nachdem ich vor drei Jahren nach Schweden gekommen war. Ich hatte Freunde hier und wollte nicht für immer in Spanien wohnen bleiben. Ich konnte einen Galeristen für meine Bilder interessieren und … ja, so bin ich hier gelandet.«

»Sie sprechen fantastisch Schwedisch, dafür, dass Sie erst seit drei Jahren hier leben.« Vijays Feststellung kommt ganz spontan.

Miguel nickt. Er scheint an solche Kommentare gewöhnt

zu sein. »So bin ich eben. Sprachen lernen fällt mir leicht. Ich kann auch Dialekte oder Personen nachmachen. Das ist meine Partynummer.« Er zuckt mit den Schultern. »Aber egal. Eines Abends war ich mit einigen Freunden in einem Club, wo auch Jussi war. Danach sind wir dann bei ihm zu Hause gelandet. Er wohnte damals auf Östermalm, nur einen Steinwurf von der Kneipe entfernt, wo wir uns kennengelernt hatten. Und danach ... ja, danach waren wir zusammen, ganz einfach.«

»War er treu?«

»Was ist das denn für eine Scheißfrage? Meinen Sie, er hat rumgefickt, bloß weil er schwul war? Einem Hetero würden Sie diese Frage niemals stellen, davon bin ich überzeugt.« Seine Wangen sind rot geworden, und zum ersten Mal in diesem Gespräch wirkt Miguel engagiert. »Aber klar. Ja, er war treu. Und ich auch. Nein, es gab keine anderen. Nein, ich glaube nicht, dass er mich hintergangen hat. Nein, wir hatten keinen Sex mit Fremden auf öffentlichen Toiletten. Wir hatten eine gute Beziehung und haben uns aufeinander verlassen. Ich glaube ... nein, ich weiß ... dass er früher ziemlich viele Liebhaber hatte, aber er hatte es satt. Er wollte etwas anderes.« Miguel macht eine heftige Handbewegung und stößt dabei fast seine Tasse um. Kaffee schwappt über die zerkratzte Tischplatte und bildet kleine schwarze Pfützen. Er macht keine Anstalten, den Kaffee wegzuwischen. Seine Arme sinken einfach nach unten, und er sieht verzweifelt aus.

»Es tut mir leid. Wirklich. Ganz ehrlich. Aber wir müssen das wissen. Wir wollen den Menschen finden, der Jussi das angetan hat, und deshalb müssen wir fragen. Nach allem. Das ist schwierig und abstoßend. Aber es muss sein.« Vijay sieht traurig aus, und ich kenne ihn gut genug, um zu wissen, dass ihm jedes Wort ernst ist. Es liegt etwas in seiner Stimme, eine

Nuance, ein Gefühl. Etwas, das ich nicht greifen oder identifizieren kann, das aber erahnen lässt, dass ihm dieser Fall vielleicht besonders wichtig ist.

Miguel nickt und macht eine Handbewegung, um zu zeigen, dass es schon in Ordnung ist. Dass Vijay weiterfragen darf.

»Können Sie von seiner Arbeit erzählen? Womit hat er sich beschäftigt?«

»Er war Antiquitätenhändler. Er hatte einen Laden auf Östermalm. Eigentlich mehr ein Einrichtungsgeschäft, in den letzten Jahren hat er auch neue Stücke verkauft. Er nahm Aufträge an, richtete Privatwohnungen und öffentliche Lokale ein. War bei der Antiquitätenrunde und in Einrichtungsprogrammen im Fernsehen dabei. Schrieb für Einrichtungsmagazine. Er... wie sagt man das auf Schwedisch? Er hatte viele Bälle gleichzeitig in der Luft.«

»Wie sah es mit seiner Finanzlage aus? War er in Geldnöten?«

»Im Gegenteil, er hatte eine Menge Geld. War steinreich, ehrlich gesagt. Er hatte von seinen Eltern geerbt und nahm finanzielle Dinge verdammt ernst. Aber da fragen Sie lieber seinen Steuerberater. Ich habe wirklich nicht so den Überblick.«

»Und wer beerbt ihn?« Vijay hat wieder seine bedauernde Miene aufgesetzt, doch Miguel wirkt nicht mehr wütend. Die Fragen nach Geld und Arbeit scheinen ihm weniger wehzutun als die Fragen nach seinem und Jussis Liebesleben.

»Weiß nicht. Wenn ich raten soll, dann werde ich wohl einen Teil des Geldes bekommen. Aber das habe ich der echten Polizei doch schon erzählt. Die hat auch die Adresse von Jussis Anwalt und Steuerberater bekommen. Warum fragen Sie noch mal danach?«

»Weil wir uns ein eigenes Bild machen wollen.« Vijay sieht müde aus.

Ich schaue aus dem Fenster. Eine Möwe kreist über den Dächern. Ich meine, Verkehrslärm und Stimmen zu hören. Das Leben spielt sich dort draußen ab.

»Gab es Leute, die Jussi nicht leiden konnten?«

Miguel lässt sich auf dem Stuhl zurücksinken, sieht uns an und nickt. »Ich dachte schon, Sie würden gar nicht danach fragen. Ja, verdammt. Das können Sie sich doch denken. Jussi war bekannt und schwul. Eine Scheißtunte, wenn man so will. Klar gab es Leute, die ihn nicht leiden konnten. Aber das waren nur solche, die nichts mit ihm zu tun hatten. Alle, die Jussi kannten, mochten ihn auch.«

»Wurde er bedroht? Im Internet? Kamen Drohbriefe?« Vijay ist jetzt interessiert, der traurige Hundeblick ist verschwunden, und er wirkt angespannt.

»Drohmails mit der Ankündigung, dem Schwulen einen Baseballschläger in den Arsch zu rammen und ihn dann umzubringen. Kacke im Briefkasten. Rundum gemeiner Klatsch und Verleumdungen auf *Flashback*. Beleidigungen, wenn er in der Stadt unterwegs war. Doch, sicher. Aber er hat das alles nicht ernst genommen. Er hatte keine Angst, dass wirklich etwas passieren könnte, wenn Sie verstehen. Ich habe ihm zugeredet. Ich fand, er sollte zur Polizei gehen, aber er meinte, das würde doch nichts bringen. Die Polizei würde die Ermittlungen einfach einstellen. Er sagte, die, die ihn im Netz bedrohten, seien feige. Sie würden sich in der wirklichen Welt niemals in seine Nähe trauen.«

»Und Sie wussten nicht, woher die Bedrohungen stammten?«

»Nein. Nur, dass sie einander ähnelten. Wortwahl, Satzbau. Es war, als ob sie dasselbe Vorbild benutzten. Ich habe

Sprachwissenschaft studiert, ehe ich mich ganz auf die Kunst verlegt habe. Und da war etwas in Tonfall und Formulierungen, das fast … identisch klang.«

»Haben Sie die noch? Ich meine, diese Mails?«

Vijay und ich beugen uns beide vor. Obwohl ich während des gesamten Gesprächs geschwiegen und keine Ahnung von Polizeiarbeit habe, weiß ich doch, dass das hier wichtig sein kann. Jussi ist bedroht worden.

»Die echte Polizei hat seine Rechner mitgenommen. Den Scheiß haben wir natürlich nicht aufbewahrt. Sie können sich ja bei Ihren Kollegen erkundigen, wenn Sie mehr wissen wollen. Reden Sie auf der Wache denn nie miteinander?« Seine Stimme klingt wieder abweisend, aber ich ahne, dass es nur eine Verteidigungshaltung ist, eine Möglichkeit, das, was wehtut, noch eine Weile auf Distanz zu halten.

»Wie war es in den Wochen vor seinem Tod? Ist da etwas Besonderes passiert? Etwas, das Sie beunruhigt hat?«

Miguel schüttelt den Kopf. »Alles war wie immer. Genau wie immer …«

Er zieht an den Ärmeln seines verwaschenen Hemdes, scheint trotz der Hitze zu frieren. Dann bricht er ohne Vorwarnung in Tränen aus. Tiefes Schluchzen lässt seinen ganzen Körper zittern, und er kauert sich auf dem Stuhl zusammen, schlingt die Arme um den Körper und weint wie ein kleines Kind. Vijay sieht mich an, und ich nicke.

Es ist Zeit für uns, zu gehen.

Das traurige Herz – 1994

Das körnige Bild zeigte einen dunklen und anscheinend leeren Platz. In der Mitte, neben einem ausgebrannten Personenwagen, war auf dem Boden ein Körper zu ahnen. Er lag ganz still da. Dann bewegte sich etwas über das Pflaster, eine überaus mutige oder auch nur sehr hungrige Person lief im Zickzackkurs über den Platz. Als die Person die halbe Strecke hinter sich gebracht hatte, blitzte es auf dem Dach eines der umstehenden Gebäude auf: Eine einsame Mündungsflamme, ein makabres Feuerwerk zeichnete sich deutlich vor dem dunklen Himmel von Sarajewo ab. Der Mensch, der fast schon die Sicherheit auf der anderen Seite erreicht hatte, brach zusammen und blieb bewegungslos auf dem Boden liegen.

Jens wollte wegschauen, konnte das aber nicht. Die Bilder waren hypnotisierend.

»Bitte. Können wir das jetzt ausschalten, es ist so entsetzlich«, sagte seine Mutter.

Sie sah müde aus. Sie sah in letzter Zeit fast immer müde aus. Ihre Haare zeigten an den Schläfen schon einen Anflug von Silber, und die Ringe unter den Augen waren tiefer geworden und ließen das eigentlich runde Gesicht hohl aussehen. Es lag wohl daran, dass sie die ganze Zeit büffelte und zugleich versuchte, seinen Vater bei Laune zu halten. Das konnte wirklich keine leichte Aufgabe sein.

Sein Vater widersprach nicht, er beugte sich zum Fernseher vor und schaltete ihn aus. Auch er sah müde aus. Seine Haare waren dünn, und sein Körper war um die Schultern schmaler geworden und um die Taille wie eine Cola-Flasche in die Breite gegangen.

»Ich habe jede Woche mit ihnen zu tun«, sagte er. »Den Kriegsveteranen. Was sie erlebt haben, ist … unbeschreiblich. Man kann einfach nicht verstehen, was Menschen sich gegenseitig antun.«

Sein Vater arbeitete als Freiwilliger beim Roten Kreuz. Zwei Abende pro Woche traf er sich zusammen mit einem Dolmetscher mit Kriegsveteranen aus dem ehemaligen Jugoslawien. Er sagte immer, er wolle nicht den Kontakt zur klinischen Arbeit verlieren, jetzt, da er in Vollzeit als Kommunalpolitiker tätig war, aber Jens glaubte eher, dass es sich um ein krankhaftes Geltungsbedürfnis handelte. Um den Drang, immer wieder zu demonstrieren, was für ein guter und verantwortungsbewusster Mensch er doch war.

»Danke«, sagte seine Mutter und erhob sich. »Ich finde, wir sollten jetzt essen.«

Sie gingen in die Küche und setzten sich schweigend an den abgenutzten Tisch aus Kiefernholz.

Wann waren sie eigentlich so stumm geworden? Jens glaubte, sich zu erinnern, dass sie früher einmal eine lebhafte Familie gewesen waren. Sie hatten sich nur selten gestritten – das hatte der Vater verhindert –, aber sie hatten an diesem Kiefernholztisch in der Küche über alles Mögliche zwischen Himmel und Erde diskutiert. Die Mutter hatte viel gelacht, und der Vater hatte wie immer zu fast allem eine Meinung gehabt und alles besser gewusst. Vielleicht hatte Mutter auch nur über seine Meinung gelacht.

Jens streckte die Hand aus, nahm sich eine der Frikadellen und stopfte sie sich in den Mund.

»Herrgott. Nicht mit den Händen! Man könnte meinen, du wärst acht und keine achtzehn«, sagte seine Mutter.

Jens grinste als Antwort, und das Gesicht der Mutter wurde weicher. Sie deutete ein Lächeln in seine Richtung an. Sie konnte ihm nie sehr lange böse sein. Das war das Gute an ihr.

»Hier«, sagte sie und reichte ihm die Schüssel mit den Frikadellen.

»Sollen wir versuchen, uns heute Abend diese Dokumentation anzusehen?«, fragte der Vater und schaute die Mutter an, die ihrerseits die Schüssel mit den Kartoffeln anstarrte.

»Ich muss zwischendurch weg. Wir haben Gruppenarbeit in Soziologie. Und danach muss ich für die Psychologieprüfung am Dienstag lernen, also… nein, ich schaff das wohl nicht. Leider.« Sie nahm sich zwei sehr kleine Kartoffeln und legte sie neben eine einsame Frikadelle, dann füllte sie den Teller mit Salat auf.

In der letzten Zeit hatte die Mutter sehr darauf geachtet, was sie aß und wie sie sich anzog. Jens hatte den Verdacht, dass sie versuchte, abzunehmen, auch wenn sie das niemals zugeben würde. Sich mit etwas so Oberflächlichem und Unproduktivem wie einer Diät abzugeben, war etwas, das man in dieser Familie nicht ungestraft tat.

»Und du?« Jetzt sah der Vater ihn an.

»Ich hab was vor.«

»Ach so«, mehr sagte der Vater nicht, denn er wollte schon lange nicht mehr wissen, wohin Jens ging und mit wem er sich traf. Er tat Jens fast leid, denn nun würde er den ganzen Freitagabend allein in der Wohnung sitzen.

»Warum macht ihr denn an einem Freitag Gruppenarbeit?«, fragte der Vater.

Die Mutter zuckte mit den Schultern. »Warum nicht?«

Als sie die Gabel zum Mund hob, zitterte ihre Hand. Es war eine ganz leichte, fast unmerkliche Bewegung, aber sie ließ das Salatblatt auf der Gabel auf dieselbe Weise beben wie das Laub an dem großen Baum vor dem Fenster bei Wind.

»Hab ich übrigens schon von der Gemeinderatssitzung gestern erzählt?«, fragte der Vater. »Denen hab ich's richtig gegeben. Die haben doch alle keine Ahnung, was sich draußen in der Wirklichkeit auf den Sozialämtern abspielt. Der Bürgermeister hat sich nachher persönlich bei mir bedankt, weil ich so gut informiert war, dass …«

»Das hast du heute Morgen erzählt«, fiel die Mutter ihm ins Wort, ohne den Blick von ihrem Teller abzuwenden.

Wieder war es still. Und wieder hatte Jens dieses drückende Gefühl, dass etwas nicht stimmte, dass aber niemand darüber sprechen wollte oder konnte; dass etwas oder jemand ihnen die Fähigkeit gestohlen hatte, miteinander zu kommunizieren. Er kam sich vor wie mitten in einem Film von Woody Allen. Eine Familie aus Gehirnklempnern, die einander nicht erreichen konnten und die in Kreisen um die wirklichen Probleme herumredeten. Das war doch nun wirklich überaus bizarr!

»Triffst du dich mit einem Mädchen?«, fragte die Mutter und zwinkerte ihm zu.

Er lachte auf, was sie vermutlich für Verlegenheit hielt, und das war wohl gar nicht so schlecht.

»Weißt du«, sagte sein Vater. »Ich kann ja verstehen, dass du ausgehen und dich amüsieren willst. Aber wir brauchen unten vor Ort noch mehr Freiwillige in deinem Alter. Und ich glaube, es würde dir guttun, etwas anderes zu machen, als nur zu feiern und die Tage zu verschlafen.«

»Ich hab doch Ferien!«

Der Vater hob die Handflächen, als ob er die Diskussion

handgreiflich beenden wollte. »Das Elend der Flüchtlinge da unten hat *nie* Ferien. Mehr sag ich ja gar nicht. Und es tut allen Menschen gut, für etwas zu arbeiten, das größer ist als sie selbst. Dir würde es auch nicht schaden, mal an etwas anderes als an deine eigenen Bedürfnisse zu denken.«

»Aber echt. Ich hab doch gerade zwölf Jahre lang gebüffelt. Kann ich vielleicht mal Sommerferien haben, ohne dass du mich anmachst, weil ich kein ausreichend engagierter Mitbürger bin?«

»Als ich in deinem Alter war ...«

»Also, wisst ihr«, sagte die Mutter und erhob sich. Sie strich sich die dünnen lockigen Haare aus dem Gesicht. »Ich muss jetzt los, wenn ich nicht zu spät kommen will. Übernehmt ihr den Abwasch?« Ohne ein weiteres Wort verschwand sie in Richtung Wohnungstür.

Der Augustabend war warm, als Jens aus dem Haus trat. Es war eine Befreiung, die Wohnung verlassen zu können. Sein Vater hatte mit hängenden Armen auf dem Sofa gesessen und nichts gesagt, und als Jens gefragt hatte, ob er den Fernseher einschalten sollte, hatte der Vater *nein* gesagt, ohne eine Miene zu verziehen. Er sah aus wie einer der Patienten aus diesem Film mit Robin Williams, die vor vielen Jahren nach einer Krankheit in einer Art Trance versunken waren.

Bei der Götgatan bog Jens nach rechts in Richtung Slussen ab. Auf den Straßen war viel los. In einigen Stunden würden noch immer so viele Menschen unterwegs sein, dann aber wären alle mehr oder weniger angetrunken und zugedröhnt. Hinter ihm hupten Autos, weil ein Taxi mitten auf der Straße hielt, um eine Familie mit Kindern und Reisetaschen aussteigen zu lassen. Zwei Transen an der Ecke Högbergsgatan winkten ihm zu, und er winkte munter zurück. Ein ungeheuer fetter Mann mit einer Bierflasche in der Hand stand in einem Hauseingang und sang mit klangvollem norrländischen Akzent die Nationalhymne.

Er spürte, wie seine Energie zurückkehrte, und das vertraute Prickeln im Magen stellte sich ein. Es war Freitagabend. Und seine Mutter hatte recht gehabt.

Er hatte ein Date.

Als er an dem kleinen Café vorbeikam, das sich auf echten italienischen Kaffee spezialisiert hatte, serviert von echten Italienern – die außerdem verdammt gut aussahen –, blieb er stehen und überlegte einen Moment lang. Er war nicht sicher, ob sie Zigaretten verkauften, beschloss aber zu fragen.

Im Lokal war es dunkel. Gedämpftes Murmeln war von den wenigen an den kleinen Marmortischen sitzenden Gästen zu hören. Vom Tresen her erklang ein Zischen, als ein dunkler durchtrainierter Mann von Mitte zwanzig die Espressomaschine bediente. Jens glaubte, ihn zu kennen – vielleicht aus dem Club –, aber er war sich nicht sicher. Als er gerade nach Zigaretten fragen wollte, ließ ihn eine Bewegung, die er aus dem Augenwinkel wahrnahm, herumfahren. Etwas an dieser Geste, etwas daran, wie sie sich den blonden Pony aus der Stirn strich, kam ihm bekannt vor.

Seine Mutter!

Sie beugte sich so weit über den kleinen Tisch, dass ihre Brüste wie zwei Hundebabys nebeneinander auf der Tischplatte lagen. Ihr gegenüber, mit dem Rücken zu Jens, saß ein Mann. Es war unmöglich, sein Gesicht zu sehen, aber unter einer Strickmütze lugten dunkle, leicht verfilzte Haare hervor. Die Mutter lachte und schien überhaupt nicht mehr müde zu sein. Und nach Gruppenarbeit sah das hier auch nicht aus. Sie setzte sich gerade hin, hob die Arme und reckte sich wie eine Katze. Die lässige Bewegung hatte etwas Herausforderndes, etwas, das ihn dazu brachte, den beiden den Rücken zuzukehren und das Café sofort wieder zu verlassen.

Er floh hinaus in das Gewimmel auf der Götgatan, ließ sich vom Strom der Menschen einfangen und in Richtung Slussen treiben. Seine Gedanken kollidierten miteinander, wollten ihm keine Ruhe lassen. Wer war der Mann, der der Mutter gegenübergesessen hatte? Jemand aus dem Kurs? Vielleicht handelte es sich ja doch bloß um eine harmlose Gruppenarbeit – trotz allem. Vielleicht hatten anderswo in dem Café noch andere aus der Gruppe gesessen. Aber dann sah Jens wieder seine Mutter vor sich. Ihr Lächeln und diese Bewegung, mit der sie den Rücken gestreckt hatte. Herausfordernd. Flirtend. Konnte seine Mutter untreu sein? Die bloße Vorstellung, dass sie noch ein Sexualleben haben könnte, war abstoßend. Und dann dachte er an seinen Vater. An dessen in sich zusammengesunkene, hoffnungslose Gestalt auf dem Sofa, und er fühlte sich noch elender. Auf eine seltsame Weise fühlte er sich mitschuldig an allem: der Resignation des Vaters, dem offenbaren Desinteresse der Mutter an ihrem Mann. An dem Typen mit der Mütze, mit dem die Mutter geredet hatte. Warum trug er überhaupt drinnen eine Mütze? Die Mutter hätte niemandem aus der Familie erlaubt, im Haus eine Mütze zu tragen, warum also kicherte sie bei einem solchen Typen und spielte sich für ihn auf? Jens war plötzlich furchtbar traurig, als ob er mit Sicherheit wüsste, dass gerade ein Kapitel in seinem Leben beendet worden war. Als ob etwas unendlich Tragisches seinen Anfang genommen hätte, etwas, das er weder verhindern noch beeinflussen konnte. Und deshalb beschloss er, sofort in die Kommendörsgatan zu gehen, obwohl es erst sieben war.

Jussi öffnete die Tür und lächelte strahlend. Er hatte sich ein Handtuch um die Hüften geschlungen, und seine nassen

Haare standen in alle Richtungen ab. In der Hand hielt er eine Zahnbürste. Er duftete nach Seife. Die feuchte Badezimmerluft war in die Diele geströmt und hatte den Spiegel mit einem dünnen Feuchtigkeitsfilm überzogen.

»Du bist aber früh dran«, sagte Jussi in seinem singenden Finnlandschwedisch, schob die Zahnbürste in den Mund und ging zurück ins Badezimmer. »Ist alles in Ordnung?«

Jens überlegte eine Weile. »Eigentlich nicht«, sagte er dann.

Er hörte, wie der Wasserhahn lief und Jussi gurgelte und ausspuckte. Dann kam er wieder aus dem Bad.

»Ist etwas passiert?«

Niemand konnte so besorgt aussehen wie Jussi. Er wurde oft »Glucke« genannt, und das war eine passende Beschreibung, denn er machte sich Sorgen um alles und alle: verlassene Katzen, krebskranke Kinder, Muslime in Bosnien und die alten Frauen im Haus, denen die Treppe Probleme machte. Aber vor allem sorgte sich Jussi um ihn.

»Es ist bloß …« Seine Stimme versagte. Wie sollte er erklären, was an diesem Abend passiert war? Er begriff ja selbst nicht, warum er sich so unruhig und schuldig fühlte. Es war einfach so.

Aber er musste gar nichts sagen. Jussi schloss vorsichtig die Haustür hinter ihm und zog ihn in die Diele. Er legte seine starken Arme um ihn und wiegte ihn langsam hin und her wie ein kleines Kind.

»Aber, aber«, sagte er. »Du brauchst nichts zu sagen. Jetzt bist du hier. Nur das ist wichtig.«

Und Jussi hatte recht, denn die Angst verschwand. Sie starb einfach, hielt die Klappe, floss an ihm herunter wie Wasser.

»Danke«, sagte er und küsste Jussis weiche, warme Lippen, die nach Salz und Zahnpasta schmeckten.

Jussi schob die Hände unter seinen Pullover und liebkoste

behutsam seinen Rücken. Zeichnete mit den Fingern kleine Kreise darauf, als ob er dort mit seinen noch immer feuchten Händen geheime Botschaften hinterlassen wollte.

»War mir ein Vergnügen«, murmelte er und zog ihn mit sich.

Siri

Die Mikrowelle macht *Pling*, und ich nehme meinen Teller heraus. Der ist heiß, und ich verbrenne mich fast daran. Die Nudeln von gestern riechen heute noch genauso gut. Das Pausenzimmer ist ganz anders als die Teeküche in der Praxis, die ich mit Aina und Sven geteilt habe. Sie war persönlich eingerichtet, mit Fotos und Kunstdrucken und einer Menge Zeitschriften und Sachbüchern. Es gab immer frisch gebackene Zimtschnecken oder kleine Schokokekse aus der Bäckerei in der Söderhalle. Und es gab Sven und Aina und unsere griesgrämige und doch geschätzte Sekretärin Marianne.

Das hier sieht aus wie das Pausenzimmer in irgendeiner beliebigen Behörde. Einige anonyme Lithografien an den Wänden. Eine Plastikschüssel mit finnischen Mandelplätzchen. Ein Stapel Zeitungen. Das Einzige, was auffällt, sind die schönen gepflegten Topfblumen auf der Fensterbank. Ich spüre, wie sich meine Brust und mein Bauch schmerzhaft zusammenkrampfen. Ich sehne mich nach dem, was ich hatte, nach der Praxis, die wir gemeinsam aufgebaut hatten. Aber vor allem sehne ich mich nach Aina. Nach der selbstverständlichen Nähe zwischen uns, nach unseren vertraulichen Gesprächen. Nach Lachen und Albernheiten, gemischt mit Ernst. Sie war meine allerbeste Freundin, und ich versuche zu leben, als ob es sie nie gegeben hätte. Ich wüsste gern, wie es ihr geht, wie es um sie steht. Es wäre einfach, Vijay zu fragen, denn ich weiß, dass er sie regelmäßig besucht, aber das bringe ich nicht über mich.

Anfangs wollte Vijay mich überreden, Aina das Geschehene zu verzeihen, darüber hinwegzukommen und für sie da zu sein, jetzt, da sie mich braucht. Aber nach und nach gab er dann auf. Sagte nur, ich sei eine sture, miese Kuh, ließ mich aber in Ruhe. Als hätte er eingesehen, dass manche Dinge nicht verziehen werden können.

Ich esse einen Bissen, verdränge die Gedanken und versuche, mich stattdessen auf Miguel Alemany zu konzentrieren. Ich denke an den schönen Mann und den Schmerz in seinen Augen und an den Hass auf Jussi, von dem er erzählt hat. Ich versuche zu verstehen, wie man jemanden dermaßen verachten kann, nur weil er homosexuell ist. Warum es so provozierend ist, wenn zwei Männer einander lieben. Ich versuche zu verstehen, merke aber, dass meine Erklärungen nur Floskeln über Ausgeschlossenheitsgefühl und Geltungsdrang enthalten. Kann Jussi einem Hassverbrechen zum Opfer gefallen sein? Könnte ihn wirklich jemand ermordet haben, nur weil er schwul war?

Örjan Bruse kommt herein. Ohne ein Wort an mich zu richten, stellt er eine Portion Essen in die Mikrowelle, tritt dann an die Fensterbank und zupft verwelkte Blätter von einer rosa Mårbacka-Pelargonie. Als er merkt, dass ich ihm dabei zusehe, richtet er sich auf und lächelt, während er diesen seltsamen Seitwärtsblick auf mich richtet. Der, der meinen Augen nicht ganz begegnet.

»Ach. Hier sitzt du also. Beim Essen.«

»Ja, hier sitze ich.« Ich weiß nicht, was ich sonst noch sagen sollte. Er wirkt nervös und ein wenig verlegen.

»Wie war denn das Interview? Habt ihr noch mehr erfahren?« Er macht sich weiter an den Blumen zu schaffen, während er mit mir spricht. Zupft an den Blättern. Steckt einen Finger in die Erde, um festzustellen, ob sie gegossen werden müssen. Ich begreife plötzlich, dass offenbar Örjan für die schönen Topfblumen verantwortlich ist.

»Dass Jussi … im Internet von Leuten schikaniert wurde, die etwas gegen Homosexuelle haben.«

»Ja, ich glaube, das kam auch bei den Gesprächen heraus, die die Kollegen mit ihm geführt haben. Wir werden ja sehen, ob die Technik etwas in seinem Rechner findet.«

»Was glaubst du? Könnte es ein Verbrechen aus Hass gewesen sein?«

»Was ich glaube?« Meine Frage scheint ihn zu überraschen. Die Mikrowelle gibt das klingelnde Geräusch von sich, und er fängt an, den Tisch mit Besteck und einem Glas zu decken. Er stellt seinen Teller dazu und nimmt mir gegenüber Platz.

Fasziniert sehe ich zu, wie er sorgfältig die gekochten Kartoffeln in kleine, gleich große Stücke zerteilt und danach konzentriert seine Frikadellen in Scheiben schneidet. Alles auf dem Teller liegt in ordentlichen Abteilungen da, die nicht miteinander in Berührung kommen. Frikadellen hier, Kartoffeln dort. Ein Klacks Sahnesoße und roh gerührte Preiselbeeren.

Er spießt ein Stück Frikadelle auf die Gabel, tunkt es dann vorsichtig in die Sahnesoße und gibt dann einen Löffel Preiselbeeren darauf. Kaut sorgfältig und lange. Erst danach sieht er mich wieder an und antwortet. »Ich glaube, dass er von jemandem ermordet worden ist, der ihn hasste. Aber aus sehr persönlichen Gründen. Hassverbrechen? Ich weiß nicht. Da solltest du lieber Vijay fragen.«

Ich denke, dass seine Antwort mich nicht klüger gemacht hat, und dass er dem Gesprächsthema auf effektive Weise ausgewichen ist.

»Kümmerst du dich um die Blumen hier?« Ich nicke zur Fensterbank mit ihrer Blütenpracht hinüber.

Örjans Gesicht öffnet sich widerwillig zu einem Lächeln, und er nickt. »Meine Mutter war Hobbygärtnerin. Ich bin sozusagen in einer Gärtnerei aufgewachsen. Und es ist meine absolute Leidenschaft.« Sein Gesicht ist jetzt lebendig, und ich kann in seinen Augen eine Begeisterung erkennen, die ich bisher noch nicht an ihm erlebt habe.

Ich fühle mich seltsamerweise erleichtert. Es ist, als zeige Örjan zum ersten Mal, dass er lebt und kein Roboter ist, der geschickt menschliches Verhalten imitiert. »Ach, und wieso bist du dann Polizist geworden? Und kein Gärtner?«

»Mein Vater war Polizist.«

Er sagt das wie eine Feststellung, als sei es eine selbstverständliche, unbestreitbare Tatsache, dass Söhne von Polizisten ebenfalls Polizist werden. Abermals bricht er das Gespräch ab, aber ich will mich nicht geschlagen geben. Es muss doch möglich sein, zu diesem seltsamen Mann durchzudringen.

»Wohnst du denn in einem Haus? Mit einem eigenen Garten?«

»Nein. Wohnung.« Er senkt den Kopf und spießt noch einen genau zurechtgeschnittenen Bissen auf die Gabel.

»Und wo hast du deine Pflanzen? Auf dem Balkon?«

»In einem Schrebergarten in Tanto mit Blick auf Årstaviken. Da ist es wirklich wunderschön.«

Ich denke an meinen eigenen Garten. An die vergilbten Grasbüschel und den krummen Apfelbaum. An Kartoffelrosen und Flieder, an den von Unkraut überwucherten Kiesweg, der zur Straße führt. Weder ich noch Markus haben sonderlich grüne Daumen und unsere Versuche, einen richtigen Garten anzulegen, beschränken sich darauf, im Oktober Zwiebeln in den Boden zu stecken. Erik und ich haben versucht, in einer Gartenecke ein Gemüsebeet anzulegen, um Salat und Möhren zu ziehen. Wir haben auch einige Erdbeeren gesetzt, aber bisher haben – zu Eriks großem Kummer – immer die Rehe die reifen Pflanzen geholt. Örjan wäre vermutlich entsetzt, wenn er das Ergebnis unserer misslungenen Bemühungen sähe.

»Was am Gärtnern gefällt dir denn so gut?« Ich höre die Psychotherapeutin in meiner Stimme. Die Frage, die gestellt wird, um mein Gegenüber kennenzulernen, und plötzlich bin ich verlegen und ein wenig beschämt. Welches Recht habe ich, meine neuen Kollegen zu bewerten und zu analysieren?

Aber Örjan scheint den Unterton in meiner Frage nicht bemerkt zu haben. »Mir gefallen die scheinbare Schlichtheit und die Komplexität, die sich dahinter verbergen. Einen Garten anzulegen, kann einfach aussehen. Einige Obstbäume und ein paar Büsche pflanzen. Einen Rasen. Aber das stimmt nicht. Einen wirklich schönen Garten bekommt man erst durch genaue Planung. Alle Bestandteile müssen durchdacht sein. Es ist ein langfristiges Projekt, das man viele Jahre im Voraus planen muss, um auf alle möglichen Eventualitäten Rücksicht nehmen zu können. Es gibt so viele Variablen, die man im Blick behalten muss.« Er spricht bedächtig und formuliert seine Sätze mit großer Umsicht.

Ich vermute, dass er seine Sprache ebenso pflegt wie seinen Garten: Alles ist durchdacht, sorgfältig abgewogen und streng kontrolliert.

»Und jetzt geht es wieder an die Arbeit.« Er schiebt die goldgefasste Brille auf seiner Nase nach oben und sammelt sein Geschirr zusammen. Ich schaue auf die große Wanduhr. Es ist genau eine Minute vor eins.

Wir haben uns im Besprechungsraum versammelt. Carin sitzt am Kopfende des Tisches und hält einen Stift in der Hand. Sie sieht angespannt aus, als wäre sie die ganze Zeit kurz davor, aufzuspringen, und müsste sich beherrschen, um ruhig auf ihrem Stuhl sitzen zu bleiben. Örjan und Jimmy sitzen an der einen Längsseite, Vijay und ich an der anderen. Juan Martina, der nur in Teilzeit arbeitet, hat heute frei. Irgendwer hat eine Thermoskanne auf den Tisch gestellt, und in einer geblümten Schüssel liegt etwas, das Ähnlichkeit mit platt gedrückten Zimtschnecken hat.

Carin sieht, dass ich sie anstarre, und lacht. »Die kann man essen. Glaub mir. Mein Jüngster hat sie im Hauswirtschaftsunterricht gebacken und will nun unbedingt Bäcker werden. Sie schmecken besser, als sie aussehen.«

Am Tisch wird es still.

Carin trinkt einen Schluck Kaffee und sieht uns dann an. »Ich weiß, dass ihr alle damit beschäftigt seid, Informationen zu sammeln, aber ich will auch, dass wir zusammen weiterdenken, wo ihr euch inzwischen weiter in die Materie eingearbeitet habt. Was ist euer allgemeiner Eindruck von diesem Verbrechen? Örjan und Jimmy, ihr wart am Tatort. Wie seht ihr das?«

»Der Mord war sehr genau geplant. Das hier ist kein spontanes Impulsverbrechen. Unser Täter hat gewusst, dass Jussi allein in der Wohnung war, und er hat sich einen Zeitpunkt ausgesucht, zu dem in der Gegend nicht mehr viel los war.« Jimmy, der hier das Wort zu führen scheint, klingt sicher.

Örjan nickt zustimmend und schaut sein Brillenetui an.

»Die Kollegen von der Technik haben einige Fingerabdrücke gefunden, aber keine Schuhabdrücke, keine fremden Haare, die verdächtig wirken können. Nichts. Das spricht dafür, dass der Täter Handschuhe und vielleicht auch Schuhüberzüge getragen hat. Das Schloss an der Wohnungstür war unversehrt. Wir nehmen an, dass er irgendwann im Laufe des Abends in die Wohnung gelangt ist und sich dort versteckt hat, bis Jussi nach Hause kam.« Jimmy macht eine Handbewegung, wie um eine vollendete Tatsache zu unterstreichen. Ich sehe an seinen Fingern mehrere große Silberringe. Er ertappt mich dabei, wie ich ihn betrachte, und verzieht das Gesicht zur Andeutung eines Lächelns, ehe er wieder Carin ansieht.

»Wo in der Wohnung hat er sich wohl versteckt?« Vijay macht ein interessiertes Gesicht und notiert etwas auf seinem Block.

Örjan räuspert sich und schaut zum ersten Mal die Gruppe an.

»Die Wohnung ist groß, fast zweihundert Quadratmeter, und wenn ich das richtig in Erinnerung habe, waren es ursprünglich mal zwei Wohnungen. Es gibt fünf Zimmer: Wohnzimmer, Esszimmer, Arbeitszimmer, Schlafzimmer und ein Gästezimmer. Dazu zwei Badezimmer und eine sehr große Küche. Ich habe hier einen Grundriss…« Örjan blickt auf den Papierstapel herunter und reicht dann etliche Papiere herum. »Unsere Hypothese ist, dass er sich im Gästezimmer versteckt hat, das fast wie eine Abstellkammer aussieht. Kaum ein Raum, den das Opfer mitten in der Nacht besuchen würde.«

Jimmy hat eine Zeichnung hervorgezogen und zeigt auf ein

großes Zimmer, das am Ende in einer langen schmalen Diele liegt. »Da ist wahnsinnig viel Kram reingequetscht worden. Möbel, alte Teppiche, Antiquitäten. Ihr könnt euch die Fotos der Kollegen ansehen. Es ist jedenfalls leicht, sich dort zu verstecken. Außerdem war ein Sofa ganz hinten in diesem Zimmer von einer dünnen Staubschicht bedeckt – bis auf eine Stelle, wo offenbar kürzlich jemand gesessen hat. Es ist möglich, dass unser Täter dort auf Jussi gewartet hat, und als Jussi dann im Bett lag, hat er ihn erschossen.« Jimmy schaut sich um, um zu sehen, ob wir irgendwelche Einwände haben, aber alle scheinen seine und Örjans Argumentation für überzeugend zu halten.

»Haben die Techniker das Gästezimmer schon genauer untersucht? Könnte es dort weitere Spuren geben?« Carin wendet sich an Örjan, der offenbar den Kontakt zu den Kriminaltechnikern hat.

»Die Techniker haben die Wohnung sorgfältig durchgekämmt, das könnt ihr mir glauben. Sie ist nicht mehr abgesperrt, aber es war wohl niemand mehr in der Wohnung, seit der Lebensgefährte in sein Atelier gefahren worden ist. Jimmy und ich waren da, um uns selbst ein Bild zu machen. Wie Jimmy bereits erzählt hat, sieht das Gästezimmer aus wie ein Warenlager, es gibt ein perfektes Versteck ab. Es wurden keine weiteren Spuren gefunden, aber damit hatten wir auch nicht gerechnet. Dieses Verbrechen war überaus gut geplant.« Örjan klingt fast so, als ob der Täter ihm imponierte.

»Wie ist er in die Wohnung gekommen?«

Es wird stumm in der Runde, und alle drehen sich zu mir. Ich bin selbst erstaunt darüber, dass ich gefragt habe, aber irgendetwas an der Stimmung hier im Zimmer lädt zum Gespräch ein. Es gibt eine Sicherheit und eine Offenheit im Gespräch, die es mir leicht machen, mich einzubringen.

»Eine sehr gute Frage. Aber wir wissen es nicht.« Jimmy sieht fast aus, als wollte er um Entschuldigung bitten. »Wie gesagt, die Tür war nicht aufgebrochen, deshalb hatte er entweder Zugang zu einem Schlüssel, oder er kann Türen öffnen, ohne sie zu beschädigen. Wir müssen Miguel fragen, ob er oder Jussi kürzlich einen Schlüssel verloren haben. Außerdem müssen sich die Kollegen bei den Nachbarn erkundigen, ob ihnen in den Tagen oder Wochen vor dem Mord irgendetwas Besonderes aufgefallen ist. Unser Täter hat sich offenbar ein überaus genaues Bild von der Umgebung gemacht. Irgendwer müsste da etwas gesehen haben.« Jimmy seufzt und fährt sich über den rasierten Schädel.

»Na gut. Danke für diese wichtigen Informationen.« Carin nickt Jimmy und Örjan zu und trinkt wieder einen Schluck Kaffee, ehe sie weitermacht. »Ich habe mir die Herangehensweise des Täters angesehen, und alles, was ihr sagt, stimmt mit meinen Ergebnissen überein. Wir haben es mit einem Täter zu tun, der sein Verbrechen genau geplant und keine Spuren hinterlassen hat – bis auf eine.« Carin hebt das Bild der schönen Silberschale mit dem makabren Inhalt hoch.

»Das Herz.« Vijay sieht nicht einmal das Bild an, sondern macht weiter Notizen in seinem Block.

»Das Herz, genau. Dieser Mörder ist vorsichtig, umsichtig und zielstrebig. Er hat eine Schusswaffe benutzt, was wir ebenfalls berücksichtigen müssen. Er hätte ihn mit einem Kissen ersticken, ihm die Kehle aufschlitzen oder ihn mit einer Schnur erdrosseln können. Das wäre leiser und einfacher gewesen. Aber aus irgendeinem Grund hat er diese Waffe offenbar vorgezogen. Und wir können nur spekulieren, warum. Es kann sein, dass er eine gewisse Distanz zu seinem Opfer behalten wollte, dass er ihm nicht zu nahe kommen wollte. Und dass er es schwerer findet, jemanden mit bloßen Händen zu töten.«

»Er schafft es also nicht, jemanden mit bloßen Händen zu töten, aber er ist imstande, den Leichnam zu öffnen und ihm das Herz herauszunehmen? Interessant.« Örjan schiebt sich seine goldene Brille hoch auf die Nasenwurzel.

Obwohl ich erst seit einigen Tagen hier arbeite, ist mir schon aufgefallen, dass er das dauernd tut. Er sieht ein wenig gereizt aus, als ob ihn gerade dieser Teil des Verbrechens stört, ein Mangel an Logik, der eine Provokation an sich darstellt.

»Vielleicht ist er im Allgemeinen nicht so empfindlich, und ihm fällt einfach das Töten an sich schwer.« Ich erwidere Örjans Blick, und er nickt langsam.

»Ja, das geht bestimmt vielen so.«

Carin liest von einem Blatt Papier ab. »Juan ist fast sicher, dass es sich um eine Baumschere handelt oder um eine Heckenschere, so eine mit einem längeren Schaft. Aber wir können noch nichts über Hersteller oder Marke sagen. Und die Dinger gibt es ja in jedem zweiten Laden zu kaufen. Hier zum Beispiel.« Carin zeigt das Foto einer blauen Baumschere. »Clas Ohlsson, zweihundert Kronen. Juan meint, dass es so ein Gerät gewesen sein muss.«

»Es war also verdammt wichtig für ihn, das Herz herauszunehmen. So wichtig, dass es das größere Risiko ausglich.« Jimmy und Carin wechseln einen Blick und nicken gleichzeitig. Mir geht auf, wie reibungslos die verschiedenen Gruppenmitglieder untereinander agieren.

»Und warum war es wichtig?« Ich frage das ganz offen und denke gleichzeitig, dass ich aufpassen muss, ich bin neu, und niemand erwartet, dass ich statt Fragen auch Antworten liefere.

»Es ist wichtig, weil es dem Täter etwas bedeutet. Es kann etwas symbolisieren. Leben. Liebe. Stärke. Aber es ist auch möglich, dass er den Leuten einfach nur Organe entnehmen will. Obwohl, wenn wir bedenken, wo er das Herz dann hingelegt hat, dann meine ich doch, dass er uns etwas mitteilen möchte. Vermutlich will er uns damit etwas über das Opfer sagen.« Vijay hat den Kugelschreiber hingelegt und erwidert meinen Blick. »Ich vermute, dass er uns etwas über Jussi sagen möchte. Dass er ein herzloser Arsch ist, vielleicht. Ich glaube, dass dieses Verbrechen persönliche Gründe hat. *Sehr* persönliche. Jussi hat jemanden so sehr verletzt, dass er den Tod verdient hat. Er darf nicht einmal sein Herz behalten. Der Täter will, dass wir das begreifen. Deshalb sendet er uns eine deutliche Mitteilung. Er legt das Herz in eine Schale, arrangiert eine Szene. Er will uns etwas klarmachen.«

»Und damit wären wir beim Motiv angekommen. Was meint ihr?« Carin ist aufgestanden und hat angefangen, an die Tafel zu schreiben, während Vijay noch redete. Dort steht in großen roten Buchstaben das Wort *Motiv*.

»Dass Motive ein Genussmittel für die gebildete Mittelklasse sind«, sagt Jimmy grinsend.

Die anderen lachen. Ich kenne den Satz von dem dicken Kriminalistik-Professor, den ich oft im Fernsehen sehe.

Carin wendet sich mir zu. »Wenn man sich mit Täterprofilen beschäftigt, ist das Motiv immer wichtig. Wir wollen und müssen verstehen, warum der Täter ein bestimmtes Verbrechen begangen hat, es ist ein Schlüssel zur Persönlichkeit des Täters.«

»Verrat. In Form von betrogener Liebe vielleicht oder möglicherweise wegen Geld. Gier oder Liebe also.« Jimmy scheint sich sicher zu sein, die anderen nicken zustimmend.

»Siri und Vijay. Ihr habt mit Miguel geredet. Was hat er gesagt? Gibt es Hintergründe, die auf ein bestimmtes Motiv schließen lassen? Etwas in Jussis Vergangenheit, das den Mord erklären könnte?«

»Seinem Lebensgefährten zufolge war Jussi edel, hilfreich und gut und wurde von allen geliebt.« Vijay sieht müde aus.

»Nur nicht im Internet. Er war Zielscheibe von… Netzmobbing. Einer Art Verleumdungskampagne.« Ich freue mich, weil ich endlich etwas beitragen kann.

Carin nickt, dieses Thema scheint ihr nicht fremd zu sein. »Die Kollegen haben uns Ausdrucke von verschiedenen Webseiten zukommen lassen, dazu außerdem an Jussi gerichtete Mails. Offenbar gab es etliche Personen, denen es nicht passte, dass er homosexuell und außerdem ziemlich mediengeil war. Eigentlich ist es das alte Lied. Reichlich üble Kommentare darüber, was Jussi Ståhl für ein Widerling gewesen sein soll.«

»Könnte es sich um ein Hassverbrechen handeln? Wurde er vielleicht ermordet, weil er schwul war?« Jimmy wirft die Frage in den Raum, die ich mir auch schon gestellt habe. Ist es möglich, dass Jussi Ståhl ermordet wurde, weil er homosexuell war?

Vijay sieht gereizt aus und schüttelt den Kopf. »Das hier ist kein Verbrechen aus Hass. Jedenfalls keins von der Sorte, an die wir eigentlich denken, wenn von Hassverbrechen die Rede ist. Jussi Ståhl wurde nicht ermordet, weil er homosexuell war. Hier geht es um etwas Persönliches. Wenn er auf dem Heimweg aus einer Kneipe auf der Straße niedergeschlagen worden wäre, hätte ich mir vorstellen können, dass es um seine Sexualität ging. Dass jemand ihn erkannt hat und *dem Schwulen* vielleicht eine Lehre erteilen wollte. Aber nein, das hier war durchgeplant und organisiert. Es kann keine Rede von einer Spontanhandlung im Suff sein. Und außerdem sagt mir meine Erfahrung, dass die meisten Menschen, die andere im Netz schikanieren, nicht sonderlich intelligent sind.«

»Aber warum sollte es nicht ein intelligenter Mensch mit

extremen Ansichten auf Jussi Ståhl abgesehen haben?« Jimmy klingt nicht skeptisch, nur neugierig.

»Weil der Leichnam dann anders aussehen würde. Ein solcher Täter hätte ihm nicht das Herz aus dem Leib geschnitten. Er hätte ihm den Schwanz abgehackt.« Vijay ist außer sich.

Ich kenne ihn so gut, dass ich es sofort sehe. Seine Stirn ist schweißnass, und er redet ein wenig schneller als sonst. Er gehört zu den beherrschtesten Menschen, die ich kenne. Es kommt nur sehr selten vor, dass er Zorn oder Kummer zeigt. Aber die Diskussion über Hassverbrechen hat ihn aus dem Gleichgewicht geworfen. Und ich kann ihn verstehen. Vijay ist selbst schwul.

Er spürt offenbar, dass ich ihn beobachte, und erwidert meinen Blick. Für einen Moment sieht er unendlich traurig aus. Aber ich kann sehen, dass er langsam wieder ruhiger atmet und sich seine Schultern ein wenig entspannen. Als ob er durch pure Willenskraft eine Art innere Ruhe herstellen könnte. Er räuspert sich leise und redet dann mit ruhiger und gedämpfter Stimme weiter. »Glaubt mir. Das hier ist kein Hassverbrechen. Hier geht es um etwas Persönliches!«

Es ist fast fünf, und es wird Zeit, das Büro zu verlassen. Ich sehne mich nach Sonne und Wärme und stelle mir vor, dass ich baden werde, wenn ich nach Hause komme. Ich stelle mir das kühle Wasser vor, das wunderbare Erlebnis von Schwerelosigkeit. Vielleicht kann ich mit Eriks Schwimmunterricht weitermachen. Er will es ohne die Schwimmflügel versuchen, die ihn über Wasser halten, aber ich glaube, es wird noch einen Sommer dauern, bis er die richtigen Körperbewegungen gelernt hat, um ohne Hilfsmittel im Wasser voranzukommen.

»Siri. Komm mal her!« Carin sitzt am Schreibtisch und winkt mir zu, als ich auf dem Weg zum Ausgang an ihrem Büro vorbeigehe. Sie hat die blonden Haare zu einem perfekten Pferdeschwanz gebunden und sieht in ihrem kurzen Kleid kühl und elegant aus. *Cool, calm and collected.*

Carin Stolpe, in drei Adjektiven.

»Wie läuft die Sache? Hast du ein gutes Gefühl?«, fragt sie.

Ich habe mich in einen Besuchersessel gesetzt, sie hat ihren Schreibtischstuhl gedreht und sitzt mir jetzt gegenüber. Ich war bisher noch nie in ihrem Büro und schaue mich verstohlen um. Das Zimmer ähnelt meinem. Möbel aus hellem Holz, einige gerahmte Lithografien an den Wänden. Vorhänge mit Tulpenmuster. Regale voller Bücher und Ordner. Auf dem Schreibtisch stehen ein Rechner und mehrere Fotos. Zwei blonde Jungen im Teenageralter und ein etwas jüngeres dunkelhaariges Mädchen sind darauf zu sehen. Das Mädchen

hat schmale, schräg stehende Augen und einen halb offen-
stehenden Mund. Die Kennzeichen sind eindeutig. Downsyndrom.

Carin ist meinem Blick gefolgt, beugt sich über den Schreibtisch und greift zu einem Gruppenbild in einem weißen IKEA-
Rahmen.

»Linus und Hugo. Linus ist fünfzehn, Hugo vierzehn. Hugo
ist der, der Bäcker werden will. Linus spielt nur E-Gitarre und
sieht sich schon als zukünftigen Rockstar.« Sie verdreht die
Augen und zeigt dann auf das Mädchen. »Und das ist Sandra.
Sie ist zehn. Meine Jüngste. Sie will Schauspielerin werden.
Filmstar. Einen Oscar gewinnen. Zur Polizei wie ihre Eltern
wollen sie alle drei nicht. Kannst du das begreifen?« Sie lacht
ein wenig, und ich lache zurück.

»Sie sind reizend. Ist ihr Vater denn auch bei der Polizei?«

Carin nickt. »Bei der Polizei heiratet man gern untereinander. Das passiert einfach. Es ist schön, jemanden zu haben,
der begreift, was man den ganzen Tag so macht. Und Tomas
und ich saßen zwei Jahre im selben Streifenwagen. Natürlich
kommt man einander da näher. Aber inzwischen sind wir geschieden.« Sie lächelt wieder und stellt das Foto zurück auf
den Tisch. »Und du, Siri? Wie läuft es für dich?«

Es ist deutlich, dass sie nicht weiter über sich sprechen will.

»Ich hab ein gutes Gefühl.«

»Gut. Keine Albträume? Oft ist es hart, wenn man quer
einsteigt, so wie du gerade. Als Zivilangestellte. Wenn man
mit der Ausbildung bei der Polizei anfängt, nähert man sich
der brutalen Gewalt schrittweise an. Man gewöhnt sich ganz
einfach daran. Aber du bist richtig hineingeworfen worden.«

Ich überlege, ehe ich antworte. Denke an die Bilder des
toten Jussi. Seinen nackten Körper und das blutige Gemetzel,
wo eigentlich sein Brustkorb hätte sein müssen. Die schöne

polierte Silberschale mit dem entsetzlichen Inhalt. Gestern Abend, als ich einschlafen wollte, musste ich immer wieder an den verzweifelten Miguel Alemany und sein verzweifeltes Schluchzen denken. Natürlich berührt mich das alles. Aber das stört mich nicht. Ich bin fast dankbar dafür, dass ich etwas empfinde. »Das geht schon. Wirklich. Natürlich finde ich alles schrecklich, aber ich kann … damit umgehen.«

Carin nickt, und ihr blonder Pferdeschwanz wippt auf und ab. Sie sieht zufrieden aus. Offenbar habe ich die richtige Antwort gegeben. »Was sagt denn dein Mann?« Sie scheint in ihrer Erinnerung zu kramen. »Markus Stenberg, Polizei von Nacka, ist das richtig?«

»Ja, er arbeitet in Nacka. Das stimmt.«

»Und es macht ihm keine Probleme, dass du jetzt hier bist? Polizisten können ein wenig … besitzergreifend sein, wenn es um ihre Profession geht. Es fällt ihnen oft schwer, zu akzeptieren, dass auch andere Berufsgruppen etwas zu ihrer Arbeit beitragen können.«

Wieder muss ich überlegen, ehe ich antworte. Es ist nicht ganz leicht für Markus, dass ich hier arbeite. Ich weiß das, auch wenn er versucht, es nicht zu zeigen. Ob es daran liegt, dass er das Gefühl hat, mich beschützen zu müssen, oder ob es eher damit zusammenhängt, dass ich seiner Ansicht nach in sein Revier eingedrungen bin, weiß ich nicht. Vielleicht kommt beides zusammen. Aber aus irgendeinem Grund will ich nicht, dass Carin von dieser Ambivalenz erfährt. Es ist zu privat, ich würde Markus damit zu sehr ausliefern. Außerdem will ich wirklich, dass das hier klappt. Ich will Carin nicht den geringsten Grund geben, an mir zu zweifeln. »Er findet es sehr gut, aber natürlich hilft es, dass er Vijay kennt. Da glaubt er mich in sicheren Händen.«

Carin nickt und sieht zufrieden aus. Alles unter Kontrolle.

»Denk auf jeden Fall an die Schweigepflicht. Es kann unglaublich schwer sein, nichts zu sagen, wenn man einen Partner hat, der im selben Job arbeitet. Das fand ich am schwersten, als ich verheiratet war – Tomas nichts zu sagen. Wenn du über etwas, das mit der Ermittlung zu tun hat, reden oder Gedanken austauschen möchtest, dann komm zu mir oder zu jemand anderem aus der Gruppe. Okay?«

Ich staune über Carins Kommentar, aber gekränkt bin ich eigentlich nicht. Sie sagt es nicht vorwurfsvoll, sondern als einfache Tatsache. Für mich als Psychologin ist die Schweigepflicht eine Selbstverständlichkeit. Sie ist mir in Fleisch und Blut übergegangen. Ich habe mit Markus noch nie viel über meine Arbeit geredet und glaube nicht, dass ich jetzt damit anfangen werde.

Carin scheint meine Gedanken zu erraten. »Es muss ja nicht von dir ausgehen. Es kann auch er sein, dem es schwerfällt, zu akzeptieren, dass du nicht mit ihm über die Arbeit redest. Er ist doch auch bei der Polizei. Ich will nur, dass du darauf vorbereitet bist, dass es passieren kann. Du kannst ihm natürlich sagen, mit welchen Ermittlungen du zu tun hast. Es ist zum Beispiel kein Geheimnis, dass wir an dem Mordfall Jussi Ståhl arbeiten, aber bitte gib keine Details von den Ermittlungen weiter.« Sie steht auf und streicht eine Falte an ihrem Kleid gerade. Ihre Beine sind schlank und braun gebrannt, und ich nehme an, dass sie viel Zeit beim Training verbringt. »Du kannst nach Hause gehen, Siri. Entschuldige, dass ich dich festgehalten habe. Es ist Freitagabend. Hast du am Wochenende etwas Schönes vor?«

»Vijay kommt morgen zum Essen zu uns. Ansonsten sind wohl Sonne und Baden angesagt. Und du?« Ich frage aus Höflichkeit und auch aus Neugier. Wie verbringt Carin Stolpe wohl ihre Wochenenden?

»Übernachtung auf Barnens Ö. Sandra war bei einem Seminar für Kinder mit Downsyndrom, und als Abschluss findet ein Familienwochenende statt. Tomas und seine Neue segeln vor Kroatien, deshalb fahre ich mit den Jungs in den Schärengürtel. Das wird lustig.« Sie lächelt und sieht aufrichtig glücklich aus. Als ob allein der Gedanke an das bevorstehende Wochenende mit den Kindern sie zum Strahlen bringen würde. »Danke für deine bisherige Hilfe, Siri. Es ist wirklich schön, dass du bei uns bist. Aber jetzt mach, dass du nach Hause kommst.« Sie hebt die Hand zu einem kurzen Gruß, dann dreht sie sich um.

Johan

»Und jetzt noch die Schuhe!«

»Neee!«

»Wenn du die Schuhe nicht anziehst, darfst du nicht mit, um die Zeitung zu holen.«

Tränen laufen über Lukas' rote Wangen. Warum es so schwer ist, die Schuhe anzuziehen, bleibt ein Mysterium, aber so ist es jeden Tag. Jeden Tag der gleiche Kampf, die gleichen Tränen, die gleichen heftigen Wutausbrüche. Dass es im Körper eines Vierjährigen Platz für so viel Wut und Willen geben kann, ist ebenfalls ein Mysterium. Vielleicht ist aber auch das genaue Gegenteil der Fall. Nur mit vier Jahren bringt man genug Energie auf, um gegen die Ungerechtigkeiten der Umwelt so vehement zu protestieren. Danach wird man vom Leben gezüchtigt und zurechtgebogen.

»Johan, muss er denn ...«

»Nicht auch noch du. Wir haben das doch besprochen.«

Cilla steht im Morgenrock und mit einer Tasse Kaffee in der Hand in der Küchentür. Ihre langen roten Haare sind zerzaust, und unter der dünnen Haut um ihre Augen zeichnen sich blaue Schatten ab. Sie sieht müde aus.

»Es hat geregnet. Der Boden ist schlammig.«

Sie sagt nichts, verdreht nur die Augen. Irgendwo im Haus ist verärgertes Weinen zu hören. »Jetzt haben wir Molly geweckt«, sagt Cilla, stellt ihre Kaffeetasse mit einem Knall auf die Marmorplatte in der Küche und geht zum Schlafzimmer.

Johan ahnt die Vorwürfe in ihrer Art, sich zu bewegen: in den heftigen Gesten, dem Kaffee, der auf die Anrichte geschwappt ist, der Art, wie sie den Gürtel des Morgenrocks festzurrt und den Kopf in den Nacken wirft.

»So«, sagt Lukas.

Johan schaut zerstreut seinen Sohn an. Lukas weint nicht mehr, und er hat seine nackten, sonnenverbrannten Füße in die kleinen Pantoffeln gesteckt. Das Gummiband seiner Spiderman-Unterhose scheint schlaff geworden zu sein, die Hose bedeckt seinen Hintern nur halb. Das gelbe T-Shirt ist zu kurz und zeigt seinen Nabel.

Es ist schon seltsam mit Cilla, es scheint ihr zu gefallen, dass die Kinder verschlissene Sachen tragen. Gerne solche, die sie geerbt haben. Als ob gut angezogene Kinder die falschen Signale aussenden würden. Als ob neue Anziehsachen auf keinen Fall mit ihren kulturellen Ambitionen und ihrer politischen Einstellung zu vereinbaren wären. Er hat das nie begriffen. Aber natürlich hindert ihn nichts daran, selber Kleider für die Kinder zu kaufen, worauf Cilla ihn gerne hinweist, wenn er sich beschwert.

»Du bist aber tüchtig«, murmelt er, streicht Lukas über die Wange, die noch immer tränennass ist, und öffnet die Tür.

Die Sonne steht schon hoch am Himmel, als sie über den Kiesweg zum Briefkasten gehen. Der Regen, der während der Nacht gefallen ist, trocknet langsam, und die Luft ist gesättigt von feuchtem Dunst. Ein dumpfes Brummen ist von den Hummeln zu hören, die über den Beeten mit Katzenminze und Lavendel schwirren. Möwen kreisen in der Ferne, er kann über die Bucht hinweg ihr Geschrei hören. Kein Mensch ist vor den umliegenden Häusern zu sehen. Es ist Ferienzeit, die Larssons von gegenüber sind in Spanien, die alte Dame von rechts besucht ihren Sohn, und links steht Andréns Haus noch immer leer und verfällt. Gerüchte behaupten, Andréns seien mit den eingegangenen Angeboten nicht zufrieden und warteten deshalb mit dem Verkauf. Manche können sich das eben leisten, denkt er. Die können zwei Häuser haben und auf den richtigen Käufer warten. Er und Cilla dagegen mussten jeden Öre zusammenraffen, um die Anzahlung auf das Haus leisten zu können. Und danach mussten sie sich bei Cillas Vater Geld leihen. Und ja, das findet er demütigend. Schließlich verdient er gut. Er hat sein Leben lang gebüffelt und geackert, und doch reicht es nicht für ein ganz normales Haus in Stockholm. Wer kauft eigentlich die vielen teuren Immobilien? Wer kann zwei Millionen als Anzahlung aus dem Ärmel schütteln? Wo zum Teufel kommt das ganze Geld her?

»Warte«, schreit Lukas. »Ich hab das Feuerwehrauto vergessen.«

Er seufzt, bleibt mitten auf dem Kiesweg stehen und reckt sich ein wenig. »Muss das Feuerwehrauto denn heute unbedingt auch beim Zeitungholen dabei sein?« Eine dumme Frage. Natürlich *muss* das Feuerwehrauto dabei sein. Das kleine rote Feuerwehrauto muss *immer* dabei sein. Es morgens zu vergessen, kommt einer Katastrophe gleich.

Er wartet, während Lukas ins Haus zurückläuft. Hält sein Gesicht in die Sonne und spürt, wie sich die Wärme in seinem Körper ausbreitet. Auch heute wird es wieder heiß werden. Die dritte Woche mit über fünfundzwanzig Grad. Man hat es fast schon satt. Ein Glück, dass Ferien sind. Er wird erst Mitte August wieder arbeiten müssen, so viele Überstunden hat er im vergangenen Jahr angesammelt. Das ist einer der Vorteile des Arztberufes.

Hinter sich hört er Lukas lachen. Er singt irgendein Kinderlied, das ihm bekannt vorkommt. Vermutlich etwas, das er im Kindergarten gelernt hat, zu Hause singen sie nie. Seltsam eigentlich, Cilla müsste es doch gefallen, mit den Kindern im Kreis zu sitzen und zu musizieren. Auf selbst gebauten Instrumenten. Warum tun sie das nie?

»Kuck mal, Papa! Bambi!« Lukas zeigt auf das Beet vor dem Haus. Die Katzenminze ist zertrampelt worden, und das dunkle Erdreich liegt bloß. Es sieht aus wie eine offene Wunde.

»Nein, das da war kein Bambi«, murmelt er, fast unhörbar, geht zum Beet, geht in die Hocke und betastet mit der Hand die feuchte Erde. Die Spuren sind frisch und sehen viel zu neu aus, um von einem Reh zu stammen, auch wenn die Götter wissen, dass Rehe halbe Gärten innerhalb von nur wenigen Stunden verwüsten können.

Aber das hier ist etwas anderes. Das hier sieht fast aus wie …

»Papaaaaa! Komm!«

»Ja, ich will nur schnell …« Er richtet sich auf. Wenn er es nicht besser wüsste, würde er denken, dass ein Mensch diese Spuren hinterlassen hat. Aber warum sollte irgendwer im Beet vor ihrem Küchenfenster stehen? Kinder, entscheidet er. Sicher waren es Kinder. Vielleicht die Drecksgören aus der Reihenhaussiedlung, die den Hang hier als Skateboardrampe nutzen.

Er geht zu Lukas zurück, nimmt ihn an der Hand, und sie laufen weiter zum Briefkasten. Die dunklen Fenster im Haus der Larssons glotzen ihm von der anderen Straßenseite her entgegen. Der Rasen ist gelbbraun. Die Rhododendronsträucher welken vor sich hin. Sie hätten uns doch bitten können, zu gießen, denkt er. Ich hätte nichts dagegen, aber sie sind immer so verdammt reserviert. Als ob die Tatsache, dass ihnen das größte Haus in der Straße gehört und sie außerdem noch ein Sommerhaus in Spanien haben, sie zu etwas Besserem macht.

Dann sieht er das Fahrrad.

Es ist ein ganz normales blaues Herrenrad, und er registriert eigentlich nur, dass es dasteht. An der Hauswand lehnt. Er hat bei Larssons noch nie so ein Rad gesehen. Vielleicht sieht jemand nach dem Haus? Gießt die Blumen?

Der Briefkasten sperrt sich. Der alte Deckel ist verrostet und nur schwer zu öffnen.

»Ich will«, schreit Lukas, der plötzlich Angst hat, den Höhepunkt zu verpassen, das Einholen der Tageszeitung. In seinem Eifer stolpert er und fällt der Länge nach auf den Kiesweg. Es wird still. Eine Sekunde, zwei. Drei. Dann kommt das Gebrüll.

Er seufzt und dreht sich um, bückt sich, um Lukas aufzuheben. An einem Knie hat der Kleine einen Streifen frischen Bluts. Eine Schürfwunde. Nichts Ernstes. Lukas umklammert sein Feuerwehrauto, und wieder laufen ihm Tränen über die Wangen. Sein Mund steht weit offen, Johan kann den Rachen und die perlweißen Milchzähnchen sehen. Er küsst Lukas auf die Wange und wiegt ihn hin und her. »Aber Kleiner. Du. Das ist doch nicht schlimm. Willst du jetzt die Zeitung holen?« Er beugt sich vor und öffnet den Briefkasten, damit Lukas hineingreifen kann, und spürt dabei etwas Kaltes und Scharfes, das sich gegen seinen Brustkasten drückt.

Das Feuerwehrauto.

Lukas beugt sich vor und streckt die Hand aus, um nach der Zeitung zu greifen. Da ertönt ein leiser Schuss. Es klingt fast, als ob jemand einen Stein gegen eine Metallplatte geschleudert hätte. Das Geräusch ist nicht laut, und er begreift nicht sofort, um was es sich handelt. Er bringt es auch nicht mit dem plötzlichen Stoß in Verbindung, der ihn fast aus dem Gleichgewicht bringt, ihn umzuwerfen droht. Und auch nicht mit der Tatsache, dass Lukas in seinen Armen plötzlich erschlafft und aus unerfindlichen Gründen röchelt.

Siri

Erik läuft an den Felsen entlang auf mich zu, Vijay folgt ihm etwas langsamer. Er hat eine alte Angelrute und eine Plastiktüte in der Hand, die mit Wasser gefüllt ist und anscheinend einen Fisch enthält.

»Wir haben einen Fisch erwischt, Mama! Den musst du sehen! Vijay hat einen Fisch erwischt!« Erik kann kaum stillstehen, er springt wild auf den Granitplatten auf und ab. Ich stelle mein Glas mit Cola beiseite und stehe auf. Der raue Felsboden unter meinen Fußsohlen ist warm. »Ein Fisch. Echt?«

»Ja, Mama. Ganz echt! Glaub mir doch. Schau mal in die Tüte, dann siehst du es ja.«

Vijay ist bei mir angekommen und hebt die durchsichtige Plastiktüte hoch. Darin schwimmt ein jämmerlich kleiner Barsch.

»Oh, das ist aber ein schöner Fisch.« Ich versuche, ein beeindrucktes Gesicht zu machen.

»Aber klar doch. Vijay sagt, der heißt Barsch und man kann ihn essen. Aber wir essen ihn nicht, er ist zu klein. Wir lassen ihn zu seiner Mama und seinem Papa zurückschwimmen, oder, Vijay?« Erik schaut bewundernd zu ihm hoch, und seine Augen funkeln in der Abendsonne.

»Genau. Der Fisch darf nach Hause schwimmen, wenn Mama und Papa ihn sich angesehen haben.«

»Ich muss Papa holen. Bleibt ihr hier bei dem Barschfisch.« Erik läuft zum Haus, wo Markus Kaffee kocht, und ich setze mich wieder auf die sonnenwarmen Felsen. Vijay holt Luft und setzt sich neben mich, die Plastiktüte in sicherem Griff.

Es war ein heißer Tag, und der dringend nötige Regen, der nachts gefallen ist, ist längst verdunstet. Es ist zwar schon neun Uhr abends, aber noch immer warm. Obwohl sich die Sonne langsam dem Horizont nähert, ist es noch hell. Es ist wunderschön. Die Bucht liegt still im Abendlicht, und die Entenmama schwimmt mit ihren Jungen am Schilf beim alten morschen Steg vorbei. Es wird Zeit, einen neuen zu bauen, aber ich habe die Renovierungsarbeiten satt, und Markus ist auch nicht gerade scharf darauf. Wir haben beschlossen, dass der Steg noch einen Sommer durchhalten muss.

»Danke, dass du mit Erik spielst. Er ist verrückt nach dir, das weißt du, oder?« Ich schaue Vijay an, der sich mit der Hand durch die Locken fährt und den Schweiß von der Stirn wischt.

»Ich glaube, du hast das vollkommen missverstanden, Siri. Ich bin nämlich verrückt nach ihm.« Vijay lächelt, und ich finde, dass er glücklich aussieht. Die vergangenen Jahre waren für ihn turbulent. Er wurde von Olle, seinem langjährigen Lebensgefährten, verlassen, und die Umstellung aufs Singleleben war schmerzhaft für ihn. Aber im letzten halben Jahr ist etwas mit ihm passiert. Er scheint sich inzwischen mit sich selbst wohlzufühlen. Und die Tatsache, allein zu leben, scheint ihm nicht mehr vor Angst die Scheiße aus dem Leib zu treiben, wie er sich ausdrückt.

Erik kommt mit einem Eis am Stiel angelaufen, hinter ihm bringt Markus das Kaffeetablett. Er bewundert Eriks Fisch, der in der Plastiktüte schwimmt, und befreit Vijay dann davon, indem er zum Wasser geht und ihn dort freilässt. Erik liegt auf dem Bauch auf den Felsen, das Gesicht nur wenige Zentimeter über dem blanken Wasserspiegel, um den Weg des Fisches durch das algentrübe Meer weiter in die Freiheit verfolgen zu können.

Ich verteile Untertassen und Becher und schenke Kaffee und Milch ein. Markus hat einen Blaubeerstrudel gebacken und eine Packung Vanilleeis mitgebracht, das in der Schüssel bereits anfängt zu schmelzen. Erik sitzt noch immer am Felsrand und isst sein Eis, während er gleichzeitig kleine Steine ins Wasser wirft.

Ich überzeuge mich davon, dass er uns nicht zuhört, und drehe mich dann zu Vijay um. »Wie kannst du so sicher sein, dass es sich bei dem Mord an Jussi Ståhl um kein Hassverbrechen handelt?«

Ich sehe, dass Markus zusammenzuckt und Erik einen Moment aus den Augen lässt. »Glaubt ihr, Ståhl ist einem Hassverbrechen zum Opfer gefallen?«

Vijay schüttelt den Kopf. »Das glauben wir nicht. Ich kann dir fast garantieren, dass es bei dem Mord an Jussi Ståhl nicht um seine sexuelle Veranlagung ging. In diesem Fall sind starke Gefühle involviert, Hass vielleicht, aber das Motiv ist nicht dasselbe wie bei einem Hassverbrechen.« Er beißt in seinen Kuchen, und einige Krümel bleiben in seinem Schnurrbart hängen.

»Was bedeutet eigentlich Hassverbrechen? Kannst du das genauer definieren?« Mir geht auf, dass ich eigentlich auch nicht viel mehr weiß, als dass es dabei um Verbrechen geht, die sich gegen Menschen richten, die aus irgendeinem Grund von der gängigen Norm abweichen.

»Das ist gar nicht so einfach. Es zu definieren, meine ich. Es gibt keinen richtigen internationalen Konsens. Ihr dürft nicht vergessen, dass der Begriff Hassverbrechen ein soziales Konstrukt ist. Es handelt sich um keinen Ausdruck mit deutlich definierten Grenzen.«

»Internationaler Konsens, soziales Konstrukt ...?« Markus seufzt, und ich muss einfach lachen. Vijay doziert zu gern, aber nicht alle Zuhörer wissen sein akademisches Vokabular zu schätzen.

»Aber gut, wenn wir von der schwedischen Gesetzgebung ausgehen, dann ist ein Hassverbrechen eine Tat, die sich gegen eine bestimmte Person oder Gruppe richtet und auf einer Abneigung gegen Herkunft, Religion, sexuelle Veranlagung oder genderüberschreitende Identität beruht. Versteht ihr? Es muss also nicht so sein, dass der Täter das Opfer persönlich hasst, sondern es geht eher darum, dass der Täter oder die Täterin das Opfer aufgrund seiner Werte oder seines Verhaltens schädigen will.«

»Wo ist der Unterschied? Es liegt doch auf der Hand, dass man Schwule verabscheut, wenn man das Gefühl hat, ihnen eine reinhauen zu müssen?« Markus trinkt einen Schluck Kaffee und schielt zu Erik hinüber, um sich davon zu überzeugen, dass er sicher auf dem Felsen sitzt.

»Ja, bei den meisten ist das wohl so. Aber rein juristisch ist es schwer, ein *Gefühl* nachzuweisen. Ein Motiv kann man aber in die Beweisführung immerhin einzubringen versuchen. Wenn man ein Hakenkreuz in eine Tür ritzt oder jemanden als *Scheißtranse* bezeichnet, dann liefert man einen sogenannten Hasszwischenfall. Wenn dann noch Gewalt dazukommt, handelt es sich um ein Hassverbrechen. Im vergangenen Jahr wurden in Schweden an die fünftausend solcher Verbrechen zur Anzeige gebracht. Achtzig Prozent davon waren rassistischer oder fremdenfeindlicher Natur. Meistens ging es um Bedrohungen oder Belästigungen, aber in fast zwanzig Prozent der Fälle kam es auch zu Gewalttätigkeiten. Rein juristisch gesehen machen Hassverbrechen allerdings keinen eigenen Tatbestand aus. Sie wirken nur strafverschärfend. Das heißt, wenn als bewiesen gilt, dass der Täter das Opfer zum Beispiel aufgrund seiner sexuellen Veranlagung schädigen wollte, dann kann die Strafe strenger ausfallen.«

»Und du meinst, dass das Motiv in diesem Fall nichts mit der sexuellen Veranlagung des Opfers zu tun hat. Hab ich das richtig verstanden?«

»Das hast du richtig verstanden. Du solltest zur Polizei gehen.« Vijay grinst und beißt wieder in sein Kuchenstück.

Markus trinkt seinen Kaffee und steht auf. »Ich glaube, Erik muss ins Bett. Bleibt ihr ruhig sitzen. Ich mach das.« Er geht zu Erik hinüber und nimmt ihn an die Hand. Ausnahmsweise einmal scheint Erik bereitwillig schlafen zu gehen. Vielleicht haben die wilden Spiele mit Vijay ihn ja doch müde gemacht. Wir sagen gute Nacht, und ich bekomme einen klebrigen Eiskuss auf die Wange, dann verschwinden Erik und Markus im Haus.

Ich mustere Vijay. Im Licht der schräg einfallenden Sonnenstrahlen schimmert seine Haut golden, und die dunklen Haare mit ihren grauen Strähnen glänzen. Er wirkt entspannt. Ich denke an die Traurigkeit, die ich in den letzten Tagen an ihm beobachtet habe. »Hast du ihn gekannt? Jussi, meine ich.« Ich weiß nicht genau, was mich zu dieser Frage veranlasst, ich staune selbst darüber. Es ist, als ob ich den Satz vorher nicht einmal richtig gedacht hätte. Nie die Möglichkeit in Betracht gezogen habe, dass Vijay Jussi gekannt haben könnte.

»Wie meinst du das?« Vijay schaut mich stirnrunzelnd an.

»Ich meine nur … Ich dachte, dass ihr vielleicht … Bekannte wart.«

»Weil er schwul ist und ich auch, meinst du?« Er sieht müde aus und schüttelt den Kopf. »Nicht alle hier in Stockholm kennen sich gegenseitig. Wir sind ja nicht gerade wenige, weißt du. Aber sicher, irgendwie waren wir schon Bekannte. Sehr oberflächliche. Ich bin ihm einige Male begegnet, in der Kneipe oder auf Festen. Er war so einer, von dem alle wussten, wer er war. Aber richtig gekannt habe ich ihn nicht. Wir waren keine privaten Freunde.«

»Ist es … schwierig für dich?«

»Nein, eigentlich nicht. Aber natürlich betrifft es mich dadurch persönlicher. Ich bin ihm schon ein paarmal begegnet, auch wenn es Jahre her ist. Und sicher, es ist klar, dass ich mir auch über die Möglichkeit eines Hassverbrechens Gedanken gemacht habe – die Vermutung liegt schließlich nahe. Auch wenn ich nicht glaube …« Er verstummt und formuliert seinen Satz dann anders. »Auch wenn ich *weiß,* dass es sich um kein Hassverbrechen handelt, ist die Vorstellung doch beängstigend. Dass man erniedrigt, verletzt, misshandelt und sogar ermordet werden kann, nur weil man schwul oder lesbisch ist, ist widerwärtig.«

»Bist du schon mal … beleidigt worden?« Ich versuche, etwas in Vijays Gesicht zu lesen, einen Hinweis darin zu finden, aber er verzieht keine Miene, sondern schaut starr nach Rönnskär hinüber. Aus irgendeinem Grund haben wir nie viel über Vijays Homosexualität gesprochen. Vielleicht, weil er schon offen schwul lebte, als wir uns kennengelernt haben. Weil es keine große Sache war. Ich weiß, dass seine Eltern akzeptiert haben, dass ihr Sohn schwul ist, aber ich weiß nicht so richtig, wie seine Verwandtschaft in Indien das sieht.

»Sicher. Als ich jünger war. Jungspunde, die dir Schimpfwörter hinterhergerufen haben, wenn du aus einem Club kamst, Kommentare in der Stadt, wenn Olle und ich Hand in Hand gingen. Nichts Großes eigentlich, aber es hat uns trotzdem getroffen.« Er sucht in seiner Hemdentasche nach dem Kautabak, findet die Dose und schiebt sich einen Priem unter die Oberlippe. »Es ist schwer, zu begreifen, woher das kommt. Ich begreife nicht, wie die Sexualität eines Menschen so viel Hass hervorrufen kann. Es ist so … seltsam.«

Ich schüttele den Kopf und sehe die Schwalben an, die hoch über uns am Himmel dahinjagen. »Es ist immer leicht, sich von dem provozieren zu lassen, was fremd ist. Aber ja, Homophobie ist seltsam.«

Er zuckt mit den Schultern. Ich höre ein Geräusch und drehe mich um. Es ist Markus, der aus dem Haus kommt. »Ich glaube, er ist endlich eingeschlafen. Wenn nicht, werden wir es bald merken.«

Die Sonne ist untergegangen, und die graue Dämmerung hüllt uns in ein sanftes Licht. Ich rieche die Kartoffelrosen und das Meer. Es duftet nach Sommer. Plötzlich taucht Ainas Bild vor mir auf. Es kommt so unerwartet, dass ich mich nicht dagegen wehren kann. Ich frage mich, was sie wohl macht. Wie es ihr geht. Sehe sie vor mir. Abgemagert und ohne Haare in einem Krankenhausbett. Es tut weh. Es ist ein fast physischer Schmerz. Als ob mir jemand einen eisernen Reifen um den Brustkorb gespannt hätte.

Markus bemerkt meinen Stimmungswandel und dreht sich zu mir hin. »Alles in Ordnung, Liebling?«

Ich sehe ihn an, versuche ein Lächeln und nicke. »Absolut alles in Ordnung. Glaub mir. Aber ich denke, ich bringe jetzt das Geschirr ins Haus.« Ich stehe auf und fange an, die Tassen auf das blaue Holztablett zu stapeln.

Das traurige Herz – 1995

Das Problem mit Jussi war seine Unzuverlässigkeit. Er konnte ungeheuer liebevoll und engagiert sein, und dann fühlte sich Jens wie der am meisten geliebte und angebetete Junge auf der ganzen Welt, aber man wusste nie, wie – und vor allem *wo* – er am nächsten Tag sein würde. Er war da, wenn er es wollte. Jussi liebte ihn nach seinen Bedingungen, und deshalb war Jens auf irgendeine Weise immer der Unterlegene. Vielleicht spielte auch der Altersunterschied eine Rolle, aber das wollte er nicht glauben. Er fand, das Alter dürfe keine Rolle spielen, wenn man einander wirklich liebte. Wenn sie darüber sprachen, lachte Jussi immer und nannte ihn *mein gefühlvoller kleiner Idealist*. Jussi wich geschickt allen Diskussionen über die Zukunft aus. *Wir sind doch jetzt zusammen, reicht das nicht?*, während er zugleich mit einem Seufzer seine Liebe beteuerte. Jens hatte dann immer das Gefühl, zu klammern. Es war ein peinliches Gefühl, wie eine schlechte Gewohnheit, die er schon längst hätte ablegen sollen. Zumindest müsste er klug genug sein, sie zu verbergen.

Jemanden wirklich haben zu wollen – diesen Menschen ganz für sich zu wollen –, war offenbar etwas Schlechtes. Er begriff langsam, wie man sein sollte, wenn es um Liebe ging: zu lieben war gut, das war in Ordnung und normal und sollte ermutigt werden. So sehr zu lieben, dass man jemanden ganz für sich haben wollte, war dagegen nicht in Ordnung, denn *niemand kann einen anderen Menschen besitzen* und so weiter. Und unsicher zu sein, ob man wirklich auch geliebt wurde, war jämmerlich, ungefähr so, wie sich zu betrinken und ins Bett zu pissen. Und wenn man so empfand, war es besser, das für sich zu behalten.

Jussi. Er sah ihn an, wie er da neben ihm im Bett lag. Er atmete tief und regelmäßig. Die Augenlider und die hellen, fast weißen Wimpern zuckten ein wenig, als ob er träumte. Die Decke war in einem Wulst um seine Knöchel geschlungen, und eine Gänsehaut überzog seinen nackten Körper. Der Schwanz, der sich an seinen Oberschenkel schmiegte, sah klein und dünn aus. Vorsichtig, um Jussi nicht zu wecken, streckte er sich nach dem Fußende des Bettes aus, zog die Daunendecke hoch und breitete sie über ihnen aus.

Das Zimmer war groß für ein Schlafzimmer. Es kam ihm trotzdem eng vor, da Jussi es als Aufbewahrungsort für Möbel nutzte, für die er im Laden gerade keinen Platz hatte. Drei Kommoden mit goldenen Beschlägen und kompliziertem Muster aus allerlei Holzsorten standen an der einen Wand. Echte Teppiche lagen in einer Ecke aufgerollt aufeinander wie Baumstämme. Porphyrvasen, Kristall-Leuchter und Lampen standen nebeneinander auf einem langen Esstisch vor dem Fenster. Hocker und Sessel in grellen Farben drängten sich auf dem Boden.

Jussi hatte eine Schwäche für starke klare Farben, wie Kirschrot, Kobaltblau und Grün. *Da ist es doch ganz logisch, dass ich Empiremöbel bevorzuge,* hatte er gemurmelt, als sie zum Essen bei Stefan und Robert gewesen waren, die in einem kleinen Laden in Vasastan Möbel aus den fünfziger Jahren verkauften. Er wusste nicht, was Empire war, aber das war ihm egal. Solange Jussi neben ihm lag und unwiderstehlich schön war und ihm außerdem sagte, wie sehr er ihn liebte, war alles gut.

Alles könnte perfekt sein, wenn nur …

Jussi zuckte zusammen, und seine Augenlider öffneten sich, aber nur um einige Millimeter, als ob er noch immer tief in einem Traum steckte und ihn trotzdem für eine Sekunde ansehen wollte.

»Bist du wach?«

Jussi nickte, sagte aber nichts, reckte sich ein wenig und öffnete die blassen blaugrauen Augen. Sie waren so hell, dass er fast wie ein Albino aussah; sie waren oft ein wenig gerötet, als ob er Schnupfen oder vielleicht eine Allergie hätte.

»Komm her«, raunte Jussi und winkte ihn näher.

Er schmiegte sich an den warmen Körper, legte den Kopf auf Jussis Brust und lauschte seinem Herzen. Draußen war es dunkel geworden. Er konnte Licht hinter den Fenstern im Haus auf der anderen Seite der Kommendörsgatan sehen; dem Haus mit dem Massagestudio im Erdgeschoss, was die alten Damen in Jussis Haus einfach empörend fanden. Sie hatten den Salon sogar angezeigt. Aber was danach passiert war, wusste er nicht.

»Wirst du es heute sagen?«, fragte Jussi.

Er überlegte. Er hatte Jussi schon in der vergangenen Woche versprochen, es zu tun, hatte es dann aber immer wieder aufgeschoben, weil er keine passende Gelegenheit gefunden hatte. Aber eigentlich brauchte er es doch auch nicht gerade jetzt zu erzählen. Es eilte nicht, und Jussi hatte das nicht für ihn zu entscheiden. Zugleich *wollte* er es sagen. Er wusste, dass die Zeit auf irgendeine Weise reif war. Er konnte es nicht erklären, es war einfach eine Erkenntnis, die ihm gekommen war: Es war Zeit, es zu sagen.

»Ja, wenn ich eine passende …«

»Gelegenheit finde? Das wolltest du doch sagen, oder?« Jussi stützte sich auf die Ellbogen und küsste ihn sanft auf eine Brustwarze. Seine Bartstoppeln kitzelten ihn, und er musste lachen, wand sich wie ein Aal in Jussis Griff.

»Es ist einfach so«, sagte Jussi dann mit dem Selbstbewusstsein, das nur jemand aufbringen konnte, der sein Coming-out bereits hinter sich hatte. »Es gibt keine *perfekte* Gelegenheit, verstehst du? Das ist alles nur eine Ausrede, eine Möglichkeit, das Gespräch hinauszuzögern.«

»Aber ich will es ja sagen.«

Jussi machte eine Handbewegung, als ob er ein nerviges Insekt verjagen wollte. »Und ich glaube dir. Du willst es sagen. Aber lieber nicht heute Abend. Hab ich recht?«

Jussi hatte jedenfalls nicht unrecht, dachte er, aber wenn seine Eltern an diesem Abend eine ihrer wilden Streitereien austragen würden, würde er ein Brecheisen brauchen, um sich einige Minuten Aufmerksamkeit zu verschaffen: »Hallo, verzeiht die Störung, ich wollte nur sagen, dass ich schwul bin. Und ich habe einen Mann namens Jussi kennengelernt, und wir sind sehr verliebt, und nein, das war schon alles. Streitet euch nur weiter, lasst euch von mir nicht stören.«

»Wovor hast du Angst?«, fragte Jussi und sah plötzlich ernst aus, wie immer, wenn er ein Problem lösen wollte – das Problem eines anderen allerdings. Über seine eigenen Schwächen diskutierte er weit weniger gern.

»Ich habe keine Angst.«

»Blödsinn. Die haben alle. Komm schon. Ist vielleicht dein Vater das Problem?«

Er dachte an Papas zusammengesunkene Gestalt am Esstisch. Wie er vergeblich versuchte, irgendeine Art Gespräch in Gang zu bekommen, indem er mit seinen Heldentaten als Gemeinderatsangehöriger prahlte. Wie er sich um Bestätigung und Zuneigung bemühte. Bei der Vorstellung kamen ihm fast die Tränen.

»Nein. Nicht mein Vater. Für den sind ganz andere Dinge wichtig.«

»Zum Beispiel?«

»Ach, du weißt schon. Politisches Engagement, sein Leben nicht mit sinnlosen Vergnügungen zu vergeuden. Ich brauche bloß zu sagen, dass ich mich für die Schwulen in Bosnien engagieren will, und schon ist er zufrieden. Aber meine Mutter…«

»Was ist mit deiner Mutter?«

»Es ist bloß, dass sie aus einer ungeheuer altmodischen freikirchlichen Familie kommt. Glaub mir, ihre Geschwister finden, Schwule sollten gesteinigt werden oder so. Und sie hat furchtbare Angst vor Aids. Vor einigen Monaten hat sie in einem Beratungszentrum für Drogensüchtige ein Praktikum gemacht und hatte danach Panik, sie könnte Aids haben, weil sie ihnen die Hand gegeben hatte. Ich sag dir, sie stand jeden Abend eine halbe Stunde unter der Dusche.«

»Hm… Ist sie denn auch so fromm wie ihre Verwandtschaft?«

»Glaub ich nicht. Aber eben sehr altmodisch. Sie will am liebsten zu Hause sein und backen und das ganze Zeug. Sie ist übrigens eine fantastische Bäckerin. Aber wenn es um ihre Familie geht… sie findet sie total hoffnungslos, ich habe bloß das Gefühl, dass…« Ihm gingen die Worte aus.

Jussi fuhr ihm durch die Haare, und es wirkte fast, als ob seine Hand zwischen den Locken etwas suchte. »Und du meinst, für Mamachen wird alles leichter, wenn du mit den freudigen Nachrichten noch ein paar Wochen wartest?«

»Natürlich nicht. Aber es kommt mir richtig vor, den passenden Augenblick abzuwarten. Damit wir in Ruhe darüber reden können, meine ich.«

Jussi reckte sich und setzte sich auf die Bettkante. »Scheiße, ist das kalt«, murmelte er. »Sagen wir mal so, wenn du eine passende Gelegenheit findest, dann sagst du es heute Abend, ja?« Er stand auf und griff nach dem marineblauen Morgenrock, der über einem goldgrün bezogenen Biedermeierstuhl hing. Der Morgenrock erinnerte an einen Mantel, und er fand immer, dass Jussi darin irgendwie militärisch aussah, ein bisschen wie ein Feldherr.

»Sicher.« Er rutschte tiefer unter die Decke, auf der Suche nach Jussis Wärme zwischen den Laken. Es war wirklich kalt in der Wohnung. Jussi sollte sich beim Hausbesitzer beschweren.

»Und dann erzählst du mir morgen, wie es gelaufen ist.«

»Morgen? Ich dachte, wir sehen uns heute Abend.«

Jussi hatte ihm den Rücken zugedreht, aber er glaubte doch, eine gewisse Irritation zu bemerken. Er schien plötzlich erstarrt zu sein. Dann drehte er sich um und fuhr sich mit der Hand durch seine schütteren blonden Haare.

»Aber darüber haben wir doch schon gesprochen? Ich bin mit Roberto zum Essen verabredet. Das weißt du doch längst.«

Plötzlich war es wieder da, dieses schändliche und verbotene Gefühl. Und mit diesem Gefühl kam auch der Drang, ihm das Treffen mit Roberto zu verbieten, damit er den Abend mit ihm verbringen könnte.

»Es ist bloß, weil …«

Jussi zog sich bereits an. Er knöpfte sein weißes Hemd zu und durchwühlte den Kleiderhaufen auf dem Tisch nach einer Hose. »Was? Ich begreife nicht, warum wir diese Diskussion führen. Roberto und ich … das ist seit fünf Jahren zu Ende. Du hast wirklich keinen Grund zur Beunruhigung.«

»Es ist bloß, dass ich nicht verstehe, warum ich nicht mitkommen kann.«

»Darum nicht. Du kennst Roberto nicht. Wir werden in

alten Erinnerungen schwelgen. Für dich wäre das doch nur langweilig.« Er zog seine gute schwarze Hose an, die er nur zu besonderen Anlässen nahm. Danach öffnete er die Dose mit dem Frisiergel, die unter dem Spiegel stand, gab einen Klecks auf jede Handfläche, verrieb das Gel dazwischen und fuhr sich damit durch die Haare.

»Du meinst, ihr werdet über *euch* reden?«

Jussi war inzwischen ziemlich genervt. Die dünne blasse Haut auf seinen Wangen war leicht gerötet, und er verschränkte die Arme vor der Brust. »Verdammt, natürlich werden wir über uns reden. Was hast du denn gedacht? Aber das heißt noch längst nicht, dass ich auch mit ihm schlafen will. Kapier das endlich!«

Und sicher, er verstand, aber er konnte trotzdem nicht aufhören, konnte das Thema nicht loslassen. Es war, wie an einer Wundkruste zu zupfen. Es tat weh, aber man konnte nicht aufhören, ehe man die Wunde offengelegt und das Blut freigelassen hatte, das von innen dagegenpochte und herauswollte. »Du findest also, ich soll nach Hause fahren und mich bei meinen Eltern outen, während du deinen Ex triffst und in schönen Erinnerungen schwelgst? Und danach, wenn ich dich brauche, bist du nicht da. Sondern erst morgen. Denn dann hast du auch mal wieder Zeit für mich.«

Jussi seufzte. Jens wusste, dass er einen wunden Punkt getroffen hatte.

»Wir sind im PÅ, wenn etwas sein sollte«, sagte er schroff und verließ das Zimmer.

Papa hatte sich in einem Fachbuch vergraben, als er nach Hause kam. Er sah fast überrascht aus, als Jens in der Diele seine dicke Jacke aufhängte. Als ob er nicht ganz sicher sei, wer da gerade zu Besuch kam.

»Ist es kalt draußen?«, fragte er, nahm die Lesebrille ab, streckte die Hand nach dem Couchtisch aus und legte die Brille auf den Zeitungsstapel.

»Es ist arschkalt«, murmelte Jens als Antwort.

Die Mutter kam mit einem Glas Wein in der Hand aus der Küche. Sie hatte sich geschminkt und trug ein Kleid und hochhackige Stiefel. Die Haare, die ungewöhnlich stark toupiert waren, erinnerten ihn an Zuckerwatte.

»Hallo, Liebling«, sagte sie und küsste Jens auf die Wange.

»Du siehst aber toll aus«, sagte er und meinte es auch so. Sie lächelte kühl zur Antwort und setzte sich in einen Sessel, obwohl neben seinem Vater auf dem Sofa Platz genug war.

»Gehst du aus?«, fragte Jens und ging auf das Sofa zu.

»Mm, später«, sagte sie ausweichend und winkte ihm, sich zu ihr zu setzen.

Er ließ sich neben seiner Mutter in einen Sessel sinken.

Das hier war eine passende Gelegenheit, das war ihm klar. Und doch wusste er nicht, wie er es sagen sollte.

»In der Küche ist Chili con Carne«, sagte die Mutter. »Und im Kühlschrank Eis mit Beeren. Wir haben dir etwas aufgehoben.«

Er nickte und holte tief Luft. »Danke«, sagte er. »Ich möchte euch vorher noch etwas sagen.«

Der Vater fuhr sich mit der Hand über die runzlige Wange und nickte auffordernd. Er machte immer Platz frei für *das Gespräch,* das gehörte zu seinen Spezialitäten. Er liebte Geständnisse und die kleinen, angstgeladenen Augenblicke von unerwarteter Intimität, die die Nischen im Alltag füllen konnten.

Jens räusperte sich. Ihm fehlten die Worte. Er schaute sich in dem Raum, in der Wohnung, in der er aufgewachsen war, um und ließ den Blick über die abgenutzten Möbel, Bilder und die Fotos von ihm selbst als Kind wandern. Und er sah seine Eltern an und wusste mit absoluter Sicherheit, dass sie ihn lieben würden, egal, was er sagte. Und trotzdem brachte er es nicht über sich. Es war unbegreiflich. Als ob jemand seine Stimmbänder so fest zusammenpresste, dass er keinen einzigen Ton herausbringen konnte.

»Was willst du uns denn sagen?«, fragte seine Mutter zerstreut und streckte die Hand nach der Fernbedienung aus, während der Vater sich vorbeugte und ihr die Hand auf den Arm legte, um sie daran zu hindern, den Moment verstreichen und in Vergessenheit geraten zu lassen.

Die Mutter drehte sich zu ihm um, und ihre blauen Augen waren groß und rund und vielleicht auch ein bisschen unruhig. Er merkte, dass sie nach Parfüm roch.

Er hatte sich selbst in eine Ecke manövriert. Sich in eine Situation gebracht, in der sie irgendeine Art von Geständnis erwarteten, und er konnte sich aus dieser Ecke nur befreien, wenn er auch eins lieferte.

»Also«, sagte er. »Ich habe beschlossen, dass ich für die Flüchtlingshilfe arbeiten will.«

Der Vater hob die Augenbrauen.

»Und außerdem bin ich schwul«, fügte er hinzu. Und zu seiner Überraschung zitterte seine Stimme kein bisschen.

Siri

Die Sonne steht schon hoch über der Bucht. Vijay, der gestern Abend beim Essen viel zu viel Wein getrunken hat, hat auf dem Sofa übernachtet, und jetzt sitzen wir beim Frühstück auf den Felsen. Joghurt und frische Erdbeeren. Kaffee und warme Milch. Vijay und Erik spielen im Wasser Meeresungeheuer, ein Spiel, bei dem es offenbar darum geht, dass Vijay Erik fangen und in die Luft werfen muss. Markus und ich blättern rasch durch die Morgenzeitung. Ich lese den Kulturteil, überfliege einen Artikel über das englische Königshaus und eine Rezension eines weiteren Superheldenfilms.

»Hast du das hier gesehen?« Markus hält die Titelseite hoch und zeigt auf einen Artikel.

Ich beuge mich vor, um zu lesen. Ein vier Jahre alter Junge ist auf der Auffahrt vor seinem Haus in Bromma bei Stockholm erschossen worden. Obwohl sein Vater, ein Arzt, versuchte, ihn zu retten, starb er auf dem Weg ins Krankenhaus. Bisher gab es keine Verdächtigen.

»Oh, verdammt. Der arme Mann. Wie kann man so etwas überleben? Sein Sohn ist ja praktisch in seinen Armen gestorben.«

Markus schüttelt den Kopf. Vijay kommt über die Felsen und setzt sich neben uns. Erik ist losgerannt, um zur Toilette zu gehen, und er nutzt die Gelegenheit, um schnell noch ein paar Erdbeeren zu essen.

»Ich hab das heute Nacht im Internet gelesen.« Vijay nickt zur Zeitung hinüber.

»Was denkst du?«, fragt Markus.

»Ich weiß nicht so recht. Das ist schon verdammt seltsam. Oder?« Vijay wartet Markus' Antwort nicht ab, sondern liest weiter.

Ich fühle mich plötzlich ein wenig ausgeschlossen. Als ob ich die Einzige wäre, die den tieferen Sinn in den Kommentaren der beiden nicht versteht. »Was meint ihr? Abgesehen davon, dass es schrecklich ist, wenn ein Kind stirbt?«

»Vijay findet es seltsam, dass es offenbar keiner der Eltern war. Wenn ein Kind stirbt, sind sie fast immer die Schuldigen. Ein Streit über das Sorgerecht, der aus dem Ruder läuft, ein erweiterter Selbstmord, bei dem sich jemand das Leben nimmt und die Kinder mitnehmen will, ein Elternteil, der verrückt geworden ist und sein Kind vor Dämonen schützen möchte, indem er es in der Badewanne ertränkt.«

Markus macht ein trauriges Gesicht.

Ich kenne seinen Blick. An manchen Tagen kommt er von der Arbeit nach Hause und will mit niemandem reden. Dann zieht er nur seine Laufschuhe an und kommt erst eine Stunde später schweißnass und erschöpft zurück. Das sind die Tage, an denen er bei der Arbeit Dinge gesehen hat, über die er nicht reden will.

»Aber hier ist es anders?«

»Ja.« Vijay sieht um einiges weniger erschüttert aus als Markus. Als ob ihn die Tatsache, dass das Elternhaus offenbar der gefährlichste Aufenthaltsort für ein kleines Kind ist, nicht weiter angeht. »Der Vater war mit dem Sohn draußen, als er erschossen wurde, aber der Schuss wurde anscheinend aus einer ziemlichen Entfernung abgegeben. Die Mutter war im Haus und machte Frühstück für ein jüngeres Kind.«

»Was glaubst du also? Dass irgendwer den Jungen einfach so umgebracht hat? Ohne Grund?« Ich spüre, wie sich mein Magen zusammenzieht und mir Tränen in die Augen treten. Die Vorstellung, dass jemand in einem ruhigen Vorort ein Kind erschießt, ist grauenhaft.

»Ich weiß es wirklich nicht.« Vijay streicht sich die feuchten Haare aus der Stirn, einige Wassertropfen landen auf der Zeitung. »Entweder sind die Eltern in kriminelle Unternehmungen verwickelt – organisiertes Verbrechen oder etwas Ähnliches –, und das hier war eine Art Rache. Aber das kommt mir unwahrscheinlich vor. Ich kann mir einen Arzt und Familienvater in Bromma einfach nicht als Mafiaboss vorstellen.«

»Oder? Oder was?«

»Oder es ist eine andere Form von Rache. Vielleicht hat die Mutter einen Liebhaber, der durchgedreht ist. Oder der Vater, das kann auch sein. Aber das alles sind nur Spekulationen. Es ist unmöglich, irgendetwas Genaueres dazu zu sagen. Es ist ein seltsames Verbrechen.«

»Vijay. Nicht alle Erdbeeren aufessen!« Erik kommt angerannt und setzt sich zwischen uns. Er beugt sich zu der angestoßenen Tonschale vor, in der die Erdbeeren liegen. Zufrieden stellt er fest, dass noch genug übrig sind, und steckt sich eine in den Mund. »Mama, gehst du mit mir baden? Bitte?« Erik schaut flehend zu mir hoch. »Vijay ist ein Ungeheuer, und er kann Leute fangen und wahnsinnig hoch in die Luft werfen. Dich kann er auch fangen.«

Ich falte die Zeitung zusammen und stehe auf. »Na gut, aber nur, wenn ich auch mal Meeresungeheuer sein darf.«

Sten Lindells Kiefer bearbeiten methodisch ein Nikotinkau-gummi, während er uns mustert.

Ich spüre, dass er mich mit Blicken misst, und ich habe den Verdacht, dass ich die Prüfung nicht bestehe. Ich versuche, mich mit seinen Augen zu sehen. Eine magere, kleine Psycho-login, die nicht die geringste Ahnung von Polizeiarbeit hat. Ich mache ihm keine Vorwürfe, wenn er an meinen Fähigkei-ten zweifelt. Mir geht es nicht anders.

Lindell ist Kriminalkommissar und leitet die Ermittlungen im Mordfall Jussi Ståhl. Er ist ein Mann von Mitte fünfzig mit grau melierten Haaren und etwas streng Militärischem. Vielleicht rührt dieser Eindruck von seinen kurz geschore-nen Haaren oder von der Art, wie er mit auf dem Rücken verschränkten Händen dasteht. Bisher verliefen meine Be-gegnungen mit meinem neuen Arbeitgeber sehr reibungslos, aber jetzt merke ich etwas, das ich bisher nur geahnt habe, nämlich, wie straff hierarchisch die Polizei organisiert ist. Für mich, die seit vielen Jahren keinen Chef mehr hatte, wird die Veränderung plötzlich fast unangenehm greifbar.

»Kann irgendwer etwas über das hier sagen?« Sten Lindell hebt eine Abendzeitung hoch.

Ich brauche nicht hinzuschauen, ich weiß schon, was dort steht.

»Der Mann ohne Herz. Jussi Ståhls Leichnam verstüm-melt«, liest Lindell laut und mit düsterer Miene vor. »Natürlich gibt es immer eine undichte Stelle«, sagt er dann. »Viele wissen, dass sie sich etwas dazuverdienen können und dass sie im Grunde auch nichts riskieren, weil die Presse ihre Quellen schützt. Aber das bedeutet nicht, dass wir es tolerieren. *Niemals.* Das hier führt nur zu Hysterie und schadet den Ermittlungen.«

»Ich glaube, allen hier in der Gruppe ist absolut bewusst, dass wir unter keinen Umständen Informationen durchsickern lassen dürfen.« Carin erwidert Lindells Blick und schafft es, bedauernd und vorwurfsvoll zugleich auszusehen.

»Wir können und dürfen nicht ermitteln, wer die undichte Stelle ist. Ich will nur betonen, wie wichtig es ist, dass die an dieser Ermittlung Beteiligten nicht mit der Presse reden.« Lindell macht ein gereiztes Gesicht und wirft die Zeitung auf den Besprechungstisch.

»Vielleicht können wir weitermachen und über die Ermittlung an sich sprechen. Gibt es neue Erkenntnisse, von denen wir noch nicht wissen?«, fragt Örjan. Er sieht ungeduldig aus, wie er da kerzengerade mit Block und Kugelschreiber in der Hand sitzt.

Carin und Lindell wirken überrascht, als ob sie beide nicht damit gerechnet hätten, in ihrem Machtkampf unterbrochen zu werden.

»Wir haben etliche neue Informationen, ja. Zum einen geht es darum, wie der Täter in Ståhls Wohnung gelangt ist. Es gibt keinerlei Hinweise darauf, dass Ståhl nach seinem Abend in der Stadt jemanden mit nach Hause genommen hat. Den Aufzeichnungen der Telefongesellschaft zufolge hat er während des gesamten Heimwegs mit seinem Lebensgefährten telefoniert. Es gibt einen Zeugen, der Ståhl vor der Haustür gesehen hat, und da war er allein. Es hat auch niemand irgendwelchen Lärm im Eingang gehört, deshalb glauben wir nicht, dass der Täter mit Gewalt bei Ståhl eingedrungen ist. Es hat sich zudem niemand in der Nähe der Wohnung aufgehalten, es ist also davon auszugehen, dass der Täter schon in der Wohnung war und dort auf Ståhl gewartet hat. Ståhl vermisste seit ungefähr einem Monat zwei Schlüssel. Er glaubte, sie auf dem Heimweg aus einer Kneipe verloren zu haben, und hatte nicht weiter daran gedacht. Sein Lebensgefährte hat uns erzählt, dass sie zuerst das Schloss auswechseln lassen wollten, aber dann kam etwas dazwischen, und sie haben die Sache vergessen.« Lindell verstummt.

Ich sehe, dass Örjan und Jimmy einen Blick wechseln und nicken. Ihre Theorie, nach der sich der Täter in der Wohnung versteckt hat, um auf sein Opfer zu warten, scheint zu stimmen.

»Was mögliche Motive angeht, so haben wir zwei ins Auge gefasst, die uns besonders wahrscheinlich erscheinen. Das eine ist die Sache mit dem Hassverbrechen. Es ist möglich, dass Jussi Ståhl allein deswegen ermordet wurde, weil er homosexuell war. Wir sind dabei, die IP-Adressen der Personen festzustellen, die Jussi Ståhl per Mail und in verschiedenen Internetforen schikaniert haben.« Lindell bricht ab und geht zu dem grauen Papierkorb, spuckt sein Nikotinkaugummi aus und redet dann weiter. »Aber es gibt noch eine andere Spur. Jussi Ståhl war sehr wohlhabend und freigebig. Offenbar hat er einer gewissen Anna Carlsson eine hohe Summe geliehen. Frau Carlsson hat in seinem Einrichtungsladen gearbeitet. Sie brauchte Geld, um sich eine Wohnung zu kaufen, nachdem sie sich von ihrem Mann getrennt hatte, und Ståhl, der sie wohl sehr mochte, hat ihr dreihunderttausend Kronen geliehen. In der letzten Zeit hatte sie Probleme mit den Rückzahlungen, und sie scheinen mehrmals darüber gesprochen zu haben. Sie hat einige Zeit in einer Entzugsklinik verbracht, und ihr

Verflossener ist wegen Körperverletzung und Drogendelikten vorbestraft. Fragen?« Statt eine Antwort abzuwarten, sammelt Sten Lindell seine Unterlagen zusammen und macht Anstalten, das Besprechungszimmer zu verlassen.

»Wie denkst du denn selbst über das Motiv?« Jimmy hat sich Lindell zugewandt, weshalb ich sein Gesicht nicht sehen kann. Ich meine, einen Beiklang in seiner Stimme gehört zu haben, einen schwachen Unterton der Verachtung, aber so verhalten, dass ich mich auch geirrt haben kann.

Lindell, der schon auf dem Weg zur Tür war, dreht sich um. »Was ich *denke*? Ich bin Polizist und versuche, Tathergänge nicht zu *erraten*. Aber wenn wir bedenken, was bisher bei der Ermittlung herausgekommen ist, dann würde ich mein Geld auf die Hassverbrechen-Schiene setzen … Wenn ich schon spekulieren muss.«

»Danke, dass du dir die Zeit genommen hast, uns zu informieren, Sten. Wir melden uns, sowie wir etwas Konkretes beisteuern können.« Carin muss fast hinter Lindell herrufen, denn er ist schon fast im Gang verschwunden.

Als er nicht mehr zu sehen ist, hebt Carin die Zeitung hoch – genauso, wie Lindell es vorhin getan hat. »Sten hat uns ja schon zusammengestaucht, da brauche ich das vielleicht nicht noch einmal zu erwähnen, aber bitte überlegt euch genau, *was* und zu *wem* ihr etwas sagt. Wenn sich dieses Verbrechen mit allen widerlichen Einzelheiten in der Boulevardpresse wiederfindet, hilft das unseren Ermittlungen absolut nicht weiter. Ansonsten wüsste ich gern, wie ihr das mit den Motiven seht, die Lindell uns präsentiert hat.«

»Es handelt sich nicht um ein Hassverbrechen. Das kann einfach nicht sein.« Vijay klingt vollkommen sicher, und ich frage mich, wie er so überzeugt davon sein kann, dass er recht hat.

»Na gut. Finanzielle Motive? Wäre das möglich?«

»Das ist jedenfalls glaubwürdiger. Aber wir wissen zu wenig über diese Frau, der er Geld geliehen hat, um uns ein Urteil über sie bilden zu können. Und es fällt mir schwer, mir vorzustellen, dass eine Frau dieses Verbrechen begangen haben könnte.«

»Ist das nicht ein winzig kleines Vorurteil?« Carins Stimme hat einen scharfen Unterton angenommen, aber Vijay wirkt vollkommen ungerührt.

»Nein. Es kommt nur einfach sehr selten vor, dass Frauen ihre Opfer verstümmeln. Aber natürlich, unmöglich ist es nicht. Wäre schließlich auch nicht das erste Mal.« Er breitet die Arme aus, wie um zu signalisieren, dass er sich nicht an die Vorstellung eines männlichen Mörders klammert.

»Gut. Okay. Dann ist die heutige Besprechung beendet, und wir arbeiten alle auf eigene Faust weiter.« Carin lächelt, aber es wirkt mechanisch. Eine eingeübte Geste, die nicht ihre Augen erreicht.

Ich friere. Trotz der Hitze draußen ist es im Besprechungszimmer kühl, und ich spüre, wie sich eine Gänsehaut auf meinen Armen bildet. Ich bin mir allerdings nicht sicher, ob alleine die Temperatur im Raum mich schaudern lässt. Etwas in der Stimmung hat sich verändert. Eine schwache Irritation, die sich unmerklich in die Gruppe gestohlen hat und sich wie ein dünner Film über alles zieht, was getan und gesagt wird.

Wir sitzen in einer Kneipe in einer der kleinen Straßen, die die Hantverkargatan mit der Norr Mälarstrand verbinden. Was eigentlich ein gemeinsamer Feierabend für die ganze Gruppe werden sollte, ist zu einer viel kleineren und intimeren Veranstaltung zusammengeschrumpft. Carin ist früher nach Hause gefahren, weil ihre Tochter erkältet ist. Örjan musste offenbar in seinen Schrebergarten, weil er Angst hatte, die Blumen könnten in der Hitze eingehen. Juan wäre sowieso nicht gekommen. Er hatte heute frei und geht ohnehin nie zu Anlässen, bei denen Darts, Bier oder Bowling eine Rolle spielen, sagt Vijay. Ich kann ihn verstehen. Ich kann mir diesen gepflegten, sanften Mann mit den schmalen Fingern und dem weißen Spitzbart in dieser Szenerie auch nicht wirklich vorstellen.

Dafür, dass es erst sechs ist, herrscht um uns herum ein ziemliches Gedränge. Männer mit strotzenden Muskeln und riesigen Tätowierungen mischen sich unter Mädchen, die so jung sind, dass ich nicht begreife, wieso ihnen hier Bier verkauft wird. Die Musik ist schnell, schwer und düster. Die Atmosphäre geladen, fast aggressiv. Es ist so dunkel, dass die Menschen nur schwer zu erkennen sind, und die Luft ist heiß und feucht.

Vijay trinkt einen Schluck Bier und schaut sich um. »Nett hier.«

Ich höre seinem Tonfall an, dass er das Gegenteil meint,

aber Jimmy scheint die Ironie nicht herauszuhören. »Ja, ich bin richtig gern hier. Vor zwei Jahren war das meine Stammkneipe.« Jimmy streicht sich über seinen kahlen Schädel und scheint über etwas nachzudenken, falls er sich nicht nur davon überzeugen will, dass sein Haarflaum ordnungsgemäß sitzt. Dann erwidert er meinen Blick. »Schön, dass du mitkommen konntest, Siri. Sonst wäre ich mit Vijay allein.«

Wir schweigen eine Weile.

»Was ist eigentlich mit diesem Lindell los?«, frage ich dann. »Der kommt mir ein bisschen …«

»Das ist doch ein Klassiker«, sagt Vijay. »Die *richtigen* Polizisten finden es nicht immer leicht, sich mit unserer Denkweise abzufinden. Sie sind daran gewöhnt, von Technik, Beweisen und Zeugenaussagen auszugehen. Ich glaube, viele halten das, was wir machen, für Hokuspokus. Und ab und zu müssen sie uns eben einen Dämpfer verpassen. Wie Sten heute. Aber er ist wirklich ein guter Mann. Das wirst du noch merken.«

Ich schiele auf die Uhr, es ist schon fast halb sieben.

»Ich gebe kurz Markus Bescheid«, sage ich. »Er holt heute Erik ab, aber ich muss ihm noch sagen, dass ich später komme.«

Jimmy nickt, und mir geht auf, dass ich eigentlich nichts über ihn weiß: weder wie alt er ist noch wo er wohnt oder ob er Kinder hat.

»Geh lieber raus, wenn du anrufen willst«, sagt Vijay.

Ich nicke und erhebe mich. Dränge mich durch schweißnasse Leiber zur Tür, die wegen des lauen Sommerabends offen steht.

Die Luft ist warm und riecht nach staubigem Asphalt und dem Essen des griechischen Restaurants an der Ecke. Hinter dem Kai am Norr Mälarstrand ruht das Wasser blank und still. Es sieht fast bedrohlich ruhig aus, als ob es nur auf ein erlösendes Gewitter wartet. Ich lehne mich an die Hauswand und wähle Markus' Nummer.

Er meldet sich, ehe ich das Telefon ganz an mein Ohr gehoben habe.

»Wo steckst du?«

Ich höre Erik im Hintergrund mit Quengelstimme etwas sagen, und ich kann mir das Bild genau vorstellen: die Frikadellen, die noch nicht fertig sind, obwohl Erik schon längst gegessen haben müsste; den Fernseher, der noch immer läuft, obwohl er als Ablenkung nicht mehr funktioniert, und Markus, der sich ärgert, weil er seinen Rechner verlassen musste.

»Wir trinken nur schnell noch ein Glas nach der Arbeit. Ich und die anderen aus der Gruppe. Ich bin spätestens um neun zu Hause.«

»Das hättest du mir ja wohl auch früher sagen können.«

»Ich wusste es aber noch nicht früher. Wir haben es erst heute Morgen verabredet. Du, gib Erik erst was zu essen und ruf mich danach an.«

»Ich will nicht mit dir telefonieren. Ich will, dass du nach Hause kommst. Jetzt, sofort!« Markus klingt plötzlich müde und resigniert und quengelig auf eine Weise, die ich nicht mehr gehört zu haben glaube, seit ich in der Praxis aufgehört habe. Oder hatte ich einfach nur mehr Geduld mit ihm, als ich arbeitslos war? Ich merke, dass mein Ärger wächst. Seit Jahren passe ich mich Markus' Arbeit an. Er hatte Nachtdienst und Bereitschaftsdienst, Betriebsfeste, Bandy-Turniere und Gott weiß was nicht alles oft wichtiger gefunden als Erik und mich. Kein einziges Mal habe ich protestiert oder verlangt, dass er von Bier oder Essen sofort nach Hause kommt. Es ist so kleinlich von ihm, mir zwei Stündchen mit meinen neuen Kollegen verweigern zu wollen.

»Wir sehen uns um neun«, sage ich und beende das Gespräch, ohne seine Antwort abzuwarten.

Als ich wieder hineingehe, ist es in der Kneipe heiß wie in einer Sauna. Die Bluse klebt mir am Rücken, und ich merke, wie meine Wangen glühen. Ob es an der Hitze oder an meiner Wut liegt, weiß ich nicht, aber ich spüre, dass ich unbewusst die Fäuste geballt habe. Ich gebe mir alle Mühe, mich zu entspannen, als ich mich in den abgenutzten, mit Plastik bezogenen Sessel neben Jimmys fallen lasse. Vijays Sessel ist leer und sein Bierglas auch.

»Wo steckt denn Vijay?«

»Der ist gegangen«, sagt Jimmy. »Was möchtest du trinken? Bier? Wein?«

»Eine Cola, bitte.«

Er nickt, steht auf und geht zum Tresen. Ich denke darüber nach, wie schön es ist, mit jemandem zusammen zu sein, der keine weiteren Fragen stellt, weil ich nicht trinke, der nicht versucht, mir Alkohol aufzuzwingen, um irgendetwas zu beweisen.

Jimmy kommt mit der Cola zurück, stellt sie vor mich und beugt sich zu mir herüber. Zu dicht vielleicht, ich weiß nicht so recht. Er erwidert meinen Blick, und plötzlich bemerke ich, dass er richtig attraktiv ist. Warum merke ich das erst jetzt?

»Also, wie steht's mit Siri?«

»Wie es steht?« Plötzlich überkommt mich eine merkwürdige Hilflosigkeit, ich begreife nicht, was er meint, und ich weiß auch nicht, was ich antworten soll. Seine Nähe scheint mich aus dem Gleichgewicht zu werfen, auf eine Weise, die ich noch nie erlebt habe. Als ob die Worte, die wir wechseln, eigentlich einen ganz anderen Inhalt hätten. Irgendwo in meinem tiefsten Innern weiß ich genau, was hier gerade passiert, aber ich will es nicht einmal denken, nicht zugeben, dass ich andere Gefühle für diesen Mann mit dem kahl rasierten Kopf hegen könnte als die kollegialer Freundschaft.

»Ja, was meinst du?«

»Wozu denn?« Ich begreife nicht, worauf er hinauswill. Ich fühle mich nicht wohl in meiner Haut, aber Jimmy lacht, als ob er meine plötzliche Verlegenheit komisch fände.

»Über die Arbeit natürlich. Die TP-Gruppe. Findest du sie in Ordnung?«

»Ach so. Natürlich. Ich finde es toll. Und spannend. Und ja, ich finde euch alle … sympathisch.«

Er mustert mich skeptisch, als ob er mich nicht richtig gehört hätte, und ich rechne fast mit einem Kreuzverhör über meine Eindrücke aus der ersten Woche, doch dann sagt er: »Kannst du nicht ein bisschen was über dich erzählen?«

Wieder bin ich verlegen. Zugleich ärgere ich mich über mich selbst und kann nicht verstehen, warum mich dieser Mann, dessen Arme mit den dicken Bizepsen und Tätowierungen mich an einen Türsteher denken lassen, auf diese Weise aus dem Gleichgewicht bringt.

Nicht mein Typ, Jimmy. Du bist nicht mein Typ!

Ich trinke einen Schluck Cola und lehne mich zurück. »Na gut. Die lange oder die kurze Version?«

»Fangen wir mit der kurzen an?«

»Ich arbeite als Psychologin seit … Himmel, schon ganz schön lange.« Ich zähle an den Fingern ab. »Fast fünfzehn Jahre. Lange Zeit hatte ich zusammen mit meiner besten Freundin Aina und einem Typen namens Sven eine Praxis auf Söder. Sie … wurde aufgelöst, könnte man sagen.«

»Was ist passiert?«

Ich überlege einige Sekunden, was ich erzählen soll, wie

viel von der Wahrheit ich mit meinem neuen Kollegen teilen will. Dann beschließe ich, dass es besser ist, auf Nummer sicher zu gehen und nicht gleich alles preiszugeben. »Aina, meine Freundin, ist an Krebs erkrankt. Sie ist krankgeschrieben. Und Sven hat sich ein Kind zugelegt und wollte sich unbedingt selbst verwirklichen – ein Buch schreiben.«

»Wie geht es deiner Freundin Aina jetzt?«

»Ich weiß es nicht. Wir haben schon länger nicht mehr miteinander geredet.«

Jimmy runzelt die Stirn, und sein grobes, sonnenverbranntes Gesicht nimmt einen besorgten Ausdruck an.

»Hast du nicht gerade gesagt, dass sie deine beste Freundin ist?«

Wieder spüre ich, wie sich in mir alles verwirrt, wie meine Versuche, dem Thema auszuweichen, es nur noch mehr in den Mittelpunkt zu rücken scheinen.

»Das ist kompliziert. Wir hatten einen üblen Streit. Unser Kontakt ist … eingeschränkt.«

Jimmy nickt nur und zuckt mit den Schultern. »Und sonst? Bist du verheiratet?«

Ich schüttele den Kopf. »Nein, aber ich wohne mit einem Mann zusammen. Markus. Er ist bei der Polizei in Nacka.«

Jimmy lacht und schüttelt langsam den Kopf. »Polizist, na klar. Kinder?«

»Ja, Erik. Er ist vier.«

»Schönes Alter. Meine Schwester hat eine Tochter, die vier ist. Natascha.«

»Und du? Hast du Kinder?«

Jimmy windet sich und lacht. »Nicht, dass ich wüsste.«

»Keine Freundin?«

Eine Sekunde lang scheint er zu zögern. Er schaut sein Bier an, als ob im Schaum eine wichtige Botschaft schwimmen könnte. »Weißt du, Siri. Ich finde das mit den Beziehungen schwierig.«

Ich weiß nicht recht, was ich von diesem unerwarteten Geständnis halten soll. Ich beschließe, nichts zu sagen und stattdessen abzuwarten, wie es weitergeht, denn ich glaube, dass er noch nicht fertig ist.

»Ich finde es schwer, weil man so verletzlich wird.« Er sieht mich mit etwas im Blick an, das Schmerz ähnelt, und fügt dann hinzu: »Ich war lange mit einer Frau zusammen, Nadja. Sie wusste genau, worauf sie sich mit mir einließ, ihr Bruder ist auch bei der Polizei. Danach … Ich weiß nicht, was du über meine Vergangenheit gehört hast, aber ich habe mich ziemlich lange mit kriminellen Netzwerken befasst. Ich wurde monatelang mit dem Tod bedroht – ehrlich gesagt, war mir das total egal. Aber dann kamen sie auf die Idee, Nadja zu schikanieren. Ich weiß nicht, wie oft ich ihr gesagt habe, dass sie eigentlich nur feige kleine Bengel seien, die sich niemals trauen würden, ihre Drohungen in die Tat umzusetzen. Ich weiß nicht, ob sie mir geglaubt hat, aber sie hatte niemals Einwände gegen meine Arbeit oder so. Aber eines Abends, als sie von der Arbeit nach Hause kam, wurde sie vor unserem Haus von einem Auto überfahren, das dort auf sie gewartet hatte. Sie fuhren über sie hinweg, setzten zurück und überfuhren sie noch einmal, ehe sie verschwanden.« Jimmy verstummt und schaut wieder in sein Bier. Sein Gesicht ist verschlossen. Ich spüre, wie ich eine Gänsehaut bekomme.

»Was ist passiert?«

»Ihr Rückgrat war an vier Stellen gebrochen. Zwei Frakturen im linken Oberarm. Sie hat überlebt, ist seitdem aber an den Rollstuhl gefesselt. Und sie wollte mich niemals wiedersehen. Ich sage mir andauernd, dass es nicht meine Schuld war, dass niemand voraussehen konnte, dass das passieren würde. Aber ehrlich gesagt … das ist doch bloß Scheißgerede. Es ist meine Schuld, dass sie heute im Rollstuhl sitzt, obwohl ich ihr natürlich niemals etwas antun wollte.«

»Es war nicht deine Schuld.«

»Nadja sieht das anders.«

»Sie irrt sich, und das weißt du auch.«

»Ich bin mir da nicht so sicher. Aber ich will auf jeden Fall nie wieder einen Menschen einer solchen Gefahr aussetzen.«

»Und deshalb gehst du Beziehungen aus dem Weg?«

Jimmy steht auf. »Ich will noch ein Bier. Und du?«

»Ich hab noch, danke.«

Er verschwindet in der Dunkelheit in Richtung Tresen. Ich versuche, mir vorzustellen, was es für ein Gefühl ist, eine solche Schuld mit sich herumzuschleppen, wie das einen Menschen beeinflusst. Dann piepst mein Telefon. Ich hebe es vom Tisch auf und lese die Mitteilung: *Wann kommst du?*

Jimmy setzt sich mit einem neuen Bier in der Hand neben mich. »Alles in Ordnung?«

Ich schüttle kurz den Kopf. »Beziehungen sind schwer.«

»Ja, du musst es ja wissen, schließlich bist du verheiratet.«

»Nicht verheiratet. Wir wohnen zusammen. Aber es ist trotzdem kompliziert.«

»Weil er Polizist ist?«

»Nein. Weil er ein unreifer Rotzbengel ist.« In dem Moment, in dem die Worte über meine Lippen kommen, bereue ich sie auch schon. Nicht nur, weil ich Markus vor einem Mann bloßstelle, den ich erst seit wenigen Tagen kenne, sondern auch, weil ich damit eine Art Grenze überschreite. Weil ich Jimmy näher an mich heranlasse, als ich wollte, weil ich damit die Tür zu einem Raum öffne, zu dem ich ihm noch keinen Zutritt gewähren dürfte.

Ich merke an Markus' unregelmäßigem Atmen, dass er nicht schläft. Er liegt neben mir und stellt sich in einer Art kindischem Protest gegen mein Verhalten schlafend. Den ganzen Abend war er sauer und schlecht gelaunt. Saß nur vor dem Computer, schützte dann Kopfschmerzen vor und ging früh ins Bett.

Markus hat nie Kopfschmerzen. Ich bin die Einzige in der Familie, der das passiert. Markus ist überhaupt ein physisches Prachtexemplar, das mehrere Dutzend Kilometer laufen kann, ohne müde zu werden, und niemals krank ist. Nicht einmal Eriks Monstererkältungen und Kotzgrippen können ihm etwas anhaben.

Vor dem Haus ist es beunruhigend still. Kein Wind, kein Vogel ist zu hören. Wir könnten uns auch in einer Raumkapsel in einer Umlaufbahn um die Erde befinden. Mondlicht sickert durch die Ritzen zwischen Rollo und Fensterrahmen. Es ist heiß und stickig. Ich werfe die Decke ab und lasse meinen nackten Körper von der Nachtluft abkühlen.

Das Letzte, was ich vor dem Einschlafen sehe, ist das Bild von Jussis blutigem aufgeschnittenem Brustkorb, das vor meinem inneren Auge vorüberflimmert.

Ich träume von Aina. Wir sitzen auf den Felsen am Meer, wie wir das so oft getan haben, aber Aina ist trotz der drückenden Hitze in viele Decken eingewickelt. Schläuche führen in ihren Körper wie Zugangsstraßen in eine Stadt. Sie ist blass und mager und hat einen bitteren Zug um den Mund.

»Du hättest mich besuchen müssen«, sagt sie.

»Du hättest auf Stefan pfeifen müssen«, antworte ich.

Sie schweigt, stützt sich mit den Händen auf die Klippen und legt sich mühsam auf den Rücken. Es sieht anstrengend aus, aber ich bringe es nicht über mich, ihr zu helfen. Ich kann die Frau, die das Unaussprechliche getan, die mich so tief verletzt hat, nicht anfassen.

»Es ist nicht immer so einfach, wie du glaubst«, fängt sie wieder an.

»Ich begreife nicht, was so verdammt schwer daran sein soll.«

»Noch immer so böse?«, murmelt Aina und schließt die Augen. »Eines Tages wirst du vielleicht verstehen, dass das Leben nicht immer so einfach ist, wie du glaubst.«

Gegen sechs Uhr klingelt das Telefon. Der Traum lebt noch immer in mir, als ich antworte. Aber das Gefühl, mit Aina auf dem Felsen zu sitzen, verfliegt, sowie ich höre, wer da anruft.

»Hallo, hier ist Carin. Es ist früh, ja, ich weiß, aber es ist etwas passiert. Kannst du kommen?«

Das traurige Herz – 1995

Das Problem mit Jussi war seine Unzuverlässigkeit. Das Problem mit ihm selbst war, dass er nicht wagte, sich auf jemanden zu verlassen, weder auf Jussi noch auf jemand anderen. Vielleicht war Jussi doch an allem schuld? Vielleicht beruhte seine Angst auf diesen ewigen Essen mit Roberto, bei denen er nicht willkommen war, oder den gemurmelten Telefongesprächen, die Jussi spätabends in der Küche führte. Vielleicht hatte sein Vater recht, was Jussi anging. Er hatte etwas darüber gesagt, dass zehn Jahre Altersunterschied in seinem Alter nicht gut seien, dass dabei eine Ungleichheit entstehen müsse. Vielleicht aber litt er auch an Verfolgungswahn, bildete sich Dinge ein, wie Onkel Daniel, der sein ganzes Erwachsenenleben lang geglaubt hatte, von Kyronen verfolgt zu werden. Feindseligen halbmeterlangen Besuchern vom Planeten Kyron, die auf ihren Reisen zur Erde das Ziel verfolgten, die Seelen der Menschen zu fangen und sie wie Beeren auf lange, selbstleuchtende Stahldrähte aufzuziehen.

Jens ging schneller.

Der Schnee war geschmolzen und einem graubraunen Matsch gewichen, der die ganze Sibyllegatan bedeckte. Die bleiche Märzsonne ließ die Eiszapfen schmelzen, die wie lebensgefährliche spitze Dolche von den Dachrinnen hingen. Sie weinen, dachte er, und im selben Moment ging ihm auf, dass er wirklich schlechter Stimmung war. Sein Vater hatte angedeutet, er solle sich eine Arbeit suchen, um zu Hause seinen

Anteil an den Kosten tragen zu können – oder ein Studium aufnehmen. Es war offenbar nicht akzeptabel, einfach herumzulungern, wie Papa das ausdrückte. Nachts feiern und tagsüber schlafen. Und da er schon mal dabei war, hatte er auch gleich mitgeschickt, er könne sich ja wenigstens irgendwo engagieren, dann brauche er zu Hause auch nichts zu bezahlen.

Er hatte versprochen, für die Flüchtlingshilfe zu arbeiten, aber daraus war nichts geworden. Andere Dinge waren dazwischengekommen, und aus irgendeinem Grund war er in diesem Winter immer schrecklich müde gewesen. Es war eine seltsame Müdigkeit, die er einfach nicht wegschlafen konnte. Es war, als ob jemand seinen Körper mit einer riesigen Faust gepackt und alle Energie und Kraft aus ihm herausgepresst hätte, wie Saft aus einer Zitrone. Aber trotz dieser rätselhaften Müdigkeit konnte er nicht einschlafen, wenn er abends ins Bett ging. Die Gedanken schienen ihm durch den Kopf zu wirbeln, einander dort drinnen zu jagen, während er versuchte, sich zu entspannen, um wenigstens in eine Art Halbschlaf zu fallen.

Er bog nach rechts in die Kommendörsgatan ein. Jussi war um diese Zeit im Laden, und sie mussten erst um sieben losgehen, da konnte er sich vorher noch ein bisschen hinlegen, eine Runde schlafen. Mitten am Tag.

Jens lächelte vor sich hin.

Er hatte versucht, Jussi von dieser seltsamen Müdigkeit zu erzählen, aber der hatte nur gegrinst und alles auf sein Alter geschoben, als ob er gerade erst in die Pubertät gekommen sei und sein Körper vor aggressiven Hormonen nur so strotze. Von Jussis Kommentar war ihm fast schlecht geworden, und er hatte beschlossen, das Thema nicht wieder zur Sprache zu bringen. Er fand es schrecklich, dass er ihn nicht ernst nahm, sondern immer wieder betonte, wie jung er sei, als ob die zehn Jahre, die sie trennten, ihn daran hinderten, selbst die einfachsten Argumente und Schlussfolgerungen zu begreifen.

Vor dem Blumenladen stand eine Frau in einer roten Stoffjacke und beschäftigte sich mit den Osterglocken, die in einen niedrigen Topf gepflanzt waren. Sie erinnerte ihn auf eine gewisse Weise an seine Mutter. Plötzlich dachte Jens, dass der Kommentar seines Vaters, dass ein Altersunterschied eine Beziehung ungleich machen kann, ebenso auf seine Eltern zutraf. Sie waren auch fast zehn Jahre auseinander, und immer hatte der Vater die Familie mit eiserner Hand regiert, auch wenn Jens ihn dabei auf seine Weise freundlich und gerecht gefunden hatte.

Er zündete sich eine Zigarette an.

Jussi wollte nicht, dass er rauchte, und hatte es ihm in der Wohnung verboten. Da rauchte er lieber draußen noch eine, ehe er hochging. Er blieb eine Weile auf dem Bürgersteig stehen, trampelte sich den Matsch von den Schuhen, kniff die Augen zusammen und hielt sein Gesicht in die Sonne. Das Wasser war durch seine Stiefel gedrungen, und seine Zehen waren kalt und nass, aber die Wärme in seinem Gesicht glich die gefrorenen Füße aus.

An diesem Abend waren sie bei Henrik eingeladen, einem alten Kumpel von Jussi. Henrik war Kunstsammler und wohnte in einer riesigen Dachwohnung im Karlaväg. Seltsamer Beruf. *Kunstsammler.* Nicht gerade etwas, womit man Geld verdienen konnte. Aber das brauchte Henrik auch nicht, er war bereits steinreich geboren. Er war groß und dick und glatzköpfig und hatte ein riesiges Doppelkinn, das einem Busen ähnelte. Trotz seines Aussehens hatte er immer junge hübsche, oft dunkelhäutige Freunde. Seine neueste Eroberung, Jorge, kam aus Brasilien, war Tänzer und hatte bronzefarbene Haut und schulterlange Rastalocken.

Henrik redete immer darüber, wie schön es doch sei, junge Freunde zu haben, und dabei zwinkerte er Jussi zu, der immerhin angemessen verlegen reagierte. Jens selbst kam sich vor allem vor wie ein Stück Fleisch, das in der Östermalmshalle in einem Glaskasten zur Schau gestellt wurde.

»Ich bin Realist, ich weiß, wie das läuft«, hatte Henrik gesagt. »Jeder bringt etwas in eine Beziehung ein. Jorge hier ist schön wie ein Gott.« Und als er das sagte, grinste Jorge breit und sah zufrieden und überhaupt nicht peinlich berührt aus. »Und ich bin alt und fett, aber ich hab dafür etwas anderes, nicht wahr?« Danach zeigte er mit der Hand auf das riesige Zimmer, wo große Fotos und Gemälde die Wände bedeckten, und alle außer Jens lachten laut und widmeten sich wieder dem Hirschbraten mit dem zitternden Gelee und pichelten Bordeaux.

Er ging zur Haustür, drückte die Kippe an der Mauer aus und gab den Sicherheitscode ein. Die Tür öffnete sich mit einem Summen, und er betrat das dunkle Treppenhaus.

Das Haus, um die Jahrhundertwende gebaut, war protzig, wenn auch ein wenig heruntergekommen. Jussi und seine Nachbarn hatten ihre Wohnungen gemietet, und wie er an diesen Vertrag gekommen war, war Jens ein Rätsel. Aber Jussi war ein Meister im Machen und Tricksen, Jens konnte sich vorstellen, dass er eine alte Kommode für ein Auto anbot, das gegen einen Perserteppich eingetauscht wurde, der zu einer Reise nach New York wurde, und so weiter. Und irgendwo unterwegs hatte er dann eine Wohnung auf Östermalm ergattert.

Die *Etage*, wie Jussi sie nannte, obwohl die Wohnung keine ganze Etage einnahm, war groß genug für eine ganze Familie, aber er hatte ihn niemals aufgefordert, zu ihm zu ziehen. Er selbst würde sich niemals so weit erniedrigen, darum zu bitten. Aber er wünschte sich doch, dass Jussi wenigstens gern mit ihm zusammengewohnt hätte. Es wäre ein viel besseres Gefühl gewesen, auch wenn sie die Sache nie in die Tat umgesetzt hätten.

Er schob den Schlüssel ins Türschloss. Die Tür war unverschlossen, was seltsam war, denn Jussi vergaß nie, hinter sich abzuschließen. Die Möbel, die er zu Hause aufbewahrte, waren ein kleines Vermögen wert, und er hatte furchtbare Angst vor Einbrechern.

Jens schob vorsichtig die Tür auf. In der Diele brannte Licht, und aus der Küche waren Stimmen und Lachen zu hören. Er wusste sofort, dass er »Hallo, ist jemand zu Hause« rufen müsste, aber er brachte es nicht über sich, denn ihm war ein grauenhafter Gedanke gekommen. Wortlos streifte er die nassen Stiefel ab, zog die Jacke aus und schlich weiter zur Küche. Im Radio lief Popmusik, und es roch nach Zigaretten, was auch seltsam war, da hier sonst Rauchverbote herrschte. Das bohrende Gefühl in seinem Bauch wurde stärker, wurde zu einem Monster, das ihn herausforderte, ihn in Richtung Küche stieß, um herauszufinden, was da vor sich ging, und das sofort, verdammt noch mal.

Jussi saß mit einer Zigarette in der Hand auf einem Küchenstuhl. Er hatte ein verwaschenes T-Shirt mit dem Logo von Kraftwerk an, war untenrum aber nackt. Auf dem Küchentisch saß Roberto in Jussis mitternachtsblauem Morgenrock, den Jens selbst niemals benutzen durfte.

Er wusste nicht, was ihn am meisten schockierte. Dass sein Freund hier halb nackt mit seinem Ex saß, die offenbar intime und erotische Atmosphäre im Raum oder die Tatsache, dass Jussi rauchte und Roberto Jussis Morgenrock trug. Aus allem aber ergab sich zweifellos, dass er den Mann, den er zu lieben glaubte, überhaupt nicht kannte. Dass Jussi ein anderer war, oder *etwas anderes,* als er gedacht hatte.

Jussi sprang vom Stuhl auf und stürzte auf ihn zu. Er griff nach Jens' Händen und sah ihn mit Besorgnis aus seinen seltsam hellen Augen an.

»Es ist nicht so, wie du glaubst«, sagte er und zog energisch an seiner Zigarette.

Mama fuhr ihm über die Haare und sprach in dem weichen, beruhigenden Tonfall mit ihm, den er noch aus seiner Kindheit kannte. »Ich weiß nicht, was ich sagen soll, um dich zu trösten, mein Liebling. Liebe geht zu Ende, und du bist noch so jung. Auch andere Mütter haben hübsche Söhne, hat deine Oma immer zu mir gesagt, und das stimmt ja auch irgendwie. Du hast noch das ganze Leben, um einen … um *jemanden* zu finden. Ich sage nicht, dass etwas auszusetzen ist an … dem … ihm … aber du bist doch erst neunzehn, das ist sehr jung und …«

»Doch, an Jussi ist etwas auszusetzen.« Er murmelte in sein Kissen, das von Tränen und Rotz durchnässt war.

»Was hast du gesagt?«

Er hob den Kopf, damit sie ihn hören konnte. »Jussi ist ein Monster!«

Seine Mutter lachte unsicher, und obwohl er sie nicht ansah, stellte er sich vor, dass sie ungläubig den Kopf schüttelte, sodass sich ihre dünnen blonden Locken von ihren Schultern hoben.

»Meinst du nicht, dass du ein wenig übertreibst?«

Jens gab darauf keine Antwort. Er hatte keine Lust auf irgendeine Diskussion darüber, was eigentlich passiert war, als sie Schluss gemacht hatten. Das wäre einfach zu erniedrigend. Jussi war ihm, nur mit dem T-Shirt bekleidet, auf die Straße nachgelaufen. Er hatte dort gestanden, barfuß im Schneematsch, den Schwanz entblößt für alle, die ihn sehen wollten, und hatte gebettelt und gefleht, Jens solle doch wieder ins Haus kommen, damit sie über alles reden könnten. Als ob es da noch irgendetwas zu sagen gäbe. Als ob die Szene in der Küche nicht mit aller wünschenswerten Deutlichkeit gezeigt hätte, was passiert war.

»Du musst doch verstehen, dass es nur Sex war«, hatte er dann gesagt und war dabei in einer Lache aus braunem Schmelzwasser auf der Stelle getreten, um die Wärme im Körper zu halten.

Der Satz hatte Jens fast noch mehr angeekelt als der Anblick von Jussis halb nackter Erscheinung in der Küche. Was an Sex sollte bitte so banal sein, dass man ihn auf »nur Sex« reduzieren konnte? War denn nicht genau das Gegenteil der Fall? Außerdem war da dieses bohrende Gefühl, Jussi niemals richtig gekannt zu haben. Dieses ganze Gerede, dass in der Wohnung niemand rauchen dürfe, während er selbst mit einer Zigarette im Mund dasaß, als sei er plötzlich ein ganz anderer Mensch geworden.

Und dann hatte Jussi noch etwas gesagt, was ihn zu dem Entschluss gebracht hatte, tatsächlich nie wieder ein Wort mit ihm zu wechseln. »Das wirst du verstehen, wenn du älter bist.«

Als ob er eines Tages zu der Erkenntnis kommen würde, dass ein kleiner Fick mit einem Ex auch nicht mehr bedeutete als eine Tasse Kaffee. Als ob er eines Tages ebenfalls alt genug sein würde, um den blauen Morgenrock anzuziehen und mit Jussi rauchend in der Küche zu sitzen.

Seine Mutter räusperte sich und streichelte mit ihrer kühlen Hand seine Wange. »Willst du nicht wenigstens ein bisschen aufstehen? Etwas essen. Du kannst doch nicht einfach nur hier liegen und… dich in deinem Unglück suhlen! Du machst mir wirklich ein bisschen Angst.«

»Ich will aber nicht aufstehen!«

»Ab und zu sind das, was man will, und das, was man braucht, zwei ganz unterschiedliche Dinge. Also komm jetzt und iss etwas.«

»Nein!«

»Bitte! Tu es mir zuliebe!« Seine Mutter schluchzte auf, und er resignierte. Immer trug sie den Sieg davon. Sie griff zu einer Art lebensgefährlichen Kombination aus Schuldbewusstsein und Bitten, der er unmöglich widerstehen konnte.

»Aber nur ein bisschen. Ich hab wirklich keinen Hunger.«

»Brot?«, fragte sein Vater eine Weile später und hielt ihm einen Korb mit Knäckebrot hin.

»Danke.« Er nahm ein Stück und bestrich es schweigend mit Butter. Ein wenig weiter weg auf dem Tisch, zwischen Omas Hjördis' Leuchter und der Milch, stand die Käseglocke, die sie schon hatten, solange er sich zurückerinnern konnte. Dieser ganze *Kram*. Jeden Morgen und jeden Abend wurde der hervorgeholt. Jahraus, jahrein. Das einzige Zeichen dafür, dass die Zeit verging, waren die Kratzer, die zu einem immer dichteren Muster auf den Gegenständen zusammenwuchsen.

Jens sah seinen Vater an. Sein Gesicht war vollkommen ausdruckslos. Er aß mit halb offenem Mund und schmatzte dabei hörbar. Knäckebrotkrümel hingen in seinem Bart wie Fliegen in einem Spinnennetz. Dann sah Jens seine Mutter an. Sie starrte auf die Anrichte, wo ein Blech mit frischgebackenen Plätzchen zum Abkühlen stand. Ihr Gesicht wirkte friedlich und ein wenig abwesend, als sei sie in Wirklichkeit ganz woanders. Und dann bemerkte Jens den Geruch: Hinter dem Plätzchenduft verbarg sich der Gestank von saurer Milch und halb verfaulten Bananen, von Staub und ranzigem Fett. Er begriff nicht, warum er ihn noch nie bemerkt hatte, denn der Geruch war so widerlich, dass er keinen Bissen mehr hinunterbrachte. Er senkte den Kopf und schaute in seinen Suppenteller. Einige sehnige Fleischstücke und Sellerieknollen schwammen in der klaren Brühe. Und plötzlich begriff er, dass er fortmusste. Er wusste, dass er von hier wegmusste, sonst würde er verrückt werden. Richtig verrückt. Auf eine Weise, die nicht mit Bettruhe und Fleischsuppe geheilt werden könnte.

Siri

Örjan sieht so frisch gewaschen und ordentlich gebügelt aus wie immer, obwohl es erst sieben Uhr morgens ist. Jimmy, der auf einem Stuhl nahe der Tür lungert, hat sich die Kapuze seines Pullovers übergezogen, den Kopf an die Wand gelehnt und die Augen geschlossen. Ich frage mich, ob es gestern Abend wohl spät geworden ist. Ob er noch lange geblieben ist, ob er mit den anderen aufgepumpten Typen und den jungen Mädels am Tresen herumgehangen hat.

Vijay und Carin betreten das Zimmer gleichzeitig. Carin schaut düster drein und bringt einen Stapel Papiere mit. »Ich hätte euch nicht herbestellt, wenn es nicht wichtig wäre. Das wisst ihr.« Sie setzt ihre Lesebrille auf und liest vom obersten Blatt ab. »Dino vom SKL hat mich angerufen.«

Jimmy scheint aufzuwachen, er streift die Kapuze ab, schaut mich an und grinst.

»Ja, ich meine Styrbjörn Månsson, Ballistiker beim SKL. Er wird Dino genannt, weil er schon dort arbeitet, seit die Dinosaurier ausgestorben sind. Ihr habt sicher in den Zeitungen über den Mord an einem vierjährigen Jungen in Bromma gelesen? Der in den Armen seines Vaters erschossen wurde.« Carin kehrt uns den Rücken zu und befestigt mit Magneten Bilder an der Wand: eine Karte, das Bild eines Jungen, der Ähnlichkeit mit Erik hat, strahlend lächelt und ein klebriges Eis am Stiel in der Hand hält, das Foto eines Hauses, das im Grünen liegt, wenn die Rasenflächen auch von der

Sonne versengt sind. Ich vermute, es handelt sich um aktuelle Fotos.

Carin zeigt auf den Jungen. Ihre Finger zittern ein wenig. Sie hat sich also doch nicht ganz perfekt im Griff, denke ich. Auch sie ist nicht völlig unberührt von dem Mord an einem kleinen Kind.

»Lukas Ebbehammar, vier Jahre alt. Am Morgen des siebten Juli geht er mit seinem Papa die Zeitung aus dem Briefkasten holen. Er geht neben seinem Vater, aber als sie beim Briefkasten ankommen, stolpert Lukas und schrammt sich das Knie auf, deshalb nimmt ihn sein Vater auf den Arm. Als sie gerade die Zeitung aus dem Briefkasten nehmen wollen, wird Lukas in den Rücken geschossen. Die Techniker glauben, der Schuss wurde aus einer Waffe mit Schalldämpfer aus etwa fünfundzwanzig Metern Entfernung abgegeben. Dafür müsste der Täter ungefähr hier gestanden haben.« Carin zeigt auf eines der Bilder. »Das ist das Nachbarhaus. Die Nachbarn sind verreist, aber die Kollegen von der Technik glauben, dass sich jemand hier im Gebüsch aufgehalten hat. Das Beet war zertrampelt und ein Gartenstuhl versetzt. Ansonsten wurden am Tatort keine Spuren gefunden. Die Kugel traf ihn unter dem linken Schulterblatt, durchbohrte sein Herz und trat dann aus dem Körper aus, um von einem Spielzeug gestoppt zu werden – einem Feuerwehrauto aus irgendeinem Metall, das der Kleine in der Hand hielt. Das hat vermutlich dem Vater das Leben gerettet. Lukas starb dann auf der Fahrt ins Krankenhaus, obwohl sein Vater, Johan Ebbehammar, Arzt ist und Wiederbelebungsversuche gestartet hatte. Die Ermittler glauben, dass vielleicht der Vater das Opfer sein sollte, da er seinen Sohn, unmittelbar bevor der Schuss fiel, hochgehoben hatte.«

»Entschuldige die Frage«, sagt Jimmy und gießt sich aus

der Kanne auf dem Tisch Kaffee ein. »Aber warum ist das gerade jetzt so wichtig, am frühen Morgen, an dem wir eigentlich alle noch schlafen sollten? Das ist doch schon vor Tagen passiert.«

Carin schweigt eine Sekunde, dann sagt sie: »Weil Dino sagt, dass Lukas Ebbehammar mit derselben Waffe erschossen worden ist wie Jussi Ståhl.«

Zwei Stunden sind vergangen, und wir sind nicht viel klüger. Die weiße Tafel ist mit Hypothesen vollgekritzelt, denkbaren Verbindungen und wichtigen Fragen. Die Fotos der Häuser, der Umgebungsplan und das Bild von Lukas hängen noch immer an der Wand. Vijay und Örjan sind zu Sten Lindell unterwegs. Carin, Jimmy und ich sitzen im Besprechungsraum und versuchen, das, was uns eingefallen ist, zu sortieren und alle Arten von Hypothesen und Überlegungen zusammenzufassen.

»Die können doch nicht verlangen, dass wir auf dieser Grundlage schon feststellen, ob es sich um denselben Täter handelt«, sagt Jimmy und zeigt auf die Papiere und Fotos.

»Sie wollen auch nur wissen, was wir glauben«, sagt Carin.

Jimmy reibt sich die Schläfen. »Wir können ja mal den Kaffeesatz befragen.« Er nickt zu der leeren Kanne hinüber.

»Komm schon, Jimmy«, sagt Carin. »Wir müssen aus den Informationen, die wir haben, das Beste machen.«

»Es muss einen Zusammenhang geben«, sagt Jimmy. »Die Wahrscheinlichkeit, dass jemand die Waffe, mit der Jussi Ståhl ermordet worden ist, verkauft hat und der Käufer sie benutzt hat, um einen weiteren Mord, noch dazu mit derselben Munition, zu begehen...«

»Ich weiß«, sagt Carin. »Die ist verschwindend gering. Aber wenn es derselbe Täter ist, dann geht er jedenfalls nicht immer auf dieselbe Weise vor. Und auch, wenn wir es noch nicht sicher wissen können, besteht vermutlich doch eine Art Verbindung zwischen den Opfern. Ein homosexueller Antiquitätenhändler, bekannt aus Boulevardpresse und Fernsehen. Und ein Vierjähriger, oder – wenn wir glauben, dass der Vater das eigentliche Opfer sein sollte – ein Familienvater mit einer soliden Vollzeitstelle im Vorort.«

Jimmy hebt die Hand, als ob er etwas sagen wollte. Es sieht fast komisch aus, als wäre er der Schüler und Carin die Lehrerin.

»Es könnte einen Zusammenhang geben, von dem wir noch nichts wissen«, sagt Carin müde. »Wir müssen den Bericht der Ermittlungsgruppe abwarten. Aber spontan denke ich, dass die Wahrscheinlichkeit groß ist, dass wir es mit jemandem zu tun haben, der nicht ganz rational handelt.«

»Mit einem Verrückten, einem Irren, einem Psychofall«, sagt Jimmy und nickt mir zu, als wäre das mein Spezialgebiet.

»Ich benutze solche Wörter nicht«, murmele ich. »Wie können wir übrigens sicher sein, dass die Kugeln aus derselben Waffe stammen?«

Carin erwidert meinen Blick. »Weißt du noch, dass Örjan erzählt hat, dass Jussi mit einem Vollmantelgeschoss mit abgefeilter Spitze erschossen worden ist?«

Ich nicke.

»Wenn von einem Vollmantelgeschoss die Spitze abgefeilt wird, dann verhält die Kugel sich wie ein Halbmantel- oder ein Hohlspitzgeschoss. Sie erweitert sich, wenn sie mit einem Körper in Berührung kommt, und zerfetzt das Gewebe wie ein Wurfstern. Aus diesem Grund verbietet zum Beispiel die Haager Konvention jegliche militärische Verwendung dieser Art von Munition. Wir stoßen nur selten auf Vollmantelgeschosse mit abgefeilter Spitze. Das bedeutet also, dass jemand sich wirklich Mühe gegeben hat, um den größtmöglichen Schaden anzurichten. Die Kugel, die Lukas Ebbehammar getötet hat, war vom selben Typ und auf genau dieselbe Weise manipuliert worden wie die, die Jussi Ståhl getroffen hat. Sowie wir davon erfahren haben, haben wir das SKL gebeten, die Kugelfragmente beider Morde zu vergleichen, und sie haben daran dasselbe mikroskopisch kleine Muster gefunden, kleine Spuren aus Kratzern und Rillen. Dieses einzigartige Muster spricht dafür, dass die Kugeln aus derselben Waffe stammen. Normalerweise werden alle Projektile, die mit einem Mord in Verbindung gebracht werden, in einem eigenen Verzeichnis registriert. Das fungiert ungefähr so wie ein Fingerabdruckregister. Aber gerade haben sie im SKL so verdammt viel zu tun, dass es manchmal ein Jahr dauert, bis sie das Register aktualisieren. Deshalb war es pures Glück, dass wir den Zusammenhang entdeckt haben.«

Es wird still. Carin seufzt und lächelt dann. »So, das war der Vortrag über Ballistik«, sagt sie. »Und jetzt möchte ich wissen, was du meinst, Siri. Derselbe Täter oder zwei verschiedene?«

Ich überlege, schaue auf meinen Block, der ebenfalls vollgekritzelt ist. Versuche, in Gedanken eine Art Hypothese zu formulieren. Das Ganze kommt mir plötzlich wie ein Test vor. Als ob sie mich auf die Probe stellen will, um herauszufinden, ob ich in diese Gruppe gehöre.

»Na gut.« Ich räuspere mich. »Wenn wir annehmen, dass es sich um denselben Täter handelt, dann sehe ich das so: Er hatte Zugang zu einer Waffe und konnte damit umgehen. Er ist unbemerkt zu den Tatorten gelangt und hat sie ebenso unbemerkt wieder verlassen. Und er hat keine brauchbaren Spuren in Form von technischen Beweisen hinterlassen, was, wie ihr sagt, sehr ungewöhnlich ist. Was den Mord an Jussi angeht, so hatten wir die Hypothese, dass jemand in die Wohnung gelangt ist und sich dann dort versteckt hat – vielleicht sogar stundenlang –, bis das Opfer nach Hause kam. Und er hatte Werkzeug bei sich, um das Herz entfernen zu können. Ich finde, das zeigt, dass er ungeheuer gut organisiert ist und vorausplant, was unbedingt gegen eine schwerwiegende psychische Störung spricht. Eine psychotische Person würde das nicht schaffen. Also, nein, ich denke nicht, dass wir es mit einem Verrückten im landläufigen Sinn dieses Wortes zu tun haben. Außerdem glaube ich, was den zweiten Mord angeht, auch, dass der Vater, nicht der kleine Junge, das eigentliche Ziel war. Einerseits, weil die Opfer dann mehr gemeinsam hätten, was nur logisch wäre, und andererseits, weil Lukas genau in der Sekunde vor dem Schuss von seinem Vater auf den Arm genommen wurde. Da kann man auf eine Entfernung von fünfundzwanzig Metern leicht den Falschen treffen.«

Carin sieht mich an, und ich kann die Andeutung eines Lächelns in ihrem Gesicht erkennen. »Weiter«, sagt sie.

Ich überlege einen Moment, und es wird still im Zimmer. Nur das Ticken der Wanduhr und das Knarren von Jimmys Stuhl sind zu hören, als er sich reckt, um seine Tabakdose aus der Tasche zu ziehen.

»Die Unterschiede in der Herangehensweise sind interessant«, sage ich. »Eine Erklärung ist natürlich, dass der Täter aus irgendeinem Grund dachte, dass Jussi es verdient hat, verstümmelt zu werden, das andere Opfer dagegen nicht. Aber das glaube ich nicht. Ich denke eher, dass es damit zu tun hat, wie der Mörder sich einem Risiko gegenüber verhält. Der Grund dafür, warum er das andere Opfer weder aus nächster Nähe erschossen noch verstümmelt hat, könnte sein, dass er bei der zweiten Tat vorsichtiger sein musste. Sie waren im

Freien, es war hell, das Risiko, entdeckt zu werden, war zweifellos viel größer als bei Jussi zu Hause. Deshalb blieb er in sicherer Entfernung.«

»Aber warum ist er nicht ins Haus der Familie Ebbehammar gegangen?«, fragt Carin. »Dann hätte er doch sein Opfer verstümmeln können oder was immer er mit ihm vorhatte.«

»Vielleicht, weil das nicht möglich war. In dem Haus wohnen vier Personen. Da ist es nicht so leicht, eine zu isolieren, vor allem nicht in der Ferienzeit. Wenn der Vater, Johan Ebbehammar, gearbeitet hätte, wäre es vielleicht leichter gewesen, ihn in einem Augenblick anzutreffen, als er allein war, zum Beispiel auf dem Weg von oder zur Arbeit. Zu diesem Zeitpunkt aber waren die Familienangehörigen vermutlich nicht viele Meter voneinander entfernt, und der Täter musste auf Distanz bleiben, um nicht gesehen zu werden. Und aus irgendeinem Grund wollte er nicht bis nach den Ferien damit warten, Johan Ebbehammar zu erschießen. Es war ihm so wichtig, es genau zu dem Zeitpunkt zu tun, dass er auf die Verstümmelung verzichten konnte.«

»Glaubst du, er hätte den Leichnam geschändet, wenn er gekonnt hätte?«

»Ja«, sage ich und staune selbst darüber, wie sicher ich mich anhöre.

Die Sonne hat sich einen Weg durch die triste graue Jalousie gesucht, und Carin kneift die Augen zusammen. »Warum glaubst du, dass Jussis Leichnam verstümmelt worden ist?«

»Weil der Mörder ihn gehasst hat. Und das Herz ist eine Botschaft. Es hat eine Bedeutung.«

»Du sagst, dass der Täter ihn gehasst hat. Warum?«

»Das kann ich nicht sagen. Noch nicht.«

»Hm«, sagt Carin und sieht mich an. »Hm.«

Jimmy dreht sich zu mir um. »Was Carin meint …«

»... ist, dass du verdammt gute Arbeit leistest«, fällt Carin ihm ins Wort. »Vijay hatte, was dich betrifft, vollkommen recht.« Ohne noch mehr zu sagen, rafft sie ihre Unterlagen zusammen und verlässt den Raum.

Ich lenke den großen Volvo über die Tranebergsbro, Jimmy hat mich gebeten zu fahren. Der Kontrast zwischen dem strahlenden Sommertag und unserem Vorhaben, bei dem es um den bösen jähen Tod geht, ist überwältigend. Ich denke an den kleinen Jungen mit dem klebrigen Eis in der Hand und versuche, mir vorzustellen, was seine Eltern durchmachen.

»Alles in Ordnung, Siri?«

Ich reiße den Blick von der Fahrbahn los und begegne für einen kurzen Moment Jimmys. Ohne es zu wollen, registriere ich, dass seine Augen dunkelbraun sind und einen gelben Ring um die Iris haben.

»Doch, es ist alles in Ordnung. Es ist nur ... so hart. Ich habe darüber nachgedacht, wie man es überlebt, ein Kind zu verlieren. Und es kommt mir fast unmoralisch vor, sich Menschen aufzudrängen, die gerade das Allerschlimmste durchmachen, das überhaupt passieren kann. Ich komme mir wie eine Voyeurin vor, wie jemand, der sich am Unglück anderer aufgeilt.«

»Bist du dir bei deiner früheren Arbeit auch so vorgekommen? Wenn jemand zu dir kam und dir von seinen Geheimnissen erzählt hat?«

»Nein, nie.« Ich sehe ein, dass Jimmys Argument eine gewisse Logik hat. Als ich noch als Psychologin gearbeitet habe, habe ich meine Rolle nie in Frage gestellt.

»Warum also jetzt? Du machst nur deine Arbeit. Vielleicht ist es einfach so, dass du dich in deiner neuen Rolle noch nicht ganz zu Hause fühlst, dich selbst noch nicht ganz sicher fühlst.« Jimmy hat den Kopf schräg gelegt und spricht mit todernster Stimme.

Erst nach einigen Sekunden geht mir auf, dass er einen Witz gemacht hat.

»Hallo, ich bin hier die Psychologin!«

Er lacht laut, und ich bin verlegen, fast peinlich berührt.

»Entschuldige. Ich konnte mir das nicht verkneifen. Aber ganz im Ernst, Siri, es ist dein Job, und was du tust, ist wichtig. Es gibt keinen Bullen, dem es leichtfällt, Menschen aufzusuchen, die gerade einen Angehörigen verloren haben. Man muss es aber trotzdem tun. Man darf den Gefühlen nicht nachgeben und sollte nicht so verdammt viel denken. Das kannst du nachher im Team tun.«

Wir kommen an Alvik vorbei, und ich biege in Richtung Äppelviken ab. Schöne Villen, umgeben von gepflegten lauschigen Gärten, rahmen die schmalen Straßen. Es ist unwirklich still, kein Mensch ist zu sehen, und die meisten Auffahrten sind leer. Jimmy zeigt auf ein weißes Holzhaus mit einer großen Glasveranda und einer mit Kies bestreuten Auffahrt, wo ein schmutziger BMW achtlos schräg geparkt ist. Ein riesiger Hortensienstrauch vor dem Haus steht in voller Blüte, und in den Beeten neben der Auffahrt und vor dem Haus wachsen blaue Blumen, die Ähnlichkeit mit Lavendel haben. Neben der Haustür lehnt ein winziges funkelndes Kinderfahrrad an der Wand. Es könnte sich um eine Reportage in einem Hochglanzmagazin für Wohnkultur handeln, wenn nicht die blauweißen Absperrbänder an den Zaunpfosten befestigt wären, die leicht in der schwachen Brise flattern.

Der Mann, der die Haustür öffnet, ist grau im Gesicht, und

seine Augen sind gerötet. Er blinzelt in die grelle Sonne und beschattet mit einer Hand seine Augen, um besser sehen zu können. Ich spüre, wie sich mein Inneres vor Schmerz und Mitgefühl verkrampft. Johan Ebbehammar sieht regelrecht zerstört aus. Wieder beschleicht mich der Gedanken, ein Eindringling zu sein, aber dann denke ich daran, was Jimmy im Auto gesagt hat, und ich versuche, mich auf den Grund unseres Herkommens zu konzentrieren.

Johan öffnet die Tür sperrangelweit und tritt zurück. Er sagt nichts, dreht sich nur um und geht durch das Haus, als hielte er es für selbstverständlich, dass wir ihm folgen. Wir gehen durch die Diele und weiter ins Wohnzimmer. Überall gibt es Spuren von Kindern. Kleine Stiefel und Schuhe sind in einem Regal an der Wand aufgereiht, Legosteine liegen auf dem Boden. An den Wänden sind Zeichnungen befestigt.

»Wir können uns hierhin setzen.« Johan Ebbehammars Stimme klingt brüchig, unbenutzt, als ob er lange nichts mehr gesagt hätte. Jimmy und ich lassen uns auf einem riesigen Sofa nieder, auf dem gemusterte Batikkissen verteilt liegen, und Johan Ebbehammar setzt sich auf der anderen Seite des runden Couchtisches in einen Sessel.

Jimmy zieht sein iPhone hervor und stellt es auf Aufnahme. »Danke, dass Sie sich die Zeit für dieses Gespräch nehmen.« Jimmy beugt sich vor, fängt seinen Blick ein und hält ihn fest. Er strahlt etwas Intensives und ungeheuer Waches aus, und ich sehe, wie er Johan erreicht, den Panzer aus Müdigkeit und Ohnmacht durchdringt.

»Natürlich. Ich tue alles, damit Sie mit dieser Sache weiterkommen. Das ist der pure Wahnsinn.« Er schüttelt den Kopf, und seine blauen Augen werden feucht. »Cilla und Molly sind bei meiner Schwiegermutter, und ich bin nur zum Umziehen zu Hause – und um mit Ihnen zu sprechen.«

»Wie Sie wissen, kommen wir von der Täterprofilgruppe der Polizei. Wir versuchen, ein möglichst genaues Charakterbild des Täters zu erstellen, um den Kollegen zu helfen, die den Mord an Lukas aufklären sollen. Und deshalb müssen wir mehr über Sie und Cilla wissen.«

Johan Ebbehammar nickt wieder, er wirkt nicht überrascht. »Ich verstehe, was Sie sagen wollen – ich sollte erschossen werden, nicht Lukas. Ich habe mir das selbst auch schon überlegt. Es gibt keine andere Erklärung.«

»Und gibt es irgendeinen Grund, warum jemand Sie erschießen wollen könnte, Johan?« Jimmy stellt die Frage wie selbstverständlich und wartet aufmerksam auf eine Antwort.

Johan schüttelt nachdrücklich den Kopf. »Darüber zerbreche ich mir schon die ganze Zeit den Kopf. Aber ich bin doch ganz normal. Verstehen Sie? Das Größte, was mir in den letzten zehn Jahren passiert ist, war, Cilla kennenzulernen und die Kinder zu bekommen. Ich bin Arzt, Rheumatologe. In meiner Freizeit bin ich mit meiner Familie zusammen, seit einigen Jahren laufe ich, ich segele gern, habe aber kein Boot. Ich bin nur … wie alle anderen. Ich kann mir nicht vorstellen, was ich getan haben sollte, dass irgendwer mich erschießen will.«

»Keine Feinde?«

»*Feinde*? Haben normale Menschen überhaupt Feinde? Ich meine, im eigentlichen Sinne? Das ist doch ein vollkommen falscher Ausdruck. Klar finde ich den Chef auf meiner Station bisweilen ganz schön anstrengend, und ich schwärme auch nicht gerade für den Nachbarn von gegenüber, aber *Feinde*?« Er schüttelt wieder den Kopf, als finde er die Vorstellung vollkommen lächerlich.

»Seitensprünge? Ich muss diese Frage stellen, Sie wissen schon …« Jimmy verstummt, aber Johan scheint nicht beleidigt zu sein.

»Ich bin seit sieben Jahren mit Cilla zusammen. Es gab keine andere, nichts nebenbei. Nur sie. Und sie schwört, dass es bei ihr genauso ist.«

»Sind Sie jemals Jussi Ståhl begegnet?«

Johan Ebbehammar ist von der Frage überrascht.

»Dem Antiquitätenhändler, der auf Söder erschossen worden ist? Soll das heißen, dass es einen Zusammenhang gibt?« Er richtet sich im Sessel auf und beugt sich vor. »*Gibt es einen Zusammenhang?*« Er wiederholt die Frage laut und schaut Jimmy dabei aus weit aufgerissenen Augen an.

»Beantworten Sie bitte meine Frage.«

»Nein, ich habe Jussi Ståhl *nicht* gekannt. Ich bin ihm nie begegnet.« Johan verschränkt die Arme vor der Brust. »Gibt es einen Zusammenhang? Hat sich das herausgestellt?«

»Das wissen wir noch nicht, aber wir können es nicht ausschließen.«

»Was glauben Sie denn selbst?« Ich haben meinen Mund zum ersten Mal geöffnet, seit wir das Haus betreten haben, und Johan Ebbehammar dreht sich zu mir um.

Er erwidert meinen Blick und schüttelt den Kopf. »Ich weiß nicht, ich habe keine Ahnung. Es ist unbegreiflich. Ein Verrückter vielleicht, einer, der sich der Psychiatrie entzogen hat. Einer, der glückliche Familienväter hasst. Ich weiß es nicht.«

»Waren Sie glücklich?«, frage ich.

Johans Gesicht sieht nackt und schutzlos aus, und er muss seine Tränen wegblinzeln, um mich ansehen zu können. »Ich war wohl wie die meisten anderen auch. Weder glücklich noch unglücklich. Man denkt doch nicht dauernd darüber nach, ob man glücklich ist. Ich tue das jedenfalls nicht.«

»Sind Sie homosexuell? Oder vielleicht bisexuell?« Jimmys Frage überrascht Johan, und ich sehe, dass sein ohnehin schon bleiches Gesicht noch weiter an Farbe verliert.

»Sehe ich vielleicht so aus? Ich bin doch verdammt noch mal verheiratet und habe zwei Kinder.« Er verstummt und starrt ins Leere. »Hat man *zwei* Kinder, wenn das eine Kind tot ist? Oder hat man nur eins?« Er sieht verwirrt aus, und zum ersten Mal bei diesem Gespräch kommt mir die Idee, dass er vielleicht unter Schock steht.

»Wir müssen das fragen. Also, sind Sie es? Ja oder nein?« Jimmy scheint Johans Verwirrung nicht zu bemerken, sondern wiederholt seine Frage. Seine Stimme klingt neutral und sachlich. Sie ist weder sensationslüstern noch aufdringlich.

»Ich bin nicht schwul. Ich bin mit Cilla verheiratet.«

»Es gibt viele homosexuelle Männer, die mit Frauen verheiratet sind. Das muss nichts heißen.«

»*Ich bin nicht schwul!*« Johan Ebbehammar spricht jedes einzelne Wort langsam und deutlich aus. Dann erhebt er sich und geht in die Küche. Er kommt mit einer Flasche Mineralwasser und drei Gläsern zurück und stellt sie auf den Tisch. »Entschuldigen Sie. Ich habe nicht nachgedacht. Es ist doch so verdammt heiß. Sie müssen Durst haben.«

Ohne zu fragen, füllt er die Gläser mit Wasser und stellt die Flasche wieder auf den Tisch.

»Und Ihre Frau? Hatte sie Beziehungen zu anderen Frauen?« Jimmy stellt auch diese Fragen im selben gelassenen und sachlichen Tonfall.

»Cilla? Nein, verdammt.« Johan Ebbehammar sieht plötzlich richtig lebendig aus. »Nein, Cilla ist ganz normal. Wenn sie bisexuell wäre, würde sie mit einer Frau zusammenleben, glauben Sie mir. Das würde zu ihrem Selbstbild passen.«

»Und Lukas. Ich weiß, das ist eine schwierige Frage, aber gibt es jemanden, der sich vielleicht über ihn geärgert hat?« Jimmy trinkt einen Schluck Wasser aus dem Iittala-Glas und versucht, Johans Blick einzufangen, den Kontakt von vorhin wieder herzustellen.

»Lukas ist ein harmloses Kind. Er ist scheu und vorsichtig. Ich kann mir einfach nicht vorstellen, dass die Nachbarn ihn satthaben und deshalb zum Gewehr greifen.«

Es tut weh, Johan Ebbehammar über seinen toten Sohn im Präsens sprechen zu hören. Es ist, als ob er zwischen Erkenntnis und Leugnen schwankt. Als ob er noch nicht richtig verstanden hätte, was passiert ist.

»Hören Sie mir zu.« Johan beugt sich im Sessel vor und hält sich an der Tischplatte fest. »Ich begreife nicht, warum das mit Lukas passiert ist. Ich kann es nicht erklären. Es muss eine Wahnsinnstat gewesen sein. Ein Verrückter. Eine andere plausible Erklärung gibt es nicht. Versprechen Sie mir, ihn zu finden.«

»Das verspreche ich«, sage ich.

Auf der Rückfahrt in die Stadt friere ich plötzlich. Trotz der Hitze fange ich an zu zittern. Ich spüre, wie sich mein Magen verkrampft, und glaube, mich erbrechen zu müssen. Auf Norr Mälarstrand fahre ich an die Seite. Ich halte, senke den Kopf zwischen die Beine und kneife die Augen zu. Alles, was in den vergangenen Wochen passiert ist, scheint plötzlich über mich hereinzubrechen. Bilder von Jussi Ståhl und seinem zerfetzten Brustkorb, Lukas mit dem klebrigen Eis in der Hand. Das kleine Kinderfahrrad, das an der Hauswand lehnt.

Jimmy hat die Beifahrertür geöffnet und geht um das Auto herum. Er nimmt mich am Arm und zieht mich aus dem Wagen.

»Wir drehen eine Runde.« Er nickt zum Rålambshovspark hinüber und geht los. Ich folge ihm auf zitternden Beinen.

»Einer meiner ersten Einsätze als Polizeianwärter war ein Verkehrsunfall in Huddinge. Ein Personenwagen war auf dem Lännaväg frontal mit einem Lastwagen zusammengestoßen. Die ganze Front des Autos war eingedrückt, es war fast nichts mehr davon übrig. Der Fahrer war tot. Es war kein schöner Anblick, aber das sind Verkehrsunfälle selten. Ich bin beim Militär bei den Norrlands-Jägern gewesen und wollte immer schon zur Polizei. Ich war groß, hart im Nehmen, körperlich stark und hielt mich für unverwundbar. Unsterblich. Du weißt schon, jugendlicher Übermut und so.« Jimmy schüttelt den Kopf und lächelt kurz bei der Erinnerung an seine Selbstüberschätzung.

»Was ist passiert?«

»Der Tote war in meinem Alter. Ich stand da und sah ihn an. Sah das, was von ihm übrig war, und mir wurde plötzlich klar, wie zerbrechlich das Leben ist. Ich war nicht darauf vorbereitet. Auf eine solche Situation kann man sich eigentlich auch nicht vorbereiten. Ich fuhr zu meinen Eltern nach Hause, saß in meinem Kinderzimmer und weinte, bis ich am ganzen Leib zitterte.«

Ich sehe Jimmy an. Sein Gesicht hat einen neutralen Ausdruck, die Augen sind hinter der riesigen Sonnenbrille versteckt.

»Und … was hat das mit mir zu tun?« Ich höre, dass meine Stimme schärfer klingt als beabsichtigt.

»Wir alle mussten dasselbe durchmachen wie du gerade. Jede und jeder auf ihre eigene Weise. Unnormal sind die, die nicht irgendwie darauf reagieren.«

Wir setzen uns auf eine Bank im Schatten mit Ausblick auf das Rålambshovsbad. Die Sonne ist unerbittlich, es müssen über dreißig Grad sein. Um uns herum sehe ich Menschen in Ferienstimmung und unterschiedlichen Stadien der Entkleidung. Teenager, die auf alle Warnungen vor den schädlichen Folgen von zu viel Sonne pfeifen. Eine ältere Frau unter einem Baum mit einem keuchenden Mops neben sich, der von der Hitze vollkommen erledigt zu sein scheint. Der Kontrast zu dem stummen Haus in Bromma ist überwältigend.

»Es ist der Junge … Lukas. Das geht mir so nahe. Er ist … er war genauso alt wie Erik.« Ich atme langsamer. Merke, wie die Übelkeit langsam nachlässt.

»Das ist immer das Schlimmste. Wenn man sich dem Opfer auf irgendeine Weise verbunden fühlt. Wenn das ein Trost ist, kann ich dir versprechen, dass man eben doch lernt, damit umzugehen. Das passiert auf unterschiedliche Weise. Carin verbeißt sich in die Arbeit, wird starrköpfig. Vijay forscht nebenbei, theoretisiert und verschafft sich dadurch eine gewisse Distanz. Und Örjan buddelt sicher in seinem Schrebergarten.«

»Und du? Was machst du?« Ich schaue Jimmy an.

Sein Gesicht ist leer, unmöglich zu deuten. »Was ich mache? Frauen anbaggern. Bier trinken. So tun, als wäre ich noch immer fünfundzwanzig und keine dreiundvierzig.« Er lacht, und sein Lächeln ist schön. Bis auf den kurzen Moment in der Kneipe habe ich ihn so noch gar nicht gesehen. Als Mann. Obwohl er eigentlich nicht mein Typ ist, mit seinem rasierten Schädeln und den dicken Muskeln.

»Ich muss eigentlich nur herauszufinden, welche Ablenkung ich brauche, war das so gemeint?«

»Es muss nicht unbedingt eine Ablenkung sein. Carin macht das Gegenteil, sie lässt sich völlig absorbieren, bei ihr klappt das. Aber sicher, Ablenkung ist gut. Was hast du früher gemacht? Bei deiner Arbeit als Psychologin, meine ich? Da musst du doch auch üble Dinge erlebt haben.« Er hat sich die Sonnenbrille auf die Stirn geschoben und sieht mir direkt in die Augen.

»Das war ganz anders. Es gab Aina, mit der ich die Praxis zusammen geführt habe. Wir haben immer geredet. Über alles.« Ich verstumme und denke an Aina. An ihr Lachen. Ihre Wärme. Ihre Liebe. Sie fehlt mir so schrecklich, aber zugleich verspüre ich auch den altbekannten Zorn.

»Was ist eigentlich zwischen euch passiert?« Jimmy sieht neugierig aus.

Und ohne wirklich zu begreifen, warum, fange ich an zu erzählen. »Ich war früher einmal verheiratet. Vor Markus. Mein Mann ist gestorben. Das ist schon lange her.« Ich verstumme. Denke an einen Sommer vor langer Zeit. Stefan auf den Felsen vor dem Haus auf Värmdö. Abende ohne Ende. Der Duft von Meer und Kartoffelrosen. Es fühlt sich an, als ob die Jahre ineinanderflössen. Als könnte ich nicht mehr unterscheiden, was damals war und was heute.

»Was ist passiert?« Jimmy. Nicht aufdringlich oder auffordernd, nur interessiert.

»Das ist eine lange Geschichte. Zu lang, um sie jetzt zu erzählen. Aber Aina hatte mit dem zu tun, was passiert ist. Jetzt im Winter habe ich erfahren, dass Stefan und sie …« Wieder verstumme ich, kann einfach nicht mehr sagen. Es fällt mir noch immer schwer, es auszusprechen.

»Sie hatten etwas miteinander – hinter deinem Rücken.« Er sagt es wie eine Feststellung, und ich nicke nur. Jimmy schweigt. Er scheint darüber nachzudenken, was ich gerade erzählt habe.

Ein Fußball kommt auf uns zu, und ein Junge von vielleicht zwölf rennt hinterher. Seine bunten Shorts flattern um seine mageren, braungebrannten Beine. Jimmy springt auf und schießt den Ball zu ihm zurück.

»Hart. Verdammt hart.«

»Es ist hart. Ich weiß, dass es vor hundert Jahren passiert ist und dass Stefan tot ist. Und ich hab doch verdammt noch mal einen neuen Freund und sogar ein Kind mit ihm. Aber trotzdem …«

»Trotzdem kannst du ihr nicht verzeihen?«

»Nein. Ich kann es nicht. Wie sollte das möglich sein? Sie war meine beste Freundin. Dachte ich zumindest. Ich bin so wütend auf sie. Ich habe wohl noch niemals jemanden so leidenschaftlich gehasst. Es ist fast unheimlich.«

»Und doch scheint sie dir zu fehlen.« Jimmy sagt das, als handele es sich um eine Selbstverständlichkeit.

»Sie fehlt mir sogar ganz schrecklich. Aber ich kann ihr

einfach nicht verzeihen und weitermachen, als ob nichts passiert sei. Denn es ist doch passiert. Es ist *real*.«

»Was sagt dein Süßer zu der ganzen Geschichte?«

»Markus? Der findet, ich sollte vergessen und weitermachen. Aina verzeihen. Darauf scheißen, was vor so langer Zeit passiert ist, lange, ehe er und ich uns kennengelernt haben. Er findet das alles ganz einfach. Jetzt, da doch er und ich zusammen sind, spielt die Vergangenheit keine Rolle mehr.«

»Das klingt, als ob er sich die Sache vielleicht ein bisschen zu einfach macht, aber natürlich. Er hat auch nicht ganz unrecht.« Jimmy zuckt kurz mit den Schultern und zieht seine Tabakdose hervor. Er schiebt sich einen Priem unter die Lippe und bietet mir etwas an, aber ich schüttele den Kopf.

»Wir haben uns den ganzen Frühling über deshalb gestritten. Anfangs, als ich es erfahren hatte, war ich wie besessen. Ich konnte nicht aufhören, daran zu denken. Markus war wütend und fuhr mit Erik zu seinen Eltern. Dann ist hier etwas passiert … Ich geriet in eine gefährliche Situation, und er kam wieder nach Hause. Er hat sich um mich gekümmert, meine Wunden verbunden und versucht, mich dazu zu bringen, alles zu vergessen. Aber das ist mir nicht gerade gut gelungen. Im Moment sehe ich es überall vor mir.« Ich verstumme. Begreife plötzlich, dass ich Jimmy viel mehr über mich erzählt habe, als ich zuerst vorhatte. Dass ich die Kontrolle auf eine Weise verloren habe, die mir überhaupt nicht ähnlich sieht.

»Wie fühlst du dich jetzt?« Jimmy wechselt das Thema, scheint meine Unsicherheit zu spüren.

»Besser. Mir ist nicht mehr so schlecht.«

»Schön. Dann fahren wir zurück. Kannst du fahren?«

Ich nicke, und Jimmy lächelt.

»Gut. Ich bin nämlich immer noch verkatert.«

Als ich nach Hause komme, ist die Sonne bereits untergegangen. Die Luft ist gesättigt von Rosen- und Hortensienduft, und ein kühler Wind weht den Duft von Meer und Tang herüber. Weit draußen auf dem Wasser sehe ich die brennenden Lichter der Waxholm-Fähre. Auf dem Rasen liegt Spielzeug herum, und Markus hat auf der Bank unter dem Fenster ein abgegriffenes Taschenbuch liegen lassen. Keine Lampe ist eingeschaltet, aber ich erahne im Wohnzimmer den blauen Schimmer des Fernsehers.

Ich will nicht hineingehen. Ich weiß, dass ich spät komme, und ich weiß, dass Markus wütend sein wird. Er hat mich nicht angerufen, und ich habe mich auch nicht gemeldet. Normalerweise sprechen wir jeden Tag mehrmals miteinander. Die Funkstille zwischen Markus und mir hat etwas zu bedeuten. Sie signalisiert einen heraufziehenden Konflikt, und mir tut der Magen weh, wenn ich daran denke, was mich im Haus erwartet. Ich bleibe noch einige Sekunden draußen stehen, genieße den Frieden und die kühle Abendluft, dann öffne ich die Tür.

Es ist warm im Haus. Zu warm.

Ich rufe vorsichtig »Hallo« und gehe dann ins Wohnzimmer und öffne das Fenster. Markus liegt auf dem Sofa. Er trägt ein verwaschenes T-Shirt und ein Paar Quiksilver-Shorts. Er sieht eher aus wie ein verirrter Surfer von einem kalifornischen Strand als wie ein Familienvater und Polizist. Der Fernseher läuft, aber der Ton ist ausgeschaltet. Ich vermute, dass Markus geschlafen hat.

»Wie spät ist es?«

Seine Augen sind vom Schlaf geschwollen, und das Sofakissen hat auf seiner Wange ein kompliziertes Muster hinterlassen.

»Halb elf. Ich bin spät. Es war ein langer Tag und ...« Ich unterbreche mich mitten im Satz. Ich habe es satt, Markus erklären zu müssen, wo ich war und warum. Immer diese Entschuldigungen. Markus selbst taucht doch auch auf, wann es ihm passt.

»Ach was, du bist spät. Und seit wann funktioniert dein Telefon nicht mehr?«

Markus hat sich auf dem Sofa aufgesetzt. Ich schaue mich im Wohnzimmer um. Auf dem Boden liegen Legosteine und Spielzeugautos verteilt, auf dem Tisch drängen sich Kaffeetassen und Essteller. Vor dem Sofa liegen Eriks Shorts und ein Pullover. Ich merke, wie müde ich bin. Während Markus sich über meine Abwesenheit aufgeregt hat, hat er nicht geschafft, was ich normalerweise jeden Tag erledige: Spielsachen und Kleider aufheben, nach dem Essen aufräumen. Ich frage mich, ob er überhaupt merkt, dass ich das alles tue, oder ob er einfach nie darüber nachdenkt, auf welche Weise alles wieder auf seinem Platz im Schrank landet. Markus hat wunderbare Eltern, aber er ist der Jüngste und furchtbar verwöhnt. Als Kind konnte er immer machen, was er wollte. Als wir uns kennengelernt haben, wohnte er in einer kleinen Einzimmerwohnung, wo Pizzakartons und schmutziges Geschirr wochenlang herumstehen konnten.

»Und ich sehe, du hast aufgeräumt, während du auf mich gewartet hast?« Meine Stimme ist hart. Ich höre, wie feindselig sie klingt, sehe ein, dass mein wütend ironischer Kommentar die letzten Hoffnungen auf einen ruhigen Abend torpediert. Ich hätte die Waffen strecken, um Entschuldigung für mein Schweigen bitten und eine passende Erklärung für mein Zuspätkommen anbieten können. Aber ich bringe es nicht über mich. Ich merke plötzlich, wie satt ich es habe, dass ich so viel Zeit damit verbringe, Markus bei Laune zu halten.

»Was zum Teufel hat das damit zu tun? Ich will nur wissen, warum du nicht angerufen hast. Wie schwer kann es denn sein, das Telefon hochzuheben und sich zu melden? Erik will wissen, wo du bist. Das muss dir doch klar sein.« Markus ist jetzt richtig wütend. Er hat die Stimme gehoben und schiebt das Kinn vor, wie immer, wenn er beleidigt ist.

Dass er Erik erwähnt, macht mich wütend. Wie gemein von Markus, das Wohlergehen unseres Sohnes als Argument dafür heranzuziehen, dass ich hätte anrufen sollen. Wie typisch für ihn.

»Entschuldige, aber weißt du, wie viele hundert Male Erik und ich hier auf dich gewartet haben, ohne eine Ahnung zu haben, wo du steckst oder wann du nach Hause zu kommen gedenkst? Das scheint er auch unbeschadet überstanden zu haben. Offenbar ohne schlimme Folgen davonzutragen. Hörst du überhaupt, wie krank sich das anhört? Ich hatte einen schrecklichen Tag. Ich war bei dem Vater dieses ermordeten Vierjährigen, und dann komme ich nach Hause, und du sitzt bloß hier und … kritisierst mich.« Ich schreie, meine Stimme ist laut und schrill.

Plötzlich höre ich Eriks Stimme. »Mama. Warum schreist du?«

Er steht auf der Treppe. Seine Haare sind zerzaust, und der langärmlige Schlafanzug sieht viel zu warm aus. Ich denke daran, dass es oben im Haus glühend heiß sein muss und dass

Markus ein Idiot ist, weil er ihm nicht einfach ein T-Shirt überzieht oder ihn nackt schlafen lässt.

»Das ist nicht schlimm, Liebling. Ich war nur ein bisschen sauer.« Ich gehe auf Erik zu und nehme ihn an der Hand.

»Bist du sauer auf Papa?« Eriks Augen, graugrün gesprenkelt, sind unruhig. »Lasst ihr euch scheiden? Das tun gerade die anderen Eltern in der Kita.«

Ich knie neben ihm nieder und nehme Erik in den Arm. »Nein, Herzchen. Wir lassen uns nicht scheiden. Wir haben uns nur ein bisschen gestritten. Manchmal sind Mama und Papa sauer aufeinander. Das ist nicht so schlimm.«

Ich gehe mit Erik nach oben in sein Zimmer und reiße das Fenster sperrangelweit auf. Dann befreie ich ihn von dem schweißnassen Schlafanzug und lege ihn ins Bett. Anstelle der Decke breite ich ein sauberes Laken über ihm aus. Erik ist müde, und noch ehe ich das Zimmer verlassen habe, höre ich, wie sein Atem tief und regelmäßig geht.

Im Wohnzimmer hat Markus angefangen, den Tisch abzuräumen. Er sagt nichts, aber ich weiß, dass diese Geste ein Friedensangebot ist. Er will, dass wir aufhören, uns zu streiten. Markus ist nicht nachtragend, seine Wut ist meistens schnell verflogen.

»Schläft er?« Seine Stimme klingt jetzt neutral. Es liegt keine verborgene Anklage darin, dass ich Erik geweckt habe.

»Er schläft. Da oben war es sehr warm. Wir dürfen nicht vergessen, abends das Fenster aufzumachen. Ich habe ihm auch den Schlafanzug ausgezogen.« Ich versuche, meine Gereiztheit zu unterdrücken und so zu tun, als wäre das bohrende Gefühl von Trauer und Zorn nicht vorhanden.

»Ja, sicher. Ich werde in Zukunft daran denken.« Markus sieht aufrichtig betroffen aus, und ich merke, dass ich langsam ruhiger werde.

»Wie läuft es bei der Arbeit? Warum wart ihr bei der Familie von Lukas Ebbehammar? Denn da warst du doch wohl? Glaubt ihr, es gibt einen Zusammenhang zu eurem anderen Mord?« Markus redet immer weiter, dankbar, weil unser Streit offenbar beendet ist.

»Doch, es gibt vielleicht einen Zusammenhang. Es ist seltsam. Wir arbeiten daran. Aber ich darf nicht mehr darüber sagen. Schweigepflicht und so, du weißt schon.« Ich lächele ihn an, weiß aber sofort, dass ich etwas gesagt habe, das ihm überhaupt nicht passt.

»Siri! Ist das dein Ernst? Du redest hier doch mit *mir.* Schweigepflicht? Komm schon. Ich bin doch auch Polizist. Ich arbeite schließlich nicht für die Boulevardpresse.«

»Ich weiß. Aber es gibt eine undichte Stelle und ... es ist einfach unangenehm. Natürlich weiß ich, dass du nichts an die Presse weitergibst. Und ja, es gibt einen Zusammenhang – einen ballistischen. Es scheint sich um dieselbe Tatwaffe zu handeln. Aber mehr kann ich nicht sagen, und mehr weiß ich auch nicht. Ballistik ist für mich ein Buch mit sieben Siegeln.«

Ich schäme mich, weil ich das tue. Dass ich Dinge weitererzähle, über die ich eigentlich schweigen müsste, nur um Markus zu besänftigen. Zugleich weiß ich, dass er die Wahrheit sagt. Er würde niemals Informationen an die Presse weitergeben.

Markus setzt sich neben mich auf das Sofa und reicht mir ein Glas eiskalte Cola. Für sich selbst hat er eine Flasche SOL geöffnet.

»Wie war denn der Besuch? Bei dem Vater meine ich. Das muss doch furchtbar gewesen sein?«

Markus sieht mich aufmerksam an, und ich denke, dass ich gerade das an ihm so schätze. Seine Fähigkeit, mich zu sehen.

Zu begreifen, was ich brauche. Zuzuhören. Deshalb kann ich mit seinen anderen Seiten leben.

»Es war grauenhaft. Er war einfach wie erschlagen. Vor der Haustür stand ein kleines Fahrrad… alles war einfach nur… furchtbar.« Mir geht auf, dass ich unzusammenhängend rede und dass es schwer sein muss, den roten Faden in meinen Äußerungen zu finden, aber Markus nickt nur. »Auf der Rückfahrt danach ist mir schlecht geworden. Ich dachte, ich würde ohnmächtig werden. Ich musste anhalten und aussteigen und eine Runde gehen. Aber dann habe ich ein bisschen mit Jimmy geredet, und danach ging es dann besser.«

»Jimmy?«

»Jimmys Stålfors aus unserer Gruppe. Er ist Polizist. Vielleicht kennst du ihn, er war vorher bei der Ermittlung, glaube ich. Ein sehr sympathischer Typ.«

Es wundert mich, dass Markus nicht weiß, dass Jimmy in unserer Gruppe ist. Ich bin überzeugt davon, dass ich das bereits erwähnt habe, aber er scheint sich nicht daran zu erinnern. Ich überlege, wie genau Markus mir eigentlich zuhört, wenn ich etwas sage, und schon wieder verspüre ich diesen traurigen Zorn. Das Gefühl, dass etwas, das es zwischen uns gegeben hat, verloren ist, und die Unsicherheit, ob das, was noch übrig ist, ausreicht, um eine Beziehung zu erhalten. Andererseits, was weiß ich schon über Beziehungen? Mein erster Mann hat mich mit meiner besten Freundin betrogen. Ich habe noch nie mit einem Mann zusammengelebt und Kinder gehabt. Vielleicht besiegen Müdigkeit und Irritation in allen Beziehungen im Laufe der Zeit Romantik und Intimität.

»Ach, Jimmy Stålfors.« Plötzlich grinst Markus. »*Der* Jimmy Stålfors? Bei euch ist der also gelandet.«

»Was war los? Was hat Jimmy angestellt?«

»Abgesehen davon, dass er von der Hälfte von Stockholms

kriminellen Netzwerken gejagt worden ist, hat er wohl mit allen Frauen im Polizeigebäude gevögelt, die noch nicht in Rente sind. Erinnerst du dich an Sonja Askefalk?« Markus sieht mich fragend an, und ich denke an die erschöpfte Blondine von der Wache in Nacka, mit der Jimmy mehrere Jahre lang zusammengearbeitet hat. Ich nicke.

»Sie und Jimmy hatten mehrere Jahre so eine Geschichte.«

»Aber sie ist doch verheiratet.« Ich höre selbst, wie blödsinnig mein Kommentar klingt. Als ob die Ehe ein Hindernis für Untreue wäre.

»Ja. Aber Lennart ist im Bett wohl nicht gerade ein Renner. Er ist schon über sechzig, und Sonja ist an die zehn Jahre jünger. Da kann man verstehen, dass sie ab und zu Lust auf Frischfleisch hatte.«

»Wie ich, meinst du? Ich bin auch zehn Jahre älter als du. Brauchst du bald auch zur Abwechslung Frischfleisch?« Markus scheint vergessen zu haben, dass unser Altersunterschied genauso groß ist.

Aber er lacht nur und stellt sein Bier weg. »Das ist ein verdammt großer Unterschied. Du bist meine MILF. Und so kann man Lennart wirklich nicht nennen. Vielleicht FILF? Oder wie das männliche Gegenstück auch immer heißen mag.«

Er beugt sich vor und küsst mich auf den Hals, und ich schließe die Augen. Ich lasse mich küssen und denke, dass es trotz allem schön ist, sich so nahe zu sein. Obwohl ich noch immer wütend auf Markus bin.

Das traurige Herz – 1996

»Bist du sicher, dass es hier ist?« Jens griff zur Wasserflasche und goss die letzten Tropfen in sich hinein. Es war unbeschreiblich heiß. Die Sonne brannte vom wolkenlosen Himmel, und es war absolut windstill. Links von ihnen stand eine Palme mit erloschenen gelben Blättern. Sie sah vollkommen tot aus.

»Es muss hier sein«, sagte Sebastian. »Wir sind doch nach Sant Roc gefahren, wie es hier steht. Und dann sind wir nach… Warte mal, da ist die Eisenbahnlinie. Da müssen wir rüber und dann nach links.«

Jens war hinter Sebastian hergetrottet, seit sie sich drei Monate zuvor in Berlin kennengelernt hatten. Plötzlich hatte Sebastian im Club vor ihm gestanden und durch die Musik gebrüllt: »Bist du Schwede?« Dann hatte er ihn vom Tanzboden zur Bar gezogen und ihm all seine Freunde vorgestellt.

Sebastian war siebzehn, sah aber aus wie dreizehn. Er hatte schulterlange kupferrote Korkenzieherlocken, die sein bleiches Engelsgesicht einrahmten. Seine Beine waren so dünn, dass sie aussahen, als könnten sie jeden Moment abbrechen, und er konnte keine zwei Sekunden am Stück still sitzen. »Hey, Duracell«, riefen seine Kumpels, wenn sie etwas von ihm wollten. Er hatte gedacht, dass Sebastian etwas einwarf, Speed vielleicht. Aber je mehr Zeit sie miteinander verbrachten, desto sicherer war er, dass Sebastian einfach ein aufgekratzter Typ war. An einem späten Abend waren sie miteinander im Bett gelandet, und es war ganz in Ordnung gewesen, mehr war aber nicht dabei herausgekommen. Jens hatte das deutliche Gefühl, dass Sebastian gern mehr wollte, aber er selbst war sich nicht sicher. Etwas an Sebastian machte ihm fast schon Angst. Er konnte es nicht in Worte fassen, aber etwas stimmte nicht mit ihm. Es gab keinen Widerhall. Als ob das Leben etwas in ihm weggeschliffen, ihn ausgehöhlt hätte.

Sie wollten aber beide in den Süden, und Sebastian hatte einen Kumpel, der im Sommer ein Haus auf Mallorca hütete und ihnen großzügig angeboten hatte, sie beide unterzubringen. Am nächsten Tag ging ihre Fähre auf die Insel. Heute wollten sie sich noch Barcelona ansehen.

Sie waren im Hafen gewesen und dann über die Ramblas ins Zentrum gewandert, während die Luft sich von warm in glühend heiß verwandelt hatte. Danach hatten sie im verwinkelten Gassengewirr von L'Eixamples nach den vielen berühmten Clubs und Bars gesucht. Aber alles war geschlossen gewesen, was sie sich eigentlich hätten denken können. Barcelona stand spät auf.

»Playa Chernobyl. Echt? Was für ein kranker Name«, murmelte Sebastian, als sie den breiten goldgelben Sandstreifen erreichten, der sich zum Mittelmeer hinzog.

Ganz unten, beim Wasser, spielten einige Männer Strandvolleyball. Unter den Palmen lagen einige Typen um die dreißig und lasen, und weiter weg, strategisch platziert auf einem kleinen Sandhügel, waren einige nackte, eingeölte Körper zu ahnen.

»Lass uns mal nachsehen«, sagte Jens. Er kämpfte sich durch den heißen weichen Sand zum Wasser hinunter.

»Verdammt. Die sind ja alle mindestens dreißig«, murmelte Sebastian. Er klang enttäuscht.

Jens ließ sich nicht zu einer Antwort herab. Jussi war zweiunddreißig, aber er hatte Sebastian nie von ihm erzählt, und wenn er ehrlich mit sich war, lag das vielleicht auch daran, dass Jussi so viel älter gewesen war. Für Sebastian waren alle über fünfundzwanzig »Opas«.

»Hier?«, fragte Sebastian und zeigte auf eine kleine schattige Stelle unter einer hohen dürren Palme.

»Klar.« Ohne einen Gedanken daran zu verschwenden, dass der Sand in seine Shorts, die Schuhe und das Hemd eindringen würde, ließ sich Jens sofort auf den heißen Boden fallen.

Sebastian setzte sich neben ihn und lehnte sich mit dem Rücken an die Palme. »Es. Ist. Zu. Heiß.« Seine roten Haare fielen in weichen Locken auf die sommersprossigen Schultern. Die bleichen Wangen waren leicht rosa gefärbt, als ob er Rouge aufgetragen hätte. Er roch nach Zigarettenrauch und Essensgeruch aus dem Café, wo sie gefrühstückt hatten.

»Bier?«, fragte Jens, zog eine der Dosen hervor, die sie im Hafen gekauft hatten, und reichte sie Sebastian, der sie mit einem Knacken öffnete.

»Verdammt. Das ist ja warm!«

»Was hast du denn erwartet? Hier sind es mindestens vierzig Grad.«

Sebastian seufzte und legte sich auf das kleine weiße Handtuch, das er aus dem Hotel gestohlen hatte. »Siehst du die Opas dahinten auf dem Hügel?«

Jens blickte zu den nackten Männern hinüber. Ihre großen eingeölten Leiber ließen sie wie aufgedunsene, an den Strand geschwemmte Kadaver aussehen. »Ja?«

»Die sind vielleicht fett! Beim Pissen können sie bestimmt nicht mal ihren Schwanz sehen!«

Jens dachte eine Weile darüber nach.

Dann fragte Sebastian mit einer Stimme, die weicher klang

und vielleicht auch eine Art Sorge um seine eigene scheinbar noch weit entfernte Zukunft enthielt: »Glaubst du, die kriegen noch jemanden ab?«

Jens lachte laut auf. »Du bist doch krank! Woher soll ich das wissen? Bestimmt ficken sie miteinander.«

Sebastian machte ein entsetztes Gesicht. »Was für eine widerliche Vorstellung«, murmelte er und rieb seine bereits verbrannten Schultern mit einer neuen Schicht Niveacreme ein.

Jens dachte an Jussi. Die Männer, die sich dort sonnten, waren nicht viel älter als er, aber im Gegensatz zu ihnen war er schön und durchtrainiert gewesen. Und zugleich ein Monster.

»Ich war mit einem Typen zusammen …«, fing Jens an.

»Ach?« Sebastian setzte seine Ray-Ban auf, schüttete den letzten Rest Bier in sich hinein und rülpste laut.

»Ja, also. Der war zweiunddreißig.«

»Ach«, sagte Sebastian noch einmal und klang nicht gerade interessiert.

»Hat er bezahlt?«

»Was? Spinnst du? Hältst du mich etwa für eine Hure?«

Sebastian musterte ihn belustigt und zerquetschte mit der einen Hand die Bierdose. »Aber mein süßer Kleiner! Was glaubst du eigentlich, wieso ich einfach so quer durch Europa reisen kann?«

Wieder überkam Jens dasselbe seltsame Gefühl von Unwirklichkeit, das er schon gespürt hatte, als er Jussi und Roberto in der Küche erwischt hatte, als sie gerade ihre Zigarette *danach* genossen. Das Gefühl, dass alles schmutzig und provozierend primitiv war. Er wollte nicht glauben, dass Sebastian, der aussah, als könnte er gerade mal die Grundschule hinter sich haben, alten Opas einen blies, um in Berlin feiern zu können. Er wollte nicht, dass es in Ordnung war, mit seinem Ex zu schlafen, solange es »nur Sex« war. Aber vor allem wollte er sich nicht anders, naiv oder prüde vorkommen, nur weil er diese Dinge abstoßend fand.

»Ich will baden«, sagte Sebastian und rülpste wieder.

Sie erreichten Palma am späten Abend des nächsten Tages. Ohne eine hilfsbereite Mallorquinerin hätten sie wohl niemals das unauffällige Holztor in der Mauer gefunden. Als sie den überwucherten Garten betraten, wurde Jens von einer Mischung aus Staunen und Skepsis überwältigt. Dass jemand in diesem Dschungel wohnen könnte, war unvorstellbar für ihn. Aber als sie dem schmalen Pfad ein Stück weit gefolgt waren, sahen sie die Lampen am Pool und die Kerzen, die auf einem Steintisch auf der Terrasse brannten.

Dann kam er ihnen entgegen. Obwohl es dunkel war, wusste Jens, dass er noch nie einen schöneren Mann gesehen hatte. Dunkle schwarze Augenbrauen, die sich von den hellen, leicht zerzausten Haaren abhoben. Der Mund war füllig und wirkte mit den markanten geschwungenen Lippen fast ein wenig feminin. Der lange, ein wenig schlaksige Körper war nackt, bis auf einen ausgefransten lila Sarong, den er sich um die mageren Hüften gewunden hatte, und die gelben Flip-Flops, die bei jedem Schritt leise klatschten.

Der schöne Mann umarmte Sebastian und boxte ihm spielerisch gegen die Schulter. »Verdammt, Sebbe. Long time no see.«

Dann drehte er sich zu Jens um. »Hallo«, sagte er und hielt ihm die Hand hin. Jens registrierte, dass er die Handfläche nach oben hielt, als ob er ihm etwas geben sollte, statt ihm die Hand zu schütteln. Ähnlich den bettelnden Zigeunerkindern auf den Ramblas.

»Hallo«, sagte er und legte seine Hand in die Handfläche des anderen, die warm und ein wenig feucht war.

Und dann standen sie einen kleinen, aber dennoch entscheidenden Moment zu lange so da, bis Jens auflachte und den Zauber brach.

»Johan«, sagte der Mann im Sarong und griff wieder nach seiner Hand. »Johan Ebbehammar. Kommt. Ich führe euch herum.«

Das Haus, das Sebastians Kumpel hütete, lag in El Terreno, einem verfallenen Stadtteil von Palma mit einer großartigen Vergangenheit. Hier hatten früher einige der besten Clubs der Welt gelegen. In den siebziger und achtziger Jahren hatten sich Weltstars wie Jagger und Bowie in den Prachtstraßen um die Plaza Gomila gedrängt. Inzwischen waren die Häuser heruntergekommen, und hier und da blätterte der Putz ab wie Schuppen von sonnenverbrannter Haut. Fenster und Türen waren vernagelt, andere gleich ganz zugemauert worden. Aber es versteckten sich auch noch einige fantastische alte Luxusvillen hinter den hohen Mauern und überwucherten Gärten. Und auf ein solches Haus sollte Johan den Sommer über aufpassen. Es lag in einer der schmalen Gassen, die zum Castell de Bellver hochführten, einer Burgruine aus dem vierzehnten Jahrhundert mit Blick über die Bucht von Palma. Von der Straße her war das Haus nicht zu sehen – eine hohe Mauer verwehrte den Einblick –, und wenn man das schwere Tor in der Mauer hinter sich gebracht hatte, versteckte der wild wuchernde Garten das Gebäude. Ein kurvenreicher Pfad führte zwischen riesigen Oleandersträuchern, Orangen- und Feigenbäumen hindurch. Je näher man dem Haus kam, desto gepflegter wurde der Garten. Auf den letzten Metern umgaben sorgfältig beschnittene Büsche und Spaliere mit Wein und Schlingpflanzen mit tiefblauen Blüten den Weg. Rechts von dem protzigen Hauseingang lag ein Schwimmbecken aus grünem Glasmosaik.

Das Haus hatte weiß gekalkte Mauern und dunkle Holzbalken, die quer unter der Decke verliefen. Das Erdgeschoss bestand aus einer Küche, einem Esszimmer, einem Aufenthaltsraum mit Bibliothek und einer Gästetoilette. Im ersten Stock gab es drei Schlafzimmer, alle mit eigenem Bad samt Toilette.

Die dicken Mauern, die schmalen Fenster und der dichte Bewuchs ließen das Haus düster erscheinen – ein Eindruck, der von der Einrichtung noch verstärkt wurde: schwere dunkle Samtportieren, massive dunkle Holzmöbel und große antike Ölgemälde, die Seeschlachten und biblische Szenen zeigten, waren in den Räumen verteilt. Wenn man in der Bibliothek saß, die der dunkelste Raum war, war es schwer, festzustellen, ob es Tag oder Nacht war, und man verlor sich leicht in einem seltsamen Gefühl der Zeitlosigkeit.

Jens konnte hinterher nicht mehr genau sagen, wann sich alles veränderte, ob es schon bei ihrer ersten Begegnung an diesem magischen Abend im Garten passiert war oder an einem der folgenden Tage, an denen Johan ihn nie aus den Augen ließ. Vielleicht hing es mit den langen geflüsterten Gesprächen zusammen, die sie auf der Terrasse führten, wenn Sebastian, high wie sonst was, den ganzen Nachmittag damit verbrachte, auf dem Küchenboden liegend Empanadas und Oliven zu verzehren. Egal, wie es passiert war, es kam Jens nur natürlich vor, als Johan ihn fragte, ob er nicht lieber bei ihm schlafen wollte.

Johan war so anders als alle anderen, mit denen er bisher zusammen gewesen war. Er war der erste fast Gleichaltrige, was Jens für einen der Gründe hielt, warum sie sich so gut verstanden. Dieses bohrende Gefühl, die ganze Zeit wachsen zu sollen wie eine verdammte Pflanze, das er bei Jussi immer gehabt hatte, war einfach verschwunden. Johan hatte auch nicht Jussis Bedürfnis, sich allein mit irgendwelchen Freunden zu treffen oder tagelang allein zu sein, um »runterzukommen«. Dass er zudem göttlich schön war, spielte keine Rolle, redete er sich ein, als ob das, was sie teilten, unendlich viel wichtiger und verletzlicher sei. Johan konnte fast schon zu anhänglich sein. Wenn Jens zur Bar an der Ecke ging, um Zigaretten zu kaufen, folgte er ihm wie einer der dreibeinigen, von Flöhen geplagten Hunde der Gegend. Solange Jens im Bett blieb, lag Johan neben ihm und schaute ihn mit einem verklärten Lächeln an, bei dem sich Jens nicht ganz wohlfühlte.

»Was hast du im Herbst vor?«, fragte Johan eines Nachmittags, als sie gerade aufgewacht waren. Die Nacht bis zum frühen Morgen hatten sie in den Clubs von El Terreno verbracht, und danach hatten sie in dem dunklen, kühlen Steinhaus bis spät in den Nachmittag hinein geschlafen.

»Ich weiß noch nicht genau. Mein Vater findet, dass ich studieren sollte. Oder mir eine Arbeit suchen. Seit dem Abi habe ich immer nur Aushilfsjobs gehabt. Ich glaube, es stört ihn, dass ich so unproduktiv bin; dass ich noch immer zu Hause wohne und nichts zu den Familienfinanzen beitrage.«

»*Unproduktiv?*« Johan drehte sich zur Seite und zog an der auberginefarbenen Vorhangkordel. Ein Streifen Sonnenlicht durchschnitt die staubige Luft.

»Ich weiß, wie sich das anhört. Mein Vater ist manchmal ganz schön gestört.«

»Erzähl mir von deinen Eltern«, sagte Johan, der aus irgendeinem Grund alles über ihn wissen wollte – egal ob es darum ging, wie er seine Unschuld verloren oder welche Noten er auf der Grundschule gehabt hatte.

Jens überlegte. Er hatte seit Tagen, vielleicht seit Wochen, nicht mehr an seine Eltern gedacht. Er hatte seine Mutter aus Berlin angerufen und erzählt, dass er mit einem Kumpel nach Mallorca fahren würde. Sie hatte sich müde angehört, aber gesagt, sie freue sich für ihn. Dann hatte sie ihn ermahnt, die Finger von Drogen zu lassen und sich zu schützen, wenn er jemanden kennenlernte. Wie immer war ihm das Gespräch peinlich gewesen, und er hatte rasch das Thema gewechselt.

»Mama ist wohl wie alle anderen Mütter«, sagte Jens. »Sie macht sich wegen allem Sorgen, aber ganz besonders hat sie Angst, dass ich in der Hölle enden könnte.«

»In der Hölle? Echt?«

»Das mit der Hölle ist vielleicht übertrieben. Ich glaube nicht, dass sie fromm ist, aber sie kommt aus einer sehr altmodischen freikirchlichen Familie.«

Johan schwieg eine Weile. »Und dein Vater, wie ist der so?«

»Der ist eigentlich in Ordnung. Ich glaube, er wird langsam alt. Früher konnte er ein richtiger Diktator sein, aber inzwischen hat er abgebaut und wirkt müde. Passiv ist vielleicht das bessere Wort. Er und meine Mutter scheinen sich nicht mehr viel zu sagen zu haben. Sie können eine ganze Mahlzeit lang, ohne ein Wort zu wechseln, dasitzen. Mich macht das verdammt nervös, denn ich habe dann das Gefühl, dass ich sie auf irgendeine Weise miteinander ins Gespräch bringen muss. Dass es sozusagen meine Verantwortung ist. Verstehst du?«

Johan nickte und streichelte ihm über die Brust. Die Haut seiner Hand war trocken und ein wenig rau, und es kitzelte, wenn er seine Finger über die rot verbrannte Haut zum Nabel laufen ließ. »Wir werden nie so werden«, sagte er und küsste ihn auf eine Brustwarze.

Jens erschrak. Einerseits spürte er, wie eine spontane Freude in ihm aufkam, aber gleichzeitig bekam er Angst. Die Intensität von Johans Gefühlen beunruhigte ihn. Sie kannten sich gerade einmal zwei Wochen. Und jetzt lag Johan da und sah ihn mit diesem Hundeblick an und redete darüber, wie sie zusammen in irgendeinem Vorort alt werden würden.

Er hob Johans Hand von seinem Bauch.

»Was ist los?«, fragte Johan und sah plötzlich unglücklich aus. »Habe ich etwas Falsches gesagt?«

»Nein. Es ist nur ... ach. Ist doch egal.«

Johan sagte nichts mehr, aber er rutschte im Bett ein wenig von ihm weg.

Sie lagen am Pool und sonnten sich, als das Telefon klingelte. Sebastian hatte seinen verbrannten Körper in ein Badetuch gewickelt, aus dem nur noch seine roten Haare hervorlugten. Johan lag nackt in der Sonne; seine Haut wirkte auf dem weißen Badetuch fast schwarz. Kleine Schweißperlen funkelten auf seinem Brustkorb.

»Bitte«, murmelte Sebastian aus dem Badetuch. »Kann einer von euch gehen? Ich bring das nicht.«

»Sicher«, sagte Jens, sprang auf und lief über die heißen Steinplatten in die Diele, wo es dunkel und still war. Die glatten Steine kühlten seine warmen Fußsohlen ab, als er zum Telefon ging und sich meldete.

»Jens?«, fragte sein Vater.

»Papa? Hallo.«

»Hallo. Wie geht es euch?«

»Gut. Es ist heiß. Ich wohne bei einem Kumpel namens Johan. Er hütet ein supertolles Haus für irgendwelche Bekannten.«

»Ach. Wie nett. Und was macht ihr so den ganzen Tag?«

Jens merkte, wie sich eine gewisse Irritation bei ihm einstellte. Das war typisch Papa. Er musste ihm einfach einen kleinen Stich versetzen, weil er nichts tat, obwohl es Sommer war und alle normalen Menschen am Strand lagen, Bücher lasen und Zeit an der frischen Luft verbrachten.

»Ehrlich gesagt, machen wir so wenig wie möglich«, sagte er und hoffte, dass sein Vater den scharfen Tonfall registrierte.

Eine Weile war es am anderen Ende der Leitung still, und als die Stimme seines Vaters dann wieder zu hören war, klang sie heiser und kraftlos. »Jens, ich verstehe ja, dass du es nett haben möchtest, und das ist auch gut und schön so, aber ich möchte dich bitten, nach Hause zu kommen.«

»Nach Hause? Warum denn?«

»Es geht um deine Mutter. Es geht ihr nicht gut.«

Etwas im Tonfall seines Vaters ließ Jens besorgt aufhorchen. Papa sagte außerdem sonst immer Mama, niemals Mutter.

»Was ist denn passiert?«

Der Vater seufzte und atmete dann langsam aus, als ob er versuchte, ein Seufzen zu unterdrücken.

»Ich will dir keine Angst machen. Entschuldige. Sie ist nicht physisch krank oder so, aber sie ist nicht ganz sie selbst, und ich glaube, deine Anwesenheit würde ihr guttun. Das ist alles. Ich denke, es würde uns allen guttun, wieder als Familie zusammen zu sein. Es ist so lange her, Jens. Vergiss das nicht. Es ist so leicht, das für selbstverständlich zu halten … Und dann, eines Tages …« Er verstummte.

Jens merkte, dass seine Hände schweißnass geworden waren, sodass ihm fast der Hörer aus der Hand rutschte. Trotz der Hitze fror er plötzlich und bekam eine Gänsehaut.

»Ich versteh das nicht. Was ist denn passiert?«

»Es ist ganz einfach«, sagte sein Vater und klang plötzlich wieder so gebieterisch, wie nur er das konnte. »Du musst nach Hause kommen, und zwar sofort!«

»Ich weiß nicht. Johan und ich wollten eigentlich…«

»Es ist mir egal, was ihr eigentlich wolltet. Es gibt Dinge, die so wichtig sind, dass man alles andere beiseiteschieben muss. Brauchst du Geld?«

»Nein, aber… ich muss erst mit Johan reden.«

»Tu das. Und dann rufst du mich an. Ich gehe davon aus, dass du die richtige Entscheidung treffen wirst.«

Er erreichte seine Mutter erst am nächsten Morgen. Er hatte am Vorabend seine Großmutter angerufen, die ihm versichert hatte, dass ihre Tochter bei bester Gesundheit sei und sie keine Ahnung habe, wovon sein Vater da redete. Aber sie hatte ihm versprochen, seine Mutter anzurufen und sie zu bitten, sich so schnell wie möglich bei Jens zu melden.

Da es erst zehn Uhr morgens war, schliefen sie noch. Wenn die Schlafzimmertür nicht offen gestanden hätte, hätte Jens das Telefon sicher nicht gehört. Er hatte keine Ahnung, wie spät es war, als er die Steintreppe ins Erdgeschoss hinunterrannte. Ein träges Schnarchen kam aus dem Wohnzimmer, und er warf einen Blick hinein. Sebastian hatte sich bäuchlings auf dem Sofa ausgestreckt. Ein Arm hing locker zum Boden hinab, als sei er in einem Augenblick eingeschlafen, als er gerade etwas von dem abgenutzten Perserteppich aufheben wollte. Auf dem Tisch standen leere Cava-Flaschen und ein überquellender Aschenbecher. Zigarettenblättchen waren vom Tisch geweht worden und lagen wie verirrte Schneeflocken auf dem Boden verteilt.

»Hallo«, flüsterte er, um Sebastian nicht zu wecken.

»Jens, bist du das?« Die Stimme der Mutter klang genau wie immer.

»Wie geht es dir?«

Sie lachte trocken. »Ich begreife nicht, warum alle plötzlich so um meine Gesundheit besorgt sind. Mir geht es hervorragend. Mir ist es lange nicht mehr so gut gegangen, um genau zu sein.«

Er gähnte und strich sich die Haare aus dem Gesicht. Durch das Fenster in der Diele konnte er den blauen Himmel sehen. Ein weiterer sonniger Tag erwartete sie.

»Ich habe gestern mit Papa gesprochen. Er sagt, dass es dir nicht gut geht und dass ich nach Hause kommen soll. Da hab ich mir natürlich Sorgen gemacht. Ich dachte, du seist krank oder so.«

Am anderen Ende der Leitung wurde es still.

»Herrgott, das macht mich so verdammt wütend«, sagte seine Mutter, die sonst niemals fluchte. »Es ist so verdammt verantwortungslos und egoistisch von Lars, dich da mitreinzuziehen, obwohl du doch Ferien hast, und überhaupt. Mir fehlen die Worte. Ja, wirklich. Vergiss die Sache einfach. Mir geht es hervorragend, hörst du?«

»Aber was ist denn los? Warum regt Papa sich so auf?«

»Er versucht ... Er will ... Jens, wir haben ein Problem, dein Papa und ich. Und offenbar will er dich da mithineinziehen, und das kann ich nicht akzeptieren. Die Sache hat rein gar nichts mit dir zu tun, hörst du? Rein gar nichts!«

»Was habt ihr denn für ein Problem? Wollt ihr euch scheiden lassen, oder was?«

Wieder wurde es still, und er konnte Sebastian schnarchen hören. Irgendwo draußen hupte ein Auto.

»Ja, ich glaube schon. Aber das hat nichts mit dir zu tun, und du darfst deshalb wirklich nicht deinen Urlaub abbrechen. Hörst du?«

»Bist du sicher?«

»Klar bin ich sicher. Das ist doch Unsinn.« Seine Mutter schien ziemlich wütend zu sein.

»Ich darf also hierbleiben?«

»Natürlich darfst du bleiben. Ich werde mit Lars reden. Wir können in ein paar Tagen wieder telefonieren, du und ich. Aber versuch jetzt, an etwas anderes zu denken. Bei mir ist wirklich alles in Ordnung.«

»Wollen sie sich scheiden lassen?« Johan stemmte seinen langen, sonnengebräunten Körper aus dem Pool und setzte sich neben ihm auf ein Handtuch. Kalte Wassertropfen spritzten auf Jens' Brust. Auf seiner sonnenwarmen Haut wirkten sie fast wie kleine elektrische Stöße.

»Ja, das hat sie gesagt.«

»Ist das in Ordnung für dich?«

»Aber klar doch.«

Johan legte ihm eine kalte Hand auf den Oberschenkel und kniff die Augen gegen die Sonne zusammen.

»Klar ist das überhaupt nicht. Als meine Eltern sich getrennt haben, war mein älterer Bruder total deprimiert und musste sogar Medikamente nehmen.«

Jens überlegte eine Weile. Er hatte sich das alles noch nicht richtig überlegen können, aber er fühlte sich kein bisschen deprimiert. Möglicherweise ein wenig schuldig, weil er nicht zu seinem Vater nach Hause fuhr, obwohl der am Telefon ziemlich verzweifelt geklungen hatte. Seine Mutter hatte sicher recht damit, dass Jens nichts mit diesem Problem zu tun hatte, aber vielleicht sollte er seinem Vater zuliebe trotzdem nach Hause fahren.

»Ich bin bestimmt vollkommen gestört, aber ich bin überhaupt nicht deprimiert«, sagte Jens und setzte sich die Sonnenbrille auf.

Sebastian kam mit der blauen Plastikdose in der Hand aus dem Haus. »Hätten die Turteltauben gern eine Prise Gras?«

Jens schüttelte den Kopf. »Nö. Ich verbrenn mich bloß, wenn ich in der Sonne rauche. Daran solltest du auch mal denken.«

Sebastians bleiche, sommersprossige Haut war auf den Schultern und am Brustkorb inzwischen krebsrot.

Er grinste und setzte sich unter dem großen Feigenbaum in den Schatten. »Ach, verdammt. Da soll mir doch sonst wer einen blasen! Seit wann macht ihr euch denn Sorgen um *meine* Haut?« Er legte eine Pause ein und fing an, den Tabak aus einer Marlboro zu pulen, um einen Joint zu bauen. »Wann wollt ihr eigentlich nach Hause fahren?«, fragte er dann.

»So spät wie möglich«, antwortete Johan, der vollständig bewegungslos in der Sonne lag.

»Und dann? Wohin wollt ihr im Herbst?«

Jens zuckte mit den Schultern, breitete sein Handtuch neben Johan aus und legte sich darauf. Die unebenen Steine bohrten sich durch das Handtuch in seinen sonnenverbrannten Rücken. Der Chlorgeruch aus dem Schwimmbecken reizte seine Nasenlöcher. »Ich bleib wohl zu Hause in Stockholm.«

Sebastian drehte weiter den Joint und fragte, ohne ihn anzusehen: »Was willst du da denn machen?«

»Keine Ahnung. Mir vielleicht einen Job suchen.«

»Und du?« Sebastian nickte zu Johan hinüber.

»Ich schließ mich da an«, sagte Johan und versetzte Jens einen Stoß in die Rippen.

Jens wurde sich plötzlich Johans Nähe bewusst – eine Nähe, die ihm fast unangenehm war, obwohl er in Johan verliebt und heiß auf ihn war und ihn in jeder Hinsicht perfekt fand. Aber etwas an seiner anhänglichen, unterwürfigen Art ging ihm wahnsinnig auf die Nerven. Sie hatten nie darüber gesprochen, dass sie auch in Stockholm zusammen sein würden. Nicht, dass er es nicht gewollt hätte, aber es störte ihn, dass Johan einfach davon ausging, ohne ihn überhaupt zu fragen. Unbewusst rückte er einige Zentimeter von Johan weg, sodass der Schatten des Feigenbaums über seine rechte Wange fiel. Eine kühle Erinnerung an alle Entscheidungen, die er treffen musste, wenn der Herbst näher rückte.

Als ob Johan seine Gedanken lesen könnte, legte er Jens die Hand auf den Oberschenkel und drückte zu. »Oder was meinst du? Wir gehen doch zusammen nach Stockholm?«

Jens blinzelte und fuhr mit der Hand über die rauen Steinplatten. In den Ritzen steckte poröses Mauerwerk. Er pulte einige Stücke heraus und zerkrümelte sie zwischen seinen Fingern, dann sagte er: »Ich weiß nicht, Johan. Ich will vielleicht woandershin. London. New York. Ich weiß es noch nicht.«

Er merkte, wie Johans Hand, die noch immer auf seinem Oberschenkel lag, erstarrte, und wieder verfluchte er sich. Was brachte ihn nur dazu, Johan, den er doch wirklich gern hatte, so zu verletzen? Was für ein kranker Mensch tat denn so etwas? Er musste ihn um Entschuldigung bitten, und zwar sofort. Er sollte ihm erklären, dass es nicht so gemeint gewesen war, dass sie natürlich zusammen sein würden, wenn sie wieder in Stockholm wären. Aber da war der Moment bereits verstrichen, und das Gesagte konnte nicht mehr zurückgenommen werden.

Sebastian schien nichts von dem Drama, das sich zwischen den beiden anderen abgespielt hatte, bemerkt zu haben. Er leckte das Blättchen an, legte die Kanten des Joints aufeinander und sah die beiden dann an wie ein stolzer Koch, dem soeben ein ganz besonderes Gericht gelungen war.

»Sicher, dass ihr nichts abhaben wollt?«, murmelte er.

Siri

Carin schleudert die Zeitung mit einer solchen Kraft auf den Tisch, dass Örjans Kaffee überschwappt. »Wie zum Teufel ist das rausgekommen?«

Ich lese die große schwarze Schlagzeile: *Doppelmörder auf freiem Fuß – erst Jussi Ståhl, dann Lukas, 4.* Darunter ist das Bild von Lukas mit dem klebrigen Eis in der Hand zu sehen. Daneben ein Foto seines Vaters, Johan Ebbehammar.

»Es ist ja wohl nichts Neues, dass das Polizeigebäude undicht ist wie ein Sieb«, sagt Jimmy, zieht ein Taschentuch hervor und reicht es Örjan, der noch immer die Kaffeelache auf dem Tisch anstarrt.

Örjan streckt die Hand aus, aber statt nach dem Taschentuch zu greifen, schüttelt er nur den Kopf, steht auf und geht zur Teeküche. Jimmy erwidert meinen Blick und verdreht die Augen. Er scheint es witzig zu finden, dass Örjan das zerknüllte Papiertaschentuch nicht haben wollte.

»Ich habe eben mit Lindell und Shirin Tahami, der Leiterin der Voruntersuchung, gesprochen«, sagt Carin und setzt sich auf den Stuhl am Tischende. »Lindell sagt, dass seine Leute absolut verschwiegen sind, dass es also niemand von der Ermittlungsgruppe gewesen sein kann.«

Ich registriere, dass Carin müde aussieht. Dunkle Schatten liegen unter ihren Augen. Sie ist ungeschminkt und hat die Haare mitten auf dem Kopf zu einer Art provisorischem Dutt aufgesteckt.

»Lindell redet Scheiß«, sagt Jimmy. »Wie immer. Seit wann hat der denn seine Leute im Griff? Er kennt ja kaum ihre Namen. Dafür scheint er zu sehr damit beschäftigt zu sein, sich in der Chefetage einzuschleimen.«

Carin verzieht bei Jimmys Kommentar ein wenig den Mund. »Jetzt sei nicht ungerecht. Lindell ist in Ordnung.«

»Lindell ist ein Wichtigtuer, der mit der PUG unter dem Kopfkissen schläft«, sagt Jimmy.

»PUG?«, frage ich.

»Der Polizeilichen Anleitung für Untersuchungen von Gewaltverbrechen«, murmelt Örjan. »Das ist ein Handbuch, das bei Gewaltverbrechen benutzt wird.«

Carin hebt die Hände, wie um sich Gehör zu verschaffen. »Können wir mit Lindell aufhören? Ich denke auch, dass die undichte Stelle bei der Ermittlungsgruppe zu finden ist. Auf jeden Fall sind die deutlich mehr als wir. Aber die Wahrscheinlichkeit, dass wir nie erfahren werden, wer es war, ist groß.« Sie schaut sich am Tisch um, erwidert unsere Blicke einen nach dem anderen und nickt dann kurz. »Kann ich mich auf euch verlassen?«

Örjan hat einen kleinen Stapel Papierservietten geholt, lässt sich auf einen Stuhl sinken und erwidert Carins Blick. »Natürlich. In dieser Gruppe gibt es keine Verräter.«

Carin nickt. »Ich glaube auch nicht, dass jemand von euch absichtlich etwas an die Medien weitergeben würde. Aber es passiert so leicht, glaubt mir. Ein unvorsichtiges Wort im falschen Augenblick… mehr ist nicht nötig.« Sie dreht sich zu mir um, und ich meine, einen harten Zug in ihrem Gesicht zu erkennen. »Wir haben ja auch ein neues Mitglied hier in der Gruppe. Ich glaube absolut nicht, dass du mit den Medien gesprochen hast, Siri, ich möchte dich nur noch einmal bitten, vorsichtig mit dem zu sein, was du erzählst. Ich weiß aus eigener Erfahrung, dass das schwer sein kann, bis man sich an diese Arbeit gewöhnt hat.« Carin nickt kurz und schaut dann auf ihren Notizblock.

Erst jetzt sehe ich, dass von ihrem Haargummi kleine Plastikpferde baumeln. Bestimmt gehört es ihrer Tochter.

»Denk daran, dass wir immer da sind, wenn du mit jemandem sprechen möchtest, Siri«, fügt sie hinzu. »Denn wir sind die Einzigen, mit denen du über diese Dinge sprechen *darfst*. Verstehst du? Wir sind deine neuen besten Freunde.«

Ich nicke, sage aber nichts. Ich fühle mich nicht wohl in meiner Haut. Es ist mir unangenehm, so vorgeführt zu werden. Ich sehe meine Kollegen an – vielleicht, um mich ihrer Unterstützung zu versichern –, aber sie mustern mich nur mit ernster Miene und nicken, als seien sie derselben Meinung wie Carin.

Dann tippt sie mit ihrem Stift auf den Tisch. »Aber genug davon. Ich habe auch einige neue Informationen von Lindell und Shirin erhalten. Sie haben sich ein Bild vom Leben der Opfer gemacht und finden absolut keine Berührungspunkte zwischen Jussi Ståhl und Johan Ebbehammar oder dessen Familie – weder sozialer noch beruflicher Art. Dieses Ergebnis und die unterschiedliche Herangehensweise bei den Morden lassen sie darauf schließen, dass es sich durchaus auch um zwei verschiedene Täter handeln könnte.«

»Mit derselben Waffe?« Örjan macht ein skeptisches Gesicht.

»Ich weiß«, seufzt Carin. »Das müsste heißen, dass die Tatwaffe nach dem Mord an Jussi weitergereicht wurde und dass jemand anderes sie gekauft und dann Lukas damit erschossen hat. Außerdem müsste die Person die gleiche Munition verwendet haben. Nicht gerade wahrscheinlich, was? Das ist ihnen auch klar, aber sie finden die Alternative wohl ebenso unglaublich – ein Verrückter, der grundlos und auf unterschiedliche Weise mordet. Jedenfalls sprechen sie gerade mit verschiedenen Kontakten und Informanten aus dem kriminellen Milieu, die vielleicht etwas über den Stockholmer Waffenmarkt wissen könnten.«

»Den Stockholmer Waffenmarkt? Gibt's so was? Klingt ein bisschen nach Supermarkt.« Meine Frage rutscht mir heraus, ohne dass ich darüber nachgedacht habe, wie naiv sie für die anderen klingen muss. Aber keiner von meinen neuen Kollegen lacht.

»Es gibt für alles einen Markt«, sagt Örjan und schaut mich an, ohne auch nur die Augenbrauen zu heben. »Nicht nur für offensichtliche Dinge wie Waffen und Drogen, sondern auch für alles andere.« Er zuckt mit den Schultern, und sein Blick wandert zur Decke hoch, als versuche er, sich an etwas zu erinnern. »Kinderprostitution, vom Aussterben bedrohte Tiere und amputierte Körperteile – nur mal so als Beispiel.«

»Hast du Lindell gesagt, dass wir glauben, dass es derselbe Täter war?«, fragt Jimmy.

»Natürlich. Und es ist selbstverständlich, dass sie diese Hypothese auch weiter im Auge behalten. Ein einsamer Irrer. Aber egal. Sie haben sich das Bedrohungsbild gegen Jussi Ståhl genauer angesehen. Als Erstes haben sie mit dieser Frau gesprochen, die bei ihm gearbeitet hat, Anna Carlsson. Sie hatte sich von ihm dreihunderttausend geliehen, die sie nicht zurückzahlen konnte.«

»Die mit den Mahnungen?«, fragt Jimmy und stopft sich einen Priem unter die Oberlippe.

»Nicht weniger als *elf*«, sagt Örjan.

Carin nickt. »Ja, die. Sie ist offenbar am Boden zerstört, weil das mit Jussi passiert ist. Den Kollegen nach steht sie kurz vor einem Nervenzusammenbruch. Und sie hat ein Alibi. An dem Abend, an dem Jussi ermordet worden ist, war sie bei einem AA-Treffen mit Übernachtung in Västerås.« Carin blättert in ihrem Block. »Sie haben auch überprüft, was der Lebensgefährte, Miguel, erzählt hat, dass Jussi bedroht wurde. Es stimmt offenbar. Es hat im Internet allerlei Drohungen und Beschimpfungen gegeben. Aber wie üblich haben die bei den übelsten Kommentaren ihre Identität verborgen. Die Techniker können sie sicher ausfindig machen, aber das dauert einige Tage.«

»Das war kein Internethetzer.« Vijay, der bisher geschwiegen hat, beugt sich über den Tisch und schaut Carin eindringlich an. »Das hier wirkt viel persönlicher. Und wir haben es auch nicht mit einem psychotischen Täter zu tun, der Gespenster oder Trolle jagt. Das hier ist ein intelligenter Mensch, der seine Verbrechen sorgfältig plant und genau weiß, was er will.«

Carin nickt. »Das habe ich auch gesagt.«

»Und was sagt Lindell dazu?« Vijay lässt Carin nicht aus den Augen.

»Er sagt, was ich schon berichtet habe. Dass es keinen Zusammenhang zwischen den Opfern gibt.«

Vijay schüttelt langsam den Kopf.

»Es *muss* einen Zusammenhang geben. Wir haben ihn nur noch nicht gefunden.«

Nur Carin und ich sind noch im Büro. Ich habe meine Sachen zusammengesucht, einige Vernehmungsprotokolle in meine abgenutzte Stofftasche gesteckt und will gerade gehen. Der süßliche Geruch verfaulter Bananenschalen liegt in der Luft und erinnert mich daran, wie lange ich schon nichts mehr gegessen habe.

Ich kann Carin durch die Glastüren sehen. Sie sitzt in scheinbar tiefer Konzentration vor ihrem Computer. Als ich aufstehe, klingelt das Telefon neben mir auf dem Tisch. Mein erster Impuls ist, es einfach klingeln zu lassen. Ich komme ohnehin zu spät nach Hause und kann jetzt nicht mehr telefonieren. Nach kurzem Zögern entscheide ich mich dann aber doch, zu antworten.

Ein Mann mit heiserer Stimme und deutlichem Stockholmer Akzent stellt sich als Sebastian Höeg vor und fragt nach Vijay.

»Der ist vor einer halben Stunde gegangen. Sicher ist er morgen früh wieder hier. Versuchen Sie es dann noch einmal.«

Es ist eine Weile still, und ich kann im Hintergrund Musik spielen hören.

»Könnten Sie mir seine Mobilnummer geben?«

»Tut mir leid. Private Nummern dürfen wir nicht herausgeben. Aber rufen Sie einfach morgen gegen neun wieder an.«

Ich nehme meine Stofftasche in die Hand und will auflegen.

»Es ist bloß, dass…« Er klingt unsicher, als ob er nicht richtig wüsste, wie er sich ausdrücken soll, und ich denke, dass es sich um etwas Persönliches handeln könnte. Vielleicht ist Sebastian ein Liebhaber oder ein Freund von Vijay.

»Warten Sie einen Moment«, sagt er, und gleich darauf verstummt die Musik.

Ich setze mich wieder und frage mich, wie lange dieses Gespräch wohl noch dauern wird. Vor dem Fenster hat sich der Himmel dunkelblau gefärbt. Der Abend senkt sich über Stockholm, und ich weiß, dass ich schon längst zu Hause sein sollte, dass Markus und Erik vermutlich bereits gegessen haben.

»Es ist nur, dass ich glaube, dass das hier wichtig sein könnte. Es geht um den Mord an Jussi Ståhl und an diesem… Vierjährigen.«

Ich greife zu meinem Notizblock und überlege einen Moment.

»Das Beste wäre sicher, wenn Sie mit der Ermittlungsgruppe sprechen«, sage ich. »Ich kann Sie gleich durchstellen. Rufen Sie einfach wieder in der Zentrale an, wenn ich aus Versehen die Verbindung unterbreche.«

»Nein, warten Sie. Ich kenne Vijay. Oder, besser gesagt, sind wir uns schon einmal begegnet. Ich möchte lieber mit ihm reden.«

Ich überlege. »Ich könnte ihm etwas ausrichten«, sage ich. »Ich kann ihn später heute Abend anrufen.«

»Arbeiten Sie auch an den Morden?« Er klingt skeptisch, als sei er sich nicht sicher, ob ich genug Kompetenz besitze, um mit seiner Information richtig umgehen zu können.

»Ja, ich arbeite an den Morden. Zusammen mit Vijay. Wir kennen uns schon, seit wir vor tausend Jahren zusammen Psychologie studiert haben.«

Ich weiß nicht, warum ich das alles erzähle, aber auf irgendeine Weise scheint Sebastian sich jetzt weniger unsicher zu fühlen, denn er seufzt und sagt dann: »Es geht um den Vater dieses kleinen Jungen, der erschossen worden ist – Johan Ebbehammar. Es ist bloß, dass ich ihn vor langer Zeit gekannt habe. Wir haben damals einen ganzen Sommer zusammen in Spanien verbracht. Er war mit einem Kumpel von mir zusammen, Jens hieß der. Und als ich über die Morde gelesen habe, dachte ich, dass es da vielleicht einen Zusammenhang gibt. Dass irgendwer Schwule erschießt. Ja, das klingt ein bisschen verrückt. Aber ich dachte, ich sollte es Vijay gegenüber wenigstens erwähnen.«

»Moment mal. Wollen Sie damit sagen, dass Johan Ebbehammar homosexuell ist?«

»Schwul, bi, hetero. Fragen Sie mich nicht. Die Leute scheinen ihre sexuelle Identität heutzutage fast so oft zu wechseln wie ihre Unterhosen. Aber damals, in Spanien, war er jedenfalls mit Jens zusammen.«

»Wann war das?«

»Das muss fünfundneunzig gewesen sein. Nein, sechsundneunzig, im Sommer.«

»Jens, sagen Sie? Wie heißt er weiter?«

»Das weiß ich nicht mehr. Ich habe ihn seit Jahren nicht mehr gesehen. Es war jedenfalls ein ganz normaler Name.«

»Wie *normal*? Wie Svensson oder Andersson?«

»Nein.« Sebastian klingt unsicher. »Ich weiß es nicht mehr. Normal eben. Sandberg oder Sandström oder so.«

»Na gut. Danke, Sebastian. Ich rufe Vijay sofort an.«

Ich notiere seine Telefonnummer und lege auf, spüre, wie mein Herz loshämmert. Als ich zu Carin hinübergehe, ist es draußen noch etwas dunkler geworden.

»Ja?«, fragt sie, ohne vom Bildschirm aufzublicken. Ihre Haare hängen lose herunter, sie hat das kleine Gummi mit den Pferdchen in der Hand und rollt es zwischen den Fingern hin und her wie einen Rosenkranz.

»Johan Ebbehammar hat uns angelogen«, sage ich. »Er hatte Mitte der neunziger Jahre eine Beziehung mit einem Mann.«

Sanftes blaues Licht hat sich über das weiße Haus mit der Glasveranda gesenkt. Ich öffne die Autotür und steige hinaus in den Sommerabend, atme den Duft von Lavendel und trockenem Gras ein. In der Ferne höre ich eine Möwe schreien.

»Meinst du, wir dürfen sie so spät noch stören?«

Vijay zuckt mit den Schultern. »Sie werden doch sicher alles tun, um zu helfen, Lukas' Mörder zu finden.«

Ich blicke zum Haus hinüber. Das kleine Kinderfahrrad lehnt noch immer an der Hauswand, als ob nichts passiert wäre. Als ob Lukas noch immer leben und morgen früh aus dem Haus gerannt kommen würde, um sein Rad zu holen.

Langsam gehen wir auf die Haustür zu. Kies knirscht unter unseren Füßen. Die Blätter des großen Hortensienstrauchs sind schlaff, die Großteil der weißen Blüten ist heruntergefallen, sodass der Boden unter dem Busch aussieht wie verschneit.

Vijay klingelt. Nach einigen Sekunden höre ich Schritte, und die Tür wird von einer Frau in Latzhose und T-Shirt geöffnet. Sie sieht müde aus und hält ein Weinglas in der Hand.

»Entschuldigen Sie die Störung«, sagt Vijay und klingt aufrichtig betroffen. »Wir kommen von der Polizei. Könnten wir kurz mit Ihrem Mann sprechen?«

Die Frau sieht demonstrativ auf ihre Armbanduhr und nickt dann wortlos. Als sie sich umdreht, schwankt sie und verschüttet ein wenig Wein auf den Boden. Anscheinend ist sie angetrunken.

Johan taucht hinter ihr in der Diele auf, er trägt eine Trainingshose und ein fleckiges Polohemd. Auch er hält ein Glas Rotwein in der Hand. Er kommt auf uns zu, ohne etwas zu sagen.

»Entschuldigen Sie die Störung«, setzt Vijay an.

»Haben Sie ihn gefasst?«

Ich ahne etwas Verzweifeltes in seinem Blick und schäme mich plötzlich. Ich schäme mich, weil wir eine trauernde Familie am späten Abend stören. Ich schäme mich, weil wir Johan fragen werden, wen er geliebt und mit wem er Sex gehabt hat. Aber vor allem schäme ich mich, weil wir den Täter noch nicht gefasst haben, weil wir ihm nicht das Einzige geben können, worauf es ihm ankommt. Das Einzige, was ihm eine Art von Frieden verschaffen könnte.

»Wir müssen reden«, sagt Vijay. »Dürfen wir reinkommen? Oder machen wir einen Spaziergang?«

Johan sieht ihn ausdruckslos an, als sei die Frage zu kompliziert, um sich dazu zu äußern.

Vijay berührt vorsichtig seinen Arm. »Kommen Sie, wir gehen eine Runde.«

Wie ein gehorsames Kind schlüpft Johan in ein Paar Holzschuhe, das neben der Tür steht, und steigt mit dem Weinglas in der Hand die Treppe vor dem Haus hinunter. Vijay nimmt ihm das Glas vorsichtig weg und reicht es der Frau in der Latzhose, die in die Tür getreten ist.

»Wir müssen nur kurz reden. Wir sind bald wieder da«, sagt Vijay.

Die Frau nimmt das Glas und sagt noch immer nichts.

Wir gehen den Hang hinab zum Wasser. Aus der Ferne kann ich ein Motorboot hören, das in Richtung Mälar verschwindet. Der Geruch von gegrilltem Fleisch liegt in der Luft, aber weit und breit ist kein Mensch zu sehen.

»Ein alter Freund von Ihnen hat sich bei uns gemeldet, ein gewisser Sebastian Höeg«, sagt Vijay.

Johan zuckt mit den Schultern. »Den kenne ich nicht.«

»Offenbar haben Sie den Sommer sechsundneunzig zusammen auf Mallorca verbracht.«

Johan bleibt abrupt stehen und dreht sich zu Vijay um. »Und?«

Vijay legt ihm die Hand auf den Arm. »Sie haben uns gesagt, Sie seien hetero, oder? Sebastian hat uns allerdings erzählt, dass Sie in jenem Sommer eine Beziehung zu einem Mann namens Jens hatten.«

Johan schüttelt Vijays Hand ab. »Ich bin nicht schwul, ist das klar?« Sein Ton klingt bestimmt und ist voll von unterdrücktem Zorn.

»Es kommt durchaus häufiger vor, dass man unterschiedliche Arten von sexuellen Beziehungen hat. Vor allem als Teenager. Viele brauchen Zeit, um ihre sexuelle Identität zu finden, und für uns ist es eigentlich völlig uninteressant, ob Sie sich als bi oder hetero definieren. Aber für den Täter kann es wichtig sein. Deshalb fragen wir.«

Johan dreht sich um und geht weiter die Straße hinunter. Seine Holzschuhe klappern über das Pflaster. Wir folgen ihm.

»Sie haben sicher gehört, dass Ihr Sohn und Jussi Ståhl mit derselben Waffe ermordet worden sind«, sage ich.

»Natürlich. Es steht ja in jeder Zeitung. Außerdem hat dieser Polizist, Lindell, angerufen und mir davon erzählt. Er wollte es so drehen, als ob ich Jussi auf irgendeine Weise gekannt hätte. Absurd. Wir haben ganz unterschiedliche Leben geführt. Wir hatten keine Gemeinsamkeiten. *Überhaupt* keine!«

»Sind Sie sich da so sicher?«, frage ich.

Johan bleibt wieder stehen. Dann macht er einen Schritt

auf einen Zaun zu, der den Bürgersteig von einem Grundstück trennt. Er geht in die Hocke, lehnt sich mit dem Rücken daran und schlägt die Hände vors Gesicht.

Ich sehe Vijay an, der in den dunkler werdenden Himmel starrt, wo mehrere Schwalben durch die Luft jagen. Sogar er, der sonst mit allen Situationen fertigzuwerden scheint, der immer eine gute Antwort parat hat, scheint plötzlich hilflos. Ich hocke mich neben Johan. Ich denke nicht daran, dass meine weiße Hose schmutzig werden wird, und lehne mich an den Zaun. Der Asphalt ist noch immer warm von der sengenden Sonne des Tages.

»Ich bin *nicht* schwul.«

»Na gut«, sage ich. »Sie sind nicht schwul. Aber Sie hatten in jenem Sommer eine Beziehung zu einem Mann.«

Eine Weile ist es still.

»Es ist so lange her. Ich hatte es fast schon vergessen.«

»Wann war Schluss?«

»Im Herbst desselben Jahres. Ich bin zum Studium nach Linköping gegangen. Danach … hatte ich noch einen Freund – ein Jahr später. Seither war ich nur noch mit Frauen zusammen.«

»Wie hieß dieser Jens mit Nachnamen?«

»Weiß ich nicht mehr.«

»Aber das müssen Sie doch noch wissen!«

»Muss ich das? Es ist doch fast … zwanzig Jahre her. Zwanzig verdammte Jahre. Ich weiß nicht mehr, wie er hieß, und ich weiß nicht mehr, wie er aussah. Ich weiß nur, dass er ein verdammter Riesenirrtum war.«

»Wissen Ihre Familie und Ihre Freunde, dass Sie Beziehungen zu Männern hatten?«

Er dreht sich zu mir um und sieht mich an, als ob ich gerade irre geworden sei.

»Natürlich *nicht*. Niemand weiß davon. Nicht einmal Cilla.«

Auf der Rückfahrt in die Stadt rufe ich Carin an und erzähle ihr von unserem Gespräch mit Johan. Aber statt einer positiven Reaktion höre ich aus ihrer Stimme Verärgerung.

»Ihr seid eigenmächtig losgefahren, um mit ihm zu sprechen? Und dann habt ihr ihm auch noch neue Informationen weitergegeben? Das ist Lindells Aufgabe. Es ist so wichtig, die Rollen auseinanderzuhalten, wenn du diesen Job gut machen willst, Siri. Lindells Gruppe ermittelt. Wir beraten sie dabei. Wir starten keine Eigeninitiativen. Jetzt wird Lindell sauer sein, und ich werde den Dreck hinter euch wegräumen müssen.«

»Aber wir hatten doch schon einmal mit dem Zeugen gesprochen. Wir wollten uns nur ein klareres Bild von Johan Ebbehammar machen.«

»Wie gesagt. Nächstes Mal redest du zuerst mit mir, in Ordnung?«

»Sicher. Aber das war doch wohl nicht so schlimm? Morgen können Lindell und seine Leute noch einmal mit ihm sprechen.«

Carin seufzt. »Das werden wir sehen. Und noch etwas, über das hier musst du absolutes Stillschweigen behalten. Die Verbindung darf auf keinen Fall durchsickern. Die Medien würden sich sonst darin suhlen – und dann hätten wir wirklich Probleme.«

Das traurige Herz – 1996

Sein Vater stand mit verschränkten Armen im Wohnzimmer.

»Den Couchtisch nicht!«, sagte er.

»Ich weiß«, antwortete Jens und wandte sich ab.

Tatsache war, dass es ihm schwerfiel, den Blick seines Vaters auszuhalten. Er sah so elend und eingesunken aus, wie er dort an der alten eingerissenen Seegrastapete lehnte. Warum hatten sie das Wohnzimmer eigentlich nie neu tapeziert? Jetzt, da die Möbel hinausgetragen waren, sah er, in was für einem traurigen Zustand die Wände waren. Lange Seegrasfäden hingen wie Spinnweben von der Wand, und die Sofas hatten an den Wänden Abdrücke hinterlassen, die Jens an die Schatten der in Hiroshima in die Hausmauern eingebrannten Menschen erinnerten. Wir hätten die Tapeten runterreißen, die Wände spachteln und in einer hellen Farbe anstreichen sollen, dachte er. Das hätte alles belebt. Aber andererseits hätten sie so vieles tun müssen, woraus nichts geworden war. Dinge, die wichtiger waren, als die Wohnung zu renovieren, wie zum Beispiel, darüber zu sprechen, wie sehr sie einander liebten. Damals, als das noch der Fall gewesen war, natürlich.

Jens hob gerade den letzten Karton hoch, als Johan zur Tür hereinkam. Seine muskulösen Arme waren noch immer sonnengebräunt, obwohl sie schon vor mehreren Wochen aus Spanien zurückgekommen waren. Jens' eigene Haut hatte sich gepellt und war einige Tage nach seiner Heimkehr zu ihrem milchweißen Normalzustand zurückgekehrt.

Auch Sebastian hatte angerufen und seine Hilfe angeboten, aber Jens hatte dankend abgelehnt. Er war sogar ein wenig genervt gewesen. Sebastian rief oft an. Vielleicht zu oft. Manchmal hatte Jens außerdem das Gefühl, dass Sebastian ihn lieber allein treffen wollte, denn häufig meldete er sich gerade dann, wenn Johan verreist oder anderweitig beschäftigt war.

»Das hier ist der letzte Karton«, sagte Jens.

»Ich nehme ihn«, sagte Johan und nahm ihm den Karton scheinbar ohne jede Anstrengung aus den Armen. Dann drehte er sich um und ging auf die Wohnungstür zu.

»Du kannst Mama ausrichten, dass sie wirklich hätte raufkommen und guten Tag sagen können«, sagte sein Vater.

»Sicher«, antwortete Jens, ging zum Fenster und sah auf die Straße hinunter.

Seine Mutter lehnte an dem kleinen Umzugswagen, den sie an der Tankstelle gemietet hatten. In diesem Moment kam Johan aus dem Haus und packte den Karton ins Auto. Die Mutter kehrte ihm demonstrativ den Rücken zu und starrte vor sich hin.

»Der arme Johan«, sagte Papa. »Das hättest du ihm wirklich nicht zuzumuten brauchen.«

Jens hatte nicht bemerkt, dass sein Vater ebenfalls ans Fenster getreten war, nun aber sah er ihn an. Die Haut in seinem Gesicht sah ledrig aus, und die Furchen, die sich über seine Wangen zogen, erinnerten ihn an ein vom Flugzeug aus betrachtetes Flussdelta.

»Irgendwann muss sie sich daran gewöhnen«, sagte Jens.

»Ich hätte doch auch helfen können. Ich habe es angeboten, aber auf mich hört ja nie jemand. Ich habe Monica gesagt, dass es mir gar nichts ausmachen würde, ihr beim Umzug zur Hand zu gehen, aber sie musste mal wieder irgendwas beweisen. Vermutlich, dass sie ohne mich viel besser zurechtkommt. So ist es doch – im Moment wärt ihr mich am liebsten alle beide los, nicht wahr?«

Und plötzlich war es wieder da, dieses Gefühl, die Situation erklären, sich rechtfertigen zu müssen. Die Mutter zu verteidigen. Die Wogen zu glätten, sozusagen. Und das Gefühl, alles liege in *seiner* Verantwortung.

»Sie wollte dir sicher die Mühe ersparen.«

Papa schnaubte, gab jedoch keine Antwort.

»Johan und ich hatten sowieso nichts Besonderes vor«, sagte Jens vorsichtig.

»Du und Johan, ist das was Ernstes?«

Er wusste nicht, was er darauf antworten sollte. Er wusste nur, dass er mit seinem Vater nicht über dieses Thema diskutieren wollte. »Ernst? Nein«, sagte er. »Absolut nicht. Er ist nur ein …«

»*Was?*«, fragte eine Stimme von der Wohnungstür her.

Er drehte sich um und begegnete Johans Blick, diesem traurigen Hundeblick, den er so gut kannte. Jens verfluchte sich wegen seiner Unvorsichtigkeit. Jetzt würde er den halben Abend damit verbringen müssen, Johan zu erklären, warum er das gesagt und dass er es doch gar nicht so gemeint hatte.

Sein Vater sagte noch immer nichts. Er hatte den Blick gehoben und schien die grauen Wolkenfetzen zu betrachten, die sich gegenseitig über den Herbsthimmel jagten.

»Ich muss jetzt los«, sagte Jens, ohne Johan aus den Augen zu lassen.

Der Vater nickte, trat mit offenen Armen auf ihn zu und zog ihn in eine lange, steife Umarmung.

Jens war überrascht. Er konnte sich nicht daran erinnern, dass sein Vater ihn jemals umarmt hätte. Er war einfach nicht so gefühlsbetont. Natürlich konnte er über Gefühle *reden* –

das war sein Metier –, aber das spielte sich stets auf der intellektuellen Ebene ab. Wenn er genauer darüber nachdachte, dann war sein Vater ein überaus zurückhaltender Mensch. Jens erwiderte die Umarmung. Sein Vater roch nach ungewaschenen Haaren und Zigarettenrauch, und aus unerfindlichen Gründen ließ das den Kloß in Jens' Hals noch weiter anwachsen, als ob auch hierfür die Schuld bei ihm läge.

Dann ließ ihn sein Vater los, trat einen Schritt zurück und verschränkte abermals die Arme vor der Brust. Er sah jetzt wieder so aus wie immer, als ob die unerwartete Liebesbekundung nur Einbildung gewesen sei. »Wir telefonieren«, sagte er kurz.

Jens nickte, zögerte einen Moment und streifte dann die Schulter seines Vaters mit der Hand, ehe er zu Johan ging.

»Das hat aber gedauert«, sagte Mama, als sie nach unten kamen, und verzog ärgerlich den Mund.

Jens zuckte mit den Schultern. Johan setzte sich auf den Bordstein und steckte sich wortlos eine Zigarette an. Er schaute Jens mit ausdruckslosem Blick an.

»Was hat er gesagt?«, fragte die Mutter und legte Jens eine Hand auf den Unterarm.

»Ach, nichts Besonderes. Nur, dass ich dich grüßen soll.«

Die Mutter sah ihn skeptisch an. »Wie geht es ihm denn? War er … gefasst?«

»Sicher. Es geht ihm gut. Er wollte nur nicht, dass du den Couchtisch mitnimmst.«

Die Mutter schnaubte und ließ ihn los. Sie sah zur Kreuzung hinüber und kniff die Augen gegen den Wind zusammen. Trockene Blätter, die die Straße entlangtanzten, erinnerten daran, dass der Herbst im Anzug war. »Typisch Lars. Ich weiß gar nicht, wie oft wir uns um diesen verdammten

Couchtisch gestritten haben, aber ich will ihn nicht mehr. Kein Gegenstand ist so viel Ärger wert. Fahren wir?«

Während sie in den Wagen stieg, blickte Jens hoch. Er war sich nicht sicher, glaubte aber, hinter dem Wohnzimmerfenster einen Schatten gesehen zu haben.

Die Mutter ließ den Motor an, und der Wagen machte einen Satz nach vorn.

»Huch! Ich bin an Automatik gewöhnt«, murmelte sie. »Es wäre vielleicht besser, wenn einer von euch …«

»Ich kann fahren«, bot Johan an und sprang aus dem Wagen. Jens hatte das Gefühl, dass er das nur tat, um nicht neben ihm sitzen zu müssen.

»Danke«, murmelte die Mutter kurz, stieg aus und setzte sich neben Jens.

Aus dem Augenwinkel konnte er sehen, dass Johan ihm einen langen Blick im Rückspiegel zuwarf. Verlegenes Schweigen machte sich breit.

»Bald wird es richtig Herbst«, sagte Jens, um irgendein Gespräch in Gang zu bringen und die unbehagliche Stille im Wagen zu beenden.

»Ich spiele mit dem Gedanken, ab Herbst Medizin in Linköping zu studieren«, sagte Johan, drehte sich zu ihm um und schenkte ihm ein strahlendes Lächeln, das seine perfekten weißen Zähne zeigte.

Jens war wie gelähmt. Studieren? In Linköping? Das hatte Johan noch nie erwähnt. Sie hatten überhaupt noch nicht über den Herbst gesprochen, aber er war davon ausgegangen, dass sie beide in Stockholm bleiben würden.

»Linköping«, sagte er. »Davon hast du noch nie erzählt.«

Johan warf ihm einen düsteren, schwer zu deutenden Blick zu. »Du wolltest doch nach London. Oder New York. Weißt du das nicht mehr?«

»Hast du denn einen Studienplatz?«, fragte Jens.

Johan nickte, ohne den Blick von der Fahrbahn zu lösen, während sie in einen Tunnel fuhren.

Barmherzige Dunkelheit senkte sich über das Auto. In Jens' Kopf herrschte das reinste Chaos, als ob tausend Menschen gleichzeitig darin herumkreischten. Aus Angst, sein Kopf könnte durch den Druck platzen, wenn er nicht dagegenhielte, drückte er die Hände gegen die Schläfen. Es ist genau wie bei Jussi, dachte er. Alles geht zum Teufel – genau wie bei Jussi. Und wieder musste er daran denken, wie Jussi mit nacktem Unterleib im Schneematsch auf der Straße gestanden und ihn angefleht hatte, zurückzukommen. Er schüttelte den Kopf, als ob das die Erinnerung dazu bringen könnte, ihn loszulassen und zu verschwinden. Und als das nicht klappte, schrie er laut auf.

Siri

Markus und Erik schlafen noch, und ich bewege mich vorsichtig, um sie nicht zu wecken. Ich schleiche lautlos die Treppe hinunter und setze mich auf einen der abgenutzten alten Holzstühle in der Küche. Es ist windstill, und die Bucht ist spiegelglatt, nicht die kleinste Welle ist zu sehen. Einige Schwalben huschen über den Himmel, aber ansonsten ist alles still. Ich fülle einen Teller mit Joghurt und Müsli, koche mir einen Kaffee und schalte dann meinen Rechner ein.

Wie jeden Morgen fange ich damit an, die eingegangenen Mails darauf durchzusehen, ob Ainas Name auftaucht. Das ist nicht der Fall, und ich merke, wie ich mich entspanne, wie meine Schultern nach unten sinken und sich in meinem Körper ein Gefühl von Gelassenheit ausbreitet. Dann lese ich eine Mail meiner Eltern, die sich gerade in Frankreich aufhalten und schreiben, dass das Wetter in Schweden besser ist, um danach viele Küsse von Oma und Opa an Erik zu schicken. Sie haben ein Bild mitgeschickt, auf dem sie auf einem Golfplatz posieren, wie ich vermute. Papa hält einen Schläger in der Hand, seine Haut ist ledrig und dunkel, die Haare weiß. Mama trägt eine große Sonnenbrille und eine Golfmütze. Neben ihnen steht eine rotweiße Golftasche voller Schläger. Ich betrachte das Foto mit gemischten Gefühlen. Ich freue mich darüber, dass sie die goldenen Jahre, von denen so viele Rentner nur träumen, wirklich genießen können. Sie sind unglaublich gesund, und ihr Haus in Huddinge ist verkauft, was ihnen ausreichend Geld auf der Bank beschert hat. Jetzt reisen sie abwechselnd durch die Weltgeschichte und renovieren die Kate in den Wäldern von Sörmland. Aber sie fehlen mir. Ich wünschte, sie kämen häufiger zu Besuch. Um Erik zu sehen. Obwohl Markus' Eltern in Kalix wohnen, treffe ich sie häufiger als meine eigenen.

Ich lese weiter. Meine jüngere Schwester fragt, ob wir sie auf Gotland besuchen kommen, wenn wir uns von der Arbeit loseisen können. Eine alte Freundin, die ich ewig nicht mehr gesehen habe, lädt uns für den August zum Festmahl mit frischen Krebsen ein.

Mein Mobiltelefon piept, und ich sehe, dass eine SMS von Vijay eingegangen ist. Da stehen nur zwei Wörter: *Aftonbladet lesen!*

Noch ehe ich die Seite aufgerufen habe, weiß ich, dass ich eigentlich nicht lesen will, was immer dort stehen mag. *Sie wurden ein Opfer ihrer Liebe.* Die Schlagzeile ist fett gedruckt, aber dominiert wird die Seite von einem Bild des lächelnden Jussi Ståhl neben einem verschwommenen Lukas Ebbehammar. Ich versuche, mir klarzumachen, was ich da sehe. Versuche zu verstehen. Jemand mit tiefem Einblick in unsere Ermittlungen hat wieder Infos an die Presse weitergegeben. Ich denke an Johan Ebbehammar. Seine Abneigung und seine Zweifel, als es darum ging, über sein früheres Leben zu sprechen. Über das Leben, das geheim war und über das nicht einmal seine Frau Cilla Bescheid wusste. Und jetzt werden dieses ganzen privaten Details plötzlich in den Boulevardzeitungen breitgetreten. Ich überfliege den Artikel und sehe, dass dort fast alles steht, worüber wir in der Gruppe diskutiert haben. Die Tatsache, dass die Morde miteinander in Verbindung stehen könnten, und der Verdacht, dass Johan und nicht Lukas das vom Täter geplante Opfer gewesen sein könnte. Dass sowohl Jussi als auch Johan Beziehungen zu Männern hatten. Und dass die Polizei im Moment noch keine Verdächtigen hat. Unter der schreienden Überschrift *Hassverbrechen* steht ein Artikel, der ungefähr dasselbe sagt wie der in *Aftonbladet*, aber mit einem Infokasten zum Thema Hassverbrechen und einem kurzen Interview mit einem Sprecher des Lesben- und Schwulenverbandes, der diese Art von Verbrechen scharf verurteilt.

Mir ist klar, dass die Tatsache, dass so viele Informationen an die Medien durchgesickert sind, für die Ermittlung tödlich sein muss, aber im Artikel steht auch noch etwas anderes, das mich unangenehm berührt. Die unverhohlene Sensationshascherei und der hysterische Ton, aber auch der Triumph darüber, die Informationen unter die Leute bringen zu können. Als ob die Medien feierten, dass im Sommerloch endlich auch einmal etwas passiert ist, das die Menschen wieder zu den Zeitungskiosken treibt.

Ich höre Markus auf der Treppe, und als ich mich umdrehe, steht er vor mir. Seine Haare sind zerzaust, und er ist nur mit einer Badehose bekleidet.

»Ich wollte schwimmen gehen, ehe Erik aufwacht.« Er klingt noch müde und reibt sich die Augen wie ein gerade erwachtes Kind.

»Sieh mal.« Ich drehe den Laptop zu ihm hin, und er beugt sich vor. Er überfliegt den Artikel und sieht mich dann an.

»Verdammt, Siri. Ist dir klar, wo du da reingeraten bist?« Er klingt fast wütend, als ob ich die geheimen Kontakte zu *Aftonbladet* unterhielte.

»Ich weiß. Es ist schrecklich.« Ich schüttele den Kopf, um klarzustellen, dass ich weiß, was das hier für eine Katastrophe ist.

»Das wird eine neue Lasermann-Affäre. Ein Mörder, der

Homosexuelle erschießt, ihnen das Herz herausreißt und aus Versehen ein Kind umbringt. Oh, verdammt. Aber wenn du mit der TP-Gruppe die Sache aufklären kannst, ist natürlich dein Glück gemacht.« Seine Überraschung ist in etwas anderes umgeschlagen. Neid vielleicht. »Da hast du die goldene Gans geschossen«, fügt er hinzu. »Vijay bringt dich in die TP, und schon nach wenigen Tagen fällt dir das Verbrechen des Jahres in den Schoß. Das ist einfach unglaublich. Du bist ja nicht mal … Polizistin.«

Markus' Verärgerung ist deutlich spürbar, aber ich merke, dass ich mich damit jetzt nicht beschäftigen will. Ich habe keine Lust, den Tag mit einem Streit zu beginnen. Stattdessen versuche ich es mit einer Ablenkung, damit Markus an etwas anderes denkt als die mögliche Ungerechtigkeit, die darin liegt, dass seine Freundin, die nicht einmal Polizistin ist, bei der Ermittlung des »Verbrechens des Jahres« mitwirken darf. »Was haben du und Erik heute vor?«

Markus' Urlaub hat gerade angefangen, und vor ihm liegen vier freie Wochen. Eigentlich hätte ich auch frei genommen, aber die Ermittlungen im Mordfall Jussi Ståhl haben mir einen Strich durch die Rechnung gemacht. Und irgendwo im tiefsten Herzen finde ich es auch schön, nicht den ganzen Tag mit Markus zusammen sein zu müssen.

»Wir bleiben wahrscheinlich hier, vielleicht fahren wir zum Einkaufen nach Gustavsberg, mehr aber nicht.« Er geht zur Anrichte und gießt sich Kaffee in einen angestoßenen blauen Becher, den ich verabscheue, den er aber unbedingt behalten will.

»Ich überlege, ob ich mit Erik zu Mama und Papa fahren soll. Du musst ja sowieso die ganze Zeit arbeiten, und … Na ja, so toll ist es für Erik auch nicht, immer nur hier zu Hause zu sein. Er braucht mehr. Abwechslung, meine ich.«

Ich denke darüber nach, was Markus gesagt hat. Will ich, dass sie fahren? Spielt es eine Rolle? Ich bin unsicher. Zugleich weiß ich, dass Markus recht hat. Für Erik ist es anstrengend, tagelang nur mit uns zusammen zu sein, und bei Oma und Opa passieren dauernd spannende Dinge. Vielleicht wäre ich dann auch mein schlechtes Gewissen los, weil ich meine Zeit statt mit ihnen in einem stickigen Raum im Polizeigebäude verbringe.

»Wir können heute Abend darüber reden. Ich muss jetzt los. Aber es wäre vielleicht nicht schlecht. Erik wäre sicher begeistert.« Ich bin aufgestanden und habe den Laptop zugeklappt. Ich weiß, dass ich mich beeilen muss, wenn ich rechtzeitig zur Morgenbesprechung im Büro sein will.

»Willst du schon los?« Markus sieht überrascht aus, als sei es ihm vollkommen neu, dass ich jeden Morgen um acht Uhr das Haus verlasse, damit ich um neun im Büro bin.

»Ich will nur noch schnell duschen, dann fahre ich.«

»Na gut. Da ist noch etwas.« Markus scheint mit sich zu hadern. Sein genervter Tonfall ist wie weggeblasen.

»Was?« Ich höre, dass ich ungeduldig klinge, aber ich muss los, und Markus' plötzliches Zögern geht mir auf die Nerven.

Er geht zur Kommode in der Diele und wühlt in der ungeöffneten Post. »Das ist gestern gekommen. Ich weiß ja nicht ... aber ich vermute, es ist von Aina.« Markus hält mir einen ganz normalen weißen Briefumschlag hin. Ich erkenne die verschlungene, unleserliche Handschrift sofort.

»Und? Ich will das nicht. Das weißt du doch. Wir haben schließlich oft genug darüber geredet.« Ich weiche vor Markus zurück.

»Aber irgendwann musst du auch mal damit aufhören, Siri. Deine beste Freundin hat Krebs, und du willst nicht einmal ihren Brief lesen.«

»Ich begreife nicht, wie du das sagen kannst. Du weißt doch, was sie getan hat.« Ich merke, dass ich langsam richtig wütend werde. Das hier ist ein Teil meines Lebens, in den Markus sich nicht einmischen sollte. Ein Teil, zu dem nicht einmal er Zutritt hat.

»Siri. Das ist vor vielen Jahren passiert. In einem anderen Leben. Jetzt hast du mich. Wir haben Erik. Ich kann ja verstehen, was das für ein Verrat für dich war, als sich Stefan und Aina als vollkommen andere Personen herausgestellt haben als die, für die du sie gehalten hast. Aber das war damals. Du hast mir versprochen, die Sache hinter dir zu lassen. Du hast gesagt, du hättest losgelassen, aber trotzdem kannst du ihr nicht verzeihen. Begreifst du nicht, dass mich das verletzt? Dass du damit unsere Beziehung klein machst?«

Markus sieht jetzt sehr ernst aus. Ich sehe den Schmerz in seinen Augen, und ich weiß, dass er vielleicht recht hat. Das Problem ist nur, dass ich nicht *will*, dass er recht hat. Ich will nicht mit Aina sprechen. Ich will ihr nicht verzeihen. Ab und zu wünschte ich, ich könnte sie ganz aus meiner Erinnerung löschen, denn das würde weniger wehtun. Und ab und zu wünsche ich mir auch das Allerverbotenste, nämlich, dass sie stirbt.

»Gib mir den Brief.« Ich strecke die Hand aus, und Markus reicht ihn mir. Er wiegt fast nichts. Ein Umschlag, ein Blatt Papier oder zwei. Das ist alles. Und doch weiß ich, dass er mein Leben verändern wird, wenn ich ihn öffne. Ich weiß nicht, wie, ich weiß nur, dass es passieren wird.

»Versprichst du mir, ihn zu lesen? Ihn nicht wegzuwerfen?«

»Ich verspreche gar nichts.« Ich drehe mich um und schaue auf die Wanduhr. Schon zehn nach acht. Die Dusche schaffe ich nicht mehr.

»Ich begreife auch nicht, warum Lindell uns immer anpöbeln muss.« Carin verdreht die Augen. »Aber, verdammt, Jimmy, führ dich nicht auf wie ein Kind. Lindell muss dafür geradestehen, dass die Medien durchdrehen. Da kann ich gut verstehen, dass er sich alle Mühe gibt, um die undichte Stelle zu schließen. Du siehst ja selbst…« Sie zeigt auf die Zeitungen auf dem Tisch, die alle ihre eigenen Theorien über den Mord aus sich herausschreien.

Es wird still in der Runde. Wir sind heute vollzählig. Sogar Juan Martina ist trotz der Hitze im Büro erschienen. In seinem hellen Leinenanzug sieht er genauso tadellos gepflegt aus wie bei unserer letzten Begegnung. Der weiße Spitzbart ist sorgfältig geformt, wie mit Gel oder Wachs modelliert. Ich finde es schön, dass Eitelkeit nicht nur für Frauen reserviert ist und dass sie außerdem mit zunehmendem Alter nicht abnehmen muss.

»Im Internet ist es noch schlimmer«, murmelt Carin und verbindet ihren Laptop mit dem Projektor.

Einige Sekunden später erscheint ihr E-Mail-Postfach auf der Leinwand hinten im Raum. Mein Blick bleibt an einer Mitteilung der Kinderkardiologie des Astrid-Lindgren-Kinderkrankenhauses hängen. *Information vor der Operation*, steht dort. Carin hat nichts davon gesagt, dass eins ihrer Kinder eine Operation braucht. Aber ich weiß ja, dass ihre Tochter das Downsyndrom hat. Ich wüsste gern, wie Carin das durchhält. Wie sie so hart arbeiten und sich zugleich um drei Kinder kümmern kann, von denen eins behindert ist.

Carin schließt das Fenster rasch und öffnet Flashback. Dann klickt sie einen Thread mit dem Titel *Schwulenmörder* an. »Lindell und ich sind das heute Morgen durchgegangen. Im Netz brodeln die Diskussionen über unseren Täter. Die Jungs von der Ermittlungsgruppe haben diesen Scheiß die ganze Nacht untersucht und meinen, dass ungefähr die Hälfte der Mails von Leuten stammt, die über diese Morde entsetzt sind, denen sie als ein weiterer Schritt in Richtung einer härteren, LGTB-feindlichen Gesellschaft erscheinen. Sie verlangen energischere Maßnahmen von Seiten der Polizei und größeres Engagement von Politikern und normalen Bürgern.« Carin verstummt.

»Du sagst, dass die *Hälfte* der Beiträge davon handelt«, sage ich. »Und die anderen?«

Carin lächelt traurig. »Die applaudieren laut und deutlich, weil sie Homosexualität für widernatürlich halten und meinen, Schwule hätten den Tod verdient. Einige finden es zwar schade, dass ein Vierjähriger auf der Jagd nach dem wirklichen Sünder ums Leben gekommen ist, aber die meisten gehen überhaupt nicht darauf ein.«

»Wer schreibt so was denn eigentlich?« Meine Stimme ist unsicher, als ich die Frage stelle.

Jimmy erwidert meinen Blick und nickt langsam, als habe er meine Gedanken verstanden und wolle seine Zustimmung signalisieren.

»Ach, das sind die üblichen Internethetzer«, sagt Carin mit müder Stimme. »Es sind nicht so viele wie auf der Gegenseite, aber sie sind viel lauter. Und sie schreiben pro Person mehrere Beiträge. Die meisten von ihnen sind junge Männer, die an den Umgang mit Computern gewöhnt sind. Aber ihre

Beiträge sind oft schlecht geschrieben und voller sprachlicher Fehler, was dafür spricht, dass viele, aber durchaus nicht alle, aus bildungsfernen Schichten stammen. Es handelt sich vermutlich um Personen, die sich in der Gesellschaft auf irgendeine Weise marginalisiert fühlen und die dieses Gefühl über Hassparolen im Internet kompensieren. Wir erleben das immer wieder. Sie äußern nicht nur homophobe Gedanken, sondern auch Fremdenfeindlichkeit und Frauenhass. Lindells Gruppe hat ja schon angedeutet, dass es sich bei unserem Täter um so einen handeln könnte.«

»Ich glaube das nicht«, sagt Vijay, der ein Stück hinter dem Tisch an die Wand gelehnt sitzt.

»Ja, das hast du schon gesagt«, sagt Carin. »Ich dachte, wir sollten uns mal an einer kleinen Zusammenfassung unserer bisherigen Hypothesen versuchen. Dann können wir darüber sprechen, wie wir das alles sehen. Wollen wir uns die Fallanalyse ansehen? Wir können mit dem Tatort anfangen. Örjan, kannst du uns auf den neuesten Stand eurer Untersuchungen bringen?«

Örjan räuspert sich, und noch ehe er sich die Brille hoch auf die Nase schiebt, weiß ich, dass er genau das machen wird. Als er sich über seine Papiere beugt, sehe ich, dass sein Nacken rot ist. Ich vermute, dass er sich den Sonnenbrand zugelegt hat, als er in seinem Schrebergarten im Boden gebuddelt hat.

»Zusammenfassend können wir sagen, dass es etliche große Unterschiede zwischen den beiden Tatorten gibt. Jussi wurde im Haus erschossen und verstümmelt. Lukas wurde im Freien ermordet. Der erste Mord geschah nachts, der andere morgens. Was beide Verbrechen miteinander verbindet, sind natürlich die Verwendung der gleichen Munition, die Neunmillimeter-Waffe und die Tatsache, dass keine technischen Beweise sichergestellt werden konnten – keine Haare, Fasern, leeren Hülsen, Finger- oder Fußabdrücke –, was darauf hinweist, dass unser Täter sehr vorsichtig, kenntnisreich und umsichtig ist. Was Jussi angeht, so glauben wir zudem, dass der Täter auf irgendeine Weise vor ihm in die Wohnung gelangt ist und ihn dort erwartet hat, also wurde er wohl entweder reingelassen oder er hatte einen Schlüssel.«

»Jussi hat offenbar einen Monat zuvor einen Schlüssel verloren«, wirft Jimmy ein.

Örjan nickt. »Genau. Und wenn unser Täter den gestohlen hat, dann wissen wir noch etwas, nämlich, dass er den Mord an Jussi mindestens einen Monat vorher bereits geplant hatte. Ja, und noch etwas, wir haben einen Zeugen, der gesehen hat, wie ein Mann den zweiten Tatort auf einem Fahrrad verlassen hat. Das könnte der Täter gewesen sein.«

Carin nickt. »Danke, Örjan. Juan, kannst du berichten, zu welchen Ergebnissen du mit den Rechtsmedizinern gekommen bist?«

Juan nickt und rafft seine Papiere zusammen. Er deutet auf Carin. »Kannst du die Bilder zeigen?«

Carin nickt wieder, drückt auf eine Taste, und Jussis Leichnam taucht auf der Leinwand auf. Ich zwinge mich, diesmal genau hinzuschauen, wirklich zu sehen, was diesem Körper angetan worden ist. Anders als beim ersten Mal sehe ich, dass der Brustkorb nicht, wie ich geglaubt hatte, nur ein einziges großes Loch ist, sondern dass er offenbar mit einem einzigen vertikalen Schnitt vom Schlüsselbein bis zum Bauch hin geöffnet worden ist.

»Wie schon gesagt, wurde der Brustkorb durch den Brustkasten geöffnet. Vermutlich mit Hilfe eines Messers und eines Schneidegeräts wie einer Baumschere. Danach wurde das Herz entfernt. Wir halten den Täter für einen gut informierten Laien.«

»Warum Laie?«, fragt Carin.

»Wenn ich ein Herz entfernen wollte, würde ich einfach die Rippen aufschneiden, nicht den Brustkasten spalten.« Juan zeigt auf seinen eigenen Brustkorb. »Das wäre einfacher.«

»Wissen wir etwas darüber, welche Kraft nötig ist, um auf diese Weise ein Herz zu entfernen?«, fragt Jimmy. »Könnten das alle? Mann, Frau, alt, jung?«

Juan lächelt und zeigt dabei perfekte weiße Zähne. »Ach, die übliche alte Frage. Wie viel Kraft ist dazu nötig? Schwer zu sagen. Ziemlich viel Kraft, möchte ich meinen. Aber es gibt zum Beispiel Baumscheren mit sehr langen Griffen, mit denen man Äste abschneiden kann. Mit denen sollte es nicht so schwer sein.«

»Danke, Juan«, sagt Carin. »Und jetzt wollte ich kurz darstellen, was wir über die Opfer wissen. Dabei werde ich davon ausgehen, dass das eigentlich ausersehene Opfer beim zweiten Mord Johan Ebbehammar war. Der Vater von Lukas. Beide Opfer waren Männer. Beide hatten homosexuelle Beziehungen. Jussi lebte offen homosexuell, während Johan, nach eigener Aussage, niemandem von seinen Männerbeziehungen erzählt hat. Aber natürlich müssen wir davon ausgehen, dass es einen begrenzten Kreis von Menschen gibt, die davon wussten. Vor allem Menschen, mit denen er Mitte der neunziger Jahre zu tun hatte.« Carin legt eine Pause ein, trinkt einen Schluck Wasser und spricht dann weiter. »Jesus, was ist es hier heiß!«

»Irgendwas stimmt mit der Klimaanlage nicht«, sagt Örjan. »Können wir das Fenster aufmachen?«

Vijay, der dem Fenster am nächsten sitzt, steht auf und öffnet es. »Auch wenn ich nicht sicher bin, ob das hilft.«

Carin, die ihn offenbar nicht gehört hat, redet weiter. »Beide Opfer waren kerngesund und hatten keine finanziellen Probleme. Jussi hatte einer seiner Angestellten Geld geliehen, aber sie ist vernommen und von den Ermittlungen ausgeschlossen worden. Sie waren beide gesellschaftlich gut etabliert und hatten viele Freunde, lebten aber in ganz unterschiedlichen Welten. Wir konnten bisher keine sozialen oder beruflichen Verbindungen zwischen ihnen finden. Und Hinweise auf Drogenkonsum wurden auch keine entdeckt.«

»Ein ganz normaler respektabler Familienvater und ein Medienschwuler«, sagt Örjan.

Carin runzelt die Stirn. »So kann man das vielleicht ausdrücken. Johan war jedenfalls ein typisches untypisches Opfer, er lebte ein ruhiges Familienleben. Jussi war eine öffentliche Person, was ein größeres Risiko für ihn bedeutete, Bedrohungen und Gewalt ausgesetzt zu werden. Wenn wir mit der Risikobewertung weitermachen und uns den Täter ansehen, dann ist er beim Mord an Jussi ein sehr viel geringeres Risiko eingegangen. Er hielt sich mitten in der Nacht in der Wohnung des Opfers auf, und die Wahrscheinlichkeit, dort überrascht zu werden, war minimal. Beim zweiten Mord war das Risiko der Entdeckung um einiges größer. Siri hat kürzlich auf etwas hingewiesen, das meiner Ansicht nach stimmt – die Unterschiede in der Herangehensweise, genauer gesagt, dass das erste Opfer aus nächster Nähe erschossen und verstümmelt wurde, kann damit zu tun haben, dass es einfach viel zu gefährlich gewesen wäre, dasselbe bei Johan Ebbehammar zu versuchen. Er hatte Urlaub und war die ganze Zeit mit seiner Familie zusammen. Wenn der Täter ihn allein erwischt hätte, wäre vielleicht auch Johan sein Herz losgeworden. Egal. Der Täter kann mit Risiken umgehen. Er kann planen, ist sorgfältig und hinterlässt keine Spuren. Das spricht gegen eine schwere psychische Krankheit oder irgendeine Sucht. Und dann ist da noch diese metaphorische Handlung – die Entfernung des Herzens. Sie hat vermutlich eine starke rituelle Bedeutung für den Täter. Wie seht ihr das?«

»Ich glaube, hier kommt starker Hass zum Ausdruck«, sagt Vijay. »So stark, dass das Motiv des Mörders persönlich sein muss. Das hier ist kein durchschnittlicher Internethetzer. In unserer Kultur symbolisiert das Herz Liebe, unser Gefühlsleben, alles, was an einem Menschen gut ist. Ein Herz herauszureißen, bedeutet, dass man einer Person das alles nehmen will. Der Täter muss glauben, dass das Opfer kein Herz verdient. Und in diesem Fall hat der Mörder das Herz nicht nur entfernt, er hat es noch dazu in eine Silberschale gelegt. Ich glaube, er wollte aller Welt zeigen, dass er Jussi Ståhl hasst, dass Jussi Ståhl ein Mann ohne Herz war.«

Carin geht an die Tafel und schreibt eine Liste von Punkten auf: *Mann, gesund, keine schwerwiegenden psychischen Störungen, kein Suchtverhalten, intelligent, Motiv: Hass, persönlicher Bezug zum Opfer.*

Ich hebe die Hand. Carin nickt.

»Warum gehen wir eigentlich davon aus, dass es ein Mann ist?«

»Die Statistik zeigt, dass rund neunzig Prozent aller Morde von Männern begangen werden«, sagt Örjan. »Außerdem töten Männer und Frauen normalerweise auf sehr unterschiedliche Weise. Gewaltsame, blutige Morde sind typischerweise männlich.«

»Was tun die Frauen?«, frage ich.

»Tja … Ersticken, vergiften und so.« Örjan zählt an den Fingern ab, als ob er versuchte, sich an die Zutaten zu einem Rezept zu erinnern.

»Wie denkt ihr über Alter und eventuellen Beruf?«, fragt Carin, ohne weiter auf die Geschlechterfrage einzugehen.

Vijay zieht seinen Stuhl an den Tisch heran. »Schwer zu

sagen. Wenn wir annehmen, dass der Mörder einen persönlichen Bezug zu den Männern hatte, dann vermute ich, dass er in etwa so alt ist wie die Opfer. Wenn es mit ihrer sexuellen Veranlagung zu tun hat, dann liegt die Verbindung des Mörders zu Johan vielleicht länger zurück, da er heute in einer heterosexuellen Beziehung lebt. Das spricht ebenfalls dagegen, dass der Täter jünger ist als die Opfer. Ich würde auf fünfunddreißig bis fünfundvierzig tippen.«

Es knirscht, als Carin das Alter an die Tafel schreibt. »Beruf?«, fragt sie und trinkt noch einen Schluck Wasser.

Obwohl das Fenster sperrangelweit offen steht, ist es noch immer viel zu heiß im Zimmer. Die feuchte Luft in unserem kleinen Besprechungsraum steht still. Draußen scheint, zur Begeisterung aller urlaubenden Stockholmer, weiterhin die Sonne. Ich ertappe mich bei der Überlegung, was Markus und Erik wohl gerade machen. Mit einem Mal kommt mir die Situation vollkommen absurd vor. Hier sitze ich in einem stickigen Besprechungsraum auf Kungsholmen und sehe mir Bilder von verstümmelten Leichnamen an, während mein Sohn vor unserem Haus in der Bucht badet. Plötzlich sehne ich mich nach den Felsen, nach Markus und Erik und nach dem verführerischen Gefühl von falscher Sicherheit, das sich einstellt, wenn man glaubt, Dinge wie diese Morde passierten nicht. Nicht in Wirklichkeit.

»Der Täter muss ziemlich viel Zeit damit verbracht haben, die Opfer zu beobachten und die Tat zu planen«, sagt Örjan. »Und er hat nachts und am Tag getötet. Er ist vielleicht Freiberufler oder arbeitet gar nicht? Er könnte krankgeschrieben oder arbeitslos sein.«

»Vielleicht hat er Urlaub«, sagt Jimmy betont.

Vijay und Carin kichern.

»Nein«, sagt Örjan, offenbar verärgert wegen des Einwurfs.

»Wenn er Jussi schon vor einem Monat verfolgt und ihm die Schlüssel gestohlen hat, dann muss er sich schon länger damit befasst haben.«

Carin dreht sich zur Tafel um und schreibt: *Freiberufler, arbeitslos, krankgeschrieben?*

»Und«, sagt Örjan, »ein Zeuge hat einen Mann gesehen, der den zweiten Tatort auf einem Fahrrad verlassen hat. Vielleicht kann er sich kein Auto leisten?«

»Oder er wollte einfach keine Aufmerksamkeit erregen«, sagt Jimmy.

Carin unterstreicht *arbeitslos* und *krankgeschrieben*. Dann tritt sie zwei Schritte zurück, wischt sich den Schweiß von der Stirn und sieht uns an.

Ich lese: *Mann, gesund, keine schwerwiegende psychische Störung, kein Suchtverhalten, intelligent, Motiv: Hass, persönlicher Bezug zum Opfer, 35–45 Jahre, Freiberufler, arbeitslos, krankgeschrieben?*

Ich kann meinen Blick nicht von der Liste losreißen. Zum ersten Mal geht mir auf, was wir hier wirklich geschafft haben. Wozu alle unsere Diskussionen in diesem engen Besprechungsraum geführt haben.

Das Bild des gesichtslosen Täters ist deutlicher geworden.

»Kommst du noch mit auf ein Bier?« Jimmy legt seine großen Hände auf meinen Schreibtisch und beugt sich vor, sodass sein Gesicht nur wenige Zentimeter von meinem entfernt ist. Eine dicke Silberkette baumelt um seinen Hals.

»Danke, aber ich kann heute Abend keine Gothmusik vertragen.«

»Wenn du es dir anders überlegst, weißt du ja, wo du mich findest.«

Er verlässt das Zimmer, und ich registriere die Selbstsicherheit in seiner Haltung – den hoch erhobenen Kopf, den geraden Rücken, die wiegenden Schritte. Ehe er auf dem Gang verschwindet, schaut er sich noch einmal um. Ich senke sofort den Blick, aber es ist zu spät. Ich sehe sein Lächeln und weiß, dass auch er mich gesehen hat. Dass ihm klar ist, dass ich ihm auf dem ganzen Weg über den Gang hinterhergeschaut habe.

Wieder denke ich über die seltsame Tatsache nach, dass ich Jimmy so attraktiv finde. Ich kann es nicht erklären. Nicht auf einer rationalen Ebene jedenfalls. Vielleicht liegt es daran, dass er alles ist, was Markus nicht ist: erfahren und selbstsicher bis an die Grenze zur Überheblichkeit. Vielleicht sogar ein wenig gefährlich.

Ich bleibe sitzen, ohne so richtig zu wissen, was ich machen soll. Planlos schiebe ich Papierstapel auf dem Tisch hin und her, suche Kugelschreiber zusammen und lege sie nebeneinander, biege eine Büroklammer gerade. Dann fällt mein Blick auf Ainas Brief, den Markus mir heute Morgen gegeben hat. Am liebsten würde ich ihn zusammenknüllen und in den Papierkorb werfen, aber aus irgendeinem Grund ist es nicht so leicht, einen echten Brief wegzuwerfen – ihn einfach wie eine Mail zu löschen. Und sicher hat Aina ihn gerade deshalb geschrieben. Weil sie sich denken konnte, dass ich ihn nicht so einfach wegwerfen würde. Außerdem habe ich Markus versprochen, ihn zu lesen. Es ist ihm so wichtig, dass ich mich mit meiner Vergangenheit versöhne. Denn das würde bedeuten, dass das, was wichtig für mich ist, im Hier und Jetzt stattfindet.

Ich wiege den Brief in der Hand. Er ist leicht, und für eine Sekunde denke ich, dass der Umschlag vielleicht leer ist. Nach einigem Zögern öffne ich ihn. Darin liegt ein dünnes liniertes Blatt Papier, das anscheinend aus einem Schreibblock gerissen wurde.

Liebste Siri. Ich weiß ja, dass du meine Mails nicht liest, und wenn ich ehrlich sein will, kann ich dir daraus auch keine Vorwürfe machen. Was ich dir angetan habe, ist unverzeihlich, und keine Worte können meine Schuld verringern. Aber du musst wissen, dass du mir schrecklich fehlst. Dich zu verlieren, war schlimmer als alle Operationen und Behandlungen – und Gott weiß, was sie mir hier alles antun. Du bist meine allerliebste und allerengste Freundin. Ja, ich schreibe »bist«, denn für mich hat sich, trotz allem, was passiert ist, nichts geändert.

Ich will, dass du weißt, dass, solange es mich gibt, ich für dich da sein werde, wenn du mich brauchst.

Aina

Meine Hände zittern, als ich den Brief weglege. Zu meiner Überraschung merke ich, dass ich weine. Heiße Tränen laufen über meine Wangen und tropfen auf den Schreibtisch, bilden kleine Pfützen auf dem Birkenfurnier. Ich schlage die Hände vors Gesicht.

Aina.

Meine allerbeste Freundin. Die ich hasse.

Ich spüre eine Hand auf meiner Schulter.

»Siri, stimmt etwas nicht?« Carin zieht einen leeren Stuhl heran und lässt sich darauf sinken. Ich nehme einen vagen Geruch von Schweiß und Parfüm wahr. Obwohl ihre Haare ungewaschen sind und ihr Gesicht blank vor Schweiß, ist sie schön. Sie mustert mich besorgt aus ihren großen blauen Augen, als ob sie sich davon überzeugen wollte, dass ich keine physischen Verletzungen aufweise.

»Es ist ein harter Job…« Sie legt mir die Hand auf den Arm, drückt ein bisschen.

Ich nicke. Erleichtert, weil sie die Situation falsch einschätzt.

»Dein Sohn, Erik? Der ist wohl so alt wie Lukas Ebbehammar?«

Ich nicke wieder, ohne etwas zu sagen, und wische mir die Tränen von der Wange. Carins Blick wandert aus dem Fenster zu den Baumkronen, die die untergehende Sonne warm und golden leuchten lässt. Irgendwo weiter hinten auf dem Gang ist Lachen zu hören, das sich langsam entfernt. Die Kollegen machen Feierabend, sind auf dem Weg in eine der vielen Kneipen in der Stadt oder zum eigenen Grill im Reihenhausgarten, um ihre Familien zu treffen oder sich ihrer Einsamkeit zu stellen.

»Es ist kein Wunder, dass du dich betroffen fühlst«, sagt Carin. »Nach und nach lernst du noch, dir so etwas vom Leib zu halten. Aber ganz gleichgültig wird es einem nie. Das darf es auch nicht. An dem Tag, an dem man gleichgültig gegenüber allem geworden ist, sollte man kündigen.« Dann steht sie auf, streicht sich die weiße Bluse glatt und verlässt den Raum. »Fahr zu deiner Familie, Siri.«

Als ich nach Hause komme, sitzen Markus und Erik nackt auf den Felsen. Beim Anblick ihrer Silhouetten vor dem dunkler werdenden Himmel krampft sich mein Magen zusammen. Carin hat recht. Man muss die Mörder und ihre Opfer zurücklassen, wenn man nach Hause fährt. Man muss das Böse loslassen und sich über das freuen, was man hat – über die Lebenden.

Erik hat mich entdeckt. Er kommt, die orangen Schwimmflügel um die Arme gebunden, auf mich zugerannt, aber am Rand des Tannenwaldes bleibt er plötzlich stehen. Ich weiß, dass die Nadeln in seine dünnen kleinen Fußsohlen stechen.

»Mama, wir baden! Komm!«

Ich laufe das letzte Stück zu ihm, meine Stofftasche baumelt in meiner Hand. »Ich komme, Liebling.« Ehe ich auch nur den Felsen erreicht habe, auf dem Markus sitzt, fange ich schon an, mich auszuziehen, lasse ein Kleidungsstück nach dem anderen auf die warmen, glatten Steinflächen fallen.

»Ich will sofort baden«, sage ich und gebe Markus rasch einen Kuss.

Er lacht laut über mich, weil ich eigentlich ein Bademuffel bin – jedenfalls im Vergleich zu ihm und Erik.

Das Wasser ist kein bisschen kalt. Wir schwimmen um den Steg und zurück zu unserem Felsen, klettern vorsichtig durch den glatten hellgrünen Tang nach oben. Erik fällt fast hinunter, aber Markus streckt einen Arm aus und hält ihn fest. Auf den Steinen am Wasser sehe ich einen dicken Klumpen Blasentang. Ich vermute, dass Erik damit gespielt hat.

»Wir fahren morgen nach Kalix«, sagt Markus. Er legt sich auf den Rücken und schaut aus zusammengekniffenen Augen in die untergehende Sonne.

Ich drehe mich zu ihm um, lege meine Wange auf den rauen warmen Felsen und erwidere seinen Blick. »Tut das. Ich komme nach, so schnell ich kann. Du musst deinen Eltern erklären, dass ich eine neue Stelle habe. Sonst wäre ich natürlich sofort dabei.«

Markus nickt. Die Sonne lässt die Wassertropfen auf seiner Haut funkeln, und seine blonden Wimpern sehen beinahe weiß aus. Erik widmet sich wieder dem Klumpen aus Tang. Ich kann das Knallen hören, wenn er die luftgefüllten Blasen zerquetscht.

»Wie war es heute bei der Arbeit?«

Ich überlege eine Weile. »Gut. Ich glaube, ich begreife langsam, was wir da überhaupt machen. Wir sind mit dem Täterprofil ein gutes Stück weitergekommen. Es war fast … magisch, zu sehen, wie es herangewachsen ist.«

Markus scheint sich nicht sonderlich für unsere Arbeit zu interessieren, denn er fragt nicht weiter danach. Er legt seine Hand auf meine. »Und der Brief. Hast du Ainas Brief gelesen?«

»Ja.«

»Du hast ihn wirklich gelesen?«

»Ja, das sag ich doch.«

»Und? Was hat sie geschrieben?«

»Dass es ihr leidtut. Und dass ich ihr fehle.«

»Und wie ist dir jetzt zumute?«

»Wie meinst du das? Ob ich ihr verzeihen kann?«

»Kannst du?«

»Vergiss es. Sie war meine beste Freundin, und sie hat mit meinem Mann geschlafen. Das ist unverzeihlich. Das musst du doch begreifen. Aber ich glaube, ich kann es vielleicht *vergessen*.«

Markus seufzt, offenbar nicht ganz zufrieden mit meiner Antwort. Dann drückt er meine Hand. »Du … Ich dachte, wir könnten ganz gemütlich zum Abschied frühstücken. Wir drei zusammen, morgen früh, bevor Erik und ich aufbrechen. Ich habe frische Erdbeeren gekauft. Und Croissants. Was sagst du dazu?«

Ich drehe mich zu Markus um. Stütze mich auf die Ellbogen und küsse ihn. Er schmeckt nach Salz und Kautabak. »Das klingt ganz wunderbar.«

Mein Mobiltelefon klingelt um fünf. Ich bin diesmal besser vorbereitet, ahne, wer da anruft.

»Kannst du in einer Stunde im Büro sein?«, fragt Carin, ohne um Entschuldigung für den frühen Anruf zu bitten.

»Natürlich. Bis gleich«, sage ich und lege auf.

Markus dreht sich im Schlaf um und tritt das Laken weg, das wir als Decke benutzen. Er hat rote Kissenabdrücke auf der Wange und Schlafkörner in den Augenwinkeln. Vorsichtig stehe ich auf und schleiche in die Küche, um ihn nicht zu wecken.

Die Bucht glitzert spiegelblank in der Morgensonne. Auf dem Rasen liegen die Holzschuhe von Markus und Erik, dahinter, bei den Rosensträuchern, sehe ich einen dünnen Nebelhauch über das Gras schweben. Ich unterdrücke ein Gähnen und öffne den Kühlschrank. Zwei Kartons frische Erdbeeren und eine kleine Packung Sahne stehen da im ersten Fach. Für eine Sekunde habe ich ein schlechtes Gewissen, stelle mir vor, wie enttäuscht Markus sein wird, wenn er aufwacht und ich schon weg bin. Ich nehme ein paar Erdbeeren, zupfe das Grüne weg und stopfe sie mir ungewaschen in den Mund. Dann schreibe ich für Markus einen Zettel und gehe duschen.

Die TP-Gruppe ist auch heute vollzählig vorhanden. Jimmy erzählt Vijay gerade, wie müde er ist, weil er gestern Abend ohne Brieftasche losgezogen ist und dann die halbe Nacht ohne Geld in einer Bar auf Söder herumhängen musste, während sein Durst immer größer wurde. Am Ende hatte sich eine Frau namens Paula seiner erbarmt und ihm ein paar Bier ausgegeben.

Carin trägt einen Trainingsanzug. Sie sieht aus, als ob sie nach der Besprechung noch joggen wolle oder als ob sie ihr Sportprogramm schon hinter sich hat. Sie erwidert meinen Blick. »Jetzt, wenn es so warm ist, laufe ich früh morgens.«

Dann schaut sie sich am Tisch um, und die Gespräche erlöschen so rasch wie ein mit Sand übergossenes Feuer.

»Heute Nacht wurden vor einem Club drei Männer angeschossen. Vor einem Club, der vor allem von homosexuellen Männern aufgesucht wird.« Sie schaltet den Projektor an, verbindet ihn mit ihrem Laptop und wirft einen Plan von Gamla stan an die Wand. »Hier, beim Kornhamnstorg, liegt das Polyester. Eine beliebte Gaybar. Gegen ein Uhr heute Nacht wurden drei Männer beim Verlassen des Clubs angeschossen. Zwei wurden ins Bein getroffen, einer in den Arm. Niemand wurde lebensbedrohlich verletzt. An die zwanzig Personen, die auf dem Platz standen, können den Zwischenfall bezeugen. Der Täter, der ungefähr zwanzig Meter weit weg stand, trug Jeans, ein schwarzes T-Shirt und eine Sturmhaube. Er hat fünf oder sechs Schüsse abgegeben – da variieren die Aussagen –, aber nur drei trafen. Gleich danach fuhr ein dunkelblauer BMW älteren Modells, vermutlich ein 525er, ohne Nummernschilder vor, und der Schütze sprang hinein. Im Wagen saßen bereits drei Männer. Der Schütze setzte sich auf die Rückbank, und das Auto verließ den Platz mit hoher Geschwindigkeit in Richtung City. Wenn ihr heute Morgen im Internet unterwegs wart, dann wisst ihr sicher, dass die Schüsse große Aufmerksamkeit bekommen und dass die Medien sie in Zusammenhang mit den Morden an Jussi Ståhl und Lukas Ebbehammar bringen.« Carin öffnet die Webseite von *Aftonbladet*. *Schwulenmörder schlägt wieder zu – Stockholm in Angst.* Unter der Schlagzeile befindet sich aus irgendeinem Grund das Bild eines Mannes in Paillettenshorts, der eine Regenbogenflagge schwenkt.

»Haben die denn vollkommen den Verstand verloren?«, fragt Jimmy. »Warum stellen die ein Bild von der *Pride Parade* daneben?«

»Was war das für eine Waffe?«, fragt Örjan und fährt sich über die Nase, als suche er die Brille, die vor ihm auf dem Tisch liegt.

»Wir warten noch immer auf Nachricht von der Technik, aber vermutlich irgendeine Art Luftpistole.«

»Eine *Luftpistole*? Soll das ein Witz sein?« Jimmy klingt wütend. Als ob die Vorstellung, von Carin um sechs Uhr morgens wegen einer Luftpistole ins Büro beordert worden zu sein, ungemein provozierend sei.

Carin sieht Jimmy an und verschränkt die Arme über der Brust. »Eine Luftpistole oder eine ähnliche Waffe, ja. Wo ist das Problem, Jimmy?«

»Ehrlich jetzt? Sollen wir nun Täterprofile von Luftpistolenschützen erstellen? Was wird dann das Nächste sein? Paintball-Attentäter?«

»Lindell will wissen, ob wir einen Zusammenhang zwischen diesen Schüssen und den anderen Morden für möglich halten.«

Jimmy steht auf. Er geht im Zimmer hin und her, die Hände im Nacken verschränkt. Ich sehe an seinen Jeans etwas, das aussieht wie Rotweinflecken, und frage mich, ob er die Nacht vielleicht nicht zu Hause, sondern bei der großzügigen Paula verbracht hat, die ihn in der Bar vor dem Verdursten gerettet hat.

»Du hättest uns nicht herbestellen müssen, um diese Frage beantworten zu lassen. Natürlich gibt es *keinen* Zusammenhang.«

»Setz dich!« Carins Stimme durchschneidet scharf wie ein Messer die Luft, und Jimmy lässt sich brav auf seinen Stuhl sinken.

»Es tut mir leid, wenn ich deinen Schönheitsschlaf gestört habe, aber es ist unsere verdammte Aufgabe, der Ermittlungsgruppe zu helfen, wenn sie darum bittet. Das weißt du, Jimmy. Ich glaube auch nicht, dass diese Schüsse mit den Morden zusammenhängen, aber von uns wird eine durchdachte und wohlbegründete Erklärung für die Ermittlungsgruppe erwartet, keine verdammte *Ansicht*, die von mir aus dem Bett übermittelt wird, weil ich zu müde bin, mich ins Büro zu schleppen.« Carin steht auf, nimmt den Stift in die Hand und geht rückwärts zur Tafel. Rosa Flecken haben sich auf ihrem Hals ausgebreitet, aber ihre Stimme ist überraschend fest. »Vijay, was meinst du?«

Vijay reckt sich und legt den Kopf ein wenig schräg, sodass die schwarzen Locken auf seine Schultern fallen. »Ich glaube an einen anderen Täter.«

»Begründung?«

»Zum einen handelt es sich um eine andere Waffe. Der Schütze wollte außerdem nicht töten. Sonst hätte er sich etwas anderes als eine Luftpistole ausgesucht – und außerdem besser gezielt. Und der Tatort passt da auch nicht rein. An die zwanzig Zeugen, hast du gesagt? Unser Täter ist überaus gut vorbereitet und extrem vorsichtig. Er will keine Zeugen. Außerdem führt er seine Verbrechen allein aus. Dieser Typ hatte doch drei eifrige Helfer in seinem Proll-Mercedes sitzen!«

»BMW«, korrigiert Örjan.

Carin macht sich Notizen und nickt. »Seht ihr anderen das auch so? Örjan?«

»Man ermordet niemanden mit einer Luftpistole. Das wäre, wie ein Beet mit einer Pinzette zu säubern.«

Carin sieht für einen Moment verwirrt aus, als sei sie nicht sicher, ob Örjan Witze macht, aber sein Gesicht ist ernst. Plötzlich taucht vor meinem inneren Auge ein Bild von Örjan auf, der mit einer winzig kleinen Pinzette vor einem Beet in seinem Schrebergarten auf den Knien hockt.

»Nein«, sagt Carin endlich. »Das macht man wohl nicht. Juan?«

»Ich muss Örjan da zustimmen. Die Verletzungen sind nur oberflächlich, auch wenn es sicher unangenehm war, angeschossen zu werden.«

Carin tippt mit dem Stift auf die Tischplatte. »Was sagst du, Siri?«

Ich überlege einen Moment. »Der Täter wollte nicht töten. Er wollte provozieren und Aufmerksamkeit erregen. Er wollte *gesehen* werden – ganz anders als unser Täter. Ich glaube, wir haben jetzt auch noch die Idioten aus dem Internet am Hals.«

Carin lächelt. »Touché«, sagt sie und setzt sich.

Alle bis auf Jimmy haben das Zimmer verlassen. Er sitzt noch immer mit verschränkten Armen da. Ich setze mich neben ihn und warte darauf, dass er etwas sagt, aber er schweigt.

»Carin kann manchmal etwas grob sein, was?«

»Carin kann eine verdammt miese Kuh sein.«

Er sagt das mit ganz neutraler Stimme. Als ob er feststellte, dass es regnet oder dass der Benzinpreis um eine Krone den Liter gestiegen ist, und dabei richtet er seinen Blick auf den Linoleumboden vor sich.

Ich stehe auf und verlasse das Zimmer, ich fühle mich plötzlich unerklärlich unwohl. Jede Gruppe hat ihre Dynamik und ihre Reibungen. Ich hätte wissen müssen, dass das auch für diese gilt – und doch bin ich überrascht.

Als ich an Carins Zimmer vorbeikomme, ruft sie mich hinein. Sie sitzt mit Vijay vor dem Computer. Auf dem Tisch steht ein Strauß verwelkter Wiesenblumen. Schon in der Tür nehme ich den süßlichen Geruch des gelbbraunen Wassers wahr. Eine halb geschmolzene Tafel Schokolade liegt neben der Tastatur auf einer Untertasse.

»Sieh dir das mal an«, sagt Carin.

»Frühstück?«, frage ich und nicke zu der Schokolade hinüber.

Sie deutet ein Lächeln an. »Ich halte nichts vom Kohlehydratverbot.«

Ich gehe zum Rechner, beuge mich vor und lese auf dem Bildschirm: *Tobias, 32, hat die Gewalt satt – gründet Schwulenwanderer.*

»Was ist das denn?«

Vijay steht auf, zieht für mich einen Stuhl heran und bedeutet mir, mich zu setzen. Er sieht belustigt und vielleicht auch ein wenig begeistert aus. »Der Typ ist Kunststudent. Er hat eine Facebook-Gruppe namens *Schwulenwanderer* gegründet. Sie wollen sich ... *praktisch* gegen Gewalt engagieren. Sie bringen Homosexuelle aus der Kneipe nach Hause, um Überfälle und Schikanen zu verhindern.«

»Machst du Witze?«

»Überhaupt nicht. Angenommen, dass du an einem späten Abend von Slussen zum Östermalmtorg Gesellschaft haben willst. Dann schickst du der Gruppe eine Mail und bittest, dass dich jemand dort erwartet. Ich weiß nicht, wie gut das praktisch funktionieren kann, ob es eher eine PR-Nummer ist oder ob sie wirklich damit helfen können. Aber die Gruppe hat schon siebenundzwanzigtausend ›Gefällt mir‹.«

Carin lässt sich auf ihrem Stuhl zurücksinken und zieht ihre Trainingshose höher. »Ab und zu ist das Internet wunderbar, oder?«

Ich nicke.

»Aber ebenso oft…« Carin beendet den Satz nicht, sondern drückt auf einige Tasten, öffnet eine Mail und klickt einen Link an. »Das Forum des Lesben- und Schwulenverbandes ist heute Nacht in homophoben Drohmails ertrunken. Die Technik hält das für einen organisierten Angriff.« Carin klickt einen Thread an. »Lies zum Beispiel das hier.«

Ich lese den Beitrag, der behauptet, Homosexualität sei unnatürlich und HIV die grausame und wirkungsvolle Rache der Natur.

»Der übliche Scheiß«, stellt Vijay fest.

Carin nickt. »Klar, nichts Neues. Aber seht mal hier unten.«

Im nächsten Beitrag schreibt jemand, der sich »Sieg« nennt, dass er alle Schwulen, die er erwischen kann, »wie Vieh« in eine große Scheune treiben und dann anzünden will. Ich spüre, wie sich mir der Magen umdreht. Der Beitrag strahlt puren Hass aus. Die Sprache ist aggressiv, und der Absender suhlt sich in langen und bizarren Schilderungen, wie die Männer in der Scheune langsam zu Tode gequält werden. Einige Zeilen weiter unten bittet »Viele« seine Meinungsgenossen, sich abends zur traditionellen Schwulenjagd, gefolgt von Schlachtfest und Festmahl, im Kungsträdgården einzufinden.«

»Die sind so gestört«, flüstere ich, und ohne darüber nachzudenken, greife ich nach Vijays Hand. Er drückt meine sanft.

»Seit gestern sind die Foren geradezu explodiert«, sagt Carin. »Dieses ganze… Gewürm ist durch die Berichte der Medien über die Morde aus seinen Löchern gelockt worden.«

»Aber es ist ja wohl kaum die Schuld der Medien, dass Jussi und Lukas ermordet worden sind«, sage ich.

»Das nicht«, sagt Carin. »Aber die Schüsse gestern stehen in direkter Verbindung zu der Berichterstattung über die Morde, dafür lege ich meine rechte Hand ins Feuer.« Carin drückt den Finger in die halb geschmolzene Schokolade und schiebt ihn sich dann in den Mund. In diesem Moment klingelt ihr Mobiltelefon. »Ja, hier ist Carin. Nein, natürlich schlafe ich nicht… Wir sind im Büro. Wo? Okay. Aha.« Sie legt auf und erwidert meinen Blick.

»Johan Ebbehammar steht am Empfang. Er will mit euch reden.«

»Wie zum Teufel konnte das passieren?«

Johan Ebbehammars Stimme ist brüchig, und Tränen laufen über seine Wangen. Er sitzt vornübergebeugt in dem lindgrünen Kinnarp-Sessel, und sein Gesicht ist meinem so nahe, dass ich kleine Speicheltropfen auf meiner Wange spüre, wenn er schreit. Das Besprechungszimmer, in dem wir sitzen, ist stickig und heiß, die Klimaanlage macht noch immer Probleme.

»Erst wird mein Sohn ermordet und eine Menge Idioten von der Presse jagen mich und Cilla und wollen Kommentare von uns. Und jetzt das hier. Ich werde im *Aftonbladet* als eine Art Nationalschwuler dargestellt. Ganz Schweden weiß plötzlich von mir – von uns.«

»Es tut mir wirklich leid. Es tut uns wirklich leid.« Meine Worte klingen platt und jämmerlich. Was spielt es für eine Rolle, dass ich traurig bin, wenn dieser Mann hier das Gefühl hat, sein ganzes Leben werde gerade zerstört?

Jimmy sitzt neben mir. Er hat noch nichts gesagt und sieht fast unnatürlich ruhig und entspannt aus.

»Es tut Ihnen leid? Ja, das will ich wirklich hoffen. Aber beantworten Sie endlich meine Frage. Wie konnten Sie das zulassen?«

Ich lasse mich in meinem Sessel zurücksinken. Blinzele. Spüre, wie mein T-Shirt vor Hitze an meinem Rücken klebt. Ich weiß nicht, was ich diesem verwirrten und wütenden Mann sagen soll.

»Es tut uns wahnsinnig leid«, sagt Jimmy. »Leider kommt es vor, dass Information durchsickern, was die Ermittlungen stört und die Angehörigen trifft. Wenn man einem Verbrechen zum Opfer gefallen ist, gibt es kein Privatleben mehr. Alles, was bisher zur Privatsphäre gehört hat, wird plötzlich öffentlich. Ich habe das schon oft erlebt und weiß, dass es für die Betroffenen immer sehr schmerzhaft ist. Aber denken Sie bitte daran, dass wir auf Ihrer Seite sind. Auf Ihrer und der Ihrer Frau. Wir wollen Lukas' Mörder finden!« Jimmy spricht mit Gewicht und Autorität in der Stimme. Er sieht ruhig und teilnahmsvoll aus – er scheint sich weder von der Hitze noch von zu starken Gefühlen beeinflussen zu lassen. Ich finde, er macht das gut. Gelassen und sicher – und nicht zum ersten Mal.

»Was sagt Ihre Frau zu allem?«

»Meinen Sie Lukas' Tod oder die Tatsache, dass ich mit Männern gevögelt habe? Ehrlich gesagt glaube ich, dass es Cilla scheißegal ist, mit wem ich vor zwanzig Jahren geschlafen habe. Sie denkt im Moment nur an Lukas. Sie ist besessen davon, eine perfekte Beerdigung zu arrangieren. Es ist fast, als ob sie eine Hochzeit vorbereitete. Sie spricht über Blumen und Schmuck ...« Schluchzend schlägt Johan die Hände vors Gesicht.

Jimmy sieht mich an und verdreht die Augen. Ich weiß nicht, ob er sich über Johans Weinen ärgert oder darüber, dass ich offenbar die falsche Frage gestellt habe.

»Wir brauchen Ihre Hilfe, Johan. Die Verbindung zwischen Ihnen und Jussi Ståhl scheint darin zu liegen, dass Sie beide Beziehungen zu Männern hatten. Und deshalb müssen wir mehr über die wissen, mit denen Sie damals – in den neunziger Jahren – eine Beziehung hatten.«

»Es waren nur zwei. Das habe ich Ihren Kollegen doch

schon gesagt. Jens und Paul.« Johan schnieft und setzt sich auf. Ich biete ihm ein Papiertaschentuch an, aber er lehnt ab und fährt sich stattdessen mit dem Handrücken über Augen und Nase.

»Und was können Sie über die beiden erzählen? Wir können mit Paul anfangen.« Jimmy geht in die Offensive. Er beugt sich vor und schaut Johan in die Augen.

»Paul… Da gibt es nicht viel zu sagen. Wir haben uns im ersten Semester beim Medizinstudium in Linköping kennengelernt und uns ein halbes Jahr lang getroffen. Es war eigentlich nichts Ernstes.«

»Wissen Sie, was er jetzt macht? Haben Sie Kontakt?« Wieder Jimmy.

Ich schweige und betrachte den Zweikampf, der sich zwischen den beiden Männern abspielt. Warte ab, was sie sagen, und beobachte ihre Mimik.

»Paul ist Kinderonkologe und lebt in den USA. Er wohnt mit Stephen zusammen – sie sind verheiratet und versuchen, ein Kind zu adoptieren. Im Moment sind sie in Kolumbien, wo Stephen wohl Kontakte zu einem Waisenhaus hat.«

»Standen Sie in all diesen Jahren miteinander in Verbindung?«

»Ja, also… Unsere Beziehung ist damals im Sande verlaufen. Wir waren wohl beide nie so richtig engagiert. Für mich war sie vor allem ein Trostpflaster nach der Sache mit Jens. Dann habe ich eine Frau namens Ulrika kennengelernt, und Paul fand das total cool. Er nannte mich ›Geheimhetero‹ und gratulierte mir, weil ich mich endlich getraut hatte, mich zu outen. Wir waren danach trotzdem noch befreundet. Gute Kumpels. Aber inzwischen haben wir nur noch über Facebook Kontakt.« Johan lächelt ein wenig, als er über Paul erzählt. Ein Liebhaber, aus dem ein Freund wurde.

»Und Jens?« Ich schalte mich ins Gespräch ein. Ich will weiterkommen, da ich sofort spüre, dass Paul eine Sackgasse ist.

»Jens…« Johan seufzt. »Jens war meine erste richtige Liebe, glaube ich. Wir haben uns kennengelernt, als ich einen Sommer lang in Spanien ein Haus gehütet habe. Wir wohnten in einer alten Villa auf Mallorca, tranken Cava und rauchten den ganzen Tag. Aber als wir nach Hause kamen, lief es nicht mehr so gut. Jens war sehr eigen. Er konnte sehr intensiv sein und dann wieder völlig abweisend. Er ließ niemanden so richtig an sich heran.«

»Waren Sie nur zu zweit, als Sie das Haus gehütet haben?«, frage ich.

»Nein, da war noch einer dabei. Sebastian. Aber den habe ich seit Jahren nicht mehr gesehen.«

»Warum haben Sie und Jens Schluss gemacht?«

Johan sieht mich aus rot unterlaufenen Augen an, scheint über meine Frage nachzudenken und zuckt dann mit den Schultern.

»Wir haben Schluss gemacht, weil ich es nicht mehr ertragen konnte, dass er mich immer eine Armlänge von sich weghielt. Ab und zu lief alles fantastisch, und dann war Jens wieder… verschlossen, und ich konnte ihn nicht erreichen. Er wich mir aus. Wusste nicht, was er wollte. Damit konnte ich nicht umgehen, es war mir zu anstrengend.«

»Wie hat er es aufgenommen? Dass Sie Schluss gemacht haben, meine ich.«

»Es war kein gutes Ende. Er war… zutiefst verletzt. Seltsamerweise. Er fühlte sich von mir im Stich gelassen. Ich glaube, er hatte vor mir eine andere Beziehung mit einem Mann, der ihn hintergangen hat oder so. Ich kann mich an die Einzelheiten nicht mehr so ganz erinnern, aber für Jens war Untreue im Allgemeinen entsetzlich. Seine Mutter war in irgendeiner Freikirche. Vielleicht hat er deshalb so viel Wert auf Moral gelegt.«

»Habe Sie seine Familie kennengelernt?« Jimmy, der eine Weile geschwiegen hat, übernimmt jetzt wieder das Fragen.

Ohne Worte oder Zeichen können wir die Rollen zwischen uns aufteilen. Ich staune, wie gut unser Zusammenspiel läuft. Es kommt mir vor, als ob wir schon seit vielen Jahren zusammenarbeiten.«

»Ich bin ihnen einige Male begegnet, ja. Seine Mutter konnte mich nicht leiden. Sie blieb auf Distanz. Ich glaube, sie konnte sich nicht damit abfinden, dass Jens homosexuell war. Sie schien zu glauben, dass es irgendwann vergehen würde. Wie eine Grippe oder so. Sie und Jens' Vater ließen sich damals gerade scheiden, und wir halfen ihr beim Umzug. Sie machte immer wieder einen großen Bogen um mich, wollte im Auto zum Beispiel nicht neben mir sitzen. Das war ... ein Schock für mich. Ich war daran gewöhnt, dass die Eltern meiner Freunde mich gut leiden konnten, und plötzlich war es, als ob ich schlecht roch. Damals ist mir zum ersten Mal aufgegangen, was es wirklich bedeutet, homosexuell zu leben. Dass die anderen mich immer zuerst als Schwulen und erst dann als Johan sehen würden. Sie haben mich anfangs gefragt, ob ich schwul sei, und nein, ich bin nicht homosexuell. Ich bin wohl bisexuell, wenn ich mich unbedingt in eine Schublade packen muss. Aber ich habe schon damals eingesehen, dass mein Leben viel einfacher wäre, wenn ich Beziehungen zu Frauen statt zu Männern hätte.« Johan sieht seltsam erleichtert aus. Als ob die Tatsache, dass er uns von seiner Veranlagung erzählt hat, eine Last von seinen Schultern genommen hätte.

Jimmy nickt aufmunternd. Er scheint dankbar zu sein, dass

sich Johan uns endlich anvertraut hat. »Haben Sie heute noch Kontakt zu Jens?«

»Gar keinen. Nach dem Sommer damals habe ich ihn nie wiedergesehen. Ich habe nach einigen Jahren versucht, ihn zu treffen. Ich wollte wissen, wie es ihm ging, wie er so lebte. Ich hatte seine Nummer, die auch noch gültig war. Er arbeitete in einem Restaurant in der Stadt als Koch – ich weiß nicht mehr, in welchem, es war jedenfalls gerade in. Ich glaube, es ging ihm ziemlich gut. Aber er wollte eigentlich nicht mit mir reden und hat nur gesagt, ich sollte mich nie wieder bei ihm melden.« Johan seufzt, und ich ahne einen anderen Schmerz, der ihn quält. Nicht die starke schmerzliche Trauer um Lukas, sondern einen alten unterdrückten Schmerz, und ich verstehe, dass das, was vor so langer Zeit passiert ist, Spuren hinterlassen hat, die niemals ganz verschwinden werden.

»Darf ich eine Frage stellen?« Johans Tonfall hat sich verändert. Er ist wieder in der Gegenwart, in dem Raum, in dem wir sitzen, angekommen. Einem heißen, stickigen kleinen Raum im Polizeigebält. In einer Wirklichkeit, in der sein Sohn tot ist und die Reporter der Boulevardzeitungen in der Hoffnung auf ein Interview oder ein Bild vor seiner Tür in ihren Autos schlafen. »Wenn der Mord an Jussi Ståhl mit dem Mord an Lukas zusammenhängt, dann bedeutet das doch, dass *ich* erschossen werden sollte. Dass *ich* sterben sollte, nicht Lukas, oder?«

Jimmy nickt, und ich sehe, wie er ganz leicht die Stirn runzelt, als ob er schon ahnt, was jetzt kommt.

»Das ist nur eine der Hypothesen, mit denen wir arbeiten.«

»Also müsste *ich* eigentlich tot sein? Und Lukas sollte noch leben?« Johan nickt langsam. Sein Gesicht ist nackt und unverstellt. Der Schmerz ist so greifbar, dass es wehtut, ihn anzusehen.

»Dann ist es also meine Schuld, dass Lukas tot ist.«

Das traurige Herz – 2005

»Würdest du sagen, dass du glücklich bist?«

Was für eine Frage. Jens blinzelte und versuchte, das Geräusch des Fernsehers auszusperren. Er wusste nicht, was er antworten sollte. *Ja, ich bin glücklich. Ja, ich war in meinem ganzen Leben noch nicht so glücklich?* Denn rein logisch gesehen, müsste es doch so sein. Er hatte noch nie so viele Gründe gehabt, glücklich zu sein. Das einzige Problem war, dass er kein Glück verspürte. An der Stelle in seiner Brust, wo das Glück sitzen und über alles strahlen müsste, worüber er sich freuen konnte, klaffte ganz einfach ein schwarzes Loch.

Aber das konnte er Mårten nicht sagen, schließlich sollte er einer der Gründe sein, aus denen er glücklich sein müsste. Alle diese einsamen Tage und Nächte zwischen Johan und Mårten. So viele Jahre. Er versuchte, nicht an diese Zeit zu denken. Natürlich war er nicht nur allein gewesen. Er hatte seine Freunde, und natürlich hatte es auch andere Männer gegeben. Ziemlich viele sogar. Aber er konnte sich nicht an ihre Namen oder an ihr Aussehen oder daran erinnern, was sie mit ihm gemacht hatten. Keiner hatte irgendwelche Spuren bei ihm hinterlassen. Sie hätten ihm auch Kaffee servieren oder ihn massieren können. Vielleicht war er unfähig zu fühlen, vielleicht waren sie einfach uninteressant gewesen.

Fleisch. Sie alle waren einfach Fleisch.

Bis er Mårten kennengelernt hatte.

»Klar bin ich glücklich«, sagte Jens.

»Klar ist das überhaupt nicht«, sagte Mårten und zog ihn an seinen warmen Körper. »Ich weiß nicht. Es kommt mir nur so vor, als wärst du ... irgendwie besorgt. Ist alles in Ordnung?«

Jens küsste ihn und strich mit der Hand durch seine halblangen schwarzen Haare. Er hielt dem beunruhigten Blick aus Mårtens Mandelaugen stand und lachte. »Du bist ja schlimmer als meine Mutter. Klar ist alles in Ordnung. Und das hier ist doch ...« Er machte eine vage Handbewegung, wusste aber nicht, wie er sich ausdrücken sollte. Die Wohnung, die hoch oben in einem schmalen, schiefen Haus aus dem 18. Jahrhundert auf Skeppsbron lag, hatte weißgekalkte Wände und Holzbalken unter der Decke. Die Wände waren von Schwarz-Weiß-Fotos bedeckt, und ein dicker violetter Teppichboden – von der Sorte, die Fußspuren zeigte, wenn man darüberläuft – zog sich von einer Wand zur anderen. Die Wohnung würde ihnen für sechs Monate gehören, dann würde Jesper zurückkommen.

Mårten kicherte glücklich.

»Das ist einfach zu viel«, meinte Jens. »Wir könnten uns das doch nie leisten ...«

Mårten legte ihm die Hand auf den Mund. »Pst ... wir tun so, als ob es unsere ist. Das ist doch einfach perfekt?«

Sicher, es war perfekt. Er hätte sich nicht mehr wünschen können. Der Mann, den er liebte, lag neben ihm im Bett in dieser perfekten, erlesensten Wohnung, die er jemals betreten hatte. Er hatte eine brauchbare Arbeit als Koch bei *Riche* am Stureplan. Er fühlte sich wohl dort, nur war der Geschäftsführer ein Arsch und das Gehalt wie immer zu niedrig. Aber es war eine Stelle. Eine richtig gute Stelle, da würden die meisten ihm zustimmen.

Warum also war er nicht glücklich?

252

Es war, als ob er die ganze Zeit Angst hätte, als ob er ahnen würde, dass sein perfektes, aber unsicheres Dasein bald in tausend Stücke zerbrechen würde. Als ob er wüsste, dass die Katastrophe wie ein ausgehungertes Ungeheuer hinter der nächsten Ecke auf der Lauer lag, bereit, ihn zu verschlingen.

»Was ist los?«, fragte Mården und sah plötzlich wieder besorgt aus.

»Nichts, ich dachte nur …«

»Hast du kein Vertrauen zu mir?«

Er sah Mården an. Die leicht schräg gestellten Augen sahen dunkler aus als sonst, und in seiner Miene lag ein wenig Resignation.

Der arme Mården. Er hätte etwas Besseres verdient. Jemanden, der ebenso lebensfroh und unkompliziert war wie er.

»Es gibt niemanden, zu dem ich größeres Vertrauen habe«, sagte Jens und meinte es auch so.

»Aber dann kannst du mir doch sagen, was es ist. Ich merke ja, dass etwas nicht stimmt.«

Und natürlich gab es einen Teil von ihm, der Mården wirklich alles erklären wollte. Der von diesem hungrigen Ungeheuer erzählen wollte, das irgendwo am Rand seines Blickfelds auf der Lauer lag. Das ihn eines Tages packen würde. Aber er traute sich nicht. Einerseits, weil er Angst hatte, Mården könnte das verrückt finden, andererseits, weil er den Verdacht hatte, dass das Ungeheuer – das natürlich seine Gedanken lesen konnte – sehr zufrieden sein würde, wenn er es verriet.

Plötzlich ging ihm auf, dass er fast alles dafür tun würde, um nicht darüber reden zu müssen. Er schmiegte sich so dicht an Mården, dass er dessen feuchten Atem auf seiner Wange spüren konnte. Dann legte er ihm die Hand auf die

Hüfte, ließ sie zwischen Mårtens Beine wandern und umfasste seinen weichen Schwanz.

»Du willst also wirklich nicht darüber reden?«, fragte Mårten.

Jens küsste ihn als Antwort.

Sie saßen bei einem späten Frühstück in der Küche. Die Anrichte aus rostfreiem Stahl zog sich an der einen Wand entlang, und die große blanke Küchenmaschinerie aus Deutschland gab dem Raum ein fast industrielles Flair. Nur wenige Privatküchen eigneten sich wirklich zum Kochen, aber das hier war eine davon. Die Anrichte war lang und hatte genau die richtige Arbeitshöhe. Das Spülbecken war tief und groß genug für mehrere umfangreiche Töpfe, und der Gasherd war ebenso perfekt.

Mårten strich Marmelade auf ein Stück Toast und legte die Zeitung zur Seite. »Bist du sicher, dass du nicht mit zu meiner Mutter kommen willst?«

Jens nickte. »Lieber nicht, wenn dir das recht ist. Ich fühle mich nicht so ganz in Form.«

Mårten nickte und sah ihn wieder mit diesem dunklen, beunruhigten Blick an, und abermals gab es einen Teil von Jens, der ihm sein Verhalten gern erklärt hätte. Ihm von dieser seltsamen Angst und von dem Gefühl der Unwirklichkeit erzählen wollte, das ihn von irgendwoher in aller Stille überkommen hatte.

»Mach, was du willst«, sagte Mårten und stopfte sich das letzte Stück Marmeladentoast in den Mund. »Ich hab nachher Probe, ich komme dann ziemlich spät nach Hause.«

Er sah Mårten aus dem Fenster nach. Die Gitarre hing über seiner Schulter. Sein schwarzer Mantel, der im Wind wehte, zeichnete sich deutlich vor dem schmutzigen Schnee auf Skeppsbron ab, als er in Richtung Schloss verschwand.

Der Himmel war von einem dumpfen Grau, und kleine spitze Schneeflocken wurden am Fenster zerquetscht wie Insekten auf einer Windschutzscheibe. Eisblöcke von unterschiedlicher Größe trieben im schwarzen Wasser des Strömmen. Einige wenige Autos bewegten sich langsam in Richtung City, und ein einsamer Radfahrer kämpfte tapfer oder vielleicht eher leichtsinnig gegen Wind und Schneegestöber auf dem Radweg am Kai an. Es sah so kalt aus, dass Jens fröstelte, obwohl er in der Wärme stand und die Zehen tief in dem dicken lila Teppichboden vergraben hatte.

Als er sich gerade umdrehen und ins warme Bett zurückkehren wollte, sah er den Mann. Er stand ganz still am Kai und sah zu ihm hoch, eine dunkle Silhouette vor dem weißen Schnee. Dann hob der Mann auf dem Kai eine Hand, wie um ihm zuzuwinken.

Er hatte das Gefühl, gestoßen zu werden. Sein ganzer Körper zuckte zusammen, und sein Puls raste. Jens drehte sich um, stürzte zum Bett, kroch hinein und zog sich die Daunendecke über den Kopf. Er zitterte vor Kälte und etwas anderem: einer so tiefen Furcht, dass er sie nicht in Worte fassen konnte. Er wusste nicht, wer der Mann am Kai war, aber er wusste, dass er auf irgendeine Weise wichtig war. Dass es kein Zufall war, dass er dort unten gestanden und ihm zugewinkt hatte.

Und er hatte den Mann auch nicht zum ersten Mal gesehen. Eines Nachts, als er spät von der Arbeit nach Hause gegangen war, war er ihm in einer der Gassen von Gamla stan begegnet. Der Mann hatte ganz still mitten auf der Straße gestanden und ihm ins Gesicht gesehen. Jens war schnell in eine der gepflasterten Nebenstraßen und dann nach Hause gerannt. Ein anderes Mal war er im Lill-Jans-Wald unterwegs gewesen, und ein dunkler Schatten hatte plötzlich zwischen den Tannen aufgeragt. Damals war er geflohen und hatte sich erst umzudrehen gewagt, als er den Lärm des Valhallaväg erreicht hatte.

Alles hängt zusammen, dachte er und spürte, wie Tränen hinter seinen Augenlidern brannten. Alles hängt zusammen, und es ist nur eine Frage der Zeit, bis alles zum Teufel geht.

Er wusste nicht, wie lange er schon im Bett gelegen hatte, aber draußen war es bereits dunkel. Das lähmende Gefühl hatte ein wenig nachgelassen. So wie dann, wenn der Körper langsam auftaut, nachdem er durchgefroren war, spürte er, wie Energie und Wärme zögernd in seine Glieder zurückkehrten.

Vor einiger Zeit – einer, vielleicht zwei Stunden, er wusste es nicht genau – hatte Kenny angerufen und gefragt, ob er an diesem Abend arbeiten könnte. Lollo, die für die kalten Speisen zuständig war, war krank geworden. Er hatte wahrheitsgemäß gesagt, dass es ihm nicht gut ginge. Kenny hatte ihm nicht weiter zugesetzt, aber die Irritation in seiner Stimme war deutlich zu hören gewesen. In den letzten Wochen hatte Jens zu oft gefehlt, aber er wusste, dass er, während ihm die Ungeheuer auf der Spur waren, nicht arbeiten könnte. Sebastian hatte auch zweimal angerufen, und er hatte das Gespräch jedes Mal weggedrückt. Er konnte sich nicht entscheiden, ob er ihn einfach nur aufdringlich fand oder ob er seine Aufmerksamkeit genoss. Mårten hatte immer schon die Theorie vertreten, Sebastian sei heimlich in ihn verliebt – schon seit jenem Sommer auf Mallorca, aber das glaubte er nicht eine Sekunde lang. Er war ziemlich sicher, dass sich Sebastian überhaupt nicht verlieben konnte. Er konnte einfach nicht innehalten und seine eigenen Gefühle ausloten. Er besaß nicht die Fähigkeit, sich tiefer an jemanden zu binden. Das glaubte Jens jedenfalls nicht.

Er zwang sich, aufzustehen und zu duschen. Er wollte nicht, dass Mårten nach Hause kam, ihn im Bett fand und sich wieder Sorgen machte. Er ließ das heiße Wasser lange über seinen Körper laufen und jedes Gefühl der Angst weg- spülen, und als er sich abgetrocknet und angezogen hatte, fühlte er sich wirklich besser. Er schaute auf die Uhr. Fünf vor vier. Er hätte hungrig sein müssen, aber er verspürte we- der Hunger noch Durst. Als er gerade beschlossen hatte, doch ein Butterbrot zu essen, entdeckte er den Brief auf dem Bo- den vor der Wohnungstür. Es sah wie ein ganz normaler Um- schlag von der Sorte aus, die meistens Werbung enthält, aber etwas daran stimmte nicht. Zum einen lag er zu weit von der Tür weg – als hätte jemand den Briefschlitz geöffnet und den Brief mit aller Kraft in die Diele gefeuert, statt ihn einfach fal- len zu lassen –, zum anderen war es die rote Schrift darauf, die ihn aufkeuchen ließ.

Er bückte sich und hob ihn auf. Der Brief war von feuchten Flecken bedeckt, als ob er draußen im Schnee gelegen hätte. *Ohne Sicherheiten bis zu 10 000 SEK leihen*, stand auf dem an ihn adressierten Umschlag.

Wie war es möglich, dass an diesem Tag ein Brief zugestellt wurde – an einem Samstag? Er konnte gerade erst eingewor- fen worden sein, schließlich war er noch feucht. Er ging da- mit in die Küche, legte ihn auf den Marmortisch und setzte sich. Er blieb eine Weile sitzen, während der Brief vor ihm lag, brachte es aber nicht über sich, ihn zu öffnen. Der Um- schlag hatte etwas Unangenehmes an sich, als ob er eine Art negative Energie ausstrahlte. Er musste über sich lachen. Es war doch bloß ein Brief! Großer Gott, warum regte er sich über eine ganz normale Werbesendung dermaßen auf? Jens wog ihn in der Hand. Er war leicht, als enthalte er nur ein Blatt Papier. Der Umschlag war inzwischen getrocknet, und die Feuchtigkeitsflecken waren verschwunden. Er beschloss, ihn zu öffnen.

Auf den ersten Blick sah der Inhalt aus wie eine ganz normale Werbesendung. Wenn er den Vordruck ganz unten ausfüllte und an *Svensk Snabbkredit* schickte, könnte er 10 000 Kronen leihen. Er legte das Blatt auf den Tisch, fuhr mit der Hand darüber und betrachtete es genau. Und dann sah er es. Ein Muster, das sich in dem roten Text versteckte. Es war, wie auf eines dieser Bilder zu starren, bei denen man zuerst nur viele bunte Punkte sieht. Aber dann, ohne zu wissen, wie es passiert, sieht man ganz deutlich den Menschen, das Auto oder das Flugzeug darin.

Manche Buchstaben waren von einem anderen Rot als die anderen, einem kälteren, etwas dunkleren Farbton. Es war nur ein winziger Unterschied, aber im Schein der großen Küchenlampe war er leicht zu erkennen. Er nahm den Kugelschreiber, der in der Tonschale aus Marokko lag. Er betrachtete wieder das Blatt Papier und zeichnete dann Kreise um die Buchstaben, deren Farbton anders war. Er brauchte eine Weile dazu. Dann ließ er sich zurücksinken und sah wieder darauf. Überlegte.

Die eingekreisten Buchstaben bildeten Wörter. Wörter, die wiederum einen Satz bildeten, und als er sah, was dort stand, schien eine kalte Hand sein Herz zu packen: *Ich sehe dich*, und dann, weiter unten auf dem Vordruck, sah er noch ein Wort. Ohne die Buchstaben einkreisen zu müssen, las er: *Jussi*.

Als Mårten nach Hause kam, saß Jens zitternd am Küchentisch und hielt noch immer den Brief in der Hand.

»Was ist passiert?«, fragte Mårten und setzte sich im Mantel neben ihn. Er roch nach Schnee und Zigarettenrauch und legte Jens eine kalte Hand auf den Arm. Jens fuhr, unvorbereitet auf die kalte Berührung, zusammen.

»Sieh dir das an.« Jens zeigte auf den Brief. »Er hat es auf mich abgesehen.«

»Wer denn?«

»Jussi! Da! Lies!«

»Jussi? *Der* Jussi?« Mårten nahm das Blatt und betrachtete es schweigend. Dann streifte er den Mantel ab und hängte ihn über den Stuhlrücken. Wassertropfen ruhten wie Glasperlen auf dem dicken Stoff, und der Geruch feuchter Wolle breitete sich im Raum aus. Offenbar schneit es noch immer, dachte Jens.

»Jens. Ich versteh das nicht.« Mårtens Stimme war ein Flüstern, und sein Gesicht zeigte einen Ausdruck, den Jens noch nie bei ihm gesehen hatte. Es sah aus wie Hilflosigkeit oder vielleicht Trauer.

Er begriff sofort, wie seltsam das alles auf Mårten wirken musste, und versuchte deshalb, ihm ruhig und in einfachen Worten zu erklären, was passiert war: dass er den feuchten Brief mitten in der Diele gefunden hatte; dass die Tatsache, dass der Brief an einem Samstag gekommen war, an sich schon unlogisch war; dass die Farbe gewisser Buchstaben anders war und dass sie sich zu einer Mitteilung zusammenfügten; dass der Absender offenbar Jussi war, sein erster richtiger Mann, den er vor endlos vielen Jahren gekannt hatte; und dass sie sich nicht gerade als Freunde getrennt hatten, weswegen eine gewisse Logik darin lag, dass der Brief von ihm kam.

Mårten sagte nichts, sondern starrte den Brief mit gerunzelter Stirn an, als versuchte er, eine Rechenaufgabe oder vielleicht ein Kreuzworträtsel zu lösen. Dann stützte er den Kopf in die Hände und sah plötzlich sehr müde aus.

»Ich hasse diesen Jussi, weißt du das«, murmelte er. »Ich werde zu ihm gehen und ihn fragen, warum er dein Leben ruiniert hat. Ja, verdammt noch mal, genau das werde ich tun! Ich werde zu ihm gehen und ihn zur Rede stellen. Und wenn ihm dann die Entschuldigungen ausgehen, ersteche ich ihn.«

Mårten hatte ihn ins Bett gesteckt. Er hatte ihm gesagt, er müsse schlafen. Er selbst hatte sich aufs Sofa gelegt. Jens fragte sich, warum. Mårten schlief sonst immer im Bett. Vielleicht konnte Jens deshalb nicht schlafen. Er lag ganz still da, starrte in die Dunkelheit und versuchte zu verstehen, was hier vor sich ging. Er hatte das Gefühl, ganz dicht vor einer wichtigen Erkenntnis zu stehen. Er konnte förmlich sehen, wie sich die Puzzlestücke langsam zusammenfügten. Der Mann, den er auf dem Kai und in der Gasse gesehen hatte, war also Jussi gewesen. Es war keine Einbildung gewesen, Jussi hatte ihn wirklich verfolgt.

Bilder aus der Vergangenheit flimmerten vorüber wie in einem Fiebertraum: Jussis mit Möbeln vollgestopfte Wohnung, der mitternachtsblaue Morgenrock, den er niemals benutzen durfte – *mitternachtsblau*, was für ein seltsames Wort. Der Himmel war um Mitternacht doch gar nicht blau, sondern eher schwarz? Aber jedenfalls, Roberto, dieser Arsch, der hatte den Morgenrock anziehen dürfen. Vermutlich zum Dank für einen netten Blowjob.

Es stach in seiner Brust. Der Schmerz war noch immer vorhanden, wie eine Geschwulst, trotz der vielen Jahre, die vergangen waren. Dann fiel ihm Jussis flehender Blick ein, als er halb nackt im Schneematsch auf der Straße gestanden hatte. Und er war stolz darauf gewesen, dass er nicht mit zurück ins Haus gegangen war, sondern eine Grenze gezogen und

Jussi verlassen hatte. Aber warum verfolgte Jussi ihn? War er noch immer sauer, weil er damals Schluss gemacht hatte? Jens hatte das deutliche Gefühl, dass die Lage sehr viel komplizierter war. Es war vermutlich kein Zufall, dass sie damals zusammen gewesen waren, dass sie sich an dem Abend im Club begegnet waren. Er hatte immer das Gefühl gehabt, dass Jussi ihn überbewachte. Und was, wenn es wirklich so war? Was, wenn Jussi den Auftrag gehabt hatte, ihn zu bespitzeln? Wenn er in Wirklichkeit die ganze Zeit, als sie zusammen gewesen waren, im Auftrag eines anderen gehandelt hatte?

Weitere Erinnerungsbilder tauchten auf. Ihm fiel ein, dass Jussi immer Notizen in einem roten Büchlein gemacht hatte. Jetzt begriff er, was das zu bedeuten gehabt hatte. Bei dem Gedanken wurde ihm schlecht. Was er für Liebe gehalten hatte, war also nur ein Auftrag gewesen. Es spielte keine Rolle, dass so viele Jahre vergangen waren, die Erkenntnis traf ihn trotzdem wie ein Tritt in den Magen.

Aber da war noch etwas anderes – etwas Wichtiges, das gleich unter der trüben Oberfläche seines Bewusstseins auf der Lauer lag. Wenn er es nur fassen und ans Licht ziehen könnte, um es zu untersuchen. Er wusste, dass es wichtig war. Dann fiel es ihm ein. Was hatte Jussi ihm noch erzählt? Dass sein jüngerer Bruder in einer kriminellen MC-Bande – einer Motorrad-Gang – gelandet war. Und plötzlich begriff er, wie alles zusammenhing. Die MC-Bande hatte Jussi gezwungen, Informationen über ihn zu liefern. Natürlich legten sie ein genaues Verzeichnis aller Schwulen in Schweden an, und wie sollten sie das ohne Insiderwissen schaffen? Jussi war ein Insider. Und Johan, der da unten auf Mallorca so unschuldig und liebevoll getan hatte, vielleicht auch. Wie es bei Mårten aussah, daran wagte er nicht zu denken. Und bei allen anderen, die einfach in der Nacht vorübergezogen waren, deren

Namen er nicht einmal mehr wusste. Wie sollte er wissen, ob auch sie in die Sache verwickelt waren?

Alles war nur ein Test, um festzustellen, ob er wirklich schwul war. So musste es sein. Das würde alles erklären.

Jussi, Johan – sie hatten ihn verraten.

Siri

Vijay liegt bäuchlings auf dem Felsen und scrollt in den Musikstücken auf seinem iPad. Ich liege nur im Bikiniunterteil und einem alten, verschlissenen T-Shirt von Markus daneben. Obwohl die Sonne jetzt schon tiefer über dem Wasser steht, ist die Luft noch immer schwül, fast heiß.

Ich weiß, dass Vijay sich gefreut hat, als ich gefragt habe, ob er zum Essen mit zu mir kommen will; dass die Umstellung von Paar auf Single für ihn schmerzlich war, und dass er Gesellschaft deshalb noch wichtiger findet als früher.

Er streckt die Hand nach der Bierflasche aus, trinkt den letzten Schluck und stellt sie wieder in die Felsspalte.

»Brauchen wir Musik?«, frage ich. »Wir können doch einfach hier liegen und den Wellen zuhören.«

»Nein. Wir brauchen Soul, Sister. Ah, ja. Marvin Gaye, 1982.« Er dreht die Musik auf und legt sich dann auf den Rücken.

Ich schaue auf das Meer hinaus. Weit im Osten ahne ich dunkle Wolken. Sie wachsen aus dem Horizont wie riesige Pilze. Es scheint eine Ewigkeit nicht mehr geregnet zu haben, und ich ertappe mich dabei, dass ich mich nach einem ordentlichen Wolkenbruch sehne.

Vijay reicht mir die rote Plastikschale mit den Dillchips. »Iss. Du bist mager wie ein Stöckchen.«

Ich nehme mir zwei. Die Chipstüte war offen, seit Markus und Erik gefahren sind, und die Chips sind überhaupt nicht mehr knusprig, sondern weich und mehlig. Sie zerbröseln in meiner Hand.

»Hast du was von Aina gehört?« Er stellt die Frage, als gäbe es keine natürlichere auf der Welt, ungefähr so, als ob er wissen wollte, ob ich Butter gekauft habe. Und doch ist sie so geladen, dass ich unbewusst die Fäuste balle und die Augen zusammenkneife, als ich Ainas Namen höre.

»Sie hat mir einen Brief geschrieben.«

»Einen richtigen Brief? Mit der Post?«

Ich schaue auf das Meer hinaus. Rönnskär zeichnet sich als dunkle Silhouette vor dem helleren Himmel im Westen ab. »Ja. Einen richtigen Brief. Ich glaube, sie hat sich gedacht, dass ich den nicht wegwerfen würde.«

Vijay fischt kleine Steine aus der Felsspalte und wirft einen nach dem anderen ins Wasser. Einige Meter weiter, auf einem runden Felsbrocken groß wie ein Tisch, liegen die vertrockneten Reste des Tangklumpens, mit dem Erik gespielt hat. Plötzlich überkommt mich eine fast lähmende Sehnsucht. Ich sehne mich so sehr danach, den kleinen Körper in den Armen zu halten. Den Geruch von Sonne und Staub in seinen Haaren zu riechen, ihn auf die Wange zu küssen, während er sich gleichzeitig alle Mühe gibt, meiner Fürsorge zu entfliehen.

Ich denke auch noch an etwas anderes, nämlich, dass Markus mir eigentlich überhaupt nicht fehlt. Noch ein seltsames Gefühl.

»Konntest du es denn? Ich meine, den Brief wegwerfen?«

»Nein.«

Vijay beschattet sich mit der Hand die Augen und sieht mich an. »Und?«

»Ich habe ihn gelesen.«

Er schweigt, lässt die Hand sinken und blinzelt wieder. Ich weiß, dass er abwartet, dass er weiß, dass ich erzählen werde.

»Ich habe ihn gelesen und … es stand nichts Besonders darin. Ich fehle ihr, schreibt sie. Es war ein ziemlich kurzer Brief. Nur ein paar Zeilen.«

»Und was war das für ein Gefühl?«

Ich überlege. »Es war verdammt schwierig. Und wenn ich ehrlich sein soll, ändert sich dadurch nichts.«

»Ich glaube, es würde dir guttun, dich mit Aina zu versöhnen«, murmelt Vijay.

Plötzlich friere ich, obwohl die Sonne noch immer scheint und die Felsen warm sind. Ich setze mich auf und lege mir das Handtuch um die Schultern.

»Sie hat mir das Schlimmste angetan, was man sich überhaupt nur vorstellen kann. Ich kann ihr nicht verzeihen. Das geht einfach nicht. Sie hat meine Vergebung nicht verdient. Schluss, aus.«

»Du hörst mir nicht zu. Es geht nicht darum, ob Aina Vergebung verdient hat. Es geht darum, dass es *dir* besser gehen würde, wenn du ihr verzeihen könntest. Du weißt, dass man sagt, dass Verbitterung das Gleiche ist, wie Gift zu trinken und darauf zu warten, dass der andere Mensch stirbt. Willst du das, Siri? Willst du, dass dein Leben von deiner eigenen Verbitterung vergiftet wird?«

»Ich will, dass du jetzt gehst«, sage ich und staune darüber, wie scharf meine Stimme klingt. Dann werfe ich das Handtuch ab, laufe an den Rand der Felsen und tauche in das kühle, dunkle Wasser ein.

Carin sieht ausnahmsweise einmal froh aus. In der vergangenen Woche ist mir aufgefallen, dass die Furchen zwischen ihren Augen immer tiefer und ihre Sonnenbräune immer grauer zu werden schienen. Die Arbeit frisst sie auf, genau wie uns andere auch. Das Profil, das wir langsam herausarbeiten, will uns offenbar verschlingen, und dass so viel an die Presse durchsickert und die ständige Aufmerksamkeit durch die Medien beeinflussen uns alle.

Aber jetzt lächelt Carin und zeigt dabei ihre ebenmäßigen schönen Zähne. Sie stellt uns den langhaarigen Mann neben ihr vor. »Das ist Ronny Nilsson, IT-Forensiker.«

Der Mann schaut auf, streicht sich eine Strähne aus der Stirn, die sich aus seinem Pferdeschwanz befreit hat, und zupft an seinem verwaschenen T-Shirt. Er hebt die Hand zu einem halbherzigen Gruß und räuspert sich kurz. »Ja, ich gehöre zu einer kleinen Abteilung von zivilangestelltem Personal, das auf unterschiedliche Weise mit IT arbeitet, um Verbrechen aufzuklären. Wir haben uns die Morde an Jussi Ståhl und Lukas Ebbehammar angesehen.«

»Und wie habt ihr das gemacht? Von welchem Ansatz seid ihr ausgegangen?« Örjan beugt sich auf seinem Stuhl vor und schaut den langhaarigen IT-Mann aufmerksam an.

Ich sehe mich um. Carin steht gespannt neben Ronny Nilsson. Was immer er zu sagen hat, ist wichtig, und ich kann Carin ansehen, dass Örjans Zwischenfrage ihr überhaupt nicht passt. Detailwissen über technische Ermittlungen im Internet ist gerade wohl nicht das Wichtigste. Jimmy sitzt still da und hält einen Becher mit schwarzem Kaffee in der Hand. Er sieht müde aus, seine Augen sind geschwollen und rot unterlaufen. Ich überlege, ob er wohl noch einen Abend in der Kneipe verbracht oder einfach sehr lange gearbeitet hat. Er trägt ein kurzärmliges Hemd mit Stehbündchen, und ich ertappe mich abermals bei dem Gedanken, dass er, trotz der tätowierten Schlange und der vielen Silberringe, gut aussieht. Er ist so anders als Markus. Er hat nichts von dessen unreifer Jungenhaftigkeit. Kaum habe ich das gedacht, da schäme ich mich auch schon. Ich schäme mich, weil ich mitten in einer wichtigen Besprechung einen meiner Kollegen begaffe. Und ich schäme mich, weil ich ihn mit dem Mann vergleiche, den ich liebe. Ich fange Vijays Blick auf und weiß, dass er mich gesehen und meine Gedanken durchschaut hat. Er schüttelt fast unmerklich den Kopf, und verlegen schlage ich die Augen nieder.

»Ja, also, es dauert ziemlich lange, das alles durchzugehen, aber wenn es euch interessiert ...« Ronny verstummt, und Carin ergreift das Wort.

»Danke, aber das ist nicht nötig, uns interessieren eure Ergebnisse. Örjan, du kannst dich vielleicht bei einer anderen Gelegenheit selbst ein wenig mit dieser Frage beschäftigen?« Sie blickt Örjan auffordernd an.

Er nickt und schaut dann wieder auf seinen Block.

»Unter anderem untersuchen wir, wie die Internetaktivitäten in Bezug auf die Namen der Opfer vor dem Mord aussehen, um festzustellen, ob jemand zum Beispiel auf Google nach ihren Namen gesucht hat. Versteht ihr?« Ronny mustert uns mit skeptischer Miene, als könne er sich nicht vorstellen, dass wir je von dieser weltbekannten Suchmaschine gehört haben. »Wie man sich vielleicht vorstellen kann, wurde der Name Jussi Ståhl ziemlich oft aufgerufen, vor allem Ende Mai, als er in der Antiquitätenrunde im Fernsehen zu sehen war«, sagt Ronny. »Aber es gibt sehr viel weniger IP-Adressen, die Jussi Ståhl *und* Miguel Alemany eingegeben haben. Nur etwa zweihundert.«

»Aber zweihundert sind immer noch ganz schön viele. Und wie wollt ihr diese Suchanfragen zurückverfolgen? Die Leute können doch in einer Bibliothek oder was weiß ich wo gesurft haben.« Jimmy klingt genervt. Vielleicht hat er das satt, was er für Sackgassen hält.

»Ganz richtig. Und deshalb wurde alles einfacher, als wir Lukas Ebbehammar dazunehmen konnten. Oder, eher gesagt, *Johan* Ebbehammar. Ebbehammar ist ein ziemlich ungewöhnlicher Name, es gibt nur etwa ein Dutzend Menschen in Schweden, die so heißen. Wir haben Lukas Ebbehammar gesucht und keine Treffer erhalten. Niemand hatte diesen Namen eingegeben. Dann haben wir es mit der übrigen Familie versucht. Und in den letzten Monaten wurde Johan Ebbehammar sogar mehrmals gesucht.«

»Aber das heißt doch immer noch nichts. Der Mann ist Arzt, da kann sonst wer ihn gesucht haben, ein angehender Patient zum Beispiel. Verdammt, heutzutage sind doch alle Menschen öffentliche Personen.« Jimmy scheint wild entschlossen zu sein, sich querzustellen, und klingt jetzt deutlich gereizt, als ob er das alles hier für Zeitverschwendung hält.

Ich sehe Carin an. Die Furche zwischen ihren Augen ist wieder da, und sie hat die Arme vor der Brust verschränkt. Ich frage mich, ob sich hier ein Konflikt zwischen Jimmy und Carin abspielt, bei dem Ronny Nilsson nur ein Symbol für Carins Autorität ist, während Jimmy auf diese Autorität mit Wut reagiert. Ich kann einen Anflug von Sympathie für

Jimmy nicht unterdrücken, auch wenn ich sein offen trotziges Verhalten nicht gutheiße. Ich kann es auch nicht leiden, wenn jemand über mich bestimmt, und ich habe den Verdacht, dass Carin trotz ihres hübschen Aussehens eine überaus autoritäre Chefin sein kann.

Ronny scheint sich dagegen nicht provozieren zu lassen, er nickt nur. »Genau das haben wir auch gedacht. Aber wenn man sich die Anfragen der Adressen, die nach Jussi Ståhl *und* nach Johan Ebbehammar gesucht haben, genauer ansieht, dann findet man nur eine. Und diese IP-Adresse ist auf eine Privatperson registriert.« Ronny Nilsson lächelt triumphierend, und ich ahne einen Priem unter seiner Oberlippe.

»Was zum Teufel sagst du da? Habt ihr ihn gefunden?« Jimmy knallt seinen Becher so energisch auf den Tisch, dass der schwarze Kaffee über die Tischplatte schwappt. Seine üble Laune scheint verflogen zu sein, er sieht nur noch aufgeregt aus.

»Wir haben einen Rechner gefunden, den wir mit einer Person in Verbindung bringen können. Das muss nicht heißen, dass diese Person die Morde begangen hat. Sie kann ihren Computer auch verliehen haben. Oder es kann sich um einen Zufall handeln. Vielleicht ist es ein Patient von Johan Ebbehammar, der sich Antiquitätenprogramme im Fernsehen anschaut. Aber ich glaube nicht an Zufälle. Es ist sehr unwahrscheinlich, dass jemand vor den Morden beide Männer googelt, ohne dass dies in Zusammenhang mit den Verbrechen steht.«

»Aber wer ist es denn nun?« Vijay sieht Carin an, die nickt und vortritt.

»Dazu komme ich gleich. Ich möchte nur erst Ronny dafür danken, dass er hergekommen ist und uns das alles erzählt hat.« Sie dreht sich zu Ronny um und reicht ihm die Hand.

Ronny hebt seine und winkt uns zaghaft zu. »Viel Glück. Ich glaube, dass ihr ihn habt.« Dann dreht er sich um und verlässt den Raum.

»Jens Sundberg, siebenunddreißig, ehemaliger Koch. Aufgrund einer langen psychischen Erkrankung Frührentner.« Während Carin berichtet, schreibt sie mit einem roten Stift an die weiße Tafel.

»Taucht er in unseren Registern auf?« Wieder Vijay. Ich erkenne den Ausdruck in seiner Stimme. Gespannt und konzentriert. Als ob er ahnt, dass wir endlich eine Information bekommen haben, die uns weiterhilft.

»Nein. Wir wissen nichts über ihn. *Fast* nichts.« Carin lächelt fast unmerklich und sieht für einen kurzen Moment aus wie eine Katze, die mit ihrer Beute spielt.

»Na los, Carin. Ich halt das nicht mehr aus.« Jimmy hebt die Hände und lacht, es sieht wie eine Friedensgeste aus, und Carin lacht ebenfalls.

»Johan Ebbehammar hat bei seiner Vernehmung Sten Lindell gegenüber bestätigt, dass er Mitte der neunziger Jahre eine Beziehung zu Jens Sundberg hatte. Miguel Alemany ist sich nicht ganz sicher, aber er glaubt, dass Jussi auch einmal mit einem Jens zusammen war, der später psychisch krank wurde. Außerdem hat der Typ – Sebastian –, der neulich hier angerufen und Siri erzählt hat, dass Johan Ebbehammar eine Beziehung zu einem Mann hatte, ebenfalls einen Jens erwähnt.«

»*Yes*! Holen die Kollegen ihn sich jetzt?« Jimmy hebt eine Faust und grinst.

»Ich glaube, sie sind gerade auf dem Weg zu seiner Wohnung.« Carin setzt sich auf die Tischkante und trinkt einen Schluck Kaffee aus ihrer Mumin-Tasse.

»Ich bin so froh, dass sich die Sache langsam aufzuklären

scheint. Die Zeitungen peitschen doch eine Art Hysterie auf. Lindell hat erzählt, dass sich die Anzeigen wegen mutmaßlicher Hassverbrechen seit gestern vervielfacht haben. Die Leute sehen überall Laserstrahler und Gewehre, und dann sind da noch die Rotzbengel mit der Luftpistole, die noch immer nicht gefasst sind. Damit muss Schluss sein, sonst wird es weitere Opfer geben.« Sie sieht uns mit ernster Miene an.

In diesem Moment kommt sie mir gar nicht mehr wie unsere Chefin vor. Nur wie eine müde und überarbeitete Kollegin.

»Na gut. Heißt das, dass wir jetzt nach Hause gehen können?« Vijay sieht hoffnungsvoll aus, und ich ahne, wie müde er ist.

Carin schaut auf die Uhr und schüttelt den Kopf. »Nein, ich hab einen Tisch im *Meister Anders* bestellt und schlage vor, dass wir sofort hingehen. Essen und Trinken gehen aufs Haus.«

Das Restaurant leert sich langsam. Es ist fast zwölf, und die meisten Gäste sind bereits gegangen. An unserem Tisch sitzen nur noch Carin, Jimmy und ich. Vijay wäre über seinem Bier fast eingeschlafen und ist um kurz vor zehn gegangen. Örjan verabschiedete sich gleichzeitig und erklärte, die Rosen im Schrebergarten brauchten Wasser.

Carin ist beschwipst. Ihre Wangen sind rot und ihre Augen glänzen. Sie unterhält Jimmy und mich seit über einer Stunde mit alten Ermittlungen, an denen sie mitgewirkt hat. Ich weiß nun von Promis, die sich durch die Bordelle der Stadt ficken und ihre Freundinnen misshandeln, von Politikern, die mit Drogen in der Hosentasche erwischt worden sind, und von einem bekannten Fernsehmoderator, der bei einem Pädophilieskandal unter Verdacht steht.

»Wie schaffst du das alles? Kinder und Arbeit?« Ich sehe Carin neugierig an. Ihre niemals versiegende Energie beeindruckt mich, denn ich bin, wenn ich von der Arbeit nach Hause komme, oft so müde, dass ich mich nur noch aufs Sofa fallen lassen und das Kinderprogramm einschalten kann.

»Ich hab es ja nicht geschafft. Ich bin geschieden.« Carin kichert und trinkt einen großen Schluck Wein.

»Aber die Kinder? Und die Arbeit? Du hast *drei* Kinder. Das ist doch unglaublich. Mir ist eins oft schon fast zu viel. Bei uns gibt es mindestens dreimal die Woche Würstchen und Makkaroni, während wir vor dem Fernseher sitzen und die Kinderstunde läuft.«

»Mach ich auch so. Vergiss alle Vorstellungen vom Dasein als Supermama. Wenn du eine gute Beziehung zu deinen Kindern haben und Vollzeit arbeiten willst, musst du weniger aufräumen und das Sauerteigbrot von anderen backen lassen. Du musst dich auf die Dinge konzentrieren, die du wirklich wichtig findest. Ich bin lieber mit meinen Kindern zusammen, als die Zeit mit Kochen zu verbringen. Also machen wir es einfach so. Inzwischen sind meine Jungs groß genug, um zu Hause helfen zu können.« Sie lächelt strahlend und sieht ungeheuer stolz aus, und ich denke, dass sie eben doch eine Supermama ist. Obwohl sie das Gegenteil behauptet.

Jimmy sagt nichts. Er lächelt nur und schüttelt den Kopf.

»Jetzt muss ich aber los.« Carin sieht auf ihre Armbanduhr. »Morgen ist trotz allem ein normaler Arbeitstag. Ich muss nach Hässelby. Muss sonst jemand in die Richtung? Ich will ein Taxi nehmen.« Sie nuschelt ein wenig, und mir geht auf, dass sie angetrunkener ist, als ich gedacht hätte.

»Ich muss nach Värmdö, also in die andere Richtung. Schade.« Ich schüttele bedauernd den Kopf, und Carin dreht sich zu Jimmy um.

»Nein, ich wohne ja fast in Kriechentfernung. Lilla Essingen. Wär doch etwas übertrieben, da ein Taxi zu nehmen. Ich muss mich ohnehin in Form halten, und zu Fuß gehen soll da gut sein.« Er klopft sich auf den flachen Bauch und grinst.

Carin hört die Ironie nicht und setzt zu einem Vortrag darüber an, was Spaziergänge doch für ein gutes Training sind, während sie gleichzeitig einem Kellner winkt und die Rechnung bezahlt. Jimmy erwidert meinen Blick und verdreht die Augen. Für einen Moment erinnert er mich auf eine seltsame Art an Aina.

Wir gehen mit Carin hinaus in die Hantverkargatan, und fast sofort kommt ein Taxi. Als Carin in dem glänzenden Wagen verschwunden ist, stehen Jimmy und ich auf dem Bürgersteig. Obwohl es fast Mitternacht ist, ist es warm, und die Dämmerung hüllt alles in ein blaues Licht. Es riecht nach Rosen und Asphalt, und sommerlich gekleidete Menschen schlendern durch die Hantverkargatan. Die Nacht ist unglaublich schön.

»Komm mit mir nach Hause. Ich kann dir eine Limo anbieten – oder Tee.« Jimmy sieht mich mit einem unergründlichen Blick an, und ich merke, wie ich zögere. Ich bin nüchtern, und mein Auto steht nur einen Steinwurf entfernt in der Bergsgatan. Ich weiß, was ich tun müsste. Ich habe einen Lebensgefährten. Ich müsste nach Hause fahren und schlafen. Ich sollte von Markus und Erik träumen, statt hier auf der Straße zu stehen und mit dem Gedanken zu spielen, Jimmy nach Hause zu begleiten. Aber etwas an diesem Abend, an dem blauen Licht und dem Duft des Sommers lässt mich zögern. Das und noch etwas anderes. Eine Sehnsucht nach etwas, für das ich nicht einmal Worte habe. Eine Leere in mir, die immer stärker geworden ist und von der ich nicht weiß, wie ich sie füllen kann.

»Gehen wir oder nehmen wir das Auto?«

Jimmy macht ein überraschtes Gesicht und mir geht auf, dass er nicht damit gerechnet hat, dass ich ihn begleite. »Wir gehen. In so einer Nacht *muss* man zu Fuß gehen.«

Wir schlendern über Norr Mälarstrand und weiter in Richtung Lilla Essingen und reden über die Arbeit. Die seltsame Tatsache, dass wir gemeinsam zu Jimmy nach Hause gehen, lassen wir beide unerwähnt.

Die Wohnung ist ein relativ neues Zweizimmerapartment mit Blick auf das Wasser. Während Jimmy Tee kocht, schaue ich mich um. Ich bleibe vor dem Bücherregal stehen, das besser sortiert ist, als ich erwartet hatte. Vor allem steht dort Fachliteratur über Polizeiarbeit, aber es gibt auch Romane von Nobelpreisträgern, was mich überrascht, und ich schäme mich ein wenig für meine Vorurteile. Die Wände sind bedeckt von Fotokunst der gehobeneren Sorte, aber dominiert wird das Zimmer von einem Klavier, das vor der einen Wand steht.

»Spielst du?« Ich drehe mich zu Jimmy um, der ein Tablett mit Tassen und einer Teekanne bringt.

»Ja. Ich hab schon als Kind gespielt. Alle in meiner Familie sind Musiker. Außer mir natürlich.«

»Warum nicht du?« Ich folge Jimmy auf den Balkon und verstumme einen Moment, um die Aussicht zu bewundern. Am anderen Ufer ragen die Felsen von Gröndal wie riesige Zähne aus dem Wasser, und weiter im Osten streckt sich die Västerbro majestätisch über den Riddarfjärden.

»Weil ich nicht geduldig genug bin. Um ein richtig guter Musiker zu werden, braucht man viele, viele Stunden, in denen man alles nur wiederholt. Das liegt mir einfach nicht. Bei mir muss alles schnell gehen.« Er fängt meinen Blick ein und hält ihn fest, und mir geht auf, dass er hier nicht nur vom Klavierspielen redet.

Ich wende mich ab, trinke einen Schluck Tee und schaue wieder hinaus aufs Wasser. »Mein Freund sagt, dass du mit allen Polizistinnen in Stockholm geschlafen hast.« Ich weiß nicht so recht, warum ich das zur Sprache bringe, aber es kommt mir wichtig vor, eine Antwort darauf zu erhalten. Vielleicht will ich nicht einfach nur eine von vielen sein.

»Aha … das sagt er also. Er arbeitet doch in Nacka, oder?« Ich nicke, und Jimmy schweigt eine Weile.

»Ich hatte eine Zeitlang eine Freundin, die da arbeitete. Ich vermute, sie hat Dinge über mich gesagt, die nicht gerade schmeichelhaft waren. Sicher hat er es von ihr gehört.«

»Warum hat das mit euch nicht geklappt?« Ich sehe Sonja Askefalk vor mir. Die Furchen um ihre Augen und den Mund. Die gefärbten Haare und den mageren, durchtrainierten Körper, der immer angespannt zu sein schien.

»Weil Sonja ein neues Leben mit mir anfangen wollte. Und ich wollte das nicht. Es war ein Trost, eine Ablenkung. Keine Liebe. Das konnte sie nicht akzeptieren.«

»Und?«

»Und da war Schluss.«

»Und was war mit anderen Polizistinnen?«

»Es gab noch ein paar. Nichts Ernstes. Überhaupt nichts Ernstes mehr, nachdem Nadja … nachdem sie diesen Unfall hatte. Und du selbst? Wie sieht es mit deiner Beziehung aus?«

Jimmys Frage ist eine Herausforderung, und ich muss nachdenken, ehe ich antworte. Markus ist ein wunderbarer, durch und durch lieber Mann und ein fantastischer Vater, aber es ist nicht leicht, mit ihm zusammenzuleben. Es fällt ihm schwer, Verantwortung zu übernehmen, und es kommt vor, dass er vergisst, anzurufen, wenn er Erik nicht aus dem Kindergarten abholen kann, oder dass plötzlich Mahnungen eintreffen, weil er vergessen hat, eine Rechnung zu bezahlen.

Außerdem ist er furchtbar launisch und kann sich über Kleinigkeiten schrecklich aufregen. Aber es gibt noch etwas – etwas, das ich nicht so leicht in Worte fassen kann und das in unserer Beziehung nur zu ahnen ist. Wir schlafen fast jeden Abend mit dem Rücken zueinander ein, und das Doppelbett kommt mir groß und einsam vor. Er berührt mich nicht mehr so wie früher. Und immer häufiger haben wir einander nichts zu sagen, wenn wir am Frühstückstisch sitzen. So, als ob zwischen uns ein Leerraum entstanden wäre, den wir nicht überwinden können – weder mit Worten noch mit Taten. Es gibt ihn, aber wir sprechen nie über ihn.

»Die ist in Ordnung. Ich will nicht darüber reden.« Ich drehe mich um und sehe Jimmy an, betrachte die tätowierte Schlange, die sich um seinen Arm windet, die Silberringe an den Fingern, den rasierten Schädel und die verschlissenen Jeans. Er ist so ganz anders als alle Männer, mit denen ich jemals etwas hatte. Vielleicht macht gerade das ihn so attraktiv. Ich stelle die Tasse auf den kleinen Balkontisch und nehme Jimmys trockene, schwielige Hand. »Komm, wir gehen ins Haus.«

Jimmy sagt nichts, er nickt nur. Wir schaffen nur wenige Meter, dann nimmt er mein Gesicht in die Hände und küsst mich. Seine Zunge ist rau, und er schmeckt nach Bier und Tabak.

Ich denke, dass er anders riecht als Markus.

Dass nichts an ihm mich an Markus erinnert.

Ich werde von Jimmys Schnarchen geweckt. Es ist kurz nach sieben Uhr morgens, und durch das offene Fenster höre ich eine Kakophonie aus Möwengeschrei. Ich drehe mich um und betrachte Jimmy, der auf dem Rücken liegt und sich die Decke über Beine und Schritt gezogen hat. Wie ich jetzt weiß, geht die Tätowierung über seinem Brustkasten weiter und verläuft an der Seite nach unten. Aus seinem Nabel wächst ein Büschel aus braunen Haaren.

Ich versuche, mich zu schämen, denn ich weiß, dass ich mich schämen müsste. Ich müsste Reue verspüren, von mir selbst angewidert sein, aber stattdessen spüre ich nur Freiheit und Befriedigung. Markus scheint in einem anderen Teil meines Lebens zu sein, und das, was zwischen mir und Jimmy passiert, ist etwas für sich. Etwas, das vollkommen losgelöst von meiner Beziehung zu Markus ist.

Es ist verwirrend und seltsam, aber auch schön. Ich drehe mich zu Jimmy um, rutsche näher an ihn heran, und er erwacht und zieht mich an sich. Er murmelt meinen Namen und legt eine Hand auf meine Brust. Ich liege still da und lausche auf seinen Atem, zähle die Atemzüge und spüre, wie ich immer müder werde.

Ich träume von Aina. Die langen blonden Haare fallen ihr über die Schultern. Ihr Oberkörper ist nackt, und ich sehe, dass ihre eine Brust nicht mehr da ist. Dort, wo sie war, gibt es nur noch eine Narbe. Sie streckt eine Hand nach mir aus, streichelt meine Wange und flüstert: »Du bist genau wie ich, Siri. Es gibt keinen Unterschied. Du bist genau wie ich.«

Sten Lindell steht mit verschränkten Armen am Querende des Tisches. Seine Haltung hat etwas Defensives, das ich nicht richtig benennen kann, er scheint sich nicht wohl in seiner Haut zu fühlen. Sein Gesicht ist hochrot, aber das ist oft der Fall, sodass es eigentlich keinen Hinweis auf seine Stimmung liefert. Shirin Tahami steht neben ihm. Sie sieht in ihrem marineblauen Kostüm aus wie eine Prinzessin aus *1001 Nacht*. Ihre langen schwarzen Haare fallen in perfekten glänzenden Locken über ihre Schultern. Sie ist älter, als ich gedacht habe, aber sie hat auch etwas seltsam Puppenhaftes. Vijay hat mir erzählt, dass sie zu den angriffslustigsten Staatsanwältinnen gehört und dass sie vor nichts zurückschreckt, um einen Verbrecher in den Knast zu bringen.

Jimmy kommt mit einem Glas Wasser in der einen und seinem Laptop in der anderen Hand ins Zimmer gelaufen. Er zieht die Tür hinter sich zu, lässt sich auf einen Stuhl sinken und erwidert meinen Blick. Ich starre die Tischplatte an und hoffe, dass niemand das Lächeln sieht, das sich in meinem Gesicht breitmacht, obwohl ich es zu unterdrücken versuche. Obwohl ich versuche, diese verbotenen Gefühle in ihre Schranken zu weisen.

Seitensprung.

Ich hätte niemals gedacht, dass mir das passieren könnte. Ich war so überzeugt davon, zu wissen, was richtig und angebracht ist, dass ich, ohne zu zögern, mein Urteil über Aina und Stefan gefällt habe. Und jetzt, da ich selbst Markus betrogen habe, schaffe ich es nicht einmal, mich deshalb richtig zu schämen. Im Gegenteil. Ich habe mich gefreut, als Jimmy ins Zimmer kam.

»Jens Sundberg ist verschwunden«, sagt Lindell, nickt düster und schaut aus dem Fenster. Shirin steht stumm und mit verschränkten Armen neben ihm.

»Wie meinst du das?«, fragt Vijay.

»Wir haben ihn gestern in seiner Wohnung bei Hornstull nicht angetroffen«, sagt Shirin. Ihre Stimme ist überraschend dunkel, und ich denke, dass sie auch eine Sängerin sein könnte. »Stattdessen war sein Vater da, Lars Sundberg. Von ihm wissen wir, dass Jens seit zwei Tagen verschwunden ist und er in die Wohnung gekommen ist, um ihn zu suchen. Jens hatte doch psychische Probleme, und sein Vater sagt, dass er schön häufiger ohne Erklärung für einige Tage abgetaucht ist. Aber dann war er offenbar in seiner Wohnung und hat sich nur geweigert, ans Telefon zu gehen oder Mails zu beantworten. Deshalb war der Vater hergekommen. Er wollte nachsehen, ob Jens zu Hause war. Er und die Mutter haben Schlüssel. Sie gießen die Blumen, wenn Jens nicht zu Hause ist. Er war offenbar einige Zeit in einer psychiatrischen Klinik.«

Während Shirin berichtet, dreht Lindell Kreise im Zimmer und fährt sich mit der Hand über seinen umfangreichen Bauch wie eine schwangere Frau. Jetzt verstehe ich seine düstere Stimmung nur zu gut. Der Lösung so nahe zu sein, nur um dann feststellen zu müssen, dass sich der mutmaßliche Täter in Luft aufgelöst hat, muss ungeheuer frustrierend sein.

»Was für psychische Probleme hatte er denn?«, fragt Vijay und schlägt seinen Notizblock auf.

»Offenbar eine Form von Psychose mit Anflügen von Verfolgungswahn«, sagt Lindell. »Der Vater ist im Haus. Die Kollegen sprechen gerade mit ihm, ich werde also bald mehr wissen.«

»Hatte der Vater irgendeine Ahnung, wo Jens stecken könnte?« Carins Stimme klingt müde.

Shirin erwidert ihren Blick und schüttelt den Kopf. »Nein. Es kommt offenbar ab und zu vor, dass Jens im Freien, zum Beispiel in irgendwelchen Parks, schläft. Sten und seine Leute tun, was sie können, um sich ein Bild von seinen Bewegungen zu machen. Sie reden mit Nachbarn und Freunden – und natürlich mit seiner Mutter Monica Sundberg. Sie wohnt hier auf Kungsholmen. Außerdem prüfen wir seine Telefongespräche und Kontoauszüge und durchsuchen die Wohnung. Und die Technik hat natürlich seinen Rechner mitgenommen.«

»Wenn das stimmt, was der Vater behauptet, dann verschwindet er also ab und zu für ein paar Tage. Vielleicht taucht er ja bald wieder in seiner Wohnung auf«, sagt Örjan.

Lindell nickt und lehnt sich an die Wand. »Wir lassen die Wohnung überwachen. Wenn er auftaucht, schnappen wir ihn uns sofort.«

»Da tut ihr ja wirklich alles, was überhaupt möglich ist«, sage ich.

»Ja, das tun wir«, sagt Lindell. »Aber ich wüsste gern, ob Jens dem Täterprofil entspricht, und dann möchte ich euch bitten, ebenfalls mit dem Vater zu sprechen. Ich habe das Gefühl, dass mit seiner Darstellung irgendetwas nicht stimmt. Er hat seinem Sohn nämlich ein Alibi für den Mord an Lukas Ebbehammar gegeben.«

Jimmys Hand mit dem Priem bleibt auf halbem Weg zum Mund in der Luft hängen. »Soll das ein Witz sein?«

»Leider nicht. Er sagt, dass sein Sohn bei ihm war, als Lukas ermordet wurde. Das war am siebten Juli. Jens hat angeblich eine ganze Woche bei seinem Vater im Ferienhaus in Norrtälje verbracht. Und er war sich ganz sicher, was dieses Datum angeht, denn er hatte gerade eine große Herzuntersuchung hinter sich gebracht, und Jens hatte ihn vom Krankenhaus nach Hause gefahren. Dann ist sein Sohn eine gute Woche bei ihm geblieben. Und ja, wir haben uns beim Krankenhaus erkundigt, und das Datum stimmt.«

Es wird still im Zimmer. Nur die Vögel vor dem halb offenen Fenster singen.

»Verdammt«, sagt Carin.

Der Mann, der Lars Sundberg heißt, sitzt in einem der blauen Sessel in dem kleinen Besucherraum. Er ist Mitte sechzig, hat einen braungrauen Bart und trägt zu kurze Jeans, ein kurzärmliges Hemd und Sandalen – wie mein Vater sich in den siebziger Jahren gekleidet hat.

Ich stelle mich vor und biete ihm Kaffee an, aber er behauptet, schon viel zu viel Kaffee getrunken zu haben. Carin, die mit mir gekommen ist, holt deshalb Wasser für uns drei.

»Ihr habt es hier drinnen ja wahnsinnig warm«, sagt er und wischt sich den Schweiß von der Stirn. Große feuchte Flecken sind unter seinen Ärmeln zu sehen.

»Offenbar stimmt mit der Klimaanlage etwas nicht«, sagt Carin, die mit einem Krug und drei Gläsern zurückkommt.

Er nickt. Er sieht ein wenig verwirrt und unsicher aus. Als ob er nicht so ganz wüsste, was er hier soll. Ich kann ihn gut verstehen. Sein kranker Sohn ist verschwunden, und er wird mitten in eine Mordermittlung hier ins Polizeigebäude geholt.

Carin erzählt von der TP-Gruppe, erklärt, dass wir uns mit psychologischer Täterprofilerstellung beschäftigen und auf diese Weise die Ermittler unterstützen.

Lars Sundberg nickt ernsthaft. »Ich habe schon in den

Siebzigern vorausgesagt, dass sich so ein Beruf entwickeln würde.«

Sein Kommentar überrascht mich. »Wieso das denn?«, frage ich.

»Ich bin selbst Psychotherapeut. Ich habe zwar vor allem mit Symboltherapie gearbeitet, aber dass die Polizei irgendwann Psychologen einsetzen würde, habe ich schon lange vorausgesehen.«

Ich habe keine Ahnung, was Symboltherapie ist, aber ich beschließe, nicht danach zu fragen. Ich habe das Gefühl, dass die Erklärung sehr lange dauern würde. Und Zeit haben wir jetzt wirklich nicht zu verlieren.

»Arbeiten Sie noch immer als Therapeut?«, fragt Carin.

Er schüttelt den Kopf und leert sein Glas fast in einem einzigen Zug. »Nein. Das ist viele Jahre her. Ich war danach lange als Kommunalpolitiker in Vollzeit tätig, und gerade schreibe ich ein Buch mit Fallbeschreibungen aus meiner Zeit als Therapeut.«

Es ist deutlich, dass er gern mehr über sein Buch erzählen würde, aber Carin stellt nicht die Frage, auf die Lars hofft.

»Wie Sie sicher schon erfahren haben, gibt es Verbindungen zwischen Jens und zwei Mordopfern.«

»Ja. Das habe ich verstanden, und ich kann nur wiederholen, was ich schon Ihren Kollegen gesagt habe. Jens kann keiner Fliege etwas zuleide tun. Es gibt so viele falsche Vorstellungen über psychische Krankheiten. Auch wenn Jens zeitweise an Psychosen leidet, so ist er doch zu keinerlei Gewalttaten fähig.« Der Mann legt eine Pause ein und fährt sich über die grau werdenden Haare.

Ich frage mich, was es wohl für ein Gefühl sein mag, ein krankes Kind zu haben. Ein Kind, dem man nicht helfen kann, obwohl man selbst Therapeut ist.

»Woher wissen Sie das?«, fragt Carin. »Ich meine, dass er unfähig zu Gewalt ist.«

»Weil ich meinen Sohn kenne. Jens ist sensibel. Er verabscheut alle Formen von Gewalt. Er ist nicht mal zu seiner Schulzeit in Schlägereien geraten. Außerdem nimmt er viele Medikamente, die ihn passiv und langsam machen. Großer Gott, er kann ja kaum einkaufen gehen, wie sollte er da… Morde begehen und… ein Herz herausschneiden und… Nein! Hören Sie. Das kann einfach nicht stimmen. Außerdem, er war ja eine ganze Woche bei mir in der Hütte, als dieser kleine Junge in Bromma erschossen wurde.«

»Erzählen Sie von seiner Krankheit«, sage ich.

»Bis vor acht Jahren war Jens ganz normal – sensibel, aber normal. Er hatte immer ein… sehr komplexes Gefühlsleben. Einige gescheiterte Beziehungen haben ihm zu schaffen gemacht. Ich glaube, das war der auslösende Faktor, als er zweitausendfünf an der Psychose erkrankt ist. Er entwickelte Wahnvorstellungen, bildete sich ein, von diesem Jussi verfolgt zu werden.«

»Von diesem Jussi? Jussi Ståhl?«

»Ja, dem Jussi. Und auch von anderen Männern, zu denen er eine Beziehung gehabt hatte.«

»Auch von Johan Ebbehammar?«

»Ja, wenn ich das richtig in Erinnerung habe. Er hatte ja viele seltsame Vorstellungen. Er glaubte auch, irgendeine MC-Bande lege ein Verzeichnis über homosexuelle Männer in Stockholm an. Aber das alles hat er inzwischen überwunden. Es waren Wahnvorstellungen, die wieder verschwunden sind, als die Psychose geheilt wurde. Er hatte einige Rückfälle, aber in den letzten beiden Jahren ging es ihm gut, auch wenn er, wie gesagt, die ganze Zeit starke Medikamente einnehmen muss. Ihre Kollegen haben gesagt, Jens habe im Internet nach Jussi und Johan gesucht. Das kann durchaus stimmen. Er konnte sie nie richtig loslassen. Aber das bedeutet doch nicht, dass er Jussi ermordet und versucht hat, Johan umzubringen. Es heißt einfach nur, dass er im Internet nach ihnen gesucht hat, oder? Und das ist ja wohl nicht verboten? Aber ich stimme Ihnen zu, dass es seltsam ist, dass zwei von Jens' drei Exfreunden in diese Sache verwickelt sind.«

»Zwei von drei?«

»Ja, er hatte natürlich auch kürzere Beziehungen, aber diese Männer kenne ich nicht. Aber es gab drei längere Beziehungen: Jussi, Johan und dann dieser Mårten.«

»Mårten?« Carin klingt ehrlich überrascht.

»Ja, der hat ihn verlassen, als er krank wurde. Aber das wissen Sie doch sicher längst?«

Das traurige Herz – 2005

Es waren sechs Schritte von dem kleinen Fenster zur Tür und vier Schritte zwischen den Querwänden. Wenn Jens in einem weiten Kreis an den Wänden entlangging, konnte er fünfzehn Schritte machen. Das Zimmer war mit einem Bett und einem kleinen Nachttisch spärlich möbliert. Alles war weiß und rostfrei und roch nach Reinigungsmittel.

Er wusste sehr wohl, warum er hier war. Der Arzt hatte von einer »Psychose« geredet, und Mårten hatte dabei fest seine Hand gedrückt – ganz fest. Er war sich selbst nicht sicher, wie er sich fühlte. Tatsache war, dass er in seiner Überzeugung ein wenig schwankte. Vor nur zwei Tagen war er überzeugt gewesen, dass die Ärzte logen, dass das alles eine Verschwörung gegen ihn war. Dass sogar Mårten von der MC-Bande bezahlt wurde. Ab und zu hörte er in seinem Kopf Jussis Stimme. Die sagte dann meistens, es gäbe nichts, was Jussi über Jens nicht wisse. Dass er ihn die ganzen Jahre beobachtet habe, ohne dass Jens etwas gemerkt hatte, und dass die MC-Typen sich ihn bald holen würden, denn er wisse doch, wie die über solche wie ihn dächten? Und was sie mit kleinen Schwulen anstellten? Sie würden ihn in Stücke schneiden und auf seinen Leichnam pissen, das würden sie tun, hatte Jussi erklärt.

Aber in der vergangenen Woche war die Stimme stumm gewesen. Und jetzt war er sich nicht mehr so sicher. Vielleicht hatten die Ärzte ja nicht ganz unrecht, und diese MC-Bande und Jussis Stimme gab es wirklich nur in seinem eigenen

Kopf. Vielleicht lag es an den vielen Medikamenten, dass ihm nun Zweifel kamen. Es konnte nicht gut sein, so viele Medikamente zu nehmen. Sie führten zu Schweißausbrüchen und Schwindelanfällen und machten ihn müde.

In dem schwarzen Notizbuch, das auf seinen Knien lag, blätterte er zu einer Zeichnung eines Mannes weiter, dem das Herz aus der Brust geschnitten worden war. Das Herz lag blutend neben dem leblosen Körper auf dem Boden. Der Mann in der Zeichnung war er selbst – genau so fühlte er sich. Es kam ihm vor, als habe Jussi ihm das Herz aus der Brust gerissen und niemals wieder zurückgegeben.

So empfindlich, Jens. Du bist so empfindlich.

Die Zeichnung war nicht besonders gut. Zeichnen war niemals seine Stärke gewesen. Sicherheitshalber hatte er deshalb *Jens* auf den Grabstein geschrieben, den er neben den Kopf des Toten gezeichnet hatte. Er blätterte weiter und ließ den Blick über die dicht beschriebenen Seiten wandern. Die Buchstaben waren klein und krumm, sie zeigten in unterschiedliche Richtungen, weshalb die Zeilen aussahen wie ein alter Zaun, der bald zusammenbrechen würde. Er hatte zwei Tage gebraucht, um die Geschichte über sich und Jussi zu schreiben. Er hatte sich große Mühe gegeben, ehrlich zu sein und nichts zu beschönigen. Selbst die peinlichsten Details hatte er nicht übersprungen: Jussi, der mit bloßem Unterleib barfuß im Schneematsch stand und versuchte, ihn zum Zurückkommen zu überreden.

Du musst doch verstehen, dass es nur Sex war.

Es klopfte an die Tür. Jens klappte das Notizbuch zu und schob es unter die Matratze. Er wollte nicht, dass irgendwer es fand und begriff, wie verrückt er wirklich war. Tatsache war, dass einer der Pfleger, Muhammed, gerade darin geblättert hatte, als Jens eines Tages aus dem Badezimmer auf dem

Gang zurückgekommen war. Es war klar, dass es ihm peinlich war, dabei erwischt zu werden, aber Jens hatte in seinem Gesicht noch etwas anderes gesehen. Vielleicht Widerwillen oder Überraschung. Er war sich da nicht so sicher gewesen. Er wusste nur, dass es kein zweites Mal passieren durfte.

Wieder klopfte es an die Tür.

»Herein.«

Die Tür wurde geöffnet, und Sebastian schaute herein.

»Hallo. *Du bist das?*«

Jens war überrascht. Sebastian hatte ihn noch nie im Krankenhaus besucht, auch wenn er bisweilen anrief.

Sebastian streifte die Lederjacke ab und ließ sich neben Jens auf das Bett sinken. Seine roten Locken hingen ihm auf die Schultern, und auf den schmalen Armen, die aus dem zu großen T-Shirt hervorragten, war ein Tattoo der Comicfigur Socker-Conny zu erkennen.

»Und?«, fragte er.

Jens wich zurück. Sebastian roch nicht gut. Nicht nur nach Schweiß oder ungewaschenen Haaren. Nein, er roch wie jemand, der seit Wochen nicht geduscht, die Kleidung nicht gewechselt, sich bepisst und vielleicht auch ein bisschen vollgekotzt hatte.

»Na ja«, sagte Jens. »Geht schon.« Er schielte zu Sebastians Armen hinüber, konnte aber keine der blauen Flecken oder Wunden entdecken, die er befürchtet hatte. »Und? Schwer gefeiert?«

Sebastian lachte, aber schon nach wenigen Sekunden erstarrte sein Gesicht zu Stein. Er rutschte auf dem Bett weiter nach hinten, lehnte den Kopf an die Wand und schloss die Augen.

»Ganz ehrlich?«, murmelte er. »Nicht wirklich gut.«

»Ist irgendwas passiert?«

»Nö. Nur ... ach, ich weiß nicht. Ich hab das Gefühl, als ob ich irgendwie mein Leben vergeudet hätte.«

»Wie, dein Leben vergeudet?«

Sebastian schüttelte langsam den Kopf, und Jens sah zwischen den roten Locken Grashalme und Reste von Blättern.

»Hast du dich in einem Laubhaufen gewälzt?«

Sebastian erwiderte seinen Blick, ohne zu antworten. Dann streckte er die Hand nach seiner Jeansjacke aus, zog einige abgegriffene Blätter aus der Tasche und reichte sie Jens.

Zuerst konnte er nicht erkennen, um was genau es sich handelte. Er dachte, dass Sebastian vielleicht einige Bilder aus einer Zeitung ausgeschnitten hatte. Doch dann erkannte er die Personen auf dem Foto.

»Verdammt, Sebbe. Das sind doch wir auf Mallorca. Und schau mal, dahinten. Man sieht das Haus. Verdammt! Wer hat diese Fotos gemacht? Ich kann mich nicht erinnern, dass irgendwer Fotos gemacht hat.«

Sebastian schüttelte den Kopf, als ob er die Frage falsch gestellt hätte. »Das war vorher.«

»Vorher? Wovor denn?«

»Bevor alles zum Teufel gegangen ist. Bevor du mit Johan zusammen warst.«

Jens wusste nicht, was er sagen sollte. Die Situation kam ihm völlig surreal vor. Hier saßen sie, in einer geschlossenen Abteilung, Sebastian stank wie ein alter Penner und wirkte zudem noch viel verwirrter als er selbst.

»Ich verstehe das nicht«, sagte er wahrheitsgemäß.

»Das hätten du und ich sein sollen«, sagte Sebastian mit leiser Stimme.

»Spinnst du? Du hättest doch wohl nie nur einen Typen gewollt. Du wolltest doch bloß feiern und dich amüsieren.«

»Das hätten du und ich sein sollen«, sagte Sebastian noch

einmal, »aber ich habe mich nie getraut, zuzugeben, wie mir wirklich zumute war. Ich weiß nicht. Ich habe nur gemerkt, dass ich es dir sagen will. Ich wollte, dass du es weißt... irgendwie.«

Lange noch, nachdem Sebastian gegangen war, dachte Jens über seine Worte nach.

Das hätten du und ich sein sollen.

Seltsam. Mårten hatte also recht gehabt. Er hatte immer behauptet, dass Sebastian in Jens verliebt sei. Für ihn selbst hatte das vollkommen absurd geklungen. Sebastian war Party. Sebastian war Drinks und dunkle Bars in Berlin, Barcelona und London. Er war, soweit Jens wusste, nie länger als eine Woche mit demselben Mann zusammen gewesen.

Hätte aus ihnen ein Paar werden können? Nein, er konnte sich nicht vorstellen, mit Sebastian zusammen zu sein, und das hatte nichts damit zu tun, dass er stank und sich seltsam verhielt. Er empfand einfach nicht in dieser Weise für ihn. Das hatte er nie getan. Nicht einmal damals in Berlin, vor hundert Jahren, als sie dann doch miteinander im Bett gelandet waren.

Gegen vier kam seine Mutter.

Jens rutschte ans Kopfende seines Bettes, damit sie sich zu ihm setzen konnte, genau dahin, wo vor wenigen Stunden Sebastian gesessen hatte. Seine Mutter trug eine Winterjacke und eine dicke Wollmütze, obwohl die Sonne schien und es draußen warm aussah – jedenfalls von seinem kleinen Zimmer aus.

»Hier riecht es aber komisch«, sagte sie und rümpfte die Nase.

»Das muss am Essen liegen.«

Jens brachte es nicht über sich, von Sebastians unerwartetem Besuch zu erzählen. Seine Mutter schien die Erklärung zu akzeptieren, denn sie stellte keine weiteren Fragen.

»In der Luft liegt wirklich ein bisschen Frühling«, sagte sie stattdessen.

»Und trotzdem musst du deine alte Mütze aufsetzen?«

Sie lächelte strahlend. »Ich habe gehört, dass es dir besser geht.«

»Tut es das? Ich meine, ich weiß es selbst nicht so genau. Ich denke fast die ganze Zeit an Jussi. Daran, dass er an allem schuld ist. Und an diese MC-Bande. Ich weiß, es klingt verrückt, aber ich hoffe, du glaubst mir trotzdem.«

Die Mutter faltete ihre Jacke zusammen, legte sie aufs Bett und nahm seine Hand.

Jens dachte, dass sie älter aussah. Alt und irgendwie grau. Als ob sie langsam verblichen sei wie die alten Polaroidfotos aus den siebziger Jahren zu Hause in ihrem Fotoalbum. Wann war sie so alt geworden? Für ihn war seine Mutter irgendwie immer alterslos gewesen, aber nun schien die Zeit auch sie eingeholt zu haben.

»Natürlich glaube ich dir«, murmelte die Mutter und nahm seine Hand. »Ich glaube, dass dieser … dass Jussi sehr viel Schuld daran trägt, dass es dir so schlecht geht, und dass deine Krankheit eine gesunde Reaktion auf eine ungesunde Situation ist. Alles hätte ganz anders kommen können, wenn du nur nicht …«

»Was nicht?«

»Ja, wenn du nur nicht Jussi kennengelernt hättest.« Die Mutter verstummte.

»Wie meinst du das?«, fragte Jens.

Die Mutter schien die Decke zu betrachten und die Risse, die sich kreuz und quer über die schmutzige Fläche zogen.

An einigen Stellen war die Farbe abgeblättert und zeigte die dunkle Schicht darunter. Wenn er im Bett lag, dachte er oft, dass die Decke ihn an das Eis auf dem Strömmen erinnerte, wie es an dem Abend ausgesehen hatte, als er Jussi dort hatte stehen und ihm winken sehen.

»Du warst so jung und beeinflussbar, als du Jussi kennengelernt hast. Wer weiß, was passiert wäre, wenn er dich nicht *da hineingelockt* hätte«, murmelte die Mutter.

»*Da* hinein?«

»Ja, in die… Homosexualität. Ich sage ja nur, dass es auch anders hätte kommen können. Dann hättest du vielleicht ein Mädchen kennengelernt.«

»Jetzt hör aber endlich auf. Ich hab mich doch nicht dazu entschieden, schwul zu sein. Ich bin es einfach. Und weder Jussi noch sonst irgendwer hat mich *da hineingelockt*.«

Die Mutter schlug eine Hand vor den Mund, wie um sich daran zu hindern, noch mehr zu sagen. »Ja. Aber *davon* mal abgesehen, hat Jussi dich vermutlich sehr verletzt… genau wie dieser andere… Johan«, fügte sie leise hinzu, als ob sie etwas Verbotenes gesagt hätte.

Jens dachte über die Worte seiner Mutter nach. Normalerweise hätte er sie mit Gegenargumenten bombardiert, sie gefragt, warum sie – ein so kluger und gebildeter Mensch – von solchen seltsamen Vorstellungen über Homosexualität gequält werde. Warum es so verdammt schwer für sie war, zu akzeptierten, dass er schwul war. Aber er konnte es nicht. Die Medikamente sorgten dafür, dass die Gedanken träge wie Sirup durch seinen Kopf flossen. Er hatte das Gefühl, keinen von Anfang bis Ende denken zu können. Sie verschwanden irgendwo unterwegs, waren so unmöglich festzuhalten wie ein glitschiger Aal.

Ein Sonnenstrahl fand seinen Weg durch das Fenster und

tauchte den Linoleumboden in ein warmes Gelb. Die Mutter schwieg. Sie hielt noch immer seine Hand. Ihre war weich und trocken, wie früher, als er noch klein gewesen war. Jens blinzelte. Er hatte das Gefühl, durch die Jahre zurückzufallen. Zurück in die Zeit, als sie noch eine Familie gewesen waren und er sich im Schrank versteckt und seinen Vater und dessen Patienten beobachtet hatte. Zurück in die Zeit, als er noch heil gewesen war. »Glaubst du, ich werde wieder gesund?«

Die Mutter zögerte nicht eine Sekunde mit ihrer Antwort. »Aber klar doch. Die Medikamente sind heutzutage hervorragend.«

Die Sonne schien, und der Schnee war geschmolzen. Nur wenige kleine weiße Flecken verbargen sich noch unter den Büschen und am Straßenrand. Das Gras sah braun und tot aus, aber wenn man genau hinschaute, konnte man winzige grüne Keime sehen, die aus dem Boden lugten und dem Licht entgegenstrebten.

»Gehen wir zum Kiosk?«, fragte Muhammed.

Jens nickte. Er verließ zum ersten Mal das Krankenhausgelände, und Muhammed hatte ihm seine Begleitung angeboten.

»Das ist heute eine Premiere für dich, oder? Was willst du kaufen?«

»Ich weiß nicht«, antwortete Jens, denn er hatte wirklich keine Ahnung. So weit hatte er noch gar nicht gedacht. Einfach in den Park zu gehen, war schon ein überwältigendes Erlebnis. Die Grasbüschel, die entlaubten Bäume, die langsam auf der Straße vorüberfahrenden Autos. Alles kam ihm überdeutlich und zugleich unwirklich vor. Es war, als ob er vollkommen vergessen hätte, dass sich das normale Leben hier draußen abspielte. Eine Gruppe von Kindergartenkindern in Overalls und neongrünen Westen kam vorbei. Sie alle hielten sich brav an einem Seil fest. Er hatte seit Wochen keine Kinder mehr gesehen, und die kleinen runden Körper erweckten in ihm etwas Trauriges zum Leben. Er hatte plötzlich das Gefühl, etwas zu vermissen, aber er konnte sich nicht recht erinnern, was es war.

Sie überquerten einen Parkplatz und gingen dann weiter in Richtung Innenstadt. Der Kiosk lag einige Minuten entfernt an der Bushaltestelle. Die Sonne wärmte sein Gesicht, und Jens kniff die Augen zusammen. Er hätte gern gewusst, wie es Mårten jetzt ging. Er hatte ihn seit über einer Woche nicht mehr gesehen. Anfangs war er alle zwei Tage bei ihm gewesen, aber dann waren die Besuche immer seltener geworden. Er hatte gesagt, er habe gerade sehr viel Arbeit.

»Vielleicht wird es auch in diesem Jahr wieder Frühling«, murmelte Muhammed und hörte sich plötzlich an wie ein älteres Echo von Schwester Britta. Es war eine höfliche Konversationsfloskel, die überhaupt nicht zu seinen verschlissenen Jeans und dem knallgelben Kapuzenpulli passte.

»Sieht jedenfalls so aus«, sagte Jens.

Vor ihnen tauchte der Kiosk auf. Eine kleine Holzhütte mit Wellblechdach und einem Eiswimpel vor dem Fenster, der träge hin und her schwang. Jens roch den Duft von heißen Würstchen und Kaffee und hatte plötzlich Lust auf eine heiße Wurst mit Ketchup, Senf und gerösteten Zwiebeln. Er wollte gerade bestellen, da hörte er hinter sich eine Stimme.

»Jens? Hallo!«

Als er sich umdrehte, musste er gegen die grelle Sonne die Augen zusammenkneifen. Er hielt sich die Hand an die Stirn und betrachtete den Mann, der ihn angesprochen hatte. Es war Leif, ein alter Kumpel, mit dem er vor einigen Jahren manchmal zusammen gewesen war. Ein ziemlich cooler Typ. Musiker. Trank zu viel, war aber lustig.

»Leif! Selber hallo.«

Sie umarmten einander kurz, Leif schlug ihm auf den Rücken. Er roch nach Halstabletten und Rasierwasser. Jens wagte nicht, daran zu denken, wonach er selbst roch. Er hatte seit mehreren Tagen nicht geduscht, und die Haare hingen ihm in fettigen Strähnen ins Gesicht.

»Na, wie geht's denn so?«, fragte Leif, der offenbar irgendwohin unterwegs war, denn er hatte eine große Reisetasche bei sich.

»Ach, ja, ganz gut. Und selbst?«

»Ja, verdammt. Total okay. Ich wusste gar nicht, dass du hier in der Gegend wohnst.« Leif wies vage auf die Reihenhaussiedlung auf der anderen Straßenseite.

»Na ja. Tu ich auch nicht, ich bin bloß …«

Plötzlich wusste er nicht mehr, was er sagen sollte. Er konnte doch nicht erzählen, dass er in der Klapse war und gerade einen netten kleinen Spaziergang mit seinem Betreuer machen durfte. Oder doch?

»Ich wohne hier«, sagte Muhammed und hielt Leif die Hand hin.

Leif schüttelte ihm die Hand, und Jens verspürte eine fast physische Erleichterung, als ob er einige Zentimeter vom Asphalt abhob und schwerelos in der lauen Frühlingsluft schwebte.

»Ich muss weiter. Hab einen Gig in Kopenhagen. Nett, dich zu sehen, übrigens. Grüß Mårten von mir. Geht's ihm gut?«

Eine kurze Pause folgte. Muhammed zündete sich eine Zigarette an und hob sein Gesicht in die Sonne.

»Sicher, sehr gut. Ich werde ihn grüßen«, sagte Jens.

Leif hob die Hand zu einem Gruß und verschwand dann mit der Reisetasche in der Hand in Richtung Innenstadt.

Siri

Monica Sundberg schiebt sich mit einer gewohnheitsmäßigen Bewegung die graublonden Haare zurecht, und ich ahne, dass sich hinter dem ersten Eindruck von Alltäglichkeit durchaus auch eine gewisse Eitelkeit verbirgt.

Ich sehe mich in der Küche um. Topfblumen stehen in kleinen Porzellantöpfen auf der Fensterbank, getrocknete Blumen hängen an den Wänden, Kochbücher sind auf der Anrichte aufgereiht. Alles ist überaus ordentlich.

»Wohnen Sie allein?«, frage ich.

Monica nickt. »Ja. Meistens jedenfalls. Ich habe einen Freund – oder wie man das heute nennt. Kristoffer und ich haben uns kennengelernt, als wir beide Soziologie studiert haben. Er ist viel jünger als ich, und er hatte damals kleine Kinder, deshalb wollten wir nicht zusammenziehen. Später haben wir festgestellt, dass es so ziemlich gut lief, da wir beide viel arbeiten. Außerdem ist Kristoffer in einem Schützenverein. Er ist zweifacher Europameister im Pistolenschießen und investiert viel Zeit in seinen Club. Also treffen wir uns, wenn wir können. Es ist ein Luxus, zwei Wohnungen und erwachsene Kinder zu haben, die man nicht dauernd hüten muss. Aber natürlich hat Jens in den letzten Jahren ziemlich viel Hilfe gebraucht. Was wollen Sie übrigens über ihn wissen?« Monica schaut mich an und stellt gleichzeitig Tassen und Untertassen auf den runden Küchentisch. Sie legt Servietten neben die Untertassen und stellt dann eine Schüssel mit Plätzchen und Cupcakes dazu.

Einen Moment lang komme ich mir wie beim Kaffeeklatsch bei einer älteren Verwandten vor. Der Kontrast zwischen dem ordentlich gedeckten Tisch und unserem Anliegen könnte nicht größer sein. Monica scheint meine Verwirrung zu ahnen und deutet ein Lächeln an. »Ich backe sehr gern. Es ist eine Leidenschaft, könnte man sagen. Ich habe immer eine Menge Kuchen zu Hause, und oft esse ich den dann auch. Leider …« Sie klopft sich auf die Hüften.

»Wir müssen mehr über Jens wissen. Was er für ein Mensch ist. Was er für Interessen hat. Wie es ihm geht …« Vijay erwiderte Monicas Blick, während er zugleich die Hand über den Tisch ausstreckt und sich einen kleinen Cupcake mit rosa Glasur und silbernen Liebesperlen nimmt.

»Jens ist ein sehr lieber Mensch. Ich kann nicht glauben, dass er etwas mit diesen Ereignissen zu tun haben könnte.« Monica sieht ernst und ein wenig traurig aus.

»Was meinen sie mit *lieb*?« Ich versuche, Monica dazu zu bringen, uns eine präzisere Beschreibung zu geben, sich von den vagen Behauptungen zu lösen, die eigentlich gar nichts aussagen.

»Er ist ruhig. Fürsorglich. Niemals aggressiv. Nicht einmal, als er richtig krank war, war er gewalttätig, nur verängstigt und verschlossen. Als er klein war, war er etwas ganz Besonderes. Wollte immer helfen, hat mir zugehört und mich getröstet, wenn ich traurig war.« Sie steht auf, geht ins Wohnzimmer und kommt mit einem Fotoalbum zurück.

Ich staune darüber, wie klein sie ist. Von hinten sieht sie fast wie ein Kind aus. Aber die breiten Hüften verraten sie.

Monica blättert im Album. Dann zeigt sie auf ein Bild. Es ist ein bei einem Fotografen aufgenommenes Familienporträt. Ich sehe einen Jungen von vielleicht sieben, daneben Monica und Lars Sundberg. Der Junge trägt einen gestreiften

Pullover und lächelt strahlend. Er sieht glücklich aus. Eine jüngere Version von Monica steht neben ihm. In ihren Haaren sind noch keine grauen Strähnen zu sehen. Sie sieht auf dem Bild sehr jung, fast mädchenhaft aus. Hinter Jens und Monica steht Lars. Er wirkt wie ein Patriarch, wie er beschützend die Hand auf die Schulter seines Sohnes und den anderen Arm um Monica gelegt hat. Wenn ich nichts über diese Familie wüsste, würde ich ihn für den Vater der beiden halten.

»Lange Zeit waren wir wirklich eine sehr glückliche Familie. Lasse ist in vieler Hinsicht ein guter Mensch, ein lieber Mann. Ich glaube, Jens hatte eine schöne Kindheit.«

»Warum haben Sie sich scheiden lassen? Wenn Sie glücklich waren, meine ich?« Ich sehe Monica fragend an, und sie nickt kurz.

»Ich verstehe, warum Sie danach fragen. Es klingt wie ein Widerspruch. Warum sollte man sich scheiden lassen, wenn man glücklich ist. Ich war sehr jung, als ich Lasse kennengelernt habe. Ich bin in einer freikirchlichen Familie aufgewachsen und hatte dort gelernt, dass mein Platz als Frau in der Familie ist. Meine Aufgabe hier in dieser Welt, so wurde mir vermittelt, sei es, Kinder zu bekommen und sie im Glauben und in der Zucht des Herrn großzuziehen.« Sie lächelt und schüttelt den Kopf. »Als ich Lasse kennenlernte, wurde das anders. Er kam aus einer intellektuellen Akademiker-Familie, in der alle gute Jobs hatten. Er war Psychologe und Psychotherapeut und interessierte sich für Politik und die Frauenbewegung. Gerechtigkeit und Solidarität, das waren seine Schlagwörter. Er verabscheute Religion und ermunterte mich, mich von meiner Herkunft zu lösen. Und das habe ich wohl auch getan, nur nicht ganz so, wie Lasse sich das vorgestellt hatte.«

»Wie meinen Sie das?«

»Lasse hatte die Idee, dass ich studieren, ihm ebenbürtig werden wollte, gut gefallen. Für ihn war das ein Pygmalion-Projekt, und ich war seine Eliza. Aber als ich mich dann verändert habe, wurde alles viel schwieriger. Plötzlich stellte ich Anforderungen und alles in Frage. Für ihn war es teilweise sicher so, als habe er gleichzeitig zwei Teenager im Haus.«

»Und wie hat Jens das alles gesehen?« Vijay unterbricht Monica Sundberg, und ich ahne, warum. Sie hat etwas Egozentrisches, eine Unfähigkeit, über etwas anderes zu sprechen als sich selbst, obwohl wir hergekommen sind, um über ihren Sohn zu reden.

»Jens.« Sie seufzt leise. »Jens hatte alle Hände voll damit zu tun, sich zu entdecken – den, für den er sich hielt.«

»Wie meinen Sie das?« Vijays Stimme ist kalt, und ich versetze ihm unter dem Tisch einen Tritt gegen das Schienbein. Aus irgendeinem Grund kann er die Antipathie, die Monica Sundberg in ihm erweckt, nicht für sich behalten.

»Jens lernte Männer kennen, wollte seine Veranlagung ausleben. Ich habe damit wirklich große Probleme. Als ich klein war, wusste ich nicht einmal, dass es so etwas wie *schwul* gab. Bei uns zu Hause wurde darüber ganz einfach nicht gesprochen. Ich weiß auch immer noch nicht so recht, was ich von Jens' Homosexualität halten soll. Ab und zu denke ich, dass er sich einfach nicht genug Mühe gegeben hat. Er hätte doch ein nettes Mädchen treffen, heiraten und Kinder bekommen können. Ich glaube, dass es bei Liebe im Grunde um Kameradschaft geht, und warum sollte er die nicht mit einer Frau erleben können? Ich weiß, dass meine Meinung nicht unbedingt populär ist. Und heutzutage machen ja offenbar sowieso alle, was sie wollen, aber trotzdem, ich halte das nicht für richtig durchdacht. Aber natürlich, es soll jeder nach seiner Fasson glücklich werden. Und ich versuche, Jens bei seiner Entscheidung zu unterstützen, auch wenn das... nicht immer leicht für mich war.«

»Haben Sie zu Ihrem Glauben zurückgefunden?« Vijay scheint sein Gleichgewicht wiedergefunden zu haben, denn seine Frage klingt neutral und verrät keinerlei Gefühl.

»Den hatte ich wohl nie ganz aufgegeben. Ich arbeite inzwischen als Diakonin bei der lutherischen Kirche. Aber es besteht ein großer Unterschied zwischen uns und der Pfingstbewegung, in der meine Familie aktiv war. In der lutherischen Kirche distanzieren wir uns nicht von Homosexualität, und wir betrachten sie auch nicht als Sünde.«

»Erzählen Sie von Jens' Krankheit.« Ich sehe, dass Vijay etwas sagen will, und ich merke, dass ich auf keinen Fall zulassen möchte, dass das Gespräch in eine Diskussion über Homosexualität und Religion ausartet.

»Seinen Psychosen. Ich weiß nicht so recht...« Monica sieht plötzlich unsicher aus, als wisse sie nicht so recht, was sie sagen soll, da sie nicht mehr über sich selbst reden darf.

»Können Sie davon erzählen? Wann wurde er zum ersten Mal krank?«

Monica scheint zu überlegen und stumm an den Fingern abzuzählen. »Ich glaube, das war zweitausendfünf. Er lebte damals mit diesem Asiaten zusammen, Mårten. Jens hatte plötzlich komische Ideen, glaubte, er würde verfolgt. Er dachte, dass organisierte Banden und Motorradhooligans hinter ihm her wären. Und dieser Jussi noch dazu. Der, der ermordet worden ist.«

»Was hat er über Jussi gedacht? Können Sie uns das genauer erzählen?« Ich führe die Vernehmung weiter an, um Vijay die Möglichkeit zu geben, sich zu beruhigen. Zugleich habe ich das Gefühl, dass es Monica leichter fällt, mit mir zu reden. Vielleicht, weil ich auch eine Frau bin. Vielleicht aber auch, weil sie Vijays Antipathie spürt.

»Er dachte, dass Jussi ihn verfolgte und überwachte und ihm chiffrierte Mitteilungen zukommen ließ. Das war schrecklich. Er hatte solche Angst, man kann das gar nicht richtig verstehen. Als er eingewiesen wurde, war das eine Erleichterung für uns – und für ihn auch. Ich glaube, er fühlte sich im Krankenhaus sicherer.«

»Was glauben Sie, warum er krank wurde?«

»Das kann ich einfach nicht sagen. Ich habe Kurse für Eltern von Kindern mit Psychosen besucht. Dort habe ich gelernt, dass es auf solche Fragen keine Antworten gibt. Es gibt sicher eine gewisse genetische Veranlagung, ich habe zum Beispiel einen Fall von Schizophrenie in der Verwandtschaft. Stress und Verletzlichkeit kamen bei Jens auch dazu. Es gab kein einzelnes dramatisches Erlebnis, das alles ausgelöst hat, es wurde einfach immer stärker. Ich kann es nicht besser erklären.«

»Und wie kommt Jens jetzt zurecht?«

»Da er nicht arbeiten kann, bekommt er Frührente. Früher war er lebhaft und aufmerksam, inzwischen ist er sehr langsam geworden. So kann man nicht als Koch arbeiten. Aber ich glaube, es geht ihm trotz allem ziemlich gut. Er hat eine eigene Wohnung und wird regelmäßig von einem Betreuer besucht, der ihn an die Medikamente erinnert, die er nehmen muss, und ihm beim Saubermachen hilft. Solche Dinge. Er sitzt natürlich viel vor dem Computer, surft im Internet und macht Computerspiele. Aber ich glaube doch, dass es ihm trotz allem ziemlich gutgeht.«

»Erwähnt er Jussi Ståhl oder Johan Ebbehammar manchmal?«

Zum ersten Mal scheint Monica Sundberg zu zweifeln. »Ich

weiß wirklich nicht, ob das irgendeine Bedeutung hat. Jens ist ein lieber Junge, ich kann einfach nicht glauben, dass er etwas damit zu tun hat, dass …«

»Erwähnt er sie?« Vijay fällt Monica Sundberg ins Wort, fängt ihren Blick ein und hält ihn fest.

»Es kommt vor, dass er sie erwähnt. Vor allem Jussi. Er war sein erster Freund. Er … Er hat etwas bei Jens zerstört. Er hat ihm seine Unschuld genommen, vielleicht sogar seinen Glauben an die Liebe. Jens wurde nach der Trennung nie wieder richtig er selbst. Ich habe diesen Mann verabscheut. Er hat sich im Fernsehen aufgespielt und mit seiner Veranlagung und seinem Leben geprahlt. Er hat sich als richtig sympathischen und reizenden Menschen ausgegeben, aber ich wusste, dass das nicht stimmte, dass er in Wirklichkeit ein durch und durch rücksichtsloser Mensch war. Er hat Jens betrogen und … ich kann nicht einmal behaupten, dass mir sein Tod leidtut.«

»Und damit wissen wir, was *Sie* von Jussi Ståhl gehalten haben. Aber wie hat Jens über ihn gedacht? Was hat er gesagt, wenn er Jussi Ståhl erwähnt hat?« Vijay ist erbarmungslos, und ich frage mich langsam, ob er es genießt, diese unangenehme Frau unter Druck zu setzen.

Monica erwidert seinen Blick mit verärgerter, fast trotziger Miene. »Jens hatte Angst vor Jussi Ståhl. Er hat sich immer wieder eingebildet, dass Jussi ihn verfolgte, auch wenn er andererseits begriff, dass das eigentlich nicht stimmen konnte. Er fand, dass Jussi sein Leben zerstört hatte. Ich glaube …« Wieder scheint Monica zu zögern, dann holt sie tief Luft und fügt hinzu: »Ich glaube, er ist froh darüber, dass Jussi Ståhl tot ist.«

Wir sitzen in einem der großen Tagungsräume im Erdgeschoss, die benutzt werden, wenn die Polizei Besuch von ausländischen Delegationen hat, Pressekonferenzen abhält oder Seminare veranstaltet. Vor den Wänden steht eine Reihe blau gepolsterter Stühle hinter der anderen. Ein Tisch aus Kiefernholz, der so lang ist wie eine Weitsprunggrube, steht einsam mitten im Saal. Wir sitzen alle an einer Seite. Alle, bis auf Juan Martina, der freihat, sind da.

In unserem eigenen Besprechungsraum im dritten Stock ist es unerträglich heiß. Die Sonne brennt, und die Klimaanlage scheint endgültig ihren Geist aufgegeben zu haben. Hier und dort ist ein Mann im Blaumann mit Werkzeug und Leiter zu sehen. Das Personal hat inzwischen angefangen, sich der Hitze entsprechend zu verhalten, man hat Ventilatoren in die Arbeitszimmer gestellt und kleidet sich leichter.

»Ich komme mir vor wie in einem verlassenen Stadion«, murmelt Jimmy und sieht zur Decke hoch.

»Ich sitze jedenfalls lieber hier unten als da oben«, sagt Örjan, der aufgestanden und zu einer Ecke des Raums gegangen ist, wo auf einem Stuhl aufeinandergestapelte Plastikgefäße stehen. Er beugt sich vor und mustert sie, dann nimmt er eins und kehrt damit zum Tisch zurück. »Marmeladenplätzchen. Warum kriegen wir die bei uns oben nie? Hier in diesem Haus sind manche wirklich gleicher als die anderen.«

Vijay nimmt den Deckel herunter und schiebt die Dose

wortlos mitten auf den Tisch. Carin sagt nichts zu Örjans Bemerkung. Sie nimmt sich ein Plätzchen und verteilt die Papiere, die sie mitgebracht hat. Sie stellen unser bisheriges Täterprofil dar. Obenauf liegen zwei Seiten über den Hintergrund der Verbrechen und Opfer. Dann folgt eine Seite mit Hypothesen über den Täter.

»Wie ihr wisst, gibt sein Vater Jens Sundberg ein Alibi für den Mord an Lukas Ebbehammar. Aber Lindell ist nicht ganz überzeugt, dass er die Wahrheit sagt. Der Kontoauszug von einem Geldautomaten verortet Jens am achten Juli, also am Tag nach dem Mord an Lukas, in Stockholm, und das stimmt nicht mit der Aussage des Vaters überein. Derzufolge war Jens bis zum Neunten bei ihm auf dem Land. Es ist denkbar, dass der Vater Jens ein Alibi gibt, um ihn zu schützen. Siri und ich sind ihm begegnet, und er scheint vollkommen von der Unschuld seines Sohnes überzeugt zu sein. Lindell hat uns gebeten, zu überlegen, ob wir Jens für einen möglichen Täter halten. Vijay, was meinst du?«

Vijay beißt in ein Plätzchen und lässt sich auf dem blauen Stuhl zurücksinken. »In vielerlei Hinsicht passt er sehr gut zu unserem Profil. Er ist ein Mann, physisch gesund, und das Alter stimmt. Er ist zudem Frührentner, was bedeutet, dass er Zeit hatte, um die Opfer zu beobachten und die Verbrechen zu planen. Außerdem, und das ist wohl das stärkste Argument für ihn als Täter, hatte er eine persönliche Beziehung zu den Opfern, und wenn ich das richtig verstanden habe, dann gibt es auch ein mögliches Motiv. Er war mit Jussi Ståhl und mit Johan Ebbehammar zusammen, und offenbar sind beide Beziehungen sehr plötzlich beendet worden. Sein Vater hat zudem erzählt, dass er Wahnvorstellungen hatte und sich von Jussi und vielleicht auch von Johan verfolgt fühlte. Und die Mutter sagt, dass er Jussi wirklich gehasst hat. Sie glaubt sogar, dass er sich über seinen Tod freut. Aber es gibt auch eine Tatsache, die gegen ihn spricht. Eine psychotische Person kann diese Verbrechen nicht begangen haben. Vor allem der Mord an Jussi hat sehr genaue Planungen erfordert, etwas, zu dem die meisten psychisch schwer kranken Personen nicht in der Lage sind. Und selbst, wenn er zum Zeitpunkt der Morde nicht an einer Psychose litt, nahm er laut des Vaters trotzdem Psychopharmaka ein, die ihn träge und vergesslich machten.«

»Kann diese Art von Medikament jemanden kognitiv so stark beeinflussen, dass er ein solches Verbrechen nicht planen oder durchführen kann?« Die Frage kommt von Örjan. Wie immer will er unbedingt alle Details verstehen.

»Absolut«, sagt Vijay und nimmt seine halblangen Locken im Nacken zusammen. »Es kann auch schwere Nebenwirkungen auslösen.«

»Was meinst du also?«, fragt Carin.

»Wir brauchen weitere Informationen. Wir müssen mit seinem Psychiater sprechen, um zu verstehen, wie krank er wirklich war und wieweit seine Krankheit ihn im Alltagsleben beeinflusst hat. Außerdem müssen wir in Erfahrung bringen, welche Medikamente er genau genommen hat oder noch nimmt.«

Carin nickt. »Es wäre vielleicht das Beste, wenn du das mit Siri untersuchst. Besprecht das nur vorher kurz mit Lindell. Was meint ihr anderen? Könnte Jens unser Täter sein?«

Örjan schiebt sich die Brille auf der Nase hoch. »Ich finde, dass Vijay eine sehr gute Zusammenfassung geliefert hat. Ich muss sagen, dass ich seine Ansichten in allen wesentlichen Punkten teile.«

Wieder nickt Carin. »Jimmy?«

»Sicher. Sehe ich auch so«, sagt Jimmy, ohne seine Meinung weiter zu begründen.

»Siri, was meinst du?«

Alle Blicke richten sich auf mich. Ich überlege. Im Prinzip stimme ich Vijay ebenfalls zu, aber es gibt noch etwas anderes, etwas, was der Vater oder die Mutter gesagt hat, und woran ich mich nicht genau erinnere, das ich nicht richtig in den Griff bekomme. Etwas, das wichtig ist.

Carins Mobiltelefon klingelt. Sie schaut auf das Display, dann meldet sie sich. Sie hört zu, lächelt kurz, nickt und macht sich einige Notizen auf ihrem Schreibblock. »Dann solltet ihr ihn besser ganz schnell finden«, sagt sie schließlich und legt auf. Sie sieht uns mit ernster Miene an. »Das war Lindell. Sie haben Jens' Wohnung durchsucht, ohne etwas Interessantes zu finden. Aber mit Hilfe seiner Eltern haben sie festgestellt, dass Jens offenbar einiges an Kleidung mitgenommen hat. Und sie konnten weder sein Mobiltelefon noch seine Brieftasche finden.«

»Er will sich also verstecken«, sagt Jimmy.

»Das könnte sein, ja. Er hat seit drei Tagen kein Geld mehr abgehoben, aber die letzte Summe war ziemlich hoch, ungefähr dreitausend Kronen. Er hebt sonst nie mehr als drei- oder vierhundert ab. Das könnte darauf hinweisen, dass er für eine Weile abtauchen will.«

»Wo ist das Geld abgehoben worden?«, fragt Örjan.

»Bei Hornstull, in der Nähe seiner Wohnung«, sagt Carin. »Lindells Gruppe war da, und sie haben mit der Bildanalysegruppe gesprochen, aber leider gibt es bei diesem Geldautomaten keine Kamera.«

»Und wie ist es mit seinem Mobiltelefon?« Örjan macht sorgfältig Notizen auf seinem Block.

»Auch das ist seit drei Tagen nicht mehr benutzt worden, davor allerdings auch nur selten. Meistens hat er mit seinen Eltern telefoniert, einige Male mit der psychiatrischen Tagesklinik, wo er in Behandlung war. Und einmal mit…« Carin schaut in ihre Notizen. »Dem nächstgelegenen Supermarkt.«

»Armes Schwein«, sagt Jimmy. »Scheint einsam zu sein.«

»Sie haben auch seinen Rechner untersucht«, sagt Carin und tippt mit dem Kugelschreiber auf den Tisch. »Vor allem seine Mails und seine sonstigen Aktivitäten im Internet. Er ist offenbar ein begeisterter Bäcker.«

»Bäcker?« Jimmy schüttelt verständnislos den Kopf.

»Ja, er hat jede Menge Kuchenrezepte aufgerufen. Aber da er Koch ist, ist das vielleicht nicht so seltsam. Die Techniker haben allerdings noch etwas anderes gefunden.« Carin legt eine Kunstpause ein.

»Was denn?«, fragt Jimmy.

»Neben Jussi Ståhl und Johan Ebbehammar hat er noch eine dritte Person gegoogelt. Mårten Andersson. Sein letzter Freund, der ihn verlassen hat, als die Psychose einsetzte.«

»Verdammt«, sagt Jimmy.

»Lindells Leute sind schon unterwegs zu ihm. Wir können nur hoffen, dass sie nicht zu spät kommen.«

Das traurige Herz – 2005

Die Tasche war entmutigend leicht. War das alles, was er bei sich gehabt hatte, sein ganzes Hab und Gut der letzten Monate? Jens schaute hinein. Unterhosen, T-Shirts, Zahnbürste und Zahnpasta, die dreifarbige Sorte: blau, rot und weiß. Und dann das schwarze Notizbuch. Er wagte nicht, hineinzuschauen, denn darin wohnten die *Wörter,* die er in Zeitungen und auf der Rückseite der Flaschen mit dem Desinfektionsmittel auf der Toilette neben dem Aufenthaltsraum gefunden hatte. Im Notizbuch standen auch die *Geschichten.* Der wahre Bericht über Jussi und Johan; wie sie ihn geliebt und ihm dann das Messer in die Brust gestoßen hatten, wie sie ihm das Herz aus dem Leib gerissen hatten. Sein Leben hatte also Platz in einer Adidas-Tasche. Was sagte das über ihn aus? Und was über das Leben?

Mårten legte ihm die Hand auf den Arm und drückte leicht zu. »Gehen wir?«

Jens nickte und warf sich die Tasche über die Schulter. Er schaute sich ein letztes Mal in dem kleinen weiß gestrichenen Zimmer um, das trotz allem inzwischen für ihn eine Art Geborgenheit symbolisierte, und folgte Mårten dann hinaus auf den Flur. Es roch nach Reinigungsmitteln und Kaffee. Maggan saß wie immer mit einem abgegriffenen Telefonbuch auf den Knien auf dem Stuhl neben dem Stationszimmer. Die grauen Haare, die so dünn waren, dass sie an Spinnweben erinnerten, hingen auf ihre mageren Schultern hinab, und unter dem hellbauen Kittel des Krankenhauses schauten zwei dünne, von blauen Adern übersäte Beine heraus. Jens nickte ihr kurz zu.

»Halt! Name!«, sagte sie barsch.

»Sundberg, Jens«, sagte er und blieb stehen.

Sie sah ihn an, ihr Blick war streng, und die tiefliegenden Augen folgten ihm, ohne zu blinzeln, dann lächelte sie kurz und listig. »Na, ausnahmsweise mal. Und der da?«

Sie nickte zu Mårten hinüber, dem die Situation offenbar peinlich war.

»Mårten … ach, Scheiß drauf.« Er nahm Jens' Hand. »Wir gehen. Ich hab jetzt keinen Nerv für die Alte.«

Sie gingen an der Frau vorbei und betraten das Stationszimmer.

»Stehen bleiben! Ihr habt keine Passiererlaubnis!« Maggans Ruf verhallte hinter ihnen.

Muhammed und Christina saßen am Schreibtisch und starrten auf ihre Bildschirme; als sie hereinkamen, erhoben sie sich. Im Sonnenlicht, das durch die Fensterscheibe fiel, konnte Jens sehen, wie der Dampf aus ihren Kaffeetassen aufstieg. Alles war ruhig und still. Die Uhr an der Wand zeigte elf. Irgendwo gab eine Mikrowelle ein klingelndes Geräusch von sich. Christina kam auf ihren lautlosen Holzschuhen mit den Gummisohlen auf ihn zu und umarmte ihn so fest, dass sich ihr Ohrring in seine Wange bohrte. »Es ist also so weit?«

Er nickte. Plötzlich war er stolz und nervös zugleich. Als ob er soeben Abitur gemacht hätte und das richtige Leben draußen auf ihn wartete – lockend, aber auch unvorhersehbar und vielleicht ein wenig beängstigend.

Muhammed umarmte ihn und klopfte ihm auf den Rücken. »Pass auf dich auf, Mann.«

»Werde ich.«

Dann sah Muhammed Mårten an. »Pass auf ihn auf.« In seinem Tonfall lag eine gewisse Strenge. Eine Aufforderung.

»Klar doch«, sagte Mårten, ohne seinen Blick zu erwidern. Danach verließen sie die Station.

Mårten hatte ein Auto geliehen. Sie fuhren mit geöffneten Fenstern und laut aufgedrehter Musikanlage in die Stadt. Die Sommerluft füllte den Wagen, es roch nach Staub und saftigem Grün. Sie waren auf beiden Seiten von Autos umgeben. Vier Fahrspuren zogen sich parallel in Richtung Innenstadt. Jens wusste nicht, wann er zuletzt so viele Autos gesehen hatte. Fast wollte er die Augen schließen, um die Eindrücke zu rationieren: so viel Verkehr, so viele Menschen. Er war an diese Intensität nicht gewöhnt. Es würde einige Zeit dauern, sich wieder in der Stadt einzugewöhnen.

Mårten drehte die Musik leiser. »Wir schlafen heute Nacht bei mir, nehme ich an.«

Er nickte, viel zu beeindruckt von dem Leben, das sich draußen abspielte, um antworten zu können. Dann kniff er im Sommerwind die Augen zusammen und lehnte sich zurück. Als er so dasaß, spürte er sie plötzlich: die Dissonanz. Es war, als ob er in einem Musikstück einen falschen Ton gehört hätte, ihn aber nicht richtig einordnen könnte. Er konnte nur sagen, dass es nicht gut klang, dass es kein gutes Gefühl war. Er sah zu Mårten hinüber. Er trug eine Sonnenbrille, seine schwarzen Haare flatterten im Wind. Dann betrachtete er seine Hände, die das Lenkrad so fest umklammert hielten, dass die Fingerknöchel weiß hervortraten.

»Du, Mårten.«

»Ja?« Mårten hielt den Blick weiter starr auf die Fahrbahn gerichtet.

»Was soll das heißen, dass wir *heute Nacht* bei dir schlafen?«

Mårten zuckte mit den Schultern. »Nichts. Danach sehen wir dann, wie es läuft.«

Etwas in Jens erstarrte zu Eis, als ob Mårten eine Tür geöffnet hätte, durch die ein eiskalter, schneeschwerer Wind wehte, der sich auf seinem Brustkorb ablagerte.

»Wohnen wir denn nicht mehr zusammen?«

Mårten wand sich, als ob er versuchte, ein Jucken unter seiner Haut zu vertreiben. »Ich meine ja nur, dass wir erst einmal sehen müssen, wie es läuft.«

»Wie es *läuft*?«

»Ja.«

Sie blieben bei Roslagstull vor einer roten Ampel stehen. Die Lastwagen auf dem Valhalläväg standen Schlange, um die Innenstadt zu verlassen. Ein Motorrad drehte irgendwo hinter ihnen den Motor herunter. Auf dem Rondell beschnitten Männer in orangen Overalls die Bäume.

»Ich verstehe nicht, was du meinst«, sagte Jens.

Mårten schwieg einige Sekunden, als ob er überlegte, wie er sich ausdrücken sollte. »Wir haben die Wohnung auf Skeppsbron nicht mehr, und meine ist sehr klein.«

»Aber das war sie doch immer schon. Und damals war Platz genug für uns beide.«

»Du hast doch auch noch deine eigene Wohnung. Ich dachte nur, dass… dass du vielleicht zwischendurch auch da wohnen möchtest.«

Mårten schob sich die Sonnenbrille auf die Stirn und drehte sich zu ihm hin. In seinen dunklen Augen lag Trauer. Er fuhr Jens mit einer Hand über die Wange. Sie fühlte sich trocken und warm an. »Jens, ich meine ja nur, dass viel Zeit vergangen ist, seit wir zusammengewohnt haben. Du und ich – wir müssen uns vielleicht erst einen neuen Weg suchen, die Sache gewissermaßen wieder neu heranwachsen lassen.«

Die Kälte, die sich in Jens' Brust ausgebreitet hatte, wand sich wie eine Schlange um sein Herz und presste es zusammen. Das Krampfgefühl ließ seine Arme taub werden, sein Mund fühlte sich so trocken an, als sei er mit Staub und Kieselsteinen aus dem Rinnstein neben ihnen gefüllt.

Mårten hielt beim Lebensmittelladen in der Odengatan. »Was möchtest du zum Frühstück?«

Er sah unglücklich aus, aber Jens hatte keine Lust, es ihm leichter zu machen oder ihm gar die Absolution zu erteilen. »Ist mir egal.«

»Aber ich möchte dir gern etwas ganz Besonderes kochen.«

Jens gab keine Antwort.

Mårten legte die Sonnenbrille ins Handschuhfach und sprang aus dem Auto, ohne noch etwas zu sagen. Er verschwand im Laden. Im selben Moment hörte Jens vom Rücksitz her Jussis Stimme.

»Ich hab es dir ja gesagt. Nicht, dass ich es so toll finde, recht zu behalten, aber trotzdem. Ich habe dir gesagt, dass du kein Vertrauen zu Mårten haben darfst. Dass er dich sattkriegt und sich einen Neuen sucht. Einen, der kein Psychofall ist. Hab ich das nicht gesagt?«

Siri

Als wir das Polizeigebäude verlassen, stürzen drei Männer auf uns zu. Zuerst begreife ich nicht, was sie wollen, dann sehe ich die Kameras. Ich kann nicht schnell genug wegschauen. Ich kneife nur die Augen zusammen und hoffe, dass die Bilder unbrauchbar werden.

Eine kleine Frau in einem Sommerkleid drängt sich an den Fotografen vorbei und packt Jimmys Arm. Ihre langen roten Nägel bohren sich in seine Haut. »Stimmt es, dass es einen Verdächtigen für die Morde an Jussi Ståhl und Lukas Ebbehammar gibt?«

Jimmy gibt keine Antwort, reißt sich von der Frau los und legt den Arm beschützend um meine Schultern, während er mich von der Journalistengruppe weglotst.

»Aasgeier«, murmelt er. »Carin hat erzählt, dass sie hier in der Bergsgatan in ihren Autos übernachten.«

»Du machst doch Witze?«

Er gibt keine Antwort, setzt nur die Sonnenbrille auf und beißt die Zähne zusammen.

Wir gehen durch die Polhemsgatan in Richtung Norr Mälarstrand. Die Besprechung mit der TP-Gruppe in dem großen Konferenzsaal im Erdgeschoss hat gedauert, und inzwischen ist es nach zwei Uhr. Wir hatten beide keine große Lust, in der Personalkantine zu essen, deshalb beschlossen wir, zum Mittagessen aus dem Haus zu gehen. Jimmy trägt Shorts – nicht gerade das, was man vom Personal in einem

Polizeigebäude erwartet, aber mit den steigenden Temperaturen in dem riesigen Gebäude aus den siebziger Jahren sind die Kleider der Angestellten gefallen.

Wir finden am Kai im Schatten einer riesigen Weide eine freie Parkbank, setzen uns und öffnen den in Plastik verpackten Salat, den wir mitgebracht haben.

»Lindells Leute haben diesen Mårten offenbar noch nicht ausfindig machen können«, sagt Jimmy und leert die kleine Packung Rhode-Island-Sauce über seinem Salat aus.

»Sollten wir uns Sorgen machen?«

»Was meinst du?«

Ich blicke auf das Wasser hinaus. Genau unter dem Kai jagt eine Gruppe von Kanufahrerinnen im Bikini in Richtung Lilla Essingen. Ich spieße ein paar schlaffe Salatblätter auf die Plastikgabel und überlege. »Jussi Ståhl und Johan Ebbehammar hatten beide eine Beziehung zu Jens. Wenn ich Mårten wäre, würde ich mich erst mal bedeckt halten. Er war nicht nur mit Jens zusammen, die Beziehung ist noch dazu ziemlich übel zu Ende gegangen, wenn ich das richtig verstanden habe.«

»Was ist eigentlich passiert?«

»Offenbar hatte er einen anderen gefunden, während Jens in der Klinik war.«

»Hm… Ein bisschen, wie eine schwangere Freundin sitzen zu lassen«, murmelt Jimmy mit dem Mund voller Krabbensalat.

»Ja, vielleicht.«

Er sieht mich an, und ich ahne eine andere Frage in seinem Blick. Ich starre in meinen Salat und weiß plötzlich nicht, wie ich mit dieser Situation umgehen soll. Wir haben nicht über das gesprochen, was zwischen uns passiert ist. Mit keinem Wort haben wir die Nacht in Jimmys kleiner Wohnung erwähnt. Ich weiß nicht, wie ich mich verhalten soll. Ich denke, dass ich Schuld und Reue verspüren müsste, die sich aber nicht so recht einstellen wollen. Statt Markus zu vermissen, ertappe ich mich dabei, dass ich an Jimmy denke. Aber das bedeutet natürlich nicht, dass das Vorgefallene wiederholt werden kann. In meinen Beziehungen galt immer eine Nulltoleranzgrenze für Seitensprünge, und ich kann nur schwer akzeptieren, dass andere das nicht auch so sehen. Aber dennoch sitze ich jetzt hier – schuldig des Allerverbotensten, das ich bei anderen am strengsten verurteile.

Ich bin nicht besser als Aina.

Wie oft habe ich gedacht, dass Aina diese Krebsgeschwulst in der Brust verdient hat? Dass sie von mir aus auch sterben kann, da sie für mich ja ohnehin schon tot ist. Dass ich moralisch höher stehe als sie, da sie nicht die Finger von dem lassen konnte, was nicht ihr gehörte.

»Was machst du nach der Mittagspause?«, fragt Jimmy.

Sein Tonfall ist neutral, und ich kann mich nicht entscheiden, ob die Frage einem rein beruflichen Interesse entspringt oder ob es ein Versuch ist, sich ein spontanes Nachmittagsdate zu sichern.

»Vijay und ich wollen mit Jens' Psychiater sprechen. Wir müssen wissen, wie krank Jens war und ob er die Morde wirklich hätte begehen können.«

Jimmy nickt wortlos, dann drückt er die leere Salatpackung in die Mülltonne, die neben ihm steht. Ein Schwarm aufgeregter Wespen fliegt von den Abfällen auf, aber er scheint sie nicht zu bemerken, sitzt nur still da und schaut auf das Wasser, das sich in der Meeresbrise kräuselt.

»Das, was da zwischen uns passiert ist, Siri…« Er verstummt und lässt die Frage unausgesprochen in der warmen Sommerluft hängen.

»Ich weiß nicht«, sage ich und wünsche mich plötzlich von hier weg – weg von Jimmy und dem Polizeigebäude, weg von Markus und seinen Klagen. Weg von allem, das Verantwortung und Erwachsenenleben heißt.

»Was weißt du nicht?«

»Ich weiß nicht, was in dieser Nacht passiert ist. Ich weiß nicht, warum es passiert ist, und ich weiß nicht, ob es etwas bedeutet.«

Er sieht mich mit etwas an, das einem Lächeln ähnelt. Einem traurigen Lächeln, aber immerhin einem Lächeln.

»Ich verspreche, dir keinen Antrag zu machen.«

Ohne es zu wollen, pruste ich los. »Du musst entschuldigen, wenn ich durcheinander wirke, aber ich habe so etwas noch nie gemacht. Und wenn ich ehrlich sein soll, fühle ich mich wirklich reichlich verwirrt. Ich weiß nicht so recht, wie das Leben jetzt werden wird.«

»Na, aber … du brauchst dich doch nicht gleich scheiden zu lassen, bloß weil wir Sex hatten.« Er lächelt wieder. Breiter diesmal, sodass ich den kleinen Goldzahn in seinem Oberkiefer sehen kann.

Ich winde mich ein wenig, bin unsicher, ob Jimmy der Richtige ist, um das hier zu diskutieren.

»Es ist bloß, dass … Ich bin absolut gegen Seitensprünge.«

»Ach.«

»Und ich hätte nie gedacht, dass ich Markus betrügen könnte. Falls unsere Beziehung nicht ohnehin so gut wie zu Ende wäre, meine ich. Und jetzt …«

»Jetzt fragst du dich, ob nicht der Umkehrschluss zutrifft. Ob eure Beziehung nichts taugt, da du mit mir Sex gehabt hast?«

»So ungefähr, ja.«

Jimmy nickt und sieht abermals auf das Wasser hinaus.

»Das musst du mit dir selbst abmachen. Aber wenn du damit fertig bist, kannst du gern zum Essen zu mir kommen.«

Seine Reaktion macht mich sprachlos. Ich schaue auf meine Armbanduhr. »Ich muss los. Ich bin in fünfzehn Minuten mit Vijay verabredet.«

Vijay wartet in der Hantvärkargatan. Die Hitze scheint zwischen den hohen Steinhäusern noch stärker zu sein, und wir gehen auf der Schattenseite der Straße, um der Sonne zu entkommen. Vijay isst ein großes Softeis, das sich in seinem buschigen Schnurrbart sammelt. Wir kommen an der Kirche von Kungsholmen vorbei, wo ein junges Mädchen, vermutlich eine Sommeraushilfe, die Blumen gießt. Die Gegend ist ruhig, fast verlassen. Stockholm ist für die Ferien geschlossen. Die, die noch immer in der Stadt sind, scheinen Badestellen oder Büros mit Klimaanlagen aufgesucht zu haben.

»Und, wie war das Mittagessen?«

Die Frage ist unschuldig, und Vijays Tonfall verrät nichts. Ich sehe ihn an, aber er ist völlig in sein Eis vertieft und gibt keinen Hinweis darauf, dass er etwas ahnt.

»Mit Jimmy? Ja, es war nett. Wir haben über den Fall gesprochen.« Ich höre selbst, wie verlegen und ausweichend das klingt. Als ob es mir wirklich wichtig wäre, zu betonen, dass unsere Beziehung rein freundschaftlich ist.

Vijay schmunzelt, sagt aber nichts mehr.

»Er ist sympathisch. Wirklich. Ich habe ihn unterschätzt.« Abermals staune ich über meinen leichten und aufgesetzten Tonfall und beschließe, lieber meinen Mund zu halten. Das Letzte, was ich will, ist, auch noch Vijay in das hineinzuziehen, was sich zwischen Jimmy und mir abspielt.

Wir nähern uns der Klinik, gehen durch das prachtvolle

Portal und dann weiter durch den kleinen Park, über einen von Büschen gesäumten Fußweg.

»Hast du hier nicht dein Pflichtjahr gemacht?« Vijay hat den letzten Rest Eis gegessen und fährt sich mit einer zerknüllten Papierserviette über den Mund.

Ich nicke und mustere das rote Klinkerhaus. Vor sehr langer Zeit einmal habe ich in dieser Klinik meinen ersten Dienst als Psychologin geleistet. Damals gab es hier eine allgemeinpsychiatrische Praxis, heute, nach vielen Umstrukturierungen, ist es eine Spezialklinik für Psychosepatienten. Es ist seltsam, durch die Gänge zu wandern, einen Ort aus der Vergangenheit aufzusuchen, der sich scheinbar nicht verändert hat. Für einen kurzen Moment befinde ich mich in einer anderen Zeit. Damals, als ich so jung war und gerade Stefan kennengelernt hatte. Das Vergangene kommt mir plötzlich so nah vor, als ob ich die Hand ausstrecken und die Frau berühren könnte, die ich einmal war. Mit ihr sprechen, versuchen, sie vorzubereiten, und sie wegen des Kummers zu trösten, der kommen wird. Dann bin ich wieder im Jetzt und sehe Vijays fragenden Blick. »Was ist los?«

»Ich habe dir eine Frage gestellt. Hast du zu wenig getrunken?« Er lächelt kurz und schüttelt den Kopf.

»Ich habe mich nur in Erinnerungen verloren. Was möchtest du wissen?«

»Kjell Stormare. Das ist Jens Sundbergs Arzt. Kennst du ihn?« Vijay hat einen zerknüllten Zettel aus der Gesäßtasche seiner Shorts gezogen und liest davon ab.

»Nein. Aber ich habe vor hundert Jahren hier gearbeitet, und da sind sicher ebenso viele Ärzte gekommen und gegangen.«

Wir gehen ins Wartezimmer, und Vijay wendet sich an eine Sekretärin, die in der verglasten Rezeption sitzt. Sie hat ein rotes Gesicht, und ihre Haare sind von der Hitze strähnig. Das Wartezimmer ist leer und still. Ich setze mich, und Vijay gesellt sich zu mir.

»Sie geht ihn holen. Wir können hier warten.«

Wir warten schweigend und lauschen dem Ticken der Wanduhr. Ich denke an Jens Sundberg. Ob er auf diesem Sofa hier gesessen und auf denselben Mann gewartet hat wie wir jetzt? Es ist schwer, den Mann, den wir des Mordes an Lukas Ebbehammar und Jussi Ståhl verdächtigen, richtig zu fassen, und ich frage mich, ob sein Arzt uns wohl ein klareres Bild zeichnen kann. Ich höre ein leises Rascheln und schaue auf. Ein Mann von etwa Mitte fünfzig kommt mit lautlosen Schritten auf uns zu. An den Füßen trägt er die fast obligatorischen Birkenstockpantinen. Ich begegne Vijays Blick und hebe vielsagend eine Augenbraue. Er grinst fröhlich und steht dann auf, um dem Mann entgegenzugehen.

Wir werden in ein großes Eckzimmer mit Ausblick auf den kleinen Krankenhauspark und das Stadthaus geführt. Durch eine gestreifte Markise ist der Raum vor der Sonne geschützt, aber es ist trotzdem heiß. Kjell Stormare hat Schweißringe unter den Armen seines karierten Sommerhemdes, und seine beigen Chinos sehen unangenehm warm aus. Wir lassen uns auf einer kleinen Sitzgruppe nieder.

Der Arzt lächelt. »Sie brauchen also Auskünfte über Jens Sundberg. Wir haben einen schriftlichen Antrag gefaxt bekommen, und damit hat alles seine Ordnung. Ich kann mit Ihnen über Jens sprechen.« Er räuspert sich, faltet die Hände auf den Knien und schaut uns fast erwartungsvoll an.

»Es wäre eine große Hilfe, wenn Sie uns ein wenig über Jens erzählen könnten. Wie lautet zum Beispiel seine Diagnose?« Vijay hält seinen Blick fest und nickt auffordernd.

»Natürlich. Ich habe eben noch seinen Krankenbericht gelesen. Jens Sundberg leidet an paranoider Schizophrenie. Das bedeutet, dass er Wahnvorstellungen hat und Dinge sieht, die andere Menschen nicht sehen. Jens bildet sich ein, von einem früheren Partner verfolgt zu werden. Er glaubt zudem, dass ein kriminelles Netzwerk hinter ihm her ist. Es gibt etliche Halluzinationen in Form von Stimmen, Fernsehsendungen und Ähnlichem. Jens glaubt, dass Zeitungen und Fernsehsendungen Mitteilungen an ihn enthalten. Aber wenn ich das richtig verstanden habe, sind Sie ja selbst vom Fach, und da ist Ihnen die Diagnose vielleicht bekannt.« Kjell lacht wieder und sieht zufrieden aus bei der Vorstellung, nicht irgendwelchen Laien die vielen Erscheinungsformen einer Psychose erklären zu müssen.

»Das stimmt.« Ich nicke und lächele zurück – ein Unter-uns-Kollegen-Lächeln.

Kjell Stormare ist Arzt, und wir sind Psychologen. Die Klinik-Welt ist alles andere als horizontal organisiert, und rein hierarchisch gesehen, stehen Ärzte in der Pyramide immer ganz oben. Sie haben ihren Rezeptblock und bestimmen zudem darüber, wer krankgeschrieben wird.

»Als wie krank würden Sie ihn denn bezeichnen? Kann man seine Symptome durch Medikamente in den Griff bekommen?« Vijay hat einen kleinen Notizblock aus der Brusttasche gezogen und schreibt mit, während er seine Frage stellt.

»Jens hatte in den vergangenen fünf Jahren mehrere Schübe. Jedes Mal, wenn er die Medikamente abgesetzt hatte, erlitt er einen Rückfall. Wenn er einen Schub hat, geht es ihm natürlich sehr schlecht, alles andere wäre gelogen. Aber dazwischen hat er auch immer gute, gesunde Phasen. Leider bringen die Medikamente Nebenwirkungen mit sich, weshalb er sie nicht mehr nehmen will – ein nicht ganz unbekanntes Problem.«

Kjell Stormare macht ein bedauerndes Gesicht, sieht auf seine gefalteten Hände hinunter und wippt mit dem Fuß. Seine Miene hat etwas Selbstgefälliges. Als ob der Mann da vor mir nicht begreifen kann, warum diese vielen Psychosepatienten nicht einfach Ruhe geben und brav ihre Medikamente nehmen.

»Welche Medikamente hat er bekommen?«

»Risperdal. Er hat sehr gut darauf angesprochen. Aber wie gesagt, dann haben sich gewisse Nebenwirkungen eingestellt. Er hat zugenommen und hatte Potenzschwierigkeiten. Und er glaubte, langsam und träge zu werden, körperlich *und* geistig. Er fühlte sich gefühlsmäßig abgestumpft.«

»Könnte er ein so komplexes Verbrechen denn überhaupt planen und ausführen?«

Bei Vijays Frage wird Kjell Stormare ernst, vielleicht ahnt er auch, dass sich unsere Befragung um die Morde an Jussi Ståhl und Lukas Ebbehammar dreht.

»Ich kann mir nur sehr schwer vorstellen, dass Jens gewalttätig werden könnte. In seinem Krankenbericht sind keine Zwischenfälle vermerkt. Er verhält sich bei seinen psychotischen Schüben meistens zurückhaltend und relativ ruhig.«

»Und wenn er Medikamente nimmt?«

»Ich würde sagen, er ist ruhiger, wenn er sie einnimmt. Ich halte es für unwahrscheinlich, dass er jemanden verletzen könnte, solange er unter dem Einfluss der Medikamente steht. Aber leider können wir unsere Patienten ja nicht die ganze Zeit überwachen oder sie zwingen, die Medikamente zu nehmen, wenn sie gerade symptomfrei sind. Zwang können wir nur anwenden, wenn sie sich oder andere gefährden.« Sein Tonfall hat sich verändert. Das scheinbare Wohlwollen ist noch vorhanden, aber ich ahne hinter seinen Worten eine deutliche Verteidigungshaltung. Falls Jens Sundberg einen

Mord begangen hat, kann man der Psychiatrie deswegen jedenfalls keine Vorwürfe machen.

»Aber könnte er ein komplexes Verbrechen planen? Wie gut sind seine kognitiven Fähigkeiten?« Das Kratzen von Vijays Kugelschreiber ist verstummt, und er sieht gereizt aus, weil seine vorherige Frage nicht klar beantwortet worden ist.

»Ich kann nichts über seine kognitiven Fähigkeiten sagen. Darüber müssten Sie mit seiner Psychologin sprechen, und die ist in Urlaub. Aber ich habe den Eindruck, dass Jens ruhig ist, solange er seine Medikamente nimmt. Wenn er damit aufhört und psychotisch wird, ist die Gefahr, dass er Gewalt anwendet, natürlich größer. Aber dadurch würde sich vermutlich andererseits auch seine Fähigkeit, ein komplexes Verbrechen zu planen und durchzuführen, verringern. Wenn psychotische Personen ein Verbrechen begehen, liegt meistens eine Impulshandlung und kein geplantes Vorgehen vor.« Kjell Stormare wischt sich den Schweiß von der Stirn und sieht uns mit verbissener Miene in seinem mageren kantigen Gesicht an.

»Sie sagen also eigentlich, dass Sie *nicht* glauben, dass er ein Verbrechen planen und ausführen könnte, wenn er psychotisch ist, wohl aber, wenn er Medikamente nimmt. Andererseits ist das Risiko eines Gewaltverbrechens geringer, wenn er seine Medikamente nimmt. Habe ich das alles richtig verstanden?« Vijay sieht immer verärgerter aus.

Auch bei Kjell Stormare nehme ich eine Veränderung wahr. Er ist es offenbar nicht gewohnt, dass Unbefugte die Gesprächsleitung an sich reißen, und er wirkt fast betroffen.

»So könnte man das natürlich sagen. Aber andererseits kann man auch nicht ausschließen, dass es passieren könnte. Man kann da unmöglich sicher sein.«

»Was Sie uns also eigentlich zu erklären versuchen, ist, dass

Sie keine Ahnung haben, ob Jens Sundberg ein Gewaltverbrechen begehen könnte. Habe ich Sie *jetzt* richtig verstanden?« Vijay zwirbelt seinen Schnurrbart und mustert Kjell Stormare voller Verachtung.

Der Arzt rutscht verlegen auf seinem Stuhl herum. »So würde ich mich nicht ausdrücken.«

»Aber Sie *meinen* es so, nicht wahr? Ich glaube, unsere Fragen sind alle beantwortet.« Vijay erhebt sich, und ich folge seinem Beispiel.

Wir schütteln Kjell Stormare höflich die Hand, und er sieht aufrichtig erleichtert darüber aus, dass wir gehen wollen.

»Wenn Sie noch weitere Fragen haben, dann stehe ich Ihnen natürlich immer zur Verfügung.« Er lächelt verkrampft und scheint sich alle Mühe zu geben, um locker und kollegenhaft jovial zu wirken.

»Das wird wohl nicht nötig sein.« Vijay dreht ihm den Rücken zu, und mit raschen Schritten verlassen wir den stickigen Raum.

»Idiot«, faucht Vijay, als wir auf der Straße stehen. »Dass es so verdammt schwer zu sein scheint, Leute dazu zu bringen, sich ihrer Verantwortung stellen. Da hätten wir auch gleich mit der Rezeptionistin sprechen können. Das hätte uns genauso viel gebracht. Was sollen wir Carin und den anderen erzählen?«

»Die Wahrheit, nehme ich an. Dass sich der Arzt über Jens' Befähigung, ein Verbrechen auszuführen, nicht äußern kann oder will.«

Vijay schüttelt den Kopf, und die schwarzen Locken tanzen.

»Willst du zurück in die Bergsgatan?«

Ich sehe auf die Uhr. Halb fünf.

»Ich fahre lieber nach Hause. Ich hab so einiges zu erledigen.«

Das ist natürlich gelogen. Niemand erwartet mich in dem kleinen Haus am Meer, und es gibt absolut nichts, was ich erledigen müsste. Die Wahrheit ist, dass ich mich nach Einsamkeit und Müßiggang sehne, nach Ruhe und Leere, die sich in dem Moment über die Felsen gebreitet haben, als Markus und Erik nach Norrland gefahren sind.

Vijay schaut mich lange an, und ich weiß, dass er mich durchschaut hat. »Na dann. Wir sehen uns morgen früh.«

Mårten

»Alles klar, Jungs. Gute Arbeit. Dann ist Schluss für heute.«

Mårten legte die E-Gitarre auf den Stuhl, und Claus erhob sich. Er reckte seinen langen, schlaksigen Körper, sodass das T-Shirt hochrutschte und seinen behaarten Bauch entblößte.

Claus war gut. Sehr gut sogar. Seine Stimme war einzigartig: tief, schön rau, wenn er wollte, und bluesig dunkel, wenn er sich Mühe gab. Er hatte ein fantastisches Rhythmusgefühl und eine Intonation, die ihn unverkennbar machte.

Sie verließen das Studio und gingen zum Tontechniker.

»Wann geht's morgen los?«, fragte Mårten.

»Um neun. Sei bloß pünktlich. Das Ding hier kostet dreitausend Eier die Stunde.« Der Tontechniker klopfte vorsichtig auf das Mischpult, als ob er Angst hätte, dass es zerbrechen könnte.

Claus nahm den Plastikkasten, den er mitgebracht hatte, und hob zum Gruß die Hand.

»Bis nach morgen.«

Mårten nickte ihm zu und schmunzelte ein wenig, weil Claus so gern deutsche Ausdrücke wörtlich übersetzte und sie dann auf Schwedisch verwendete.

Die Luft war heiß und stickig, als Mårten sich auf den kurzen Weg vom Studio zu seiner Wohnung in der Norrtullsgatan machte. Im Vasapark saßen Gruppen von Menschen auf Decken auf dem von der Sonne zu gelben Stoppeln versengten Rasen. Sie schienen nicht vorzuhaben, ihr Picknick so bald zu beenden, obwohl es schon fast zehn Uhr abends war. Ein Stück weiter weg, auf einem Stück Pappe, saß ganz alleine ein Mann von vielleicht dreißig Jahren und starrte vor sich hin. Auf irgendeine Weise erinnerte er ihn an Jens. Vielleicht lag es an dem dünnen Körper und den braunen Haaren, die ihm in die Augen fielen; oder einfach daran, wie er allein da saß und in die Dunkelheit starrte. Wie immer, wenn er an Jens dachte, hatte er ein schlechtes Gewissen – obwohl inzwischen so viele Jahre vergangen waren.

Ein Gefühl, das Übelkeit ähnelte, machte sich in seinem Zwerchfell breit. Er fragte sich, wie Jens es aufgenommen hätte, wenn er ehrlich zu ihm gewesen wäre. Wenn er ihm gestanden hätte, dass er jemand anderen kennengelernt hatte. Aber er hatte sich damals eingeredet, dass Jens nicht stark genug dafür sei und dass er so kurz nach seiner Krankheit einen solchen Schock nicht verkraften würde.

Als ob es besser gewesen wäre, ihn zu hintergehen.

Er ging schneller und versetzte einer leeren Bierdose auf dem Bürgersteig einen Tritt. Die Dose kullerte mit metallischem Scheppern in den Rinnstein.

Er war wirklich in Jens verliebt gewesen – das ja. Aber Jens hatte sich verändert. Er war nicht mehr der gewesen, in den er sich verliebt hatte. Es ging nicht nur um die Krankheit, sondern auch darum, wie er war, als er langsam wieder gesund wurde: seltsam passiv und gleichgültig, irgendwie verändert. Sicher, das kam vielleicht von den Medikamenten, aber die würde er möglicherweise bis an sein Lebensende nehmen müssen, und wenn Jens' Passivität darauf beruhte, dann müsste er bei seinen Überlegungen auch darauf Rücksicht nehmen – ob er es über sich bringen würde, mit Jens unter diesen Umständen zusammenzuleben.

Er verdrängte diese Gedanken. Er brachte es nicht über

sich, sich selbst als eine Art Richter zu sehen, der lebensent-
scheidende Urteile fällte. Aber andererseits, galt das denn
nicht für alle Menschen? Ab und zu musste man einen Entschluss fassen, der für einen selbst richtig war, auch wenn er
andere Menschen verletzte. Und sich nicht zu entscheiden,
war auch eine Entscheidung. Das redete er sich jedenfalls ein.
Herrgott, er hatte ja wohl mehr für Jens getan, als irgendwer
verlangen konnte. Monatelang hatte er ihn mindestens einmal jede Woche besucht, manchmal auch häufiger. Er hatte
seine Hand gehalten und in diese leeren Augen gesehen, hatte
sich seine verwirrten Erklärungen darüber angehört, wie die
MC-Bande Listen von Schwulen aufstellte, um sie dann ermorden zu können. Es war so schwer gewesen. So schmerzhaft. Er hatte nicht gewusst, wie er mit Jens' Fantasien umgehen sollte. Wenn er offen sagte, dass er ihm nicht glaubte,
wurde Jens nervös und unglücklich, schlang sich die Arme
um den Körper und wiegte sich auf dem Bett hin und her.
Und wenn er mitspielte, vorgab, ihm zu glauben, schürte er
seine seltsamen Wahnvorstellungen nur noch.

Mårten blieb vor dem Eingang stehen und gab den Tür-
code ein. Im Treppenhaus roch es nach Zigarettenrauch und
Urin. Das war einer der Nachteile einer Mietwohnung, aber
es gab auch viele Vorteile. Er hätte sich niemals eine Wohnung hier kaufen können, jetzt, da die Yuppies die Innenstadt
übernommen hatten.

Seine Schritte warfen ein Echo, als er die wenigen Schritte
zu seiner in totaler Dunkelheit gelegenen Wohnungstür ging.
Die Deckenlampe war noch immer defekt. Er hatte den Ver-
mieter schon vor zwei Wochen angerufen und sich beklagt,
aber noch war nichts passiert – deshalb brauchte er eine
ganze Weile, bis er den Schlüssel ins Schlüsselloch bugsieren
konnte.

In der Wohnung war es unerträglich stickig, obwohl er ein Fenster gekippt gelassen hatte, als er morgens gegangen war. Sicher war es irgendwann im Laufe des Tages zugefallen. Er streifte die Gitarre ab und legte sie auf den Holzstuhl in der Diele. Dann zog er die Turnschuhe aus, ging in die Küche und machte Licht. Der Abfall sonderte einen widerlichen Geruch ab. Fruchtfliegen saßen in Dolden auf dem Weinglas von gestern Abend, und ein leerer Pizzakarton lag auf dem Boden. Er ekelte sich vor sich selbst. Normalerweise war er ziemlich ordentlich, liebte schöne Dinge und fühlte sich wohl, wenn alles sauber war. Aber in der letzten Zeit hatte er das nicht mehr so richtig geschafft. Er hatte viel gearbeitet, und wenn er nicht gearbeitet hatte, hatte er gefeiert. Fast jeden Abend, den ganzen Sommer über, war er unterwegs gewesen. Und nicht selten war er zusammen mit einer neuen fremden und befreiend unwichtigen Person nach Hause gekommen. Einem Körper, um die Einsamkeit zu vertreiben. Einem Körper, der ihm bestenfalls helfen konnte, das Gefühl der Unwirklichkeit zu vertreiben. Der ihn dazu brachte, etwas zu empfinden.

In gewisser Weise kam ihm das armselig vor. Der Sex war so spannend, so sinnvoll und ungefähr so wirkungsvoll wie eine Kopfschmerztablette.

Wenn Jens ihn jetzt sehen könnte…

Dieser Gedanke kam von nirgendwoher. Er bückte sich, öffnete die Klappe unter dem Spülstein, nahm eine Spritzflasche mit Reinigungsmittel heraus und sprühte das Glas mit den Fruchtfliegen an. Das kleine Gewürm kroch in den klebrigen Resten herum, kämpfte vergeblich um sein Leben und stand dann still.

Wenn Jens ihn sehen könnte, würde er sicher denken, dass Mårten es nicht besser verdient hatte. Er war allein. Er wohnte wieder in seiner engen kleinen Wohnung. Er trank zu viel. Ab und zu dachte er, er sollte vielleicht Kontakt zu ihm aufnehmen. Nicht, dass er glaubte, sie könnten wieder zusammen sein, aber um eine Art würdigen Abschluss in die Wege zu leiten. Vielleicht würde es ihnen beiden guttun, noch einmal über alles zu reden. Vielleicht würde er Jens erklären können, warum er sich so verhalten hatte. Vielleicht würde Jens verstehen.

Vielleicht könnte er einfach bloß beichten?

Er ging zum Fenster, riss es sperrangelweit auf und spürte, wie die feuchtheiße Nachtluft hereinströmte. Die kleine Zweizimmerwohnung ging nach Süden hinaus, und wenn man bei Sonnenschein kein Fenster aufmachte, war es drinnen nicht auszuhalten.

Er ging ins Wohnzimmer, um das zugefallene Fenster zu öffnen und für Durchzug zu sorgen. Der Innenhof breitete sich dunkel und still vor ihm aus. Normalerweise war er eine grüne Oase, aber jetzt schienen die Büsche draußen vertrocknet und eingegangen zu sein, und dort, wo in den Beeten sonst stattliche immergrüne Pflanzen wuchsen, gab es nur gelbe Stängel aus trockenem Gras. Er berührte den Fenstergriff. Er war geschlossen. Hatte er am Morgen wirklich vergessen, das Fenster zu öffnen? Nein, er war sich fast sicher, dass er es getan hatte, denn er zögerte immer, ehe er es machte. Er wohnte im Erdgeschoss, und theoretisch könnte jemand durch das Fenster hereinklettern. Es gab zwar nichts zu stehlen, aber trotzdem. Im Haus wohnte eine Menge Abschaum, und er hatte keine Lust, beim Nachhausekommen einen Junkie auf dem Küchenboden zu finden.

Er öffnete das Fenster und ließ die Sommernacht in die Wohnung. Er blinzelte und genoss den schwachen Wind, der sein schweißnasses Gesicht liebkoste. Dann ging er ins Badezimmer und fing an, sich auszuziehen. Den ganzen Tag roch

343

er nun schon seinen eigenen Schweiß, und er hatte sich nach diesem Augenblick gesehnt.

Er trat in die winzige Duschecke, zog den Vorhang vor und ließ das lauwarme Wasser über seinen Körper laufen. Er seifte sich von Kopf bis Fuß ein, dann senkte er die Temperatur und duschte unter eiskaltem Wasser. Jeder Quadratzentimeter, jede Pore seines Körpers schien zu neuem Leben zu erwachen. Schließlich drehte er den Hahn zu. In dem Moment, in dem er den Duschvorhang zur Seite schob, ahnte er eine Bewegung. Wie ein Schatten am Rande seines Blickfeldes: undeutlich, verschwommen, aber zugleich in höchstem Grad wirklich. In der dunklen Diele sah er eine vertraute Silhouette.

»Hallo, Mårten. Lange nicht mehr gesehen.«

Siri

Es ist ein umwerfend schöner Abend. Ein weiterer in einer scheinbar unendlichen Reihe von perfekten Sommerabenden. Ich genieße die Ruhe auf den Felsen. Es ist seltsam still, und die Abwesenheit von Markus und Erik erzeugt ein Vakuum in der Atmosphäre um das Haus. Sie fehlen mir ganz schrecklich, aber zugleich genieße ich die Ruhe. Die Bucht ist still, und das Schwanenpaar, das oft auf Distanz bleibt, hat sich mit seinen Jungen hervorgewagt, jetzt, da Erik nicht am Strand herumrennt und schreit.

Es ist schön, allein zu sein. Aber durch das Alleinsein kommen auch die Gedanken, drängen sich auf und verlangen meine Aufmerksamkeit. Was habe ich getan, und welche Konsequenzen wird es haben? Welche Konsequenzen *sollte* es haben? Ich versuche zu verstehen, was eigentlich passiert ist, aber ich merke, dass ich keine richtigen Antworten habe. Aina fehlt mir. Sie war immer meine selbstverständliche Gesprächspartnerin, meine beste Freundin, die immer zugehört und die klügsten Antworten gegeben hat. Ich denke an ihren Brief – die wenigen Zeilen und ihre Mitteilung: Ich bin für dich da. Obwohl sie schwer krank ist, sagt sie, dass sie für mich da ist. Während ich sie wegen ihrer Taten verurteile und zugleich dieselbe Sünde begehe. Vijays Worte hallen in meinem Kopf wider: *Verbitterung ist das Gleiche, wie Gift zu trinken und darauf zu warten, dass der andere Mensch stirbt.*

Als mein Mobiltelefon klingelt, will ich zuerst nicht antworten. Ich sehe auf dem Display, dass es Markus ist, und für einen Augenblick frage ich mich, wie ich ihn anlügen kann, ohne dass er merkt, dass ich ihm etwas verheimliche. Aber aus Sehnsucht nach Erik nehme ich das Gespräch doch an.

»Hallo Liebling. Wie geht es dir?« Markus' Stimme klingt fröhlich und erwartungsvoll.

»Gut, ich habe den ganzen Tag gearbeitet und liege jetzt auf den Felsen.« Ich merke, dass es nicht schwer ist, mit Markus zu reden, dass die Worte wie von selbst kommen. »Wie geht es euch?«

»Hier ist es wunderbar. Genauso schönes Wetter wie in Stockholm. Wir machen das Grundstück fürs Bauen frei – es wird fantastisch.«

Ich höre zu, während Markus detaillierte Baubeschreibungen von sich gibt und sich über Windrichtungen und die beste Lage für die Veranda des zukünftigen Hauses auslässt.

»Wie geht es Erik? Kann ich mal mit ihm reden?«

»Erik geht es gut. Er und meine Eltern waren heute mit dem Boot draußen und haben Netze gesetzt. Er ist hier irgendwo. Moment mal …«

Ich höre, wie Markus nach Erik ruft, dann ist er wieder da.

»Er kommt gleich, er holt sich nur schnell ein Eis.«

Wir lachen beide, und ich spüre die Zusammengehörigkeit mit Markus. Dieses wortlose Verständnis, das es nur gibt, wenn man schon lange zusammenlebt. Ich denke daran, was wir haben. Erik natürlich, aber auch unsere Beziehung, dieses seltsame Kraftfeld, das zwischen zwei Menschen entsteht. Markus, der immer da ist. Ruhig, stabil, sicher.

»Fehle ich dir?« Markus klingt plötzlich ganz nah, und ich ahne die Lust in seiner Stimme.

»Das weißt du doch. Natürlich fehlst du mir. Und Erik

auch. Ich wünschte, ihr wärt hier, auch wenn ich froh darüber bin, dass ihr es so gut habt, da, wo ihr seid.«

Als ich das sage, weiß ich, dass es stimmt. Markus fehlt mir. Ich sehne mich nach seiner Nähe. Und ich frage mich, ob es möglich ist, weiterzumachen wie vorher, so zu tun, als sei nichts gewesen, oder ob sich etwas unwiderruflich verändert hat.

»Du klingst ein bisschen traurig. Ist alles in Ordnung?« In Markus' Stimme liegt ein Hauch von Unruhe, als ob er ahnt, dass etwas nicht ganz so ist, wie es sein sollte.

»Nur die Arbeit. Ich komme mir vor wie im Irrenhaus. Die Zeitungen verbreiten die schlimmste Hysterie. Aber inzwischen haben wir vielleicht einen Durchbruch erzielt.«

»Mmm. Das haben wir auch hier gelesen. Ich beneide dich nicht. Oh, da kommt Erik.«

Ich höre Erik im Hintergrund lachen, und dann ist er am Telefon.

»Mama! Hier ist es einfach super. Heute sind wir mit dem Boot gefahren und haben in einem Netz Fische gefangen. Und Opa will nachher den Fisch braten – über dem Feuer.«

Ich höre mir Eriks Bericht über Bootsfahrten und den Hund von Oma und Opa, der Bälle holt, wenn man sie wirft, an. Dann ist er plötzlich weg, und Markus übernimmt wieder das Telefon.

»Wir essen jetzt, ich muss auflegen. Aber Siri … du fehlst mir, und ich liebe dich.« Er klingt so ernst und ehrlich, dass ich das Telefon fast nicht mehr in der Hand halten kann. Ich schäme mich plötzlich so sehr. Wie konnte das nur passieren? Warum ist es passiert? Dieselben Fragen, aber keine Antwort.

Ich flüstere Markus einige Liebesworte zu und lege dann auf. Meine Kopfschmerzen stellen sich wieder ein. Pulsierende Schmerzen, die meine Gedanken zerfetzen. Sie sind mir willkommen. Der Schmerz scheint meine Gedanken aufzulösen, dafür zu sorgen, dass ich mich von allen Ereignissen distanzieren kann. Ich tauche in das grüne Wasser und mache einige Schwimmzüge, lasse meinen Körper von kühlen Schleiern aus samtweichem Wasser umschließen. Ich schwimme an den Felsen entlang, werde schneller und merke, dass ich rascher atme. Ich zähle meine Schwimmzüge und versuche, mich auf das Atmen und die Bewegungen meines Körpers und sonst gar nichts zu konzentrieren. Als ich mich endlich auf den sonnenwarmen Granit ziehe, bin ich ganz ruhig.

Am nächsten Morgen nehme ich das Gefühl von warmen Felsen und Meer mit in den engen, stickigen Besprechungsraum. Auf irgendeine Weise scheinen mich weder die Hitze noch die spürbar bedrückte Stimmung im Raum etwas anzugehen. Carin sitzt auf der Stuhlkante und kaut an ihren Nägeln. Örjan sieht aus dem Fenster, als wünschte er sich weit weg von hier. In seinen Schrebergarten vielleicht, die Hände tief im kühlen Erdreich vergraben.

Ich betrachte seine Finger, die auf seinen Knien ruhen. Sie sind sauber gescheuert und sehen so weich aus wie ein Babypo. Die Nägel sind gepflegt. Ihm ist nicht anzusehen, dass er viel im Garten arbeitet.

»Vijay und Jimmy sind unterwegs zu einem alten Kumpel von Jens, wir müssen also versuchen, ohne sie auszukommen.«

»Juan?«, fragt Örjan.

»Hat frei. Er wollte wohl mit seiner Frau einen Abstecher nach Finnland machen. Wir müssen Lindell bald etwas über Jens sagen. Was halten wir von ihm als möglichem Täter? Siri, du warst doch gestern mit Vijay bei seinem Arzt. Hat das irgendwas gebracht?«

»Eigentlich nicht. Er wollte sich nicht richtig dazu äußern, inwieweit Jens ein komplexes Verbrechen ausführen könnte oder nicht. Er war überaus vorsichtig. Es schien, als habe er furchtbare Angst davor, eine Meinung haben zu müssen.«

Carin lehnt sich auf dem Stuhl zurück und schüttelt den Kopf. »Komisch, dass mich das überhaupt nicht überrascht. Was meint ihr denn – du und Vijay?«

»Wir sind uns auch nicht sicher. In den letzten Jahren hatte Jens abwechselnd psychotische Schübe und weitgehend gesunde Phasen. Aber die meiste Zeit stand er unter starkem Medikamenteneinfluss, was ihn müde und langsam gemacht hat. Außerdem waren seine kognitiven Fähigkeiten wahrscheinlich durch die wiederholten psychotischen Schübe beeinträchtigt.«

»Inwiefern beeinträchtigt?«, fragt Örjan.

»Es ist nicht ungewöhnlich, dass die kognitiven Fähigkeiten nach einer Psychose abnehmen. Und diese Verschlechterung kann auch permanent sein.«

»Wie meinst du das? Wird man dümmer?« Carin erwidert meinen Blick. Ihre blauen Augen sind rot unterlaufen.

»So könnte man das auch sagen. Aber wir wissen nicht genau, wie das bei Jens war. Seine Eltern haben uns immerhin gesagt, wie langsam er geworden ist, dass er noch nicht mal mehr arbeiten kann. Aber wir können ihn als Täter nicht ausschließen. Wir sind ihm ja nicht einmal begegnet.«

»Jetzt hört ihr euch auch schon an wie dieser Arzt. Als ob ihr auch keine Verantwortung für eure Meinung übernehmen wolltet«, sagt Carin. Ihre Stimme hat etwas Scharfes und Ungeduldiges. Als sei sie verärgert, weil ich ihre Frage nicht mit einem klaren Ja oder Nein beantworten kann.

»Es tut mir leid, dass wir keine größere Hilfe sind«, sage ich. »Aber ich will ehrlich sein.«

Carin hebt die Hand und winkt müde ab. »Entschuldige, ich bin erschöpft und müde. Aber ich hätte das nicht an dir auslassen dürfen. Natürlich musst du ehrlich sein. Wir müssen das Lindell eben ...«

Die Tür wird sperrangelweit aufgerissen, und Lindell kommt herein. Trotz der Hitze trägt er einen hellen Anzug mit Hemd und Krawatte. Er stellt sich neben Carin und stemmt die Fäuste in die Seite.

»Wir haben Mårten Andersson gefunden. Ermordet.«

Das traurige Herz – 2012

Seine Finger gehorchten ihm nicht, als Jens versuchte, Zwiebeln zu hacken. Früher einmal war er der Schnellste in der Küche gewesen, das Messer war ihm wie eine Verlängerung seiner Hand vorgekommen und hatte, ohne zu zögern, allen Gedanken und Impulsen gehorcht. Jetzt stand er da und musste sich große Mühe geben, sich nicht die Fingerspitzen abzuhacken.

Die Medikamente. An allem waren die Medikamente schuld. Und auch wenn er begriff, dass sie notwendig waren, hasste er sie doch. Sie machten ihn dick und impotent. Zugleich musste er zugeben, dass sie halfen. Sie brachten Jussis nervige, mahnende Stimme dazu, sich aufzulösen und zu verschwinden. Oder, genauer gesagt: Es war, als ob jemand Jussi in eine Art Raum in ihm selbst einsperrte, zu dem er keinen Schlüssel hatte. Aber er wusste trotzdem, dass er irgendwo dort drinnen war und dass es nur eine Frage der Zeit war, bis jemand die Tür öffnen und ihn wieder hinauslassen würde.

Jens gab einen dicken Stich Butter in die Bratpfanne und wartete, bis sie geschmolzen war. Dann schüttete er die Zwiebeln dazu. Er ließ sie langsam bräunen und öffnete derweil ein Bier.

Heute Abend wollten sie alle beide kommen. Mama und Papa. Er wusste, dass es seinetwegen war, und wie immer machte ihn das schrecklich nervös. Er musste sie davon überzeugen, dass es ihm gut ging. Davon schien im Moment alles abzuhängen. Jetzt, da sie offenbar ihre eigenen Karrieren und Träume an den Nagel gehängt hatten, stand er plötzlich noch mehr im Mittelpunkt als früher.

Er wünschte, er könnte die Wahrheit erzählen – die *ganze Wahrheit* –, zumindest seinem Vater, der kannte sich doch mit psychischen Krankheiten und solchen Dingen aus –, aber er war zu dem Schluss gekommen, dass das keine gute Idee wäre. Es war eine Sache, dass sie wussten, wie schlecht es ihm ging, dass er deprimiert und labil war. Aber *verrückt* zu sein, das war etwas ganz anderes. Nicht einmal er selbst konnte begreifen, woher Jussis Stimme kam und warum sie ihn zu den bizarrsten, gewalttätigsten Dingen aufforderte. Dingen, von denen er seinen Eltern nun wirklich nichts erzählen konnte.

Vorsichtig füllte er die gebräunten Zwiebeln in eine Schüssel und ging ins Schlafzimmer. Er setzte sich an den Schreibtisch, öffnete den Laptop und sah sich das Rezept an. Er war im Moment so vergesslich. Er konnte sich nicht einmal die einfachsten Dinge merken, als sei sein Gehirn ständig voll wie ein übermöbliertes Zimmer, in das nicht einmal mehr das kleinste Stück hineinpasste.

Neben dem Computer lag das schwarze Notizbuch, eine düstere Erinnerung daran, wer er gewesen war und immer sein würde. Er legte die Hand darauf, wie um sich davon zu überzeugen, dass sie nicht verbrannte. Dann schlug er es auf. Groteske Zeichnungen von ihm selbst mit aufgeschlitztem Brustkorb und herausgerissenem Herzen waren dort zu sehen. Seite um Seite war mit krakeligen Buchstaben ohne offenkundigen Zusammenhang gefüllt, vermischt mit kurzen Berichten über die, die er geliebt hatte, und wie sie ihn im Stich gelassen hatten. Zehn handgeschriebene Seiten handelten von Jussi und dem Tag, an dem er ihn mit Roberto in der Küche überrascht hatte. Dann folgte die Geschichte von

Johan, der ihn aus Rache abgewiesen hatte, nachdem er distanziert gewesen war. Eigentlich kein Wunder, heute konnte er Johan verstehen. Am Ende gab es einen ganzen Aufsatz über die MC-Bande und ihre Listen über Stockholms Schwule sowie eine Liste über die »Denunzianten«: Jussi, Johan und Mårten.

Er blätterte zum Ende des Notizbuches weiter. Dort war die Rede von Mårten. Er schrieb noch immer an diesem Teil. Vielleicht, um sich abzureagieren. Als zwischen ihnen Schluss gewesen war, hatte Mårten die Krankheit als Vorwand benutzt, hatte gesagt, sie habe ihn verändert und dass er nicht mehr der Mann sei, in den er sich verliebt hatte. Jens hatte mehrere Monate gebraucht, um die Wahrheit in Erfahrung zu bringen: dass Mårten jemand anderen kennengelernt hatte und dass die beiden seit mindestens einem halben Jahr zusammen waren. Es hatte wahnsinnig wehgetan. Und obwohl es mehrere Jahre her war, konnte er nicht loslassen. Es tat noch immer genauso schrecklich weh wie damals.

Du bist so empfindlich, hatte seine Mutter gesagt. *Es tut allen weh, wenn ihr Herz gebrochen wird, aber du bist so empfindlich.*

Das sagten alle.

Du bist so empfindlich, Jens.

Er sah sich die Zeichnung an. Versuchte sich einzureden, dass die eigentlich nicht so schlimm war. Dass es seine Art war, seinen Zorn zu verarbeiten, mehr nicht. Die Figur, die Mårten darstellte, lag in einer Blutlache. Zwischen seinen Beinen bildete die blaue Tinte einen dicken runden Fleck, der aussah wie eine Münze. Der Stift war mit solcher Kraft auf das Papier gedrückt worden, dass es an mehreren Stellen Löcher aufwies. *Mårten,* stand unter der Figur. Und darunter: *Ich schneid dir den Schwanz ab!*

War er denn wirklich verrückt? Könnte ein normaler Mensch so etwas zeichnen?

Schleichend überkam ihn ein unbehagliches Gefühl. Er schlug das Buch zu, legte es ganz nach hinten in die Schreibtischschublade, richtete sich auf und ging langsam zurück in die Küche. Dann setzte er Kartoffeln auf und betrachtete den Tisch. Er war fertig gedeckt, die Kerzen brannten.

Im selben Moment ging die Klingel. Er drückte die Klinke hinunter und spürte, wie die kalte Winterluft um seine Waden strich, als die Tür aufglitt und seine Mutter ihn umarmte. Ihre Haare waren feucht, und sie roch nach Mama: Waschmittel, Parfüm und feuchte Wolle.

»Hallo, Liebling«, sagte sie und streifte den Mantel ab.

Sie hatte offenbar zugenommen. Der gestrickte Pullover spannte um ihre Taille, und der Rock schob sich an ihren Hüften nach oben.

»Was ist los? Sehe ich dick aus?« Sie runzelte die Stirn.

»Nein. Absolut nicht. Schöner Pullover.«

Sie fuhr mit der Hand über das enge Oberteil und musterte sich kritisch im Spiegel. Als sie ihren Bauch erreichte, erstarrte sie. »Doch, ich sehe wirklich dick aus.«

Wieder ging die Türklingel. Jens war dankbar dafür, dass ihm das weitere Kreuzverhör über das Gewicht seiner Mutter erspart blieb, und öffnete. Sein Vater hielt eine Flasche Wein in der Hand. Wassertropfen glitzerten auf dem Mantel und in seinem Bart. Er klopfte Jens unbeholfen auf die Schulter.

»Du siehst gut aus.«

»Mir geht's auch ganz gut. Komm rein.«

Sie aßen schweigend. Es hatte eine Zeit gegeben, da hatten sie stets wild durcheinandergeredet und die Diskussionen waren dahingeströmt wie ein Fluss – unmöglich zu stoppen und unvorhersehbar in ihren Wegen. Jetzt bestand die Unterhaltung vor allem aus Höflichkeitsfloskeln.

»Also, was hast du vor, jetzt, wo du aus der Politik ausgestiegen bist?«, fragte die Mutter, tupfte sich mit der Serviette den Mundwinkel und sah den Vater an.

»Ich werde weiter ehrenamtlich für das Rote Kreuz arbeiten. Und dann spiele ich mit dem Gedanken an ein Buch mit Fallbeschreibungen aus meiner Zeit als Therapeut«, murmelte der Vater und nahm sich noch einmal Kartoffeln nach.

Jens registrierte, dass er dem Blick der Mutter ganz bewusst auswich.

»Willst du denn keine Patienten mehr nehmen?«

Der Vater schüttelte den Kopf. »Heute läuft alles ganz anders als damals, als ich zuletzt praktiziert habe. Ich will nicht ins Detail gehen, das ist für euch nicht interessant. Aber kurz gesagt ist es so: Um im Moment eine einträgliche Praxis betreiben zu können, muss man mit den Gesundheitsbehörden eine Zusammenarbeit eingehen, und«, hier legte er eine Kunstpause ein und setzte eine besorgte Miene auf, »ganz ehrlich, da gibt es keine Kompetenz mehr. Im Moment ist nur noch diese kognitive Verhaltenstherapie angesagt. Das ganze Wissen von uns erfahrenen Therapeuten wirft man einfach weg. Es ist eigentlich ein Skandal. Aber egal, ich habe auch so genug zu tun. Ich stehe mit mehreren Verlagen in Kontakt, die meine Idee überaus spannend finden. Ihnen ist klar, dass ich über einzigartige Erfahrungen verfüge und Wichtiges zu erzählen habe.«

»Und wie willst du deinen Lebensunterhalt verdienen?«, fragte Mama.

»Auch mit Schreiben kann man Geld verdienen.«

»Warum bist du eigentlich aus der Politik ausgestiegen?«, fragte Jens.

Der Vater kratzte sich laut hörbar den Bart. »Die politische Welt ist heute viel konservativer, als sich das die meisten vorstellen können. Ich glaube, man war dort noch nicht ganz … reif für meine Ideen. Eine Bande von Rückschrittlern, das sind sie, wenn du mich fragst.«

Aus dem Augenwinkel konnte Jens sehen, wie die Mutter die Augen verdrehte, er selbst nickte seinem Vater zu. In vielerlei Hinsicht kam es ihm wichtig vor, Papa gut zuzureden, ihm klarzumachen, dass er ihn verstand und auf seiner Seite war. Er verspürte eine seltsame Verantwortung, das Selbstbewusstsein seines Vaters wiederherzustellen. Papa hatte es in den letzten Jahren nicht leicht gehabt: Jens war nicht gerade ein Bilderbuchsohn gewesen, die Mutter hatte ihn verlassen, und nun hatte er keine Arbeit mehr.

»Und wie ist es mit deiner Stelle, Jens?«, fragte die Mutter, die die Vorträge des Vaters offenbar satthatte.

Jens zuckte mit den Schultern. »Geht schon. Ich bin nur so verdammt langsam.«

»Langsam ist aber nicht dasselbe wie schlecht«, sagte die Mutter und legte eine Hand auf seine.

»Doch, wenn man in einer Restaurantküche arbeitet schon«, sagte Jens. »Dieser Psychiater meint, ich sollte Frührente beantragen.«

Sie schwiegen.

»Bist du gerade mit jemandem zusammen?«, fragte der Vater.

Die Mutter räusperte sich und stand auf.

»Entschuldigt mich. Ich muss mir die Nase pudern.«

Jens begegnete dem Blick des Vaters. Das flackernde gelbe Kerzenlicht machte seine harten Züge weicher, glättete die tiefen Furchen in seinem Gesicht und ließ ihn jünger aussehen. Er wusste, dass der Vater seine Gedanken ahnte.

»Sie kann nichts dafür«, sagte er. »Sie meint es nicht böse. Es ist schwer für sie, zu akzeptieren, dass du bist, wie du bist. Aber sie liebt dich trotzdem genauso.«

Jens nickte. Das alles wusste er. Was er nicht verstehen konnte – oder wollte –, war, warum seine eigene Mutter sich vor seiner Veranlagung dermaßen ekelte, dass sie das Zimmer verlassen musste, wenn das Thema zur Sprache kam. Es war fast so bizarr wie seine Fantasien über Jussi.

»Das kommt von ihrer Kindheit«, sagte der Vater, als ob er wieder Jens' Gedanken gelesen hätte. »Diese verdammten Freikirchentrottel haben sie verdorben.«

Die Mutter kam wieder herein und ließ sich auf ihren Stuhl sinken.

»Was ist los?«, fragte sie.

»Wir haben nur gesagt, dass du heute Abend gut aussiehst«, sagte der Vater. »Dass du abgenommen hast.«

Jens küsste seine Mutter auf die Wange, winkte und schloss die Haustür. Auf irgendeine Weise war es schön, dass die beiden gegangen waren. Er hatte gern Gesellschaft, aber die Stimmung war immer so angespannt, wenn ihn beide gleichzeitig besuchten.

Er fing an, den Tisch abzuräumen, ließ Spülwasser einlaufen und schaltete das Radio ein. Aus Versehen landete er bei einer Nachrichtensendung, und er wechselte rasch den Sender. Er hatte schon seit Jahren keine Nachrichten mehr gehört oder Zeitungen gelesen. Die vielen negativen Wörter über Tod, Krankheit und Krieg machten ihm Angst. Er fand einen Musikkanal. Schwedische Schlager strömten durch die Küche, prallten von den Wänden ab wie Flipperkugeln.

Er spülte langsam, um die dünnen Gläser nicht zu beschädigen, die seine Mutter ihm zu Weihnachten geschenkt hatte. Als er fertig war, trocknete er sich die Hände an einem Küchenhandtuch ab und nahm die Tafel Schokolade, die er sich aufgespart hatte, aus dem Kühlschrank. Danach ging er ins Schlafzimmer und zog den Stuhl vor den Computer. Eigentlich wollte er es nicht, aber er schien sich nicht wehren zu können – als ob seine Finger ihr eigenes Leben hätten. Er gab *Mårten Alfred Andersson* ein und drückte auf »Suchen«. Es war fast zu einfach. Er brauchte nur einen Tastendruck, und schon tauchte Mårtens Bild vor ihm auf dem Bildschirm auf.

Siri

Vor dem Hauseingang in der Norrtullsgatan drängen sich die Streifenwagen. Weiße Absperrbänder wehen in der warmen Brise. Techniker in weißen Schutzüberzügen tragen braune Plastiktüten und große Taschen heraus. Etliche neugierige Stockholmer haben sich auf der anderen Straßenseite versammelt und verfolgen das stille Drama mit demselben Interesse wie ein Tennismatch.

Lindell hebt das Absperrband. Carin, Örjan und ich ducken uns darunter hindurch.

Im Treppenhaus begegnen uns weitere Männer in weißen Overalls. Einer von ihnen trägt eine Kamera. Örjan, der den Mann offenbar kennt, bleibt stehen und wechselt einige Worte mit ihm. Eine junge Polizistin kommt mit Trittbrettchen aus durchsichtigem Kunststoff aus der Wohnung.

»Die Techniker sind fertig, und der Rechtsmediziner war auch schon hier«, sagt Lindell. »Der Leichnam wird nachher abgeholt. Ich dachte, ihr wollt euch vielleicht vorher noch einmal umsehen.«

Wir bleiben vor der Wohnung stehen. Lindell gibt uns blaue Überzüge, die wir über unsere Schuhe streifen. Danach dreht er sich zu mir um. »Zum ersten Mal an einem Tatort?«

Ich nicke.

»Na gut. Du brauchst nur daran zu denken, dass du nichts anfassen darfst.«

Die Diele ist klein und dunkel und kommt mir stickig vor,

obwohl das Fenster im Wohnzimmer offen steht. Auf dem Boden liegt ein Gitarrenkasten. Bunte Turnschuhe sind übereinandergestapelt. An Metallhaken links von der Eingangstür hängen eine abgenutzte Lederjacke und ein grauer Kapuzenpullover. Der Boden ist von Werbesendungen und Briefen bedeckt. Mårten hat seine Post offenbar nicht jeden Tag geöffnet. Vorsichtig steige ich über die Briefe hinweg und gebe mir alle Mühe, auf nichts draufzutreten. Direkt vor mir sehe ich das Wohnzimmer. Ein senfgelbes Sofa aus den fünfziger Jahren steht unter dem offenen Fenster, auf einem kleinen Couchtisch aus Bambus liegt ein Haufen Comics. Eine leere Bierdose steht neben dem Sofa auf dem Boden.

Lindell legt mir eine Hand auf die Schulter, geht vorsichtig an mir vorbei und winkt mich dann durch die Tür auf der rechten Seite, hinter der ich ein Badezimmer vermute. Und da ist der Mann, der bis 2005 mit Jens zusammen war, ehe die Schizophrenie sie getrennt hat.

Er ist nackt und liegt auf dem Rücken, den Kopf eingeklemmt in den schmalen Spalt zwischen Toilettensitz und Wand. Der Raum stinkt nach dem Blut, das den Boden bedeckt, und etwas anderem, Widerlichem, bei dem sich mir der Magen umdreht. Mein spontaner Impuls ist, mich umzudrehen und aus der Wohnung zu stürzen. Fort vom Blut und dem unnatürlich weißen Leichnam. Fort vom Tod und dem Bösen, das die kleine Wohnung in Besitz genommen hat. Aber ich zwinge mich, stehen zu bleiben, versuche, mich zu konzentrieren und tief und regelmäßig zu atmen und den Blick auf einen harmlosen Punkt irgendwo mitten in der weißen Fliesenwand zu richten.

Carin legt mir eine Hand auf die Schulter. »Geht's wieder?« Ich nicke wortlos.

Sten Lindell zwängt seinen umfangreichen Leib in das enge

Zimmer. Er keucht, als ob er gerade gerannt oder die Treppe hochgestiegen wäre. »Wie ihr seht, ist das Einschussloch neben der linken Brustwarze deutlich zu erkennen. Der Rechtsmediziner nimmt an, dass der Tod sofort eingetreten ist. Die Kugel hat den Körper glatt durchschlagen und ist dann in den Fliesen steckengeblieben.« Lindell zeigt auf zwei zerbrochene Kacheln gleich über der Toilette.

Carin sieht zuerst die Wand und dann Lindell an. »Habt ihr die Kugel gefunden?«

»Ja. Teile davon steckten noch in der Wand.«

»Immerhin etwas. Neun Millimeter?«

»Darauf verwette ich meinen Urlaub. Aber wir sollten die Einschätzung der Ballistiker abwarten. Die Kugel war deformiert, genau wie die anderen.«

»Wie lange ist er schon tot?«, fragt Carin und geht neben dem Toten in die Hocke.

»Vermutlich ist er irgendwann zwischen neun Uhr gestern Abend und Mitternacht gestorben. Das stimmt auch mit dem überein, was uns seine Kollegen erzählt haben. Er hat das Studio gestern Abend gegen halb zehn verlassen. Für den Weg hierher wird er wohl ungefähr eine Viertelstunde gebraucht haben. Es sieht aus, als sei er nach Hause gekommen, habe geduscht und sei danach hier in diesem Raum überrascht worden. Er hat noch immer Shampoo in den Haaren.«

»Was meint ihr, wie der Täter hereingekommen ist?« Wieder Carin. Sie hockt noch immer neben dem Toten und scheint jeden Quadratzentimeter der bleichen Haut genau zu inspizieren.

»Das wissen wir nicht. Er kann ihn selbst hereingelassen haben. Es stand aber auch ein Fenster zum Hinterhof offen, durch das der Täter geklettert sein könnte. Die Fensterbank befindet sich nur etwa einen Meter dreißig über dem Boden.«

»Und was ist das da?« Carin zeigt auf Mårtens Schritt, und erst jetzt sehe ich das Blut und die fleischige runde Wunde, die oberhalb der Hoden klafft.

»Der Mörder hat ihm den Penis abgeschnitten. Und zwar erst nach dem Tod, es hat kaum geblutet, wie du siehst.«

Plötzlich fängt der Raum an, sich zu drehen, und ich muss mich gegen die gefliese Wand lehnen. Die Übelkeit in meinem Zwerchfell wächst, und ich hebe instinktiv meine freie Hand an den Mund.

»Interessant«, sagt Carin und scheint das wirklich so zu meinen. »Habt ihr ihn gefunden? Den Penis, meine ich.«

»Du würdest es nicht glauben«, murmelt Lindell und lässt sich neben Carin sinken. »Der Arsch hat ihn ihm in den Mund gestopft.«

»Ich dachte, die Klimaanlage wäre inzwischen repariert!« Örjan klingt gereizt und wischt sich mit einem Taschentuch die Stirn.

Ich beobachte fasziniert, wie er es mit Millimeterpräzision zu immer kleineren Quadraten zusammenfaltet und es schließlich in die Brusttasche seines tadellos gebügelten Sommerhemdes steckt.

»Es tut mir leid, Örjan. Es hieß, dass sie heute repariert sein sollte, aber offenbar funktioniert sie immer noch nicht richtig.« Carin macht ein bedauerndes Gesicht, das Örjan zu besänftigen scheint.

Sten Lindell steht am Kopfende des Besprechungstisches. Er schaut sich im Raum um. Vijay und ich sitzen an einer Längsseite, Carin und Örjan an der anderen. Juan Martina, der von seinem Ausflug nach Finnland zurückgekehrt ist, hält sich in der Rechtsmedizin in Solna auf, um bei Mårten Anderssons Obduktion dabei zu sein.

»Wir suchen weiterhin nach Jens Sundberg«, sagt Lindell. »Wir sind fast sicher, dass er die Morde begangen hat, auch wenn wir das natürlich noch nicht beweisen können.«

»Stell dir vor, einer deiner Mitarbeiter ließe diese Information an die Presse durchsickern. Dann könnten sie sich vielleicht darauf konzentrieren, statt weiter die Hysterie zu schüren.« Jimmy äußert den Kommentar in einem scharfen Ton, und ich sehe, dass Carin die Stirn runzelt. Niemand von uns hat bisher angedeutet, dass die undichte Stelle in Lindells Abteilung sitzen könnte, und ich gehe davon aus, dass diese Art von offener Anklage nicht gerade populär ist.

»Ich möchte wissen, wie ihr über Jens Sundberg als möglichen Täter denkt, jetzt, da ihr mehr über seinen Hintergrund wisst.« Lindell lehnt sich mit vor der Brust verschränkten Armen an die Wand. Er geht nicht auf Jimmys Kommentar ein, aber seine Irritation ist ihm deutlich anzumerken.

Carin sieht ihn an und nickt. »Danke, Sten. Wir haben noch nicht das ganze Material zusammenstellen können, aber wir können dir immerhin unsere Hypothesen vortragen. Örjan, fängst du an?«

»Ja, Natürlich. Jimmy und ich haben uns mit den Tatorten beschäftigt. Zuletzt bin ich zusammen mit einem Techniker den Fall in der Norrtullsgatan durchgegangen.« Örjan räuspert sich leise und schiebt mit seiner üblichen Geste die Sonnenbrille nach oben.

Ich denke daran, wie er in Mårten Anderssons unordentlicher Wohnung ausgesehen hat. Konzentriert, fast in Trance, saß er auf einem Stuhl im Wohnzimmer und musterte den makabren Anblick, als ob er versuchte, ein außergewöhnlich schweres Sudoku zu lösen. »Die Schlussfolgerungen, die wir ziehen können, und die wir wohl mit deinen Leuten teilen, sind, dass die Verbrechen ungewöhnlich sorgfältig vorbereitet und ausgeführt wurden. Unser Mörder hat alles bis ins kleinste Detail geplant. Wir glauben auch, dass er seine Opfer über längere Zeit beobachtet hat. Aber bei dem Mord an Lukas Ebbehammar hat er einen Fehler gemacht. Er hat den Falschen erschossen. Wir glauben, das liegt daran, dass er nicht nahe genug an ihn herankommen konnte, anders als bei den anderen …«

»Ihr folgert also, dass der Mörder sich sorgfältig vorbereitet hat.« Lindell fällt Örjan mitten im Satz ins Wort, und ich sehe ihm seine Verärgerung darüber an.

Ich fühle mich nicht wohl in meiner Haut. Die Atmosphäre im Raum wird immer angespannter. Außerdem ist es unerträglich heiß. Meine Oberschenkel kleben unter meinem dünnen Kleid aneinander, und ein kleiner Schweißtropfen läuft zwischen meinen Schulterblättern nach unten.

»Ja, die Verbrechen sind sorgfältig geplant und zumeist auch dementsprechend ausgeführt worden. Allerdings fehlen uns, abgesehen von den Kugeln, technische Beweise. Was die Tatwaffe betrifft, so kann sie uns ebenfalls etwas über den Täter verraten. Entweder hat er seine eigene registrierte Waffe benutzt, was aber kaum wahrscheinlich ist, oder er hat genügend Kontakte oder Kenntnisse, um sich illegal eine zu besorgen.«

»Das muss an sich nichts zu bedeuten haben. Offenbar können heutzutage schon halb verrückte religiöse Kindermädchen auf dem Sergelstorg Pistolen kaufen.« Lindell klingt müde, als er sich auf die bekannte Knutby-Affäre bezieht.

Carin nickt. »Da hast du recht, Sten. Heute scheint sich alle Welt alles besorgen zu können – nicht zuletzt über das Internet. Vijay, würdest du uns erzählen, was du und Siri herausgefunden habt?«

»Wir sind von der rechtsmedizinischen Untersuchung ausgegangen und zu demselben Schluss gekommen wie Örjan und Jimmy an den Tatorten. Unser Mörder ist ein Mensch, der seine Taten sorgfältig plant und dann auch entsprechend ausführt. Wir reden also von jemandem, der sowohl physisch als auch psychisch gut funktioniert, auch wenn er natürlich nicht gerade als normal zu bezeichnen ist.«

»Und was bedeutet das konkret?« Ich sehe, wie sich rote Flecken auf Lindells Hals ausbreiten und ihm der Schweiß auf der Stirn ausbricht.

»Wir können das natürlich nicht mit Sicherheit sagen, aber vieles weist darauf hin, dass Jens Sundberg die exekutiven Funktionen fehlen, die es braucht, um solche grausamen Morde zu begehen.« Vijay klingt ruhig und selbstsicher, und ich denke, dass weder Kriminalkommissare noch Oberärzte der Psychiatrie ihn aus dem Gleichgewicht bringen können. Sein Selbstvertrauen, die richtigen Zusammenhänge herstellen zu können, scheint keine Grenzen zu kennen.

»Exekutive Funktionen? Kannst du das präzisieren?«

»Du bekommst die einfache Version.« Vijay lässt den kurzen Satz wie eine Beleidigung klingen, als ob er andeuten will, dass Lindells Intellekt nicht ausreicht, um komplexere Erklärungen zu erfassen. »Kurz gesagt geht es um die Fähigkeit, eine Tat planen, organisieren und auch ausführen zu können. Ein Mensch mit Schizophrenie, wie Jens Sundberg, hat im Allgemeinen große Probleme damit. Dass er diese Verbrechen hätte ausführen können, ist also eher unwahrscheinlich. Er funktioniert dazu einfach nicht gut genug. Seine Eltern beschreiben ihn außerdem als antriebslos und passiv – Nebenwirkungen seiner Krankheit, die durch die Medikamente scheinbar noch verstärkt werden.«

»Du sagst *im Allgemeinen*, aber Jens Sundberg könnte eine Ausnahme sein. Oder er hat vielleicht die Medikamente abgesetzt. Das kommt nicht so selten vor, wenn ich das richtig verstanden habe. Was dann auch die bizarren Elemente dieser Verbrechen erklären würde.« Sten Lindell sieht immer verbissener und gereizter aus, wie er da an der Wand lehnt.

»Da hast du nicht unrecht. Die Details sind bizarr, und in Fällen, in denen psychotische Täter vorkommen, ist das nicht selten der Fall. Aber dann sieht auch alles andere bei den Verbrechen anders aus. Früher war beim Erstellen von Täterprofilen bisweilen die Rede von organisierten und unorganisierten Tätern, und wenn das die Sache für dich leichter macht, kann ich gern diese Begriffe anwenden. Wenn Jens Sundberg einen Mord beginge, dann würde er sich als unorganisierter Täter erweisen, kannst du mir so weit folgen?« Vijay sieht fast selbstzufrieden aus, als er Sten Lindell seine Theorien vorträgt.

»Du willst also sagen, dass Jens Sundberg nicht der Mörder ist? Aber du musst doch wohl das Offenkundige erkennen: Bei den Morden geht es um ihn, noch dazu hat er ein Motiv. Und als psychisch krank kann sich jeder ausgeben. Vielleicht spielt er nur mit uns. Jeder Gewaltverbrecher, mit dem ich derzeit zu tun habe, behauptet, Stimmen zu hören oder eine multiple Persönlichkeit zu haben.«

»Wenn er sich verstellt hat, dann ist er wirklich gut darin. Er müsste seine Ärzte und seine Angehörigen jahrelang hinters Licht geführt haben, während er die Verbrechen plante. Das klingt nicht glaubwürdig. Und außerdem gibt sein Vater ihm ein Alibi.«

»Der Vater beschützt seinen Sohn vielleicht nur. Es kommt nicht gerade selten vor, dass Angehörige in solchen Fällen lügen. Ich denke, du solltest die Sache auf sich beruhen und uns die Ermittlungsarbeit machen lassen.«

Carin räuspert sich und schaltet sich in die immer lebhafter werdende Diskussion zwischen Vijay und Lindell ein. »Ich glaube, deine Frage, ob wir Jens Sundberg für einen wahrscheinlichen Täter halten, ist beantwortet. Wir gehen davon aus, dass er aller Wahrscheinlichkeit *nicht* unser Täter ist. Dagegen stimme ich dir absolut zu, dass er auf irgendeine Weise in diese Morde verwickelt ist, aber wie, das wissen wir noch nicht. Vielleicht habt ihr irgendetwas übersehen? Zum Beispiel einen zufälligen Partner, der besessen von ihm ist?«

»*Übersehen*? Wir sind alles ganz genau durchgegangen. Und anders als gewisse Leute hier im Raum besitzen meine Ermittler lange Erfahrung in redlicher Polizeiarbeit. Und jetzt empfehle ich mich.« Lindell nickt Carin zu und wirft Vijay einen letzten wütenden Blick zu, ehe er das Zimmer verlässt.

Eine Zeitlang schweigen alle, dann wendet sich Carin an Vijay. »Du hättest ihn nicht so zu provozieren brauchen. Das war unnötig. Und zehn Jahre später irgendwelche Einmalaffären auszugraben, ist unmöglich, das musst du ja wohl auch begreifen.«

»Er ist ein verdammter Idiot, aber sicher, soll er es doch selbst rausfinden.« Vijay klingt erregt, und ich spüre, dass sein Streit mit Lindell ihm mehr zusetzt, als ich zuerst gedacht hatte. Ich habe diese vielen Alphamännchen, die überall ihr Revier markieren müssen, nur so restlos satt. Wozu zum Teufel wollen sie eine TP-Gruppe, wenn die anderen dann doch nicht zuhören? Und außerdem hat Jimmy recht. Lindells Gruppe ist undicht wie ein Sieb.«

»Aber was glaubst du denn nun, wer es war?« Jimmy beugt sich über den Tisch und erwidert Vijays Blick.

Ich bin dankbar für das Ablenkungsmanöver. Die beste Methode, Vijay in gute Laune zu versetzen, ist, ihn seine eigenen Theorien vortragen zu lassen.

»Ich glaube, dass Carin recht damit hat, dass die Ermittlungsgruppe etwas oder jemanden übersehen hat. Wenn Jens Sundberg nicht mehr ausgeht, hat er vielleicht einen Pfleger oder Mitpatienten in der Psychiatrie oder jemanden im Internet kennengelernt.«

»Er hatte offenbar engen Kontakt zu einem Pfleger, ich glaube, er hieß Muhammed. Aber die Ermittler haben keinen Hinweis darauf gefunden, dass der etwas mit der Sache zu tun haben könnte«, sagt Carin.

»Oder es gibt irgendwo noch einen eifersüchtigen Ex.« Örjan scheint von Vijays Überlegungen angespornt zu werden.

»Wir haben vielleicht nicht die richtigen Fragen gestellt. Jemand sollte noch einmal mit den Eltern sprechen. Ich wette, Lindells Bande hat nicht alle Informationen aus ihnen rausgeholt. Ich könnte versuchen ...«

»Denk nicht mal daran, Vijay.«

Vijay beugt sich vor und hält Carins Blick stand. »*Ein* kurzes Gespräch? Um unser Bild von Jens zu vervollständigen?«

Carin schüttelt den Kopf. »Wir schreiben unsere Zusammenfassung des Falls, und dann sind wir fertig. Lindell ist natürlich manchmal ... ein aufgeblasener Arsch ... aber in einem Punkt hat er recht – wir sind keine Ermittler. Einige von uns sind nicht mal bei der Polizei. Jetzt müssen wir unseren Bericht bei Lindell und seiner Gruppe abliefern. Wenn wir am Ende recht behalten und sie sich geirrt haben, wird er mit eingekniffenem Schwanz wieder ankommen.« Carin sieht müde aus und streicht sich die Haare aus dem Gesicht. »Ist das klar?« Sie schaut sich herausfordernd um.

Ich nicke, aber aus dem Augenwinkel sehe ich Vijay an. Sein Gesicht ist verbissen, er starrt die Tischplatte an und weigert sich, Carins Blick zu erwidern.

Das traurige Herz

Jens blickt ungläubig auf die Dosierungsschachtel. Das konnte nicht stimmen. Er hatte alle Tabletten genommen, nicht die kleinste Pille versteckte sich noch in der dünnen Plastikpackung. Warum also hatte Jussis Gesicht ihn aus dem Fernseher angestarrt? Ihn mit diesen scheußlichen bleichen Augen fixiert? Er war sich wie in einem Horrorfilm vorgekommen.

Jens ließ sich auf den Stuhl sinken und versuchte, klar zu denken. Jussis Stimme war nicht zu hören gewesen, in den vergangenen Monaten hatte er kaum an ihn gedacht. Er überlegte. Fühlte er sich wieder von der MC-Bande verfolgt? Nein, das nicht. Er machte sich mehr Sorgen darüber, dass ihn die Medikamente fett und träge werden ließen, als dass ihn eine homophobe MC-Bande ermorden könnte.

Aber etwas stimmte hier nicht.

Jens legte die Fernbedienung neben die Dosierungsschachtel auf den Küchentisch. Das Beste wäre sicher, wenn er den Fernseher ausließe, bis er wusste, was genau vor sich ging. Was los war. Bis er Hilfe bekommen hätte.

Er griff zu der abgenutzten Karte mit der Telefonnummer und den Öffnungszeiten der Tagesklinik, wählte auf seinem Mobiltelefon und wartete. Sofort schaltete sich der Anrufbeantworter ein und verwies auf den Notdienst des St.-Göran-Krankenhauses. Er drückte das Gespräch weg und starrte sein Telefon an. Es war Samstag, das war ihm gar nicht klar gewesen. Er hatte nur selten den Überblick über die Wochentage. Die Klinik hatte am Wochenende geschlossen, und das Letzte, was er wollte, war, loszufahren und sich ins Wartezimmer der Notstation zu setzen.

Er ließ sich auf dem Sofa nieder und überlegte. Nach einer Weile – er wusste nicht so recht, wie lange, eine Viertelstunde vielleicht oder eine halbe – war er zu einer Lösung gekommen, die funktionieren könnte. Langsam suchte er seine Medikamente zusammen. Nahm Zahnbürste, zwei Pullover, das Telefon und seine Brieftasche und verließ die Wohnung.

Als er in den brennenden Sonnenschein hinaustrat, kam ihm die Hitze wie eine undurchdringliche Wand vor. Er sah ein, dass er viel zu dick angezogen war, aber daran konnte er nichts mehr ändern. Auf dem Weg zur U-Bahn kam er an einem Geldautomaten vorbei. Es wäre vielleicht eine gute Idee, ein bisschen mehr Geld mitzunehmen. Für den Fall, dass er eine Weile wegbleiben wollte. Er hob zweitausend ab, steckte die Fünfhunderter in die Brieftasche und ging weiter zur U-Bahn. Ein feuchter Luftzug aus dem Untergrund kühlte seinen schweißnassen Körper ab, als er sich den Sperren näherte. Als er gerade hindurchgehen wollte, sah er Jussi. Sein Gesicht starrte ihn von den Zeitungsplakaten am Kiosk an. Jens fuhr zusammen, ihm wurde schlecht. Vorsichtig ging er näher an die Plakate heran. Doch. Es war Jussi. Da war kein Zweifel möglich. Neben ihm war ein anderes, kleineres Bild zu sehen. Er machte noch zwei Schritte darauf zu, beugte sich vor und schaute sich die Fotos genauer an. Ein kleiner Junge mit blonden Haaren und einem Eis am Stiel in der Hand blickte ihn an. Er hatte das Kind noch nie gesehen. Über den Bildern stand nur ein Wort: *Ermordet.*

Der Boden schwankte, und Jens ließ seine Tasche fallen, die mit einem dumpfen Aufprall vor seinen Füßen landete.

Dann sank er selbst auf die kalten Steine. Ein Schluchzen steckte ihm in der Kehle. Sie hatten es ihm versprochen. Alle Ärzte und Schwestern und Psychologen hatten ihm versichert, dass *das* nicht zurückkommen würde, solange er seine Medizin einnahm. Und jetzt war es trotzdem passiert.

Ein dunkel gekleideter Mann kam auf ihn zu. Als sich der erste Schreck gelegt hatte, sah Jens, dass es der Mann aus dem U-Bahn-Häuschen bei der Sperre war.

»Geht es Ihnen nicht gut?«

Der Mann war jung, um die zwanzig vielleicht, und hatte dünne schwarze Rastazöpfe.

»Ist schon gut. Ich … hab wohl nicht genug getrunken.«

Der Mann streckte ihm die Hand hin. »Kommen Sie. Soll ich jemanden anrufen? Einen Krankenwagen?«

Jens nahm die Hand und kam zitternd auf die Beine. »Nein, nein. Ist schon in Ordnung.«

Der andere nickte, wirkte aber noch immer besorgt. Eine ältere Dame, die einige Meter weiter gestanden hatte, näherte sich. Sie zog etwas aus ihrer Handtasche.

»Hier. Die können Sie behalten. Es passiert schnell, dass man bei dieser Hitze zu wenig trinkt.«

Er nahm die Mineralwasserflasche entgegen. »Vielen Dank, aber das ist wirklich nicht nötig.«

»Unsinn«, sagte die Dame. »Trinken Sie jetzt.«

Sie sah so streng aus, dass Jens sich zwang, einen Schluck von dem lauwarmen Wasser zu nehmen. Dann nickte er den beiden zu und ging nach unten zum Bahnsteig.

Bei der Technischen Hochschule stieg er aus und gab sich alle Mühe, nicht die Plakate oder Zeitungen anzusehen, die vor dem Kiosk im Valhalläväg leicht im Wind flatterten. Der Bus wartete schon, und obwohl er erst in zehn Minuten fahren würde, stieg er ein und setzte sich nach ganz hinten, lehnte die Wange an die Fensterscheibe und schloss die Augen.

Er konnte nur daran denken, wie sehr er ihnen vertraut hatte. Er hatte ihnen *wirklich* vertraut. Und doch war es wieder passiert. Trotz der verdammten Medikamente. Es war zutiefst ungerecht und zugleich ganz typisch, dass es gerade ihm passierte. Alles ging einfach zum Teufel.

Der Motor dröhnte, und der Bus fuhr durch den Valhallaväg in Richtung Roslagstull.

Jens dachte an Jussi. Lange Zeit hatte er wirklich gewünscht, er wäre tot.

Tot.

Wieder sah er die Schlagzeilen vor sich. Konnte er sich alles nur eingebildet haben, weil er Jussi im tiefsten Herzen den Tod wünschte? Hatte sein Herz diesen verbotenen Wunsch auf irgendeine Weise auf ein gelbes Plakat an der U-Bahn-Station Hornstull projizieren können? Er wusste es nicht. Es gab inzwischen so viel, das er nicht mehr verstand. Als er krank geworden war, war die Welt zu einem komplizierten und unbegreiflichen Ort geworden.

Der Bus blieb stehen und ließ Fahrgäste aussteigen. Jens zwang sich, nachzusehen, wie weit sie gekommen waren. Nur noch zwei Haltestellen. Aus dem Augenwinkel sah er eine Zeitung auf einer Holzbank bei der Bushaltestelle liegen. Er kniff die Augen zu und wünschte, er wäre schon am Ziel.

Das kleine rote Haus war schön gelegen, gleich am See. Dahinter breitete sich ein Tannenwald aus, der Jens früher unendlich vorgekommen war. Es war ein Wald, in dem man sich verirren und nie wieder hinausfinden könnte und in dem es Trolle und Wichtel und andere unaussprechliche Wesen gab. Heute wusste er, dass der Wald nach einigen Kilometern endete, wo in den neunziger Jahren viele Hektar gerodet worden waren, um Platz für die neue Straße nach Norrtälje zu machen, und dass die Siedlungen dahinter wie Betonpilze aus dem Boden geschossen waren.

Er ging die Treppe hoch, stellte seine Tasche ab und öffnete die Tür. Es duftete nach Kaffee. Das Sonnenlicht fiel durch die kleinen Sprossenfenster auf die Flickenteppiche. Der Vater saß, umgeben von Papieren, am Tisch. Alles war ungeheuer ordentlich zu kleinen Stapeln sortiert. Offenbar arbeitete der Vater noch immer an seinem Buch, obwohl die Mutter gesagt hatte, dass ihm ohnehin kein Verlag einen Vertrag geben und dass er sich mit seinem törichten Schriftstellertraum noch ruinieren würde.

Der Vater ließ das Blatt sinken, das er in der Hand gehalten hatte, stand auf und kam auf ihn zu.

»Jens. Wie geht es dir?«

Er schien abgenommen zu haben. Seine Arme waren dünn und sehnig, und der Bauch, der sich sonst unter dem Hemd gewölbt hatte, war verschwunden.

»Es ist ...« Die Worte blieben ihm im Hals stecken.

»Komm, setz dich.« Der Vater führte ihn zum Sofa.

»Es hat wieder angefangen«, sagte Jens und spürte, wie die Tränen über seine Wangen liefen.

Sie redeten und tranken Kaffee.

»Ich glaube nicht, dass du wieder krank wirst«, sagte der Vater. »Du bist nur gestresst.«

»Gestresst? Wovon denn?«

»Vielleicht hast du nur Angst, wieder krank zu werden, und da bildest du dir allerlei ein.«

Jens sagte nichts. Das war doch gerade das Problem – dass er sich allerlei einbildete.

»Wir machen das so«, sagte der Vater. »Du bleibst erst mal hier. Einige Wochen jedenfalls. Und danach geht es dir bestimmt besser.«

Er protestierte nicht.

Die Tage vergingen ohne größere Zwischenfälle. Der Vater arbeitete an seinem Buch, und Jens lag meistens in der Hollywoodschaukel unter dem großen Birnbaum und döste vor sich hin. Abends saßen sie am alten Holztisch hinter dem Haus, bis Dämmerung und Mücken sie ins Haus zwangen.

Eines Abends hörte Jens ein Auto näher kommen. Es hielt genau vor dem Haus, und ein Mann mit einem schwarz-grau melierten Pferdeschwanz stieg aus. Wenn Jens nicht so müde gewesen wäre, wäre er vielleicht zu ihm gegangen und hätte gefragt, ob er ihm irgendwie helfen könnte, aber seine Beine waren bleischwer. Er beschloss, in der Hollywoodschaukel liegen zu bleiben – sollte sein Vater sich doch um den unbekannten Besucher kümmern.

Er hörte, wie der Mann an die Tür klopfte, und durch das offene Fenster die Schritte seines Vaters, der zur Tür ging.

»Hallo. Ich heiße Vijay. Ich bin mit Ihrem Sohn Jens befreundet. Können wir kurz miteinander reden?«

Die Worte des Mannes rissen Jens aus seinem Dämmerzustand. Er setzte sich in der Hollywoodschaukel auf, die langsam hin und her schwang. In ihm erwachte die Unruhe wieder zum Leben.

Ich bin mit Jens befreundet.

Jens konnte sich nicht erinnern, diesen dunklen Mann schon einmal gesehen zu haben. Er beschloss, ins Haus zu gehen und herauszufinden, wer er war. Als er auf die Treppe zuging, stand die Sonne bereits tief am Himmel, und das trockene Gras stach in seine Fußsohlen. Bald würde die Dämmerung einsetzen. Die Turmschwalben würden am Himmel hin und her jagen und die Mücken den Garten in eine echte Folterkammer verwandeln.

Er stieg die Treppe hoch, öffnete die Tür und ging ins Haus. Der Mann, der sich Vijay nannte, hatte ein Glas Wasser in der Hand. Als er Jens entdeckte, riss er den Mund auf, sagte aber nichts. Dann ließ er das Glas auf den Boden fallen und machte einige unsichere Schritte rückwärts.

Der Vater drehte sich zu Jens um. »Er sagt, ihr kennt euch. Stimmt das?«

Jens schüttelte langsam den Kopf und antwortete wahrheitsgemäß: »Ich habe ihn noch nie im Leben gesehen.«

Siri

»Weißt du, wo Vijay steckt?« Carin steht in der Tür zu meinem Arbeitszimmer.

Sie sieht gestresst aus, schaut auf die Armbanduhr und schüttelt dann den Kopf. Es ist einige Minuten nach neun, und ich bin gerade zur Arbeit gekommen. Mein Zimmer geht nach Westen, bis auf weiteres ist es also schattig und ziemlich kühl hier drin. Ich habe das Fenster geöffnet, Verkehrsrauschen und das aufdringliche Brummen eines Rasenmähers sind zu hören. Ich überlege, wo man hier in der Nähe wohl Grundstücke mit Rasen kaufen kann. Im Kronobergspark vielleicht.

»Ich habe keine Ahnung. Vielleicht hat er verschlafen?«

»Wir haben um neun einen Termin. Oder *hatten* wir, sollte ich vielleicht sagen. Es ist schon fünf nach. Jetzt sitzt der Leiter der Voruntersuchung zum Mord in Kälvesta im Besprechungszimmer und wundert sich, wo zum Teufel wir bleiben.«

Ich weiß nicht, von welchem Mord Carin da redet, aber ich vermute, es handelt sich um etwas, an dem sie und Vijay zusammengearbeitet haben.

»Hast du versucht, ihn anzurufen?«

Sowie ich sie ausgesprochen habe, wird mir klar, was das für eine blöde Frage ist. Carin hat ihr Mobiltelefon in der Hand, und natürlich hat sie angerufen.

»Siebenmal. Keine Antwort.« Sie seufzt und streicht sich

die Haare aus dem Gesicht. »Ich muss zur Besprechung. Kannst du weiter versuchen, ihn zu erreichen?«

Ich nicke, und Carin verschwindet auf dem Gang. Ich überlege, wo Vijay wohl sein könnte. Es sieht ihm nicht ganz unähnlich, zu spät zu kommen. Er behält immer das akademische Viertel bei, das bei ihm auch leicht einmal zu einer halben Stunde werden kann – und es ist auch schon vorgekommen, dass er eine Besprechung ganz vergessen hat. Obwohl Carin ihn schon so oft angerufen hat, greife ich zum Telefon und wähle seine Nummer. Ich lande sofort beim Anrufbeantworter und hinterlasse eine kurze Nachricht. Dann beantworte ich Mails und gehe meine Post durch.

Um elf ist Vijay noch immer nicht aufgetaucht. Ich verspüre eine leichte Unruhe. Auch wenn er eine bohemienhafte Einstellung zu Zeit und Terminen hat, ist es doch nicht wahrscheinlich, dass er einfach so blaumacht. Ich rufe wieder bei ihm an, bekomme aber weiterhin nur die kurze Mitteilung auf seiner Mailbox zu hören. Als ich in die Teeküche gehe, begegnet mir Carin.

»Hast du Vijay erreicht?«

Ihre Verärgerung scheint inzwischen ebenfalls Unruhe gewichen zu sein. Ich schüttele den Kopf.

»Das gefällt mir nicht. Das gefällt mir überhaupt nicht. Fahr mit Jimmy zu ihm nach Hause. Vielleicht ist er krank.«

Ich nicke und mache mich auf den Weg zu Jimmy. Wenige Minuten später sitzen wir in einem Dienstwagen und fahren zu Vijays Wohnung in der Brahegatan. Wir schweigen beide, und ich mustere die leeren Straßen, während Jimmy fährt. Immer wieder rufe ich an, aber Vijays Telefon bleibt ausgeschaltet.

»Das ist unheimlich.« Jimmy schaut in den Rückspiegel, während er mit mir redet, dann wechselt er rasch und ohne

Vorwarnung die Fahrbahn, mit dem Ergebnis, dass ein älterer Mann in einem Toyota wütend hupt.

»Ja, unheimlich. Es sieht ihm überhaupt nicht ähnlich. Ich hoffe, dass er zu Hause ist, dass er krank ist und der Akku vom Telefon leer oder so etwas.«

Jimmy nickt und biegt in den Karlaväg ab, wo er fast mit einer älteren Dame mit Rollator zusammenstößt. Er tritt auf die Bremse und schüttelt verlegen den Kopf. Die Frau sieht ihn verärgert an und geht weiter. Ich muss einfach lachen. Anders als Markus ist Jimmy nicht gerade ein Schwiegermutter-Traum.

Die schöne Doppeltür zu Vijays Wohnung ist sorgfältig verschlossen, und niemand macht auf, als ich klingele. Ohne zu zögern, ziehe ich mein Schlüsselbund hervor und suche den passenden zu Vijays Wohnung heraus.

»Du hast Vijays Schlüssel? Warum denn das?« Jimmy sieht verwirrt aus und schaut den Schlüssel an, als könnte er nicht begreifen, warum er an meinem Schlüsselbund hängt.

»Weil ich seine beste Freundin bin und seine Blumen gieße und seine Post hereinhole, wenn er verreist ist. Ganz einfach.«

Das Türschloss klemmt, aber nach ein paar Versuchen kann ich die Tür öffnen. Die Wohnung ist stumm und stickig. Es riecht nach Staub und Zigarettenrauch. Auf der Fußmatte liegen eine Tageszeitung und ein paar Briefe. Eine Jacke ist über den Stuhl geworfen worden, und auf dem Boden liegen mehrere Paar Schuhe wild durcheinander. Es sieht genauso aus wie immer. Ich denke an Lindells Worte, als ich ins Schlafzimmer gehe – *nichts anfassen* –, als ob Vijays Wohnung ein möglicher Tatort sein könnte. Mein Magen krampft sich zusammen.

Im Spülbecken in der Küche stehen ein benutzter Teller, ein Glas und etwas, bei dem es sich um einen Topf mit harten

Spaghetti handeln könnte. Im Schlafzimmer ist das Bett ungemacht, und auf dem Nachttisch steht eine Schale mit Bonbons. Überall auf dem Boden liegen Bücherstapel, und der weiße Korb für die schmutzige Wäsche droht überzulaufen. Nirgendwo gibt es Anzeichen dafür, dass Vijay sich in der Wohnung aufhält. Ohne genau zu wissen, warum, lasse ich mich auf die Knie sinken und schaue unter dem Bett nach, aber auch dort ist, mit Ausnahme weiterer Zeitungen und etlicher Wollmäuse, nichts zu entdecken. Plötzlich muss ich an Mårten Andersson und die zerschossenen Fliesen denken, aber auch im Badezimmer finde ich nichts Aufsehenerregendes. Ein Handtuch liegt über dem Waschbecken. Ich fasse es an und stelle fest, dass es trocken ist.

»Siri. Kannst du mal herkommen?« Jimmy, der in Vijays Arbeitszimmer gegangen ist, ruft nach mir.

Er sitzt am Schreibtisch unter einem riesigen modernistischen Gemälde, das, wie Vijay mir versichert hat, mehrere Hunderttausend wert ist. Kunst ist seine einzige richtige Leidenschaft. Der Schreibtisch ist voll mit Büchern, Notizen und leeren Kautabakdosen.

»Das sind Notizen über die Morde. Er scheint in seiner Freizeit daran gearbeitet zu haben.«

Ich denke an Vijay, an seinen müden Blick in der letzten Zeit. Ich weiß, dass ihn diese Ermittlung tief betroffen hat, dass sie mehr für ihn war als reine Routine. Es überrascht mich deshalb nicht, dass er sich auch zu Hause damit beschäftigt hat.

»Ich glaube, das hier geht ihn persönlich an – die Ermittlungen, die Verbrechen. Er hat ja sogar Jussi Ståhl gekannt oder war zumindest flüchtig mit ihm bekannt.«

Jimmy macht ein überraschtes Gesicht, dann nickt er. »Er hätte etwas sagen müssen. Es ist nie gut, an Fällen zu arbeiten, bei denen man das Opfer persönlich kennt. Das macht alles schwieriger. Man kann sich irren oder sogar in Gefahr bringen.«

»Jedenfalls ist er nicht hier.« Ich seufze und lasse mich vor dem Fenster auf einen alten Hocker sinken.

Jimmy legt mir eine Hand auf die Schulter. »Er war heute Nacht offenbar nicht zu Hause. Wir fahren zurück und reden mit Carin. Sie muss entscheiden, was zu tun ist. Vielleicht ist alles gar nicht so schlimm, und er war nur in einer Kneipe und ist abgeschleppt worden. Was wissen wir schon?« Jimmy klingt ruhig, aber ich bin trotzdem besorgt.

Es sieht Vijay nicht ähnlich, einfach zu verschwinden und nicht zur Arbeit zu erscheinen, weil er in irgendeiner Leidenschaft entbrannt ist. Er ist zwar schlampig, aber ungeheuer pflichtbewusst.

Als wir ins Polizeigebäude zurückkommen, sitzen Carin und Örjan mit Lindell im Besprechungsraum. Alle Feindseligkeit vom Vortag scheint verflogen zu sein. Sie überlegen, was mit Vijay passiert sein könnte. Carin sieht noch müder aus als heute Morgen, und Örjan starrt die Tischplatte an und scheint nichts sagen zu wollen.

Lindell dreht sich um, als er uns kommen hört. Er nickt Jimmy zu und sieht dann mich an. »Worüber habt ihr gestern geredet, als ich weg war? Hat er etwas gesagt, irgendetwas, das uns einen Hinweis darauf geben könnte, was er vorhatte?«

»Er hat über die Sache mit Jens' Eltern geredet. Darüber, dass wir vielleicht etwas übersehen haben und noch einmal mit ihnen reden müssten.«

Ich denke an Vijays Zorn, sein schweißnasses Gesicht und seine trotzige Miene, als Carin ihm verboten hatte, mit der Ermittlung weiterzumachen, und die Sache der Polizei zu überlassen.

»Und was meinst du? Könnte er etwas auf eigene Faust unternehmen?« Lindells Frage bleibt in der Luft hängen und verlangt eine Antwort.

Ich starre auf die zerkratzte Tischplatte, fahre mit der Hand über die Rillen und überlege gut, ehe ich antworte. »Ja, ich denke schon. Leider. Er glaubt, dass ihr euch auf den Falschen konzentriert, und ist davon überzeugt, dass ihr etwas übersehen habt. Vijay hat ein großes Ego und verträgt keine Kritik. Außerdem hat er Jussi Ståhl gekannt.«

»Er hat Jussi Ståhl gekannt?« Carin klingt überrascht, aber auch verärgert. »Er hätte nicht an diesem Fall arbeiten dürfen, wenn er eine persönliche Beziehung zum Opfer hat«, sagt sie.

»Ich glaube nicht, dass sie sich richtig gekannt haben, sie waren wohl eher oberflächliche Bekannte. Aber vielleicht ist die Ermittlung deshalb ... ich weiß nicht ... persönlicher für ihn geworden.«

»Hat jemand bei Jens Sundbergs Eltern nachgefragt?« Jimmy stellt die Frage, die auch mir schon auf der Zunge lag.

Carin schüttelt den Kopf und sieht Lindell an, wie um seine Erlaubnis zu bitten. Lindell nickt kaum merklich, und Carin geht zum Telefon, das neben dem großen Tisch steht. Sie hebt das graue Lautsprechertelefon hoch und stellt es auf den Tisch.

»Hat irgendwer die Nummern der Eltern?«

Jimmy verschwindet, kommt aber gleich wieder mit einem Zettel zurück. Carin wählt die erste Nummer, die zu einem Festanschluss gehört. Die Klingeltöne hallen zwischen den Wänden wider, aber niemand meldet sich. Nach zwölfmaligem Klingeln legt Carin auf. Sie wählt die nächste Nummer auf der Liste. Fast sofort ist eine helle Frauenstimme zu hören, die ich als die von Monica Sundberg erkenne.

»Hallo, hier ist Carin Stolpe von der TP-Gruppe der Polizei. Könnten Sie wohl kurz mit mir sprechen?«

»Hallo.« Monica Sundberg klingt ein wenig schroff und reserviert. »Nein, ich bin gerade in der Küche beschäftigt, das macht das Reden nicht so leicht.« Sie lacht kurz und schrill, ein übertrieben mädchenhaftes Lachen, und ich sehe die rundliche Frau vor mir, wie sie Muffins glasiert, während ihr Sohn gerade als Serienmörder gejagt wird.

»Es dauert nicht lange.«

»Ich begreife wirklich nicht, was Sie dauernd von mir wollen. Ich habe doch schon mit Ihrem Kollegen gesprochen, diesem anderen Polizisten. Dem Ausländer. Er war erst gestern Abend hier.«

Das traurige Herz

Jens drehte in der Küche Kreise. Er begriff nicht, warum der dunkle Mann behauptet hatte, ihn zu kennen. Und er verstand auch nicht, warum der Vater den Mann auf dem Boden an das Wohnzimmersofa gefesselt hatte. Das alles machte ihm Angst. Sein Kopf tat weh und fühlte sich an, als ob er gleich explodieren würde.

Der Vater trat hinter ihn und legte ihm die Hand auf die Schulter. »Jens. Beruhige ich. Diese Aufregung ist nicht gut für dich. Hier, setz dich.«

Er zögerte einen Moment, dann gehorchte er. Er setzte sich und legte den Kopf in die Hände. Versuchte, Ordnung in die Gedanken zu bringen, die an ihm zerrten und rissen.

»Aber warum?«, murmelte er. »Warum?«

Der Vater streichelte unbeholfen seinen Arm und seufzte dann tief. »Um dich zu beschützen.«

»Mich zu beschützen? Wovor denn?«

Der Vater ließ sich ihm gegenüber auf einen Stuhl sinken, sagte aber nichts.

»Papa. Bitte. Sag schon. Ich halt das nicht aus.«

Sein Vater schien in sich zusammenzusinken, wie er da auf dem blauen Holzstuhl saß. Plötzlich sah er sehr alt aus. »Du weißt doch noch, dass du geglaubt hast, Jussi auf den Zeitungsplakaten zu sehen?«

Jens nickte.

»Es stimmt.«

»Es stimmt? Wie meinst du das?«

»Er ist wirklich ermordet worden. Er ist tot. Deshalb war er auf den Plakaten zu sehen.«

Jens versuchte, zu erfassen, was der Vater da sagte. Aber er konnte nur denken, dass alles wieder anfing, dass abermals die Unwirklichkeit in sein Leben eindrang wie Wasser in ein sinkendes Schiff. Dass die Grenze zwischen Wirklichkeit und Traum so entsetzlich klein wurde, dass er beides nicht mehr voneinander unterscheiden konnte.

»Nein«, sagte Jens. »Das glaube ich nicht.«

Der Vater nahm seine Hände, drückte sie ganz fest und durchbohrte ihn mit einem Blick aus seinen rot unterlaufenen Augen. »Bitte, Jens, hör mir zu. Das hier ist wichtig. Er ist tot, und die Polizei glaubt, dass du ihn ermordet hast. Deshalb musste ich …« Der Vater zeigte auf die geschlossene Wohnzimmertür.

»Wer ist er?«, fragte Jens.

»Keine Ahnung. Polizist. Journalist vielleicht. Aber wir können ihn erst laufen lassen, wenn ich eine Lösung für dieses Problem gefunden habe.«

»Eine Lösung?«

»Es muss sich doch irgendwie beweisen lassen, dass du unschuldig bist, Jens.«

Jens versuchte nachzudenken. Er versuchte wirklich, die Worte seines Vaters zu begreifen, dass Jussi tot war und dass der Mann dort im Zimmer auf irgendeine Weise eine Bedrohung darstellte. Eine Bedrohung, vor der er, Jens, beschützt werden musste. Aber das Ganze war einfach zu unglaublich, um es zu begreifen. Die Geschichte war viel zu seltsam und hatte zu große Ähnlichkeit mit seinen eigenen kranken Gedanken. Sein Kopf schmerzte vor Anstrengung. Er versuchte wirklich, zu verstehen, aber er konnte es nicht. Er erwiderte

den müden Blick seines Vaters, hörte das Brummen der Fliegen, die sich immer wieder gegen die Fensterscheibe warfen,
und dachte, dass er genau wie sie war. Egal, wie sehr er sich
auch anstrengte, immer rannte er mit dem Kopf gegen die
Wand. Dann wurde er plötzlich von einer lähmenden Müdigkeit überwältigt.

»Ich glaube, ich leg mich eine Weile in die Hollywoodschaukel«, sagte er und stand auf.

Jens stellte das Tablett mit den belegten Broten auf den Boden
und löste die Schnur von einem Handgelenk des Mannes, wie
sein Vater es ihm befohlen hatte.

»Danke«, sagte der dunkle Mann und erwiderte seinen
Blick.

In den braunen Augen lag nichts Feindseliges oder Dro-
hendes. Nur Neugier.

»Du bist Jens, oder?«

Jens nickte. Er blieb mitten im Zimmer stehen, ohne recht
zu wissen, was er tun sollte.

»Und du?«

»Vijay. Ich bin Psychologe und arbeite bei der Polizei.«

Jens ließ sich auf den Boden neben den dunklen Mann
sinken. Er sah ziemlich gut aus. Schwarze Locken, bronzefarbene Haut, ein dichter Schnurrbart. Ein bisschen wie eine
Mischung aus Freddie Mercury und Frank Zappa.

»Stimmt es, dass er tot ist? Jussi, meine ich.«

Vijay sah ihn an und nickte. »Und Mårten.«

»*Mårten?*« Das Dröhnen in seinem Kopf ging wieder los,
und das Zimmer kippte langsam, aber sicher zur Seite. Das
Muster der Tapete verschwamm vor seinen Augen, und ihm
brach der kalte Schweiß aus. Nicht auch noch Mårten. Das
konnte doch nicht sein. Eine Sekunde lang war er wieder mit

Mårten in der Wohnung auf Skeppsbron. Er lag auf Mårtens Arm, dann legte er ihm den Kopf auf die Brust. Er hörte sein starkes, unsterbliches Herz das Blut durch den schönen Körper pumpen.

Mårten tot?

»Nein, Mårten ist nicht tot«, sagte Jens.

»Es tut mir leid.«

Es wurde still. Irgendwo draußen flog ein Flugzeug vorüber.

»Auf Johan Ebbehammar ist auch geschossen worden, aber er hat überlebt. Sein kleiner Sohn ist gestorben. Er hieß Lukas.«

»Ein Kind? Was zum Teufel ist hier los?«

»Er war erst vier.«

»Und ihr glaubt, dass ich es war?«

»Ich weiß, dass du es nicht warst, Jens.«

Jens schlug die Hände vors Gesicht, als er spürte, wie die Tränen hinter seinen Augenlidern brannten. Plötzlich war es wieder da, dieses unverkennbare Schuldgefühl, das sein ständiger Begleiter war. Papas in sich zusammengesunkene Resignation, Mamas Weigerung zu verstehen und sich dem zu nähern, der er wirklich war. Ihr leerer Blick, der auf das Backblech gerichtet war. Alles schien seine Schuld zu sein. Und jetzt Jussi. Mårten. Und ein Kind, ein unschuldiges Kind!

Seine Schuld. Alles war seine Schuld.

»Ich wollte, dass sie sterben«, murmelte Jens und wischte sich mit dem Handrücken die Tränen ab.

»Wer denn? Jussi, Johan und Mårten?«

»Ja. Ich habe mir vorgestellt, wie sie sterben. Was, wenn …«

»Nein, Jens. Es war nicht deine Schuld.«

»Aber wenn ich sie doch umgebracht habe. Es kommt manchmal vor, dass ich … Dinge tue, an die ich mich nachher nicht erinnern kann.«

»Ich weiß von deinen Psychosen, aber das hier ist gerade erst passiert. Und du bist doch schon lange nicht mehr krank.«

»Wer …?«

»Ich glaube, du weißt es«, sagte Vijay.

»Nein. Nein! Papa würde niemandem etwas tun. Er ist … Pazifist. Er hat sein Leben lang anderen geholfen. Kriegsveteranen. Misshandelten Frauen. Das kann nicht stimmen.«

»Und warum, glaubst du, hat er das hier gemacht?«

Vijay zeigte auf die Schnur, die um sein eines Handgelenk gebunden war.

Jens zögerte eine Sekunde, ehe er antwortete. »Um mich zu beschützen.«

Der dunkle Mann lachte auf. Er fuhr sich mit der freien Hand durch die Haare. Um sein Handgelenk trug er ein Armband aus geflochtenen Lederriemen.

»Das glaubst du doch selbst nicht. Hast du übrigens eine Zigarette?«

Jens schüttelte den Kopf.

»Wir rauchen nicht.«

Der Mann nickte und beugte sich zu ihm vor.

»Hör mal zu. In deinem Computer sind Hinweise darauf gefunden worden, dass jemand damit nach Jussi Ståhl, Johan Ebbehammar und Mårten Andersson gegoogelt hat. Dein Vater hat doch Zugang zu deiner Wohnung. Er könnte ganz einfach hinter deinem Rücken deinen Computer benutzen.«

»Er würde doch niemals …«

Vijay senkte die Stimme. »Auch gute Menschen können sich in Mörder verwandeln, wenn der Stress groß genug ist.«

»Stress? Papa ist nicht gestresst. Er ist in Rente. Und er schreibt ein Buch.«

»Nicht so gestresst. Anders gestresst. Stress, der davon kommt, dass man Dinge verliert, die wichtig für das eigene Selbstbild sind. Dass man in einer Beziehung abgewiesen wird, zum Beispiel. Dass man die Stelle verliert. Dass das Leben ganz einfach zum Teufel geht. Es geht um Kontrollverlust und Verletzungen.«

Jens schloss die Augen und ließ sich zurücksinken. Er wusste, er sollte gehen, statt dem Geplapper dieses Mannes zuzuhören. Er sollte seinen Vater holen und ihm erzählen, was er gesagt hatte. Aber er brachte es nicht über sich. Erinnerungen flimmerten vor seinem inneren Auge vorüber. Die Mutter, die vor ungefähr hundert Jahren in einem Café mit einem langhaarigen Mann Händchen hielt. Der Vater, der am Fenster stand und stumm zusah, wie er und Johan die Kartons mit Mamas Sachen hinaustrugen. Das Buchprojekt, aus dem nie etwas zu werden schien.

»Iss«, sagte Jens. »In zwei Sekunden binde ich dich wieder fest.«

Jens zog die Schnur um die überraschend dünnen Handgelenke des Mannes wieder fest, dann nahm er das Tablett und ging zur Tür.

»Eins musst du wissen«, sagte der dunkle Mann. »Wir kommen hier beide nicht lebend raus.«

Jens erstarrte mitten auf dem alten Flickenteppich zu Stein. Durch das Fenster sah er, wie der Vater mit einem Kanister in der Hand auf das Haus zukam. Er wirkte krumm, als habe er gerade die Grenze dessen erreicht, was er ertragen konnte. Der leichte Sommerwind ließ die grauen Haare um seinen Kopf wehen wie einen Heiligenschein.

Der Mann auf dem Sofa fügte hinzu: »Er wird uns mitnehmen, wenn er Selbstmord begeht. Diese Art von Täter macht das oft so. Wir sprechen dann von einem erweiterten Selbstmord.«

Der Vater stand draußen, als er die Tür öffnete. Mehrere Plastikkanister mit unbekanntem Inhalt waren in der Diele aufeinandergestapelt. Jens ging zum Herd und stellte das Tablett auf die Anrichte. Er spülte den Teller und das leere Milchglas ab.

»Worüber habt ihr gesprochen?«, fragte der Vater.

Jens versuchte, Ordnung in seine Gedanken zu bringen. Zu sagen, sie hätten über das Wetter geredet, würde wohl kaum überzeugend wirken.

»Er hat gesagt, dass Mårten tot ist.«

»Davon weiß ich nichts.«

Jens zögerte, wusste nicht, ob er noch mehr sagen sollte.

»Hilf mir, die Fensterläden zu schließen«, sagte der Vater, ging in die Diele und öffnete das Fenster.

»Warum?«

Der Vater drehte sich um. Er sah jetzt genauso irritiert aus wie früher, als Jens klein gewesen war und der Vater ihm etwas mehrmals erklären musste, bis er es endlich verstanden hatte. Nicht wütend. Nur irritiert.

»Wir müssen uns schützen«, sagte er und kehrte Jens den Rücken zu.

Jens ging zum Küchenfenster. Er schaute zu den Apfelbäumen und dem in der Sonne glitzernden See hinüber. Sein Blick fiel auf etwas Schwarzes, das unter den ordentlichen Papierstapeln des Vaters hervorlugte. Vorsichtig hob er den Stapel hoch. Er brauchte einige Sekunden, um zu begreifen, um was es sich handelte. Sein schwarzes Notizbuch. Das mit den vielen schrecklichen Zeichnungen und den Geschichten über Jussi, Johan und Mårten. Über ihre Liebe und deren Tod.

Er spürte die Hand des Vaters auf seiner Schulter.

Papas Stimme war leise und voll von Schmerz, als er sagte: »Ja, ich habe es gelesen. Und ich kann dir nicht sagen, wie weh es mir getan hat. Es war ihre Schuld, dass du krank geworden bist, Jens. Sie haben dich in die Psychose getrieben. Verstehst du das nicht? Sie haben dir dein Leben gestohlen und dich für immer verändert. Dein Herz wurde… traurig. Deine Mutter und ich… wir haben alles getan, was wir konnten, um dir eine gute Kindheit voller Liebe und schöner Erlebnisse zu schenken. Und wir haben hart dafür gekämpft, dir die richtigen Werte zu vermitteln. Aber manchmal ist es falsch, alles richtig zu machen. Es war purer Zufall, dass du an diese Monster geraten bist. Aber irgendwer musste doch alles wieder richtigstellen. Irgendwer musste das Unrecht wiedergutmachen.«

Siri

Trotz der Klimaanlage ist es warm im Auto. Die Sonne brennt auf meine bloßen Arme, aber ich registriere es kaum, sitze nur starr und angespannt neben Jimmy auf dem Beifahrersitz. Einige Wagen vor uns sehe ich den dunkelblauen Volvo, in dem Carin und Sten Lindell unterwegs sind.

»Ich dürfte dich eigentlich gar nicht mitnehmen.« Jimmy seufzt und überholt einen polnischen LKW.

»Nein, aber ich bin froh, dass du es getan hast. Ich könnte jetzt nicht im Büro sitzen und Däumchen drehen, während ihr zu Lars Sundberg fahrt. Ich mache mir genauso große Sorgen um Vijay wie ihr – er ist mein bester Freund.«

Ich schließe die Augen und denke, dass Vijay in Wirklichkeit mein *einziger* Freund ist. Dass ich den Gedanken, auch ihn zu verlieren, nicht ertragen kann.

»Vermutlich hat Jens' Vater keine Ahnung, wer Vijay ist. Vielleicht ist er gar nicht dort. Es ist doch nervig, sich so spätabends noch ins Auto zu setzen und nach Roslagen hinauszufahren. Er könnte überall sein.«

Ich spüre, dass Jimmy nervös ist. Er fährt schnell und unvorsichtig und scheint sich nur mit Mühe aufs Fahren konzentrieren zu können.

»Aber Jens' Mutter hat gesagt, dass er sich sehr entschieden angehört habe, als er sagte, dass er mit Lars sprechen muss. Deshalb hat sie ihm doch die Adresse dieses Ferienhauses genannt. Sonst hätte sie die nie im Leben rausgerückt.«

Monica Sundberg hatte bei Carins Anruf irgendwann doch noch den Ernst der Lage begriffen und umständlich und detailliert Vijays Besuch vom Vorabend beschrieben. Er hatte sie aufgesucht und nach Jens gefragt, nach seinen Beziehungen und ob es einen Liebhaber geben könnte, von dem die Polizei nichts weiß. Er hatte auf einem Gespräch mit Lars Sundberg bestanden, obwohl Monica ihm gesagt hatte, dass der an einem Buchprojekt arbeite und nicht gestört werden wolle. Aber dann hatte sie ihm doch erzählt, dass sich Lars in der alten Ferienhütte der Familie in Roslagen aufhalte, wo er sich wochenlang verkriechen und für die Umwelt unerreichbar machen könne.

»Wenn er dorthin gefahren ist und der Vater ihm einen Namen genannt hat… hätte er dann nicht zu uns kommen müssen, statt auf eigene Faust jemanden aufzusuchen, der vielleicht der schlimmste Serienmörder des Jahrzehnts ist? Das ist so… unglaublich… verdammt… blöd!«

Ich sehe, wie Jimmy das Lenkrad umklammert, und ahne die Angst, die sich hinter seinem Zorn und der Frustration verbirgt.

»Ich bin ganz sicher, dass er sich gemeldet hätte… Ich *glaube* zumindest, dass er es getan hätte.«

Ich muss mir eingestehen, dass ich nicht mehr mit Sicherheit beurteilen kann, wie Vijay sich verhalten würde, wenn er den Namen eines möglichen Mörders erfahren würde. Allein die Tatsache, dass er Monica Sundberg aufgesucht hat, zeigt, wie sehr ihn die Geschehnisse beschäftigen. Ich seufze, reiße meinen Blick von der Fahrbahn los und wende mich wieder Jimmy zu. »Solche Spekulationen sind ohnehin sinnlos. Wir sind bald da. Dann können wir ihn direkt fragen.«

»Nicht wir. Lindell. Wir bleiben im Hintergrund. Vor allem du, Siri. Du bist keine Polizistin, du hast kein operatives Training gehabt. Wir sind nur als Beobachter hier. Es reicht, dass Vijay sich als Privatermittler versucht hat. Wir brauchen nicht noch eine Zivilistin, die herumläuft und sich und andere in Gefahr bringt.«

Ich bringe es nicht über mich, dazu etwas zu sagen – weil ich weiß, dass er recht hat. Vijay hat gegen die Regeln verstoßen, und wir alle wissen nicht, welche Konsequenzen sein Handeln haben wird. Statt etwas zu sagen, denke ich an die Ermittlungen, sehe Momentaufnahmen vorüberziehen – das Foto von Jussi Ståhls verstümmeltem Leichnam, das kleine Fahrrad vor dem schönen Haus in Bromma, die zerschossenen Fliesen in Mårten Anderssons Badezimmer. Und obwohl ich es nicht will, sehe ich auch Vijay – starr, bewegungslos, blutig. Vielleicht ist er schon tot, und ich kann nichts mehr daran ändern.

Unvermittelt tritt Jimmy auf die Bremse, und ich werde nach vorn geschleudert, bis sich der Sicherheitsgurt um meinen Oberkörper festzurrt.

»Tut mir leid. Ich hätte fast die Abfahrt verpasst. Die ist so schwer zu sehen.«

Wir sind von der asphaltierten Straße auf einen schmalen Kiesweg abgebogen. Obwohl ich das Gefühl habe, viele Dutzend Kilometer von der Stadt entfernt zu sein, sind wir eben erst an einer Bushaltestelle vorbeigekommen, an der ein Stockholmer Bus hält. Links und rechts des kurvenreichen Waldwegs gibt es nur hohe Nadelbäume. Wir sehen etliche Briefkästen, die in Reih und Glied an der Straße stehen, und ein Schild, das auf einen kleineren Weg zeigt. Marviken 2. Ich vermute, dass wir uns in einer Ferienhaussiedlung befinden. Danach nichts. Der stumme Wald und der einsame Weg haben etwas Unheimliches. Als ob wir ein unsichtbares Tor durchschritten hätten und uns in einer anderen Dimension befänden, in der wir die einzigen lebenden Menschen sind. Vor uns sehe ich den Wagen von Carin und Lindell. Ich kann ihre Umrisse darin ahnen, Carin fährt und Lindell sitzt neben ihr. Ich wüsste gern, worüber sie reden. Ob sie ebenso besorgt und nervös sind wie Jimmy und ich, oder ob sie sich nur schweigend auf den Weg konzentrieren?

Plötzlich öffnet sich der Wald, und ich erahne am Ende des Weges etwas Blaues und Glitzerndes. Einen See oder vielleicht eine Meeresbucht. Und dann ein kleines Haus. Es ist idyllisch. Der Traum jedes Maklers – ein rotes Haus mit weißen Ecken, umstanden von Fliederhecken und mit Blick aufs Wasser. Weiter hinten am Waldrand steht eine alte Scheune. Carin und Lindell biegen zum Haus hin ab, und wir folgen ihnen. Gleich vor einer der hohen Fliederhecken halten sie und steigen aus.

Aus der Nähe ist das Haus nicht mehr so bilderbuchschön. Mehrere Dachziegel fehlen, und die roten Wände müssten dringend neu gestrichen werden. Das Gras ist nicht gemäht, und in den Beeten drängen sich Rittersporn, Wollziest und Brennnesseln. Wenn die Kissen in der alten Hollywoodschaukel und das verschlissene Paar Converse im Gras nicht wären, würde ich das Haus für unbewohnt halten. Vor allen Fenstern sind die Blenden geschlossen worden, von denen die grüne Farbe fast vollständig abgeblättert ist und das silbergraue Holz bloßlegt.

Ich öffne die Tür und steige aus dem Wagen, froh, mich endlich bewegen zu können. Alles ist still und friedlich, ich höre nur Vogelgesang und Motorengeräusche, die sicher von einem Boot irgendwo auf dem See kommen.

»Was für eine Idylle!« Jimmy ist ausgestiegen und neben mich getreten. Er schaut sich um. »Aber die Bude müsste dringend neu gestrichen werden. Lars Sundberg legt offenbar keinen großen Wert auf Dekor.«

»Es scheint niemand zu Hause zu sein. Vielleicht ist er ja gar nicht hier.« Ich sehe mich nach irgendwelchen Lebenszeichen um, aber außer dem knorrigen Apfelbaum und einer alte Schubkarre, die an der Hauswand lehnt, gibt es nichts zu sehen.

Carin und Lindell kommen auf uns zu, und wir gehen ihnen entgegen.

»Carin und ich klopfen an. Ihr bleibt auf Distanz. Verstanden?« Lindells Sätze klingen abgehackt, fast militärisch, und ich sehe keinen Grund, ihm zu widersprechen.

»Siri und ich warten bei den Autos. Ich hoffe wirklich, dass er zu Hause ist, sonst müssen wir hier auf ihn warten. Und dazu haben wir keine Zeit.« Jimmy klingt nervös, als ob er das Gefühl hätte, dass Lindell sich unnötig viel Zeit lässt.

Ich gehe zurück zum Auto. Ich bin unruhig und besorgt und will einfach nur weg von hier. Etwas stimmt nicht, zupft an meinem Bewusstsein, aber ich bin mir nicht sicher, was es genau ist. Etwas an dem Bild hier ist falsch.

Jimmy redet kurz mit Carin und Lindell und kommt dann hinter mir her. »Ich bin sicher, dass der Typ nicht zu Hause ist. Vielleicht war er ja gar nicht hier. Er könnte doch auch eine Tour nach Finnland machen oder sonst wohin in Urlaub gefahren sein oder was weiß ich. Das hier ist reine Zeitverschwendung.«

Ich sehe, wie Lindell die Hand hebt und anklopft. Er legt das Ohr an die verschlossene Tür, um zu lauschen. Carin steht daneben und drückt versuchsweise die Klinke nach unten, zuckt dann aber mit den Schultern. Die Tür ist offenbar verschlossen. Lindell hebt wieder die Hand und schlägt diesmal fester gegen die Tür.

»Er ist in der Nähe, in der Hollywoodschaukel liegen doch Kissen, und er hat seine Schuhe draußen vergessen.« Ich sage das, ohne nachzudenken, aber plötzlich scheint die Welt um mich herum stehen zu bleiben. Ich höre kein Geräusch, alles ist erstarrt. Stille. Jetzt weiß ich, was nicht stimmt, was das Bild der scheinbaren Idylle um uns herum stört. Ich fahre zu Jimmy herum und packe seinen Arm. »Warum liegen *Converse* unter der Hollywoodschaukel? Lars Sundberg würde so etwas doch niemals anziehen. Das ist falsch. Etwas stimmt hier nicht.«

Ich sehe, wie Jimmys Miene sich verändert, im Bruchteil einer Sekunde wechselt sie von Ungeduld und Irritation zu vollkommener Konzentration. Er packt mich, zieht mich hinter das Auto und schreit zu Carin und Lindell hinüber:

»Zurück! Er ist hier! Jens Sundberg ist hier!«

Durch das staubige Autofenster sehe ich, wie Carin sich umdreht. Sie scheint verwirrt zu sein. Lindell konzentriert sich weiterhin auf die Tür, die plötzlich aufgerissen wird. Er versucht, sie zuzuhalten, aber es ist zu spät. Ich begreife zuerst nicht, was ich höre. Ein scharfes Geräusch, als ob jemand laut in die Hände geklatscht hätte. Dann sehe ich Carin von der Treppe fallen. Und erst jetzt verstehe ich, dass jemand auf sie geschossen hat.

Das traurige Herz

Der Knall war nicht sonderlich laut, aber Jens hielt sich trotzdem instinktiv die Ohren zu, wie um sie vor einem unsichtbaren Schmerz zu schützen. Eine Sekunde darauf hörte er, wie die Haustür zufiel und sein Vater sie von innen verriegelte.

Es war dunkel im Haus. Alle Fensterblenden waren vorgeschlagen, und nur ein paar schmale Lichtstreifen fanden einen Weg durch die Risse im morschen Holz. Die einsame Glühbirne unter der Decke warf ihr sanftes gelbes Licht durch die Küche. Ein bedrohliches Schweigen breitete sich aus. Nichts war zu hören – weder von draußen noch im Haus.

Als der Vater ins Zimmer kam, konnte Jens die Pistole sehen. Blank, schwarz und tödlich ruhte sie in der großen runzligen Hand. Jens hatte noch nie eine Waffe gesehen. Nicht in Wirklichkeit. Er konnte fast nicht glauben, dass etwas, das kaum größer war als ein Mobiltelefon, für einen Menschen eine tödliche Bedrohung darstellen konnte. Der Vater ließ sich auf den Stuhl vor dem Tisch sinken. Er legte die Pistole auf einen Papierstapel und sah ihn an. In seinem Blick lag eine seltsame Mischung aus Resignation und Erregung, die er noch nie an ihm gesehen hatte. Wenn er es nicht besser gewusst hätte, hätte er gedacht, der Vater sehe verrückt aus.

»Was ist passiert?«, fragte Jens.

»Ich bin sicher, dass wir sie verjagt haben.«

»Du hast doch nicht auf irgendwen geschossen?«

»Natürlich nicht.«

Jens atmete auf. Er merkte, wie er sich ein wenig entspannte.

»Woher hast du die?« Jens zeigte auf die Waffe.

Der Vater sah die Pistole überrascht an, als ob er sie erst jetzt entdeckte.

»Die ist von einem … der Männer, die bei mir in Therapie waren, ein Kriegsveteran aus dem ehemaligen Jugoslawien. Ich habe ihn gefragt, ob er wüsste, wo man sich eine Waffe besorgen kann, und da hat er mir die hier gegeben. Ich weiß nicht, ob er dankbar war, weil ich ihm geholfen hatte, oder ob es einen anderen Grund gab. Vielleicht kommt er eines Tages und bittet mich um einen Gegengefallen. Ja, das würde mich nicht überraschen. Er ist nicht gerade ein Musterknabe, hat wohl in vielen Sachen seine Finger im Spiel.«

Jens hörte nicht mehr zu. Der Schmerz in ihm wurde immer stärker. Die Erkenntnis drängte sich ihm mit tödlicher Kraft auf. Der Vater, den er einmal gehabt hatte, war für immer tot und verschwunden. Der Mann, der ihn hatte heranwachsen sehen, der ihn während seiner ganzen Krankheit unterstützt hatte, war nicht mehr da. Er war einem Monster gewichen. Keinem übernatürlichen Untier, wie in seinen eigenen psychotischen Fantasien, sondern einem ganz alltäglichen, wirklichen und deshalb um so beängstigenderen Monster. Der Vater, der ihn hochgehoben hatte, wenn er als kleiner Junge hingefallen war. Der Vater, der ihm Radfahren beigebracht hatte. Der Vater, der Woche für Woche auf Station 86 auf seiner Bettkante gesessen und mit den Ärzten über die Medikamente gestritten hatte, die ihn müde und langsam machten, der darum gekämpft hatte, dass er über Mittsommer nach Hause kommen durfte, obwohl er nicht wusste, wie er hieß und wo er war.

Papa hat Jussi und Mårten ermordet – und einen unschuldigen Vierjährigen.

Jens schloss die Augen. Er wünschte sich, wie schon so oft, dass das Leben nur ein Traum sei, aus dem er am nächsten Morgen zu einem anderen Leben, in einem anderen Körper erwachen könnte.

Und dann dachte er daran, was der Mann auf dem Boden im Wohnzimmer gesagt hatte. Dass jemand, dem sein Selbstwertgefühl, sein Leben genommen werden, zum Mörder werden kann. Papa hatte seine Familie verloren. Mama hatte ihn verlassen, um ein neues Leben anzufangen. Er selbst war in seine Krankheit abgedriftet und hatte sich dort verirrt, ohne wieder hinauszufinden. Übrig geblieben war Papa. Oder das, was von ihm noch vorhanden war. Ohne eine Familie, die ihn bewundern und ihm Bestätigung schenken konnte. Es war genau wie mit seiner Arbeit. Papa würde es niemals zugeben, aber es war allgemein bekannt, dass er sich im Gemeinderat unmöglich gemacht hatte, und das Buch, an dem er schrieb, wirkte eher wie ein Alibi als wie eine echte Beschäftigung. Und dann hatte er anscheinend das Notizbuch gefunden, die schrecklichen Beschreibungen gelesen, die Zeichnungen gesehen. Das musste etwas in ihm zum Leben erweckt haben. Ihn über die Kante zum Wahnsinn – in Jens' Welt – gestoßen haben, die von Monstern und Irren bevölkert war.

Papa sah ihn an und rieb sich die Augen. »Mach dir keine Sorgen.«

Jens schüttelte langsam den Kopf. »Tue ich doch nicht.« Das war natürlich gelogen. Er hatte Angst. Schreckliche Angst sogar. Er glaubte immer mehr, dass der Mann im Wohnzimmer recht hatte. Und wenn er recht hatte, dann stimmte vielleicht auch das andere, was er gesagt hatte. Dass der Vater sich umbringen und sie beide mit in den Tod nehmen wollte.

Wie hatte er das noch genannt, einen *erweiterten* Selbstmord? Jens schauderte. Es konnte nicht stimmen. Kein vernünftiger Mensch würde sein eigenes Kind töten, auch wenn er selbst sterben wollte.

Aber Papa ist kein vernünftiger Mensch mehr.

Nein. Er konnte es trotzdem nicht glauben. Sicher wollte sich der Vater nur hier drinnen verschanzen, bis er seinen Willen durchgesetzt und auf irgendeine Weise bewiesen hatte, dass Jens unschuldig war. Aber Jens umbringen, das würde er nicht tun. Das konnte er nicht glauben.

Der Vater stand auf, und Jens bemerkte wieder, wie dünn er geworden war. In seinem viel zu weiten T-Shirt sah er wie ein Skelett aus. Wann war er so mager geworden? Es war doch immer eher rundlich gewesen. Offenbar aß er schon seit Monaten nicht mehr richtig.

Es geht ihm vielleicht schon seit Monaten richtig schlecht.

»Komm, hilf mir mit den Kanistern«, sagte der Vater.

Jens erhob sich, unsicher, was der Vater meinte.

Er ging in die Diele, nahm den obersten Kanister und kam zurück in die Küche. »Gieß das hier im Wohnzimmer aus, ich kümmere mich um die anderen Räume.«

Jens ließ seinen Blick über den grünen 20-Liter-Kanister wandern. Erst sah er das kleine rechteckige, knallgelbe Warnsymbol mit der Flamme, dann las er die Schrift. *Benzin.*

Er sah den Vater an und stellte fest, dass dessen Augen noch immer diese seltsame Erregung zeigten.

»Das ist nur eine Vorsichtsmaßnahme«, sagte der Vater und reichte ihm den Kanister.

Jens nahm ihn und schwankte ein wenig, unvorbereitet auf das Gewicht.

»Das verstehe ich nicht. Wieso hilft es uns, Benzin auszugießen?«

»Dann trauen sie sich nicht, irgendwelche Dummheiten zu machen«, sagte der Vater und erwiderte seinen Blick, ohne mit der Wimper zu zucken.

Und in diesem Moment wurde ihm klar, was der Vater vorhatte. Dass der Mann im Nebenzimmer recht hatte. Er wollte sie alle umbringen. Irgendwie war es eine Erleichterung, es zu wissen, die furchtbare Tatsache zu erfassen. Und auf eine geheimnisvolle Weise war es auch verlockend, mitzuspielen, den Vater seinen Plan in die Tat umsetzen zu lassen und dieser Hölle hier zu entfliehen. Einzuschlafen, ohne wieder aufzuwachen. Sich selbst zu entkommen, für immer.

»Bitte, kann ich etwas Wasser haben?« Die Stimme aus dem Wohnzimmer war dünn, aber sie brachte Jens in die Wirklichkeit zurück.

Er stellte den Kanister auf den Holzboden. »Ich bring ihm zuerst einen Schluck Wasser.«

Ohne Eile ging er zum Spülbecken, ließ Wasser in eines der alten zerkratzten Gläser laufen und ging in Richtung Wohnzimmer. Er sah seinen Vater nicht an, konnte aber aus dem Augenwinkel sehen, dass er noch immer mitten in der Küche stand und zu überlegen schien, was er als Nächstes tun sollte.

Jens öffnete die Wohnzimmertür und hockte sich zu dem dunklen Mann auf den Boden. »Erst die Hände«, flüsterte Jens.

Ohne ein Wort zu sagen, beugte der Mann sich vor, damit Jens die Schnur lösen konnte, mit der die Hände des Mannes auf dessen Rücken und um das Sofa gefesselt waren. Die Enden waren fester verknotet, als er es in Erinnerung gehabt hatte. Er musste sich große Mühe geben, um sie zu lockern. Offenbar hatte der Mann verzweifelt versucht, sich zu befreien, und dabei die Knoten nur noch fester zusammengezogen.

Sowie die Hände des Mannes frei waren, sah Jens die tiefen Schürfwunden an den Handgelenken. Der Mann ballte mehrmals die Fäuste und öffnete sie wieder, wie um zu testen, ob sie noch beweglich waren.

»Ich helfe dir auch mit den Füßen«, murmelte Jens und fing an, die Knöchel des Mannes zu befreien. Die Schnur war dort dünner und noch schwerer zu lösen. Die Knoten waren klein und hart wie Schrotkörner und seine Finger zu groß und ungeschickt, um sie aufzubekommen. Er brauchte ein Messer oder vielleicht eine Schere. »Warte.«

Er stand auf. Als er gerade das Zimmer verlassen wollte, ahnte er aus dem Augenwinkel eine Bewegung. Dann hörte er einen Knall. Kein scharfes Geräusch, nicht wie der Schuss vorhin, eher gedämpft, als ob jemandem ein Paket auf den Boden gefallen sei. Er drehte sich um.

Der Vater stand neben dem Sofa. In der Hand hielt er ein altes Bügeleisen aus solidem Gusseisen, das sonst im Regal über dem offenen Kamin stand. Der dunkle Mann lag mit dem Gesicht nach unten auf dem Boden. Aus einer tiefen Wunde im Hinterkopf quoll hellrotes Blut auf den himmelblauen Flickenteppich.

Siri

»Hierbleiben. Auf die Knie. Nicht bewegen.« Jimmy schleudert mir die Worte entgegen und kriecht dann auf allen vieren auf das Haus zu. Ich bleibe, wo ich bin. Alles kommt mir seltsam scharf gezeichnet und überdeutlich vor. Ich sehe die Schwalben in messerscharfer Klarheit über den Himmel fliegen. Das Gras duftet feucht und nach Sommer. Der Himmel hat eine tiefere blaue Farbe angenommen, und die Sonnenstrahlen fallen schräg. Ein Marienkäfer landet auf meinem Arm und kriecht langsam zu meinem Ellbogen weiter. Ich erschaudere. Ich höre die gedämpften Stimmen von Jimmy und Lindell und vermute, dass sie auf irgendeine Weise versuchen, Carin zu helfen.

Carin. Lebt sie noch, oder ist sie tot? Und was ist mit Vijay? Ich sehe ein, dass ich im Moment rein gar nichts ausrichten kann. Das Gefühl der Ohnmacht ist lähmend. Hier sitze ich, versteckt hinter einem Auto vor einer Kate irgendwo in Roslagen, ohne eine Möglichkeit, das, was geschehen wird, zu beeinflussen. Mir ist schwindlig und übel, aber ich gebe mir alle Mühe, die Ruhe zu bewahren. Ich atme langsam und versuche, mich auf einen Punkt über dem Tannenwald zu konzentrieren. Die ganze Zeit warte ich auf einen weiteren Schuss. Ich höre Schritte und ein Keuchen und vermute, dass Lindell und Jimmy Carin zum Auto bringen. Ich senke den Kopf und schaue unter dem Wagen hindurch, wo ich ihre Füße und die schlaff herabhängenden Arme erkennen kann.

»Siri. Wir sind's bloß.« Jimmys Stimme, derselbe zischende Ton.

Dann kommen sie auf meine Seite des Autos. Lindell hält Carins Füße und Jimmy hat sie unter den Achselhöhlen gepackt. Carin ist bleich, und ihre Lippen weisen einen fast bläulichen Farbton auf. Sie ist in die Brust getroffen worden, und Jimmy fängt an, ihr die kurzärmlige Bluse vom Leib zu reißen. Der weiße Leinenstoff hat sich durch das Blut hellrot gefärbt. Ich habe keine medizinische Ausbildung, aber ich weiß, dass hellrotes Blut vom Herzen kommt, wo es eben erst Sauerstoff aufgenommen hat. Ich frage mich, ob das bedeutet, dass die Kugel eine wichtige Arterie getroffen hat.

»Hier, Siri. Drücken!« Jimmy hat die Bluse zusammengeknüllt und presst sie auf die Wunde.

»Mach du das. Drück ganz fest.«

Ich beuge mich vor und presse den weißen Stoff auf die Wunde in Carins Brust. Erst jetzt sehe ich, dass Carin bei Bewusstsein ist. Ich ahne ihre hellblaue Iris unter den hellen Wimpern. Sie bewegt die Augen, offenbar bemüht zu begreifen, was vor sich geht. Ich sehe, dass sie die Lippen bewegt, als ob sie etwas sagen will.

»Die Kinder. Sandra. Wer soll sich um Sandra kümmern?«

Ihre Stimme klingt brüchig und dünn, und es ist fast unmöglich, sie zu verstehen. Ich schaue mich um. Lindell spricht über Funk, aber ich kann nicht hören, was er sagt. Jimmy setzt sich neben Carin und nimmt ihre Hand.

»Keine Sorge, Carin. Das schaffst du. Es ist nur eine Fleischwunde. Du stehst unter Schock, aber Lindell ruft gerade Verstärkung.« Ich fange seinen Blick ein und versuche zu entscheiden, ob er die Wahrheit sagt oder ob er keine Ahnung hat, wie schwerwiegend die Verletzung wirklich ist. Jedenfalls klingt er überzeugend, und Carin nickt schwach. Jimmy richtet sich auf, geht zum Kofferraum und nimmt eine Decke heraus, in die er Carin einhüllt.

»Gut. Verstärkung ist unterwegs. Es kommt ein Hubschrauber vom Krankenhaus, der müsste zwischen den Autos und der Straße landen können.« Lindell ist zu uns getreten. Er geht neben Jimmy in die Hocke, schaut Carin aber nicht an. Vielleicht weicht er ihrem flackernden Blick deshalb aus, weil sie so entblößt vor uns liegt. Ich drücke die Bluse weiter fest auf die Wunde, aber der Stoff ist vollgesogen, und als ich auf meine Hände blicke, sehe ich, dass auch sie rot sind. Ich werfe einen Blick auf die Uhr und stelle fest, dass erst zehn Minuten vergangen sind, seit wir vor dem Haus gehalten haben. Zehn Minuten, die mir wie eine Ewigkeit vorkommen. Ich hole Luft und drücke noch fester auf Carins Brust. »War er das? Hat Jens Sundberg geschossen?« Ich finde es verwirrend, dass meine Stimme noch immer so fest klingt. Schrecken und Ohnmacht scheinen unter Kontrolle zu sein. Es ist, als ob eine kalte und rationale Seite meiner selbst zufällig das Kommando an sich gerissen hätte. Angst und Panik sind noch immer vorhanden, werden aber von Willenskraft und Adrenalin in Schach gehalten.

»Es war nicht Jens Sundberg, der die Tür aufgemacht hat.« Lindell zuckt kurz mit den Schultern, als wäre er nicht so ganz sicher, wie alles zusammenhängt.

»Wer war es denn dann?«

»Sein Vater. Lars Sundberg.« Lindell seufzt tief und schielt zu seiner Armbanduhr hinüber.

»Der Vater hat geschossen?« Jimmy schaut Lindell überrascht an, aber der schüttelt nur den Kopf.

»Ich weiß nicht. Es ging so schnell. Da war noch jemand hinter dem Vater. Es kann Jens Sundberg gewesen sein, aber ich habe nicht genau sehen können, wer geschossen hat.«

»Und Vijay. Hast du Vijay gesehen? Er muss doch hier sein.«

Lindell sieht fast bedauernd aus, als er meinen Blick erwidert. »Es tut mir leid, Siri. Mehr konnte ich nicht erkennen.«

»Wenn Vijay hier ist, müsste sein Auto in der Nähe stehen.« Jimmy schaut sich um. Er scheint sich ein Bild von der Umgebung zu machen, dann läuft er zu der alten Scheune, die so dicht am Rand des Waldes steht, dass sie sich fast an die umstehenden Tannen anzulehnen scheint.

Ich beobachte, wie er die alten Türen an ihrer Längsseite erreicht. Ich glaube Wagenspuren im hohen Gras zu erkennen, und nehme an, dass dort vor kurzer Zeit ein Auto gefahren ist. Aber eigentlich beweist das nichts. Es könnte auch Lars Sundberg gewesen sein. Jimmy greift zu einer der schwarzen Klinken und schiebt die Tür zur Seite. Und da, glänzend in den Strahlen der Abendsonne, sehe ich Vijays Auto. Der rote Mini Cooper funkelt in der Abendsonne, und ich beiße mir hart in die Wange, um nicht laut aufzuschluchzen. Das Auto lässt meine letzte Hoffnung schwinden, dass Vijay verkatert im Bett einer Kneipeneroberung liegt. Er ist hier. Und wenn er noch lebt, befindet er sich aller Wahrscheinlichkeit nach bei Jens und Lars Sundberg in der Hütte. Jimmy kommt zurück und lässt sich neben mich sinken. Lindell steht gebeugt neben ihm.

»Das ist sein Auto«, sagt Jimmy müde, und ich nicke nur.

»Das bedeutet, dass er da drinnen sein kann. Und wir haben keine Ahnung, in welchem Zustand. Wir könnten es mit einer Geiselnahme zu tun haben, verdammt!«

»Mit dieser Möglichkeit habe ich schon gerechnet. Nationale Einsatzkräfte sind unterwegs.« Lindell lehnt sich an den schmutzig-staubigen Volvo.

Ich wende meine Blicke von ihnen ab und konzentriere

mich auf Carin, die offenbar nur mit Mühe bei Bewusstsein bleibt. Ich denke an all die Filme, die ich im Laufe der letzten Jahre gesehen habe, in denen Polizisten immer weiter mit Verletzten geredet haben. Dort wird immer betont, wie wichtig es für Verletzte ist, bei Bewusstsein zu bleiben. Ich habe keine Ahnung, ob das stimmt oder nicht, aber ich fange an, mit Carin zu sprechen. Über ihre Kinder, über ihre Tochter Sandra, die Theater spielen und ein Star werden will. Ich stelle Fragen, erwarte jedoch keine Antworten. Und die ganze Zeit drücke ich weiter die Bluse auf die Wunde.

Endlich höre ich aus der Ferne das Geräusch von Rotoren. Der Hubschrauber ist da. Als ich zum Himmel blicke, sehe ich, dass er rasch näher kommt, über uns stehen bleibt und dann zur Landung ansetzt. Ich rechne mit Sanitätern, aber stattdessen springen mehrere schwarz gekleidete Personen aus dem Hubschrauber, und Lindell rennt auf sie zu. Die Einsatzkräfte.

Der Hubschrauber hebt wieder ab und verschwindet ebenso schnell, wie er gekommen ist. Ich sehe wieder auf die Uhr.

Jimmy sieht mich an. »Der Rettungshubschrauber muss jeden Moment eintreffen. Es ist nur eine Frage von Minuten.«

Ich drehe mich zu ihm um und nicke, kann dabei aber nur denken, dass Carin nicht mehr lange warten kann. Dass ihr die Zeit davonläuft.

Das traurige Herz

Jens konnte nicht fassen, dass der gekrümmte grauhaarige Mann, der sein Vater war und gerade den Inhalt der Benzinkanister über den Holzboden des Wohnzimmers ausgoss, wirklich ein Mörder war. Dass das Leben den früher so tatkräftigen Idealisten auf irgendeine Weise zerbrochen und ihn langsam, aber sicher in ein Monster verwandelt hatte, ihm alle natürlichen Grenzen genommen hatte, die bei den meisten Menschen intakt waren.

Wie ist das möglich?

Papa war immer derjenige gewesen, der gepredigt hatte, wie wichtig es sei, anderen zu helfen. Die eigenen Bedürfnisse hatten stets zurückstehen müssen, als Jens herangewachsen war. Die Ferien wurden nicht auf Skipisten in den Alpen oder an Stränden am Mittelmeer verbracht, sondern auf Demonstrationen, in Flüchtlingslagern und bei Hilfsaktionen. Man half mit dem, was man hatte, buk Brot oder teilte Suppe aus. Oder sprach, wie der Vater, mit Hilfe eines Dolmetschers mit Kriegsveteranen über ihre Traumata.

Was ist dann passiert?

Jens war erwachsen geworden und hatte Flüchtlinge und Suppenküchen ihrem Schicksal überlassen. Er hatte sich ein eigenes Leben zugelegt, hatte auf sein eigenes Leben *gesetzt*. Das war sein Verrat gewesen, das hatte ihm sein Vater zu verstehen gegeben. Ein Verrat und eine Schuld, von denen er hätte wissen müssen, dass sie irgendwann zu bezahlen waren.

Papa schüttelte die letzten Tropfen aus dem Kanister auf das Sofa und reckte sich dann, als ob sein Rücken schmerzte. Eine Sekunde lang erwiderte er Jens' Blick.

Jens wurde klar, dass er in den Augen seines Vaters nichts Vertrautes mehr fand. Der Mann, der ihn da ansah, war ein Fremder. Ich kenne dich nicht, dachte er. Du bist mein Papa, aber ich kenne dich nicht.

Auf dem Boden neben ihnen lag der dunkle Mann mit dem Gesicht nach unten in einer Blutlache. Jens wusste nicht, ob er noch lebte oder tot war. Aber er wagte auch nicht, hinzugehen und nachzusehen. »Was hast du vor?«

Papa antwortete nicht. Er ging nur langsam aus der Diele und holte einen weiteren grünen Kanister. Schweißnasse graue Haarsträhnen hingen ihm in die Augen. Seine Haut glänzte im Licht der einsamen Glühbirne in der Küche. Von dem Benzingeruch, der schwer in der Luft hing, wurde Jens schlecht.

»Papa! Was machst du da?« Jens schrie.

Der Vater hielt inne, als ob er ihn heute zum ersten Mal hörte.

»Das ist doch keine Lösung«, sagte Jens. »Bitte. Das ist... krank.« Er ging zu seinem Vater und packte ihn am Handgelenk, das so viel dünner und sehniger als in seiner Erinnerung war. Es war das Handgelenk eines alten Mannes, und eine Sekunde lang hatte er Angst, es zu zerbrechen.

»Ich warne dich. Versuch ja nicht, mich aufzuhalten«, sagte der Vater und stieß ihn zur Seite, sodass Jens mit der Hüfte gegen den Tisch knallte. Vor Schmerz sah er Sterne. Papierstapel kippten um und fielen zu Boden. Hunderte von vollgeschriebenen Seiten rieselten sanft wie Papierschwalben zu Boden.

Der Vater blieb mit schmerzhaft verzogenem Gesicht stehen, als ob der Anblick seines Manuskriptes auf dem Boden

ihm viel mehr ausmachte als der blutige Körper im Wohnzimmer. »Was hast du getan?« Der Vater sank in die Hocke
und fing an, die Papiere aufzusammeln. »Jetzt sind sie durch-
einandergeraten. Sie waren doch nicht nummeriert. Wie soll
ich die denn jemals wieder sortiert bekommen? Begreifst du,
was du angerichtet hast?« Seine letzten Worte schrie er.

In dieser Sekunde beschloss Jens, sich aus dem Haus zu retten. Es war ihm egal, wann und warum sein Vater den Verstand verloren hatte. Vielleicht spielte es ja nicht einmal eine
Rolle. Was aber eine Rolle spielte, war, dass er leben wollte.
Das war wichtiger als alles andere. Aus irgendeinem seltsamen Grund musste er an Mårten denken. An seine weiche Haut, das strahlende Lächeln und die starken Arme, und
plötzlich wurde er von einer so starken Sehnsucht überwältigt, dass er es fast nicht ertragen konnte. Er wollte schreien.
Der Schmerz war so groß, dass er den gesamten Leerraum
füllte, den es in ihm gab, aber kein Wort kam über seine Lippen. Auf eine gewisse Weise hatte der Vater ihn bereits getötet. Er hatte alle die ermordet, die Jens geliebt hat. Sorgfältig
hat er die Spuren von Jens' Liebe von der Erde getilgt, als ob
sie falsch gewesen wäre und niemals hätte existieren dürfen.

Jens' Blick fiel auf den Tisch. Ein kleiner Papierstapel lag
dort noch, und daneben die Pistole. Er wusste nicht, wie man
mit einer Waffe umging, er hatte noch nie eine in der Hand
gehalten. Rasch griff er danach. Sie war schwerer, als er erwartet hatte.

Der Vater gab sich weiterhin alle Mühe, die losen Blätter
vom Boden aufzulesen. Als Jens jedoch schon die Diele erreicht hatte, hörte er hinter sich Schritte.

»Du bleibst hier. Hörst du, was ich sage?«

Fast musste Jens lachen. Der Vater redete mit ihm wie mit
einem ungehorsamen Kind, aber seine Worte hatten keine

Macht mehr über ihn. Sie perlten an ihm ab wie Wasser. Er drehte sich um und erwiderte den verzweifelten Blick des alten Mannes.

»Nein, Papa. Ich gehe jetzt.«

»Das verbiete ich dir.«

Jens kehrte ihm den Rücken zu und griff nach der Türklinke.

Die Tür war abgeschlossen. Langsam drehte er sich wieder zu seinem Vater um.

»Suchst du den hier?« Papa ließ den Schlüsselbund zwischen seinen Fingern baumeln.

»Gib mir den Schlüssel!«

»Kommt nicht in Frage.«

Jens hob die Waffe. »Ich schieße, wenn du ihn mir nicht gibst.«

»Du kannst mich nicht erschießen. Ich bin dein Vater.« Er machte einige Schritte auf ihn zu.

Jens drückte den Abzugshahn. In dem Moment, in dem der Schuss fiel, stellte er zu seiner eigenen Überraschung fest, dass es gar nicht schwer war. Überhaupt nicht schwer. Tatsache war, dass es leichter war, als er sich es jemals hätte vorstellen können.

Vielleicht war es für Papa ja ebenso leicht gewesen?

Siri

Der gelbe Hubschrauber verschwindet über dem Meer und ist bald nicht mehr zu sehen. Carin hat Erste Hilfe erhalten und ist auf dem Weg ins Krankenhaus. Jimmy hat versucht, dem jungen Arzt eine Prognose zu entlocken, aber der schüttelte nur den Kopf und konzentrierte sich auf Carin, die bleich und scheinbar leblos auf der Trage lag.

Die schöne Sommeridylle hat einen Riss bekommen. Der vorher so einsame Waldweg ist inzwischen überfüllt von Polizeifahrzeugen und Krankenwagen. Weiter hinten auf der Straße stehen noch weitere Autos. Vermutlich Presseleute und der eine oder andere neugierige Nachbar. Schwarz gekleidete Polizisten sind um die rote Kate herum in Stellung gegangen und warten auf weitere Befehle. Lindell ist in einem silbernen Bus verschwunden und redet mit dem Chef der Einsatzgruppe. Ich habe keine Ahnung, worüber, vermute aber, dass es um das taktische Vorgehen geht. Trotz der vielen Menschen ist es seltsam still. Niemand redet. Nichts ist zu hören.

»Die Ruhe vor dem Sturm«, flüstert Jimmy. Er sitzt neben mir im Auto und starrt das kleine rote Haus an.

Ich will ihn mit Fragen überschütten. Was wird als Nächstes geschehen? Was passiert in solchen Situationen normalerweise? Glaubt er, dass Vijay im Haus, hinter den geschlossenen Fensterläden ist, und wenn ja, wird er sterben? Aber ich sage nichts. Stattdessen nicke ich nur zustimmend und starre weiter das Haus an. Ich kann es einfach nicht aus den Augen lassen.

Plötzlich ertönt ein scharfer Knall. Diesmal weiß ich, was es ist. Ein Schuss. Jimmy und ich wechseln einen Blick, aber ich kann ihm nicht standhalten. Ich kneife die Augen zu und beiße die Zähne zusammen. Ich will das Haus nicht sehen, nicht wissen, was passiert ist. Ich ahne eine Veränderung in der Atmosphäre um mich herum. Anspannung. Alle scheinen sich auf etwas vorzubereiten, aber niemand weiß genau, worauf. Plötzlich wird die Tür geöffnet, und eine schwache Stimme ruft: »Nicht schießen!«

Ein kräftiger, fast rundlicher Mann in einem weißen T-Shirt und viel zu weiten Jeans steht in der Tür. Er hat die Hände über den Kopf gehoben und kommt langsam aus dem Haus. Ich starre ihn an und erkenne Jens Sundberg von den Bildern, die uns Lindell im Besprechungsraum gezeigt hat. Er sieht so entsetzlich normal aus. Einfach wie … irgendwer.

»Hinlegen. Hände auf den Rücken!«

Ich kann nicht ausmachen, woher die Stimme kommt, nehme aber an, dass einer der Polizisten in ein Megafon spricht.

»Ihr müsst euch beeilen. Der da drinnen braucht Hilfe. Der Polizist.« Jens' Stimme zittert, als er versucht zu erklären, dass jemand im Haus ist, der ärztliche Betreuung braucht. Jemand, den er für einen Polizisten hält. Ich merke, wie mein Herz loshämmert. Vijay. Vielleicht lebt er ja doch noch.

»Auf den Boden! Hände auf den Rücken!«

Jens Sundberg scheint endlich begriffen zu haben, was die Stimme sagt, und legt sich in das hohe Gras. Innerhalb weniger Sekunden ist er von schwarz gekleideten, bewaffneten Männern umringt. Aus der Ferne beobachte ich, wie er zu einem Wagen geführt wird. Die Polizisten verschwinden im

Haus, tauchen kurz darauf aber wieder auf. Stattdessen rennen Sanitäter mit einer Trage hinein, auf der sie nach wenigen Minuten eine Person heraustragen. Ich erkenne den Mann darauf sofort. Es ist Lars Sundberg, Jens Sundbergs Vater. Es ist unmöglich, zu erkennen, ob er lebt oder tot ist.

Ich gehe auf das Haus zu und dränge mich an einem der schwarz gekleideten Polizisten vorbei, der mich zuerst aufhalten will, es sich aber anders überlegt, als er Jimmy sieht, der mir vom Auto her gefolgt ist. Vor der Treppe zur Eingangstür bleibe ich stehen. Zögere. Ich höre Stimmen und sehe weitere Krankenpfleger und noch eine Trage. Ich ahne zerzauste grau melierte Haare und ein blaues T-Shirt, das mir bekannt vorkommt. *Vijay.* Langsam gehe ich auf die Trage zu, die die Sanitäter resolut durch die schmale Türöffnung bugsiert haben.

»Vijay.« Meine Stimme ist schwach, ich kann das Wort selbst kaum hören.

»Er ist bewusstlos. Kopfverletzung.«

Erst jetzt sehe ich, dass Vijays Haare durchnässt sind, verschmiert von etwas, bei dem es sich um Blut handeln muss. Ich mache noch einen Schritt nach vorne und berühre seine Hand. Trotz der Hitze kommt sie mir unnatürlich kalt vor.

»Vijay ...«

Der Sanitäter dreht sich zu mir um. »Er kann Sie nicht hören. Er ist bewusstlos. Wir müssen ihn sofort ins Krankenhaus bringen.«

»Siri.«

Ich sehe Vijay an. Sehe, wie seine Lippen sich bewegen. Aber es kommt kein weiteres Wort mehr.

Auf dem Gras liegt Tau, und die Felsen sind feucht. Die Sonne steht noch immer tief am Himmel, es ist erst sieben. Ich sitze auf der Bank unter dem Küchenfenster und nippe an einem Becher mit viel zu heißem Kaffee. Vijay sitzt neben mir. Die neue Kurzhaarfrisur steht ihm seltsamerweise gut. Er erinnert mich an einen Charmeur aus einem Film aus den siebziger Jahren – einen Clark Gable mit Schmalzlocke und dickem Schnurrbart.

»Ich weiß, es ist verwirrend. Ich frage mich jedes Mal, wenn ich in den Spiegel sehe, wer zum Teufel das ist. Aber ich konnte die Haare schlecht behalten, nachdem sie mir schon den halben Hinterkopf rasiert hatten.«

Er fährt sich mit der Hand darüber und streift mit den Fingern den großen weißen Verband, wie um sich davon zu überzeugen, dass er noch immer vorhanden ist.

»Die Stirnlocke gefällt mir. Sie ist niedlich. Du siehst aus wie ein Herzensbrecher.« Ich lächele und trinke noch einen Schluck von dem heißen Kaffee.

»Herzensbrecher? Ja, das wär's vielleicht.« Er sieht plötzlich ernst aus. »Ich weiß ganz sicher, dass wir da in der Kate sterben sollten. Alle drei. Ich lag im Wohnzimmer auf dem Boden und hörte, wie Lars Sundberg im ganzen Zimmer Benzin verschüttete. Ich wusste, dass ich sterben würde. Ich hoffte nur, dass er mich vorher erschießen würde, damit ich nicht verbrennen müsste.«

»Du hattest die Rechnung ohne Jens gemacht.« Ich sehe den müden dicklichen Mann in seinen Schlabberjeans vor mir.

»Ich habe versucht, es ihm klarzumachen. Du weißt schon, ich habe mit ihm geredet. Habe versucht, es ihm zu erklären. Ihm gesagt, dass uns sein Vater niemals laufen lassen würde. Aber ich hatte nicht den Eindruck, dass er so richtig begriff, was ich sagte.« Vijay schaut aufs Meer hinaus und sieht plötzlich müde und alt aus.

»Er hat seinen eigenen Vater erschossen. Das muss doch …«

»Das war es sicher.« Vijay nickt kurz, sein Blick haftet noch immer irgendwo am Horizont.

»Aber warum hat er das getan? Lars Sundberg meine ich. Warum hat er sie umgebracht?«

»Das werden wir wohl nie erfahren. Er ist tot, und ich glaube nicht, dass irgendwer sonst wusste, was mit ihm passiert war – was ihn über diese Grenze getrieben hat.«

»Aber du hast doch sicher eine Hypothese?«

Ich ahne ein Lächeln in Vijays Gesicht, und ich sehe, wie er sich ein wenig reckt und dann wie vor einer Rede räuspert.

»Sicher habe ich das. Lars Sundberg war in vielerlei Hinsicht ein pflichtbewusster und idealistischer Mensch. Aber er war auch ein Narzisst. Prestige und Kontrolle waren ihm wichtig. Er hielt sich für eine intellektuell überlegene Person, der jede Menge Unrecht geschehen war. Und alle diese Verletzungen nahmen ihren Anfang, als Jens sich als homosexuell outete. Er verlor seinen Sohn, seine Frau und später auch noch seine Arbeit. Vorher besaß er Status und Macht. In den neunziger Jahren war er nicht gerade unbekannt. Kannst du dich erinnern? Ich glaube, er hat während unseres Studiums mehrere Vorlesungen gehalten.«

Ich schüttele den Kopf. Ich kann mich an den großen mageren Mann nicht erinnern.

»Er vertrat eine eigene Form von Symboldrama«, sagt Vijay. »Er hat mit Flüchtlingen aus dem ehemaligen Jugoslawien gearbeitet. Er war Ausbilder und wurde im Fernsehen interviewt. Dann fing er an, sich auch politisch zu engagieren. Aber seine hart in Zucht gehaltene Familie lehnte sich plötzlich gegen ihn auf. Sein Sohn bekannte sich zu seiner Homosexualität, und die freikirchlich erzogene Gattin verließ ihn. Und dann wurde er auch noch mit einer viel zu kleinen Abfindung aus der Politik hinausmanövriert. Das war dann wohl der Anfang vom Ende.«

»Aber warum die Freunde seines Sohnes? Warum Homosexuelle? Hat Jens nicht gesagt, sein Vater habe ihn immer unterstützt, und dass es die Mutter war, die nicht akzeptieren konnte, dass er homosexuell war?« Ich denke an die auf Band aufgenommenen Gespräche mit Jens zurück, die kurzen Berichte über die Beziehung zu seinem Vater.

»Er hatte sicher eine Erklärung dafür, die ihm überzeugend erschien. Zum Beispiel, dass Jens von seinen Exfreunden in den Wahnsinn getrieben worden ist. Er hatte ja offenbar das Tagebuch seines Sohnes gefunden, in dem Jens beschrieb, wie schlecht sie ihn behandelt hatten und welches Schicksal sie seiner Ansicht nach verdienten. Der Vater glaubte, für Gerechtigkeit zu sorgen, als er die Rachefantasien seines Sohnes in die Tat umsetzte. Aber ich denke, dass seinen Taten trotz allem tiefer gehende homophobe Gefühle zugrunde liegen. Ich meine, er hat doch versucht, alle auszulöschen, die Jens je geliebt hat. Er wollte sie regelrecht vom Erdboden tilgen. Das sagt sicher etwas über seine Empfindungen aus.«

»Die Zeitungen hatten also vielleicht doch recht, und es war eine Art Hassverbrechen? Trotz allem?«

»Ja... ach, übrigens, die Zeitungen. Ob wir wohl je erfahren, wer die undichte Stelle bei uns war?«

Ich sage nichts, denke nur an die harten schwarzen Schlagzeilen und die undeutlichen Zeitungsbilder von Jussi Ståhl und Lukas Ebbehammar.

Vijay zieht eine Tabakdose hervor und stopft sich einen Priem unter die Oberlippe.

»Und was passiert jetzt? Fährst du zu Markus und Erik?«

»Ja. Ich habe ab heute offiziell Urlaub. Ich wollte heute Nachmittag beim Krankenhaus vorbeifahren und Carin besuchen, und danach geht's gleich zum Flughafen.«

Vijay löst seinen Blick vom Meer und sieht mich an. Sein Blick ist wachsam, fast besorgt, und ich sehe, wie er seine Worte sorgfältig abwägt. Wie er überlegt, wie er sich am besten ausdrücken soll. »Und Jimmy?«

Ich sehe Vijay nicht an, starre stattdessen auf meine Füße und konzentriere mich auf den roten Nagellack, der von meinen Zehennägeln abblättert. Ich schweige und überlege, was ich antworten soll. Am Ende seufze ich und erwidere seinen Blick. »Das weiß ich einfach nicht.«

Die Abflughalle im Terminal 3 ist fast leer. Die Klimaanlage sorgt für kühle Luft, und zum ersten Mal seit langer Zeit friere ich. Ich sitze vor dem Ausgang und warte darauf, an Bord des Flugzeugs gehen zu können, das mich zum Flughafen Kallax bringen soll. Zu Erik und Markus. Obwohl wir erst seit einer Woche getrennt sind, fehlt mir Erik so sehr, dass es wehtut. Bei Markus ist das nicht so einfach. Ich weiß nicht, ob er mir fehlt, ob seine Abwesenheit in mir ein Vakuum erzeugt oder mich nur mit Gleichgültigkeit füllt.

Und Jimmy?

Ich weiß auch nicht, was ich für ihn empfinde. Ob das, was

passiert ist, eine Trotzreaktion auf meine Unzufriedenheit mit Markus war, oder ob es noch eine tiefere Anziehungskraft und Zusammengehörigkeit zwischen uns gibt.

Ich hole meinen Laptop hervor und schalte ihn ein, überfliege die Nachrichtenseiten, die noch immer vom Geiseldrama berichten. Danach öffne ich mein E-Mail-Postfach, schließe kurz die Augen, überlege.

Von irgendwoher ist Vogelgesang zu hören. Zarte, melodische Klangfolgen, die im Terminalgebäude steigen und sinken. Es ist seltsam, hier drinnen muss es Vögel geben. Eine unerklärliche Ruhe erfüllt mich. Dann nehme ich die Wärme wahr. Ein Sonnenstrahl hat den Weg durch die schmutzigen Fenster gefunden und meine Wange erreicht, über die er wie eine warme Liebkosung streicht.

Als ich die Augen wieder öffne, weiß ich, was ich zu tun habe. Ich lege die Hände auf die Tastatur und schreibe.

Liebe Aina. Ich weiß nicht so recht, wo ich anfangen soll…